VORSPIEL

1. ᚠ FEHU – Der Besitz
2. ᚢ URUZ – Der Ochse
3. ᚦ THURISAZ – Der Starke
4. ᚨ ANSUZ – Der Gott
5. ᚱ RAIDO – Der Wagen
6. ᚲ KENAZ – Die Fackel
7. ᚺ HAGALAZ – Der Hagel
8. ᚾ NAUTIZ – Die Not
9. ᛁ ISA – Das Eis
10. ᛃ JERA – Die Ernte
11. ᛊ SOWELO – Die Sonne
12. ᛏ TEIWAZ – Der Himmelsgott
13. ᛒ BERKANA – Die Birke
14. ᛚ LAGUZ – Das Wasser
15. ᛗ MANNAZ – Der Mensch
16. ᛉ ALGIZ – Der Elch
17. ᛖ EHWAZ – Das Pferd
18. ᛟ OTHALA – Die Heimat

dtv

Man schreibt das Jahr 1179. Wildes Ödland, Heide und Wacholder umgeben Burg Raupach bei Braunschweig. Vor dem Hintergrund der politischen Wirren um Kaiser Barbarossa wird dort ein junger Ritter ermordet. Maria, die Tochter des Burgherrn, ist wie besessen von dem Gedanken, den Täter zu finden, denn sie hat den Toten geliebt. Warum mußte ihr heimlicher Geliebter sterben? Hat Cai Tuam – der Ire mit dem unergründlichen Blick, Leibarzt und Söldner ihres Ehemannes – ihn umgebracht? Trotz ihres Verdachts kann sie sich der Faszination, die von dem Iren ausgeht, nicht entziehen. Maria ahnt jedoch nicht, daß tief in den Wäldern der alte Götterkult der keltischen Druiden noch weiterlebt. Und sie weiß ebensowenig, daß Cai Rosalie zugetan ist, der Tochter der letzten Runenmeisterin ...
»Wer die rauhe Kulisse des Mittelalters liebt und Krimis ebenso zu schätzen weiß wie Liebesromane, der liegt mit dem Erstling von Claudia Groß genau richtig.« (Marianne Siegenthaler in ›Meyers Modeblatt‹)

Claudia Groß wurde am 26. Juli 1956 im nordhessischen Arolsen geboren. Nach dem Studium der Philosophie und Germanistik mit dem Schwerpunkt Mediävistik lebt und arbeitet sie heute am Niederrhein, wo sie ein Studio für orientalischen Tanz betreibt und ihre Bücher schreibt.

Claudia Groß

Die Runenmeisterin

Roman

Deutscher Taschenbuch Verlag

Von Claudia Groß
sind im Deutschen Taschenbuch Verlag erschienen:
Das Scholarium (20720)
Mercurius (24475)

Neuausgabe Oktober 2006
Veröffentlicht im Mai 1999 im
Deutschen Taschenbuch Verlag GmbH & Co. KG,
München
www.dtv.de

Umschlagkonzept: Balk & Brumshagen
Umschlagbild: Detail des Gemäldes ›La belle dame sans merci‹ (1893)
von John Williams Waterhouse
Gesamtherstellung: Druckerei C. H. Beck, Nördlingen
Gedruckt auf säurefreiem, chlorfrei gebleichtem Papier
Printed in Germany
ISBN-13: 978-3-423-20928-1
ISBN-10: 3-423-20928-3

Drei Nornen saßen an einem Brunnen und spannen. Wind sang leis im Geäst der großen Esche, und das Spiegelbild der Sonne war in den Brunnen gefallen. Die erste Norne war jung und frisch wie Morgentau, die zweite prall und rund wie eine Bauersfrau und die dritte runzelig und weißhaarig wie eine Hexe.

»Ach«, sagte Werdandi, die Pralle, »die Runenmeisterin Sigrun hat eine Tochter bekommen.«

Die anderen beiden sahen von ihren Spindeln auf.

»Das in der Vergangenheit verursachte Schicksal ...«, murmelte Urd, die Alte, in einem leisen monotonen Singsang.

»... muß in der Gegenwart gewendet werden ...«, fuhr Werdandi fort.

Und Skuld, die Junge, endete: »... wenn in Zukunft keine Schuld verbleiben soll.«

Die Sonne zog sich zurück, nur der Wind spielte lautlos mit den Fäden, die am Spinnrad hingen. Urd stand auf. »Wir müssen die Runen legen und sehen, was das für ein Mensch wird, diese Tochter der Runenmeisterin.«

Werdandi lachte. Sie war eine fröhliche Norne, denn nichts belastete sie, weder was sein würde, noch was gewesen war – sie war die Gegenwart. Sie war der Augenblick, der immer wieder neu entsteht und immer wieder sogleich vergeht.

Urd aber trug tausend Jahre auf ihren Schultern, die sie beugten und an ihren Gliedern zerrten, denn sie war die Vergangenheit.

»Die Geburt war schwer«, sagte sie, während Skuld ihr half, auf die Beine zu kommen. »Es wollte sich nicht senken, und Sigrun hat nur mit Hilfe der Gebärrunen das Kind zur Welt gebracht.«

»Unsinn«, schalt sie Werdandi ärgerlich. »Das war mein Werk. Ich wollte, daß dieses Kind auf die Welt kommt. Sigrun ist alt, und die Christen sind ihr auf den Fersen, so wie der Fuchs die Spur einer Gans wittert. Skuld weiß, wovon ich spreche, denn sie ist die Zukunft.«

Skuld sah zum Himmel hinauf. Schwere Wolken zogen

von Norden auf, die Regen und Gewitter bringen würden. Das Land war trocken und sehnte sich nach kühlen Schauern.

»Laßt uns die Runen werfen«, sagte Skuld. »Dann weiß ich, wovon du sprichst.«

Urd nahm einen roten Beutel vom Boden auf, breitete ein weißes Tuch über den Rasen und leerte den Beutelinhalt darauf. Achtzehn runde Kieselsteine fielen auf das weiße Tuch, jeder von ihnen mit einer Rune versehen, die die Götter eingeritzt hatten.

Die drei Nornen setzten sich im Kreis um das Tuch herum und betrachteten, was das Orakel zu sagen hatte. Sieben der Steine waren verdeckt, sie lagen mit dem Gesicht nach unten, elf Runen waren sichtbar geblieben. Davon lagen drei auf dem Kopf.

»Das Kind ist ein Wesen der Wanen«, sagte Werdandi. »Sein Element ist das Wasser, und seine Göttin ist Freya. Es wiegt nicht allzuviel, denn die schwere Geburt hat ihm kaum Luft zum Atmen gelassen. Dennoch wird es überleben.«

Skuld nickte. »Ja, das wird es. ISA und HAGALAZ sind seine stärksten Runen. Es wird in Einsamkeit aufwachsen, weil Sigrun es so will, und sie wird ihm aus Vorsicht einen lateinischen Namen geben: Rosalie. Aber wenn die Runenmeisterin stirbt, wird das Kind den Christen übergeben.«

»So«, brummte Urd düster. »Und wer wird dann Runenmeisterin?«

Skuld sah der Vergangenheit eine Zeitlang stumm in die müden Augen. Urd war eine zänkische Natur, weil sie nicht viel zu sagen hatte, denn wo Gegenwart und Zukunft bestimmen und zu Werke gehen, da kann die Vergangenheit nur die Last des Geschehenen tragen. Urd konnte nichts bestimmen, sie hatte nur zu schleppen, Bürden wie Zentnerlasten, die sie verwaltete und zu den Göttern zurückschickte. Sie verstand nicht, daß es Menschen gab, die die Götter verachteten und zerstörten, so wie es die Christen taten.

»Es wird keine Runenmeisterin mehr geben«, meinte Skuld lakonisch. »So einfach ist das.«

Die ersten Regentropfen fielen. Sie tropften auf die Kieselsteine und färbten sie dunkel.

»Das Kind besitzt das Wissen der Runen«, fuhr Skuld fort und beugte sich ein wenig über das Tuch. »Aber es wird es kaum anwenden können. Und etwas, das nicht gebraucht wird, vergeht. Das Wissen wird zu dir kommen, Urd, und du wirst es in eine Truhe stecken und sorgsam verwahren, bis eine Zeit herangekommen ist, wo die Menschen sich wieder erinnern und fragen werden: Wie war das mit den Runen und den alten Göttern? Wer waren die Wanen und die Asen und die Disen, ja, sie werden auch fragen, wer wir waren. Wer waren die Nornen? Dann wirst du deine Truhe öffnen und ihnen kostbarere Schätze geben können, als je ein König besessen hat. Darin liegt deine wirkliche Bestimmung, Urd. Skuld und ich werden lange fort sein, fort aus den Köpfen der Menschen und fort aus dieser Welt, du aber wirst wachen und warten, damit du da bist, wenn die Menschen dich rufen.«

Skuld hatte recht. Sie, Urd, war unzufrieden, wenn sie sah, wie die anderen die Fäden von Jetzt und Gleich spannen, und sie danebensaß und nur die Last der Zeit auf den Schultern spürte. Aber sie allein hortete das alte Wissen auch dann noch, wenn Werdandi und Skuld längst verschwunden wären. Sie hatte immer gewartet.

Wer unter den Menschen zu warten gelernt hatte, war ein Kind der Vergangenheit. Ihr Kind. Sie barg in ihrem Herzen die Last von einem Meer von Toten und würde wachen, bis die Menschen eines Tages wieder zu fragen begannen. Aber wie lange würde das dauern?

»Es steht alles in den Runen«, bemerkte Werdandi spöttisch. Sie schaute wieder auf das Tuch hinunter. Sie wendete die gewendeten Runen und stürzte die auf dem Kopf stehenden Runen. So machte man aus der Nacht den Tag und aus der Sonne den Mond, so wurde aus einer Frau ein Mann und aus dem Kind ein Greis. So verkehrte sich die Welt und wurde zu ihrem Spiegelbild. Unten war oben, und links war rechts. Die Gegenwart wurde Vergangenheit und die Zukunft Gegenwart.

»Hör auf damit«, murmelte Skuld, »das ist nicht gut. Du bringst alles durcheinander. Die Welt stimmt nicht mehr.«

»Willst du nicht wissen, was aus dem Kind wird?« fragte Werdandi. Aber Skuld schüttelte den Kopf.

»Nein, denn es ist nichts Gutes, Gegenwart, es ist nichts Gutes. Dieses Kind wäre besser nicht geboren worden, aber du wolltest es ja ins Leben bringen. Es ist eine Runenmeisterin und doch keine, es wird eine Ahnin der Wanen und doch keine, es steckt voller Möglichkeiten und gebiert doch nur Schatten und Luft. Es ist kein Halbes und kein Ganzes. Es ist das Unglück schlechthin. Es ist ISA, das Eis, der Stillstand, das Nichts.«

»Aber ISA hat einen starken Willen, wie du weißt«, bemerkte Werdandi, stand auf und sah in den Brunnen. »Das Kind ist stark. Es wehrt sich gegen den Tod und deine dunklen Worte. Es will leben, und das wird es auch. Keine Rune dieser Welt wird es aufhalten. Es ist einfach da.«

Urd nickte. »Ja. Jeder Mensch hat ein Recht darauf, Unglück in die Welt zu bringen. Wozu sollten wir sonst Runen werfen?«

Skuld hörte ihnen nicht mehr zu. Der Regen wurde stärker und durchnäßte das Tuch. Sie sammelte hastig die Steine zusammen und verstaute die Runen in dem roten Beutel, faltete das Tuch sorgfältig und legte es unter das dichte Blattwerk der Esche.

Urd war alt, und Werdandi war dumm, dachte Skuld. Doch auch sie würde den Platz räumen müssen unter der heiligen Esche, denn die Christen hatten eine Vorliebe dafür entwickelt, Bäume zu fällen, sie in tausend Stücke zu zerhacken und die Natur zu schänden. Die Christen haßten die Natur, ihre eigene und die um sie herum, denn die Natur war Sünde, auch wenn Gott sie erschaffen hatte. Skuld begriff das Wesen der Christen nicht, die sich jetzt ausbreiteten auf der Welt wie ein riesiger Hornissenschwarm. Eitrige Geschwüre hinterließen sie, wo sie hinkamen, verletzte Seelen, gepeinigte Geister und gebrochene Herzen.

Skuld wußte alles, aber sie sagte nicht alles. Werdandi

lebte nur von einem Augenblick zum anderen. Urd erschien ihr wie ein alter, greiser Bär hinter Käfigstäben. Und sie selbst würde vergehen, weil die Christen nichts von ihrer Existenz wissen wollten. So wie ein kleines Kind, das meint, wenn es den Kopf wegdreht, alles, was aus seinem Blickfeld verschwunden ist, sei auch wirklich nicht mehr da. Da war nur noch diese Sache mit der Runenmeisterin Tochter. Sie würde im Gebrauch der Runen unterrichtet werden, denn etwas anderes kannte die alte Sigrun nicht. Sigrun würde ihr Wissen weitergeben. Doch sie würde es in ein hohles Loch werfen, aus dem nichts wieder herauskam, was man einmal hineingeworfen hatte. Das Kind war klug, aber es lebte in der falschen Zeit.

Skuld schauderte und ging zu den anderen zurück.

Drei Nornen saßen an einem Brunnen und spannen.

ERSTER TEIL

FEHU

ᚠ

»Die Lieder kann ich,
die keine Königin weiß, und niemandes Nachkomme:
Hilfe heißt das erste,
es wird helfen dir in Not und Nachstellung.«

Anno domini 1179, Januaris

Es wehte ein eisiger Wind über die Heide. Hier hatte er freies Feld bis hin zum Wald. Die Heide gehörte den Geistern, der Wald den Dämonen. Auf der Grenze zwischen Wald und Heide lag die Festung mit ihren schweren Palisaden. Vor hundert Jahren war hier nur ein befestigter Lehenshof gewesen. Dann hatte der Kaiser Raupach hierhergeschickt, und jahrelang glich der Ort einer Baustelle. Aus der Hofstelle war eine wehrhafte Festung geworden, flach und geduckt mit einem Panzer wie eine Schildkröte. Weiter hinten begann das Moor. Schlangengleich zog es sich durch die schwarze, satte Erde, gluckerte, quoll, schwelte und beherbergte die Irrlichter.

Raupach war Christ und glaubte weder an Geister noch an Dämonen. Doch wenn es draußen dunkelte und der Wind den Mond anheulte, kamen ihm Zweifel. Dann ließ er das Feuer hell lodern und betrank sich mit teurem Rheinwein. Der Kaiser hatte ihn hierher in dieses wilde Ödland geschickt, in dem er nun saß wie auf einer einsamen Insel. Umgeben von Heide, Wacholder und Moor. Er sehnte sich in die nächstgrößere Stadt mit ihrem Trubel, den Marktständen, dem Lärm und den Kirchen.

Hier gab es keine Kirchen. Das Land war Heidenland. Sachsenland. Pferdegötterland. Schauriges Land.

Es war Abend, und er sah seine Tochter die Treppe herabsteigen. Sie war sein Juwel, das er liebte, als hätte er ein Herz aus Gold. Doch in diesem Herzen war nur Platz für Maria. Blond und großgewachsen betrat sie die Halle, ein verlorenes Kind in einer verlorenen Gegend.

Der Qualm des Feuers lag in der trockenen Luft. Knechte und Soldaten würfelten in einer Ecke an der Türe, um sich die endlose Zeit zu vertreiben. Maria setzte sich zu ihrem Vater an den leeren, langen Tisch.

»Wo ist deine Stiefmutter?« fragte Raupach. »Warum kommt sie nicht zum Abendessen?«

Maria legte ihm ihre schmale, weiße Hand auf den Arm. »Sie fühlt sich nicht wohl.«

Raupach winkte einem Knecht, der einen Krug mit Wein brachte, den Becher füllte und zu den Würfeltischen zurückkehrte.

»Guter Wein«, sagte er und drehte den Becher in den Händen. Er trank bedächtig und konzentriert. Sein rundes Gesicht rötete sich, seine Glieder wurden warm. Trinken! Hier konnte man nur trinken. Und vergessen. Aber er hatte Maria nicht vergessen, die immer noch neben ihm saß. Er sah auf. »Ich werde dich verheiraten.«

Ruckartig drehte sie den Kopf zu ihm hin. Er nickte. »Ja, verheiraten. Du darfst hier nicht allein bleiben nur zwischen Knechten und Dummköpfen. Der Kaiser will, daß du heiratest.«

Sie sagte nichts, blickte ihn nur schweigend an.

»Stolzes Kind«, sagte er lachend. »Du meinst, ich scherze. Aber es ist alles schon so gut wie abgemacht.«

Jetzt sprang ein unwilliger Funken in ihre Augen. »Es ist dir wirklich ernst? Und wen soll ich heiraten? Kehre ich dann nach Köln zurück? Schickst du mich nach Hause?«

Im Feuer brach krachend ein Scheit entzwei. Raupach schloß die Augen. Nein, nicht nach Hause, dachte er beklommen. Vielleicht kommt es noch schlimmer, wer weiß das schon: Ein harmlos hingeworfenes Wort vor zwei Monaten am kaiserlichen Hof in Kaiserswerth. »Ich hätte da einen Mann für Eure Tochter«, hatte der Kaiser gesagt. Maria galt als stolz und unnahbar, war von einer herben Schönheit, und außerdem war sie klug. Nicht jeder wollte eine solche Frau. Raupach blickte Maria an. Sie war blaß geworden unter ihren blonden Locken.

»Der Kaiser«, sagte sie langsam, »der Kaiser bestimmt unser aller Leben. Er bestimmt, wo wir leben und wie. Ich habe mich immer gefügt, selbst als wir in dieses schreckliche Land gehen mußten. Muß ich jetzt auch noch einen Mann heiraten, den der Kaiser für mich ausgesucht hat? Bin ich für euch alle nur eine Puppe?«

»Tausend Frauen heiraten auf Geheiß des Kaisers«, sagte Raupach und rutschte unbehaglich auf seinem Stuhl herum. »Er hat dir weiß Gott lange genug deinen Willen gelassen. Reiz ihn nicht, indem du dich widersetzt. Es könnte unser aller Ende sein, das weißt du.«

Maria senkte den Kopf. Sie war neunzehn Jahre alt und schon viel zu lang ledig geblieben. Sie verstand, daß nun die Zeit gekommen war, in der auch sie zum Spielball der Politik werden mußte. Das hätte viel früher geschehen können – man hatte sie lange genug in Ruhe gelassen.

Sie brauchte keinen Mann. Einmal hatte sie so etwas wie Verliebtheit erlebt, aber die Vernunft hatte ihre Liebe gelöscht wie ein feuchtes Tuch das Feuer. Niemals hätte sie jemandem davon erzählen können, denn er war ein einfacher Offizier gewesen, der sie nie hätte heiraten können. Sie hatten sich einige Male heimlich getroffen, aber schon bald hatte sie die Angst vor der Entdeckung ihrer verbotenen Liebe gepackt, so wie in diesen schön-schaurigen Liedern, die die Dichter sangen. Da hatten sie ihre Liebe begraben, und er hatte sich bislang vergebens um einen neuen Dienstherrn bemüht.

Nun verbrachte sie ihre Tage mit Lesen und Studieren. Sie sprach drei Sprachen, sang wie ein Engel und übersetzte Aristoteles, wenn ihr danach war. Sie liebte ihren Vater und ehrte ihre Stiefmutter. Sie haßte dieses Land hier im Norden des Reiches, aber sie hatte es ertragen, weil sie wußte, daß es noch schlimmer kommen könnte. Eine Heirat zum Beispiel mit einem Mann, den sie nicht kannte und den sie nie kennenlernen wollte.

»Politik, meine Taube«, sagte der Vater und seufzte. Er hatte es durch seine Heirat weit gebracht. Sein Verhältnis zum Kaiser war immer gut gewesen, denn Raupach galt als zuverlässig und loyal. Doch gerade das konnte ihm jetzt zum Verhängnis werden.

Sein oberster Landesherr war der Herzog von Braunschweig, Heinrich der Löwe, des Kaisers Vetter, und der hatte sich mit seinem Cousin Barbarossa überworfen. Auf dem Reichstag zu Worms war die Reichsacht über den Löwen verhängt worden wegen fortgesetzten Landfriedensbruches. Das hatte den Herzog jedoch nicht daran gehindert, den Kaiser weiterhin zu provozieren und seine Politik der verbrannten Erde zu betreiben. Der Kaiser, der wohl nicht recht wußte, was er mit diesem wildgewordenen Vetter anfangen sollte, hatte ihn immer wieder vorgeladen auf verschiedenen Reichstagen, doch Heinrich der Löwe war nie erschienen.

So wie die Dinge lagen, saß Raupach in einer tückischen Falle. Er hatte dem Löwen nie Grund gegeben, ihm zu mißtrauen, doch Heinrich hatte auf seine Vasallen stets ein wachsames Auge und besonders auf die, die dem Kaiser ergeben waren. Und Raupach war ein Franke, ein Kaisertreuer und kein Sachse.

Niemand im Reich wußte, welche Wendung die Dinge nehmen würden, doch jedem, der den Herzog von Braunschweig kannte, war klar, daß es zu einer Auseinandersetzung zwischen den Vettern kommen würde. Heinrich würde den Bannfluch nicht einfach hinnehmen. Er würde sich wehren, politisch, und, was mehr seiner Natur entsprach, auch militärisch.

Das war die Crux, der Raupach sich gegenübersah, denn Heinrich würde sich Stützpunkte suchen, sollte der Bannfluch nicht aufgehoben werden, Burgen, Städte, Festungen. Und wenn sie sich wehrten und ihn nicht einließen, würde er sie belagern, entsetzen, schleifen lassen. Raupachs Sorgen waren nie größer gewesen. In dieser Situation den Kaiser zu verärgern, der seine einzige Hoffnung war, wäre einem politischen Selbstmord gleichgekommen.

Maria hatte keine Wahl. Sie mußte Maesfeld nehmen. Schon allein deshalb, weil er Soldaten mitbringen würde. Soldaten, die er, Raupach, brauchte, falls Heinrich wirklich eines Tages vor seinen Toren auftauchen sollte. Als hätte er nicht schon Probleme mit den Sachsen genug, dachte er bekümmert und blickte seine schöne Tochter an, die den Blick trotzig erwiderte.

Die Sachsen in dieser einsamen und von Gott verlassenen Gegend hier waren in sich gekehrte Leute. Samt und sonders getauft, besuchten sie die Messe, liefen aber auf dem gleichen Wege weiter zu den alten Steinen und den heiligen Hainen, wo die Götter ihrer Vorfahren hausten. So zumindest hatte man es Raupach zugetragen.

»Unsere Sachsen sind gläubige Christen«, hatte der Kaiser gesagt, »wenn hin und wieder ein schwarzes Schaf in der Herde ist, dann soll uns das soviel kratzen wie der Floh einen Ochsen.«

Raupach konnte nicht einmal sagen, daß er es besser wußte, denn er ahnte es tatsächlich nur. Es waren nie mehr als Gerüchte, die er hier und da aufschnappte. Von seinem Gesinde, die allesamt Sachsen waren, von den Bauern, den Lehensleuten. Gerüchte über Leute, die sich an einsamen Plätzen trafen, wo sich die heidnischen Kräfte der Erde bündelten.

Was taten sie da? Die Kirchenmänner sprachen von Hexengesindel, das in blutigen Ritualen Kinder opferte. Raupach tat, als höre er nichts, denn Gerüchte sind ein schlechter Ratgeber, und doch trieb es ihn um. Was, wenn es der Wahrheit entsprach? Was er wirklich wußte, war, daß die Sachsen ungebetene Gäste in die Sümpfe und Moore lockten, wo sie elendiglich versanken und nie mehr zurückkamen.

»Wer ist der Mann?«

Raupach schreckte aus seinen Gedanken hoch.

»Der Mann, den ich heiraten soll?«

»Berthold von Maesfeld. Sein Bruder ist Markgraf irgendwo in Schwaben.«

»Also kein Sachse?«

»Nein. Sein Bruder ist krank. Wenn er stirbt, erbt Berthold den Titel. Er wird dann ein mächtiger Mann. Maria, es wird keinen Prinzen geben, der dich wachküßt.«

»Und wo werden wir leben?«

»Hier. Bis Berthold den Titel erbt. Und das kann nicht mehr lange dauern. Der Bruder hat ein Herzleiden, für das es keine Heilung gibt. Ein halbes Jahr vielleicht noch, höchstens ein Jahr. Ich habe Maesfeld einen Boten geschickt. Dein zukünftiger Mann dürfte schon auf dem Weg hierher sein ...«

Maria schwieg. Ihr Vater würde ihr keinen Grobian zum

Mann geben, auch keinen Dummkopf oder habgierigen Heiratsschwindler. Ihr Vater würde sich den Mann, den sie bekommen sollte, gut angesehen haben, denn ihr Vater liebte sie. Und dennoch spürte sie, wie die Tränen kamen, weil sie diesen Maesfeld nicht wollte.

Raupach nahm ihre Hand und drückte sie.

»Du hast Sachsen immer gehaßt wie die Pocken, Maria«, sagte er, »denk daran, daß du mit Maesfeld nach Schwaben gehen kannst. Du hast dir immer gewünscht, dieses Land zu verlassen.«

Sie nickte. Ihr Vater hatte recht. Vielleicht konnte kein Mann so schrecklich sein wie dieses öde, gottlose Land Sachsen.

Aber sie hatte ihr Herz doch schon vergeben, da schien kein Platz mehr für einen anderen Mann, auch wenn ihre Liebe nie eine Zukunft gehabt hatte.

URUZ

ᚢ

»Ein anderes kann ich,
den Erdenkindern nützt es,
die heilende Hand üben,
es scheucht Krankheit und die Schmerzen alle,
heilt Wunden und Weh.«

Schon seit fast einer Woche lagerte Berthold von Maesfeld auf offenem Feld. Er konnte nicht mehr reiten und weigerte sich, auf einer Trage weiterzuziehen.

Es war dunkel geworden. Er lag in seinem Zelt, und der dichte Nebel stahl sich selbst durch den Spalt der Zeltöffnung. Vom Boden stieg die Kälte auf. Eine Öllampe spendete ein wenig Licht, und der Leibdiener huschte wie ein Schatten durch den Raum. Maesfeld wälzte sich bald hier-, bald dorthin, aber die Schmerzen wollten nicht nachlassen. Die Wunde an seiner Hüfte eiterte wieder. Er drückte die Hand gegen den durchnäßten Verband und hielt den Atem an. Fieber stieg auf, er spürte es, dieses Frösteln, das Zittern.

»Wo ist Cainnech?« fragte er den Leibdiener, der ihm einen Becher mit Wasser reichte. Er brauchte diesen Iren, der offenbar der einzige Mensch auf Gottes weitem Erdboden zu sein schien, der ihm helfen konnte.

»Ich habe nach ihm schicken lassen«, sagte der Leibdiener. Berthold streckte sich aus. Er entließ den Mann in die finstere Nacht. Neumond. War der Ire darum nicht aufzufinden? Dauernd faselte er vom Mond und seinen Phasen und suchte in dieser pechschwarzen Finsternis nach Kräutern. Heidnisches Zeug. Teufelswerk!

Neumond also. Zeit zwischen den Welten, Zeit im Nichts. Berthold stöhnte. In zwei Wochen sollte er heiraten, aber er lag seit sechs Tagen in diesem Zelt und kam nicht weiter. Vor ebenfalls zwei Wochen war er in Ulm aufgebrochen, sofort nachdem er die Einladung Raupachs erhalten hatte. Er kannte Maria nicht, aber er hätte auch eine alte Vettel mit einem Buckel und schiefen Zähnen geheiratet, nur um endlich seinem Bruder, dieser Ausgeburt der Hölle, den Rücken kehren zu können. Mit dem lag er ständig im Zwist. Er hatte da noch eine Rechnung offen, die zu begleichen er begierig war, und mit Raupachs Hilfe würde ihm vielleicht gelingen, was er sich immer erhofft hatte …

Er legte sich auf die Seite und preßte die Wunde gegen die harte Pritsche. Manchmal half Druck auf die Wunde, machte sie wie taub, so daß das ewige Brennen und Ziehen aufhörte, um ihn aber dann, wenn er sich wieder umdrehte, noch toller zu quälen. Vielleicht würde sich die Sache ganz von selbst erledigen, dachte er müde und zerquält. Wenn der Bruder nämlich an seinem harten, kranken Herzen sterben würde.

Die Vorstellung, Raupachs arrogante Tochter zu heiraten, gefiel ihm. Der Kaiser hielt große Stücke auf sie und ihren Vater, und er selbst würde bald ein reicher Mann sein. Denn sein Bruder war noch kränker als er, dem nur eine Schwertwunde an der Hüfte Schwierigkeiten machte. Er würde Maria heiraten und abwarten. Berthold drehte sich auf die gesunde Seite, dämmerte in der mondlosen Nacht unruhig dahin, träumte von Maria und hörte im Halbschlaf den Regen auf das Zeltdach prasseln.

Als das Morgengrauen einsetzte, erwachte er von lautem Sporengeklirr. Jemand schlug den Eingang des Zelts zur Seite. Berthold hob erschöpft das Gesicht aus den klammen Kissen. Es war der Ire.

»Endlich«, murmelte der Kranke. Ein Kopf erschien in seinem Blickfeld, schwarze, schulterlange Haare, ein unrasiertes, braungebranntes Gesicht mit verschlossenen Lippen und Augen, die grün schimmerten. Mädchenaugen. Ein flaschengrüner Umhang wurde von einer bronzenen Fibel in Form einer Schlange zusammengehalten, einer Schlange, die sich in den Schwanz beißt. Der Ire legte Berthold die Hand auf die Stirn, und ein Armband fiel leise klingelnd über sein Handgelenk. Wieder Schlangen, winzige silberne Schlangenkreise.

»Wo wart Ihr?« fragte Berthold ärgerlich.

Cai Tuam zuckte mit den Schultern. Er drehte sich um, und das Schwert an seinem Gürtel schlug gegen das Heft eines langen Dolches.

»Wo Ihr wart, verdammt noch mal?«

»Ich hatte Wache heute nacht, ich bin müde, Herr.« Seine Stimme war leise. Sie war immer leise und hatte einen seltsamen singenden Akzent.

»Ihr braucht keine Wachen mehr zu übernehmen«, sagte Berthold, »bleibt bei mir. Die Wunde eitert wieder.«

Cai drehte den Herren auf die Seite. Er warf einen kurzen Blick auf die aufgeplatzte Wunde mit den rot entzündeten Rändern, dick vom Eiter geschwollen, und verließ dann wortlos das Zelt. Wenig später kehrte er mit einem Becher zurück. Er hielt ihn Berthold an die Lippen, der gierig trank und dann in einen traumlosen Schlaf versank.

Mit fünfzig Soldaten reiste Berthold den Rhein entlang, überquerte ihn bei Kaiserswerth und schlug sein Lager hinter den Wiesen der Stadt auf. Aber er blieb nicht lange. Seine Wunde war frisch verbunden, das Fieber sank.

Er konnte wieder reiten. Und er ritt wie vom Teufel verfolgt. Eine glänzende Zukunft erwartete ihn – ein Titel und die schöne Maria. Berthold war bester Laune. Er lachte und scherzte mit seinen Männern. Die Wunde juckte, als wären Ameisen hineingeraten. Aber die Sonne strahlte, wilde Krokusse blühten, grüne Wiesen, vom Schnee endlich befreit, säumten die Wege. Nachts riefen die Eulen, ein Zeichen, daß der Winter bald vorüber sein würde.

»Wie weit ist es noch bis Lüneburg?« rief er dem Führer zu.

»Zwei bis drei Tage«, gab der zurück, »aber Raupach liegt dann noch mindestens drei Stunden weiter nach Osten.«

Bertholds Gesicht verfinsterte sich. Die Aussicht, seine nächsten Jahre in einer gottverdammten Wüstenei zu verbringen, verstimmte ihn plötzlich. Er würde ganz aus der Mode kommen, wenn er so lange aus der Welt war. Und wohin er auch sah, hier schien die Welt zu Ende. Karg war das Land, mager der Boden, trocken und sandig. Die Wälder bestanden aus Kiefern und Föhren, unterbrochen von weitem Sumpfland, das sich bis zum Horizont hinzog. Hier lebte keine Menschenseele, und bis zum nächsten Dorf mochte es ein ganzer Tagesritt sein.

Berthold wurde langsam klar, solange sein Bruder noch am Leben war, konnte er seine Maria nur haben, wenn er diese öde Wüste mit in Kauf nahm. Dieses Land interessierte ihn nicht, nichts, was im Norden lag, interessierte ihn. Was ihn faszinierte, war der Süden, die Alpen, Rom und weiter noch, die heiligen Stätten der Christenheit. Das Morgenland. Wie weit ging die Welt im Norden? Wo war das Ende der Welt?

Er verspann sich in seine Gedankenfäden, er liebte es, über derlei Dinge nachzudenken. Er philosophierte gerne. Er war kein Soldat und haßte den Krieg. Er hätte sich gerne den Büchern gewidmet, der Scholastik oder der Alchimie. Er mochte keine Soldaten, aber er brauchte sie, weil er Macht besaß, die er behalten wollte.

Und es gab Momente, da mochte er auch den Iren nicht. Der Ire war ein Söldner, den es ins Deutsche Reich verschlagen hatte. Cai Tuam war kaltschnäuzig und verschlossen. Keiner wußte so recht, was er dachte, und es war, als läge ein Zauber auf seinen Waffen, ein alter heidnischer Zauber, so heidnisch wie der Mann selbst, der zwar getauft war und die Messe besuchte, von dem aber jeder annahm, daß er irgendwo in einem schwarzen Loch seiner Seele die alten keltischen Götter anrief, bevor er in eine Schlacht zog.

Aber Berthold brauchte ihn. Cai Tuam verstand sich auf die alte Kunst der Kräuter. Besser als jeder Bader oder Arzt oder Quacksalber, der je seine Wunde behandelt hatte. Van Nell, Bertholds erster Offizier, hatte behauptet, es gäbe wohl kaum eine Armee im Abendland, in der der Ire nicht schon gekämpft habe, und keiner stellte das in Zweifel. Durch seine Stellung als Bertholds Arzt genoß er einige Privilegien. Das machte es ihm schwer unter den Soldaten, die ihm diese Sonderstellung neideten. Und dann gab es Momente, in denen Berthold Angst hatte um Cai, Angst, daß jemand ihn denunzieren würde, weil er sich so gut auf die Kräuter und die Gifte verstand und zuweilen seltsame gälische Gebete vor sich hin murmelte. Niemand wußte, zu wem er betete. Es konnte Gott sein oder auch ein anderer. Der Antichrist vielleicht.

Berthold fiel die Zeit in Alessandria wieder ein, wo er dem Iren zum ersten Mal begegnet war. 1174, also vor Jahren schon war das gewesen, als er mit dem Kaiser nach Oberitalien gezogen war, um die Stadt Alessandria zu belagern, aber er erinnerte sich nur ungern daran …

Den ganzen Winter 1174 hatte die Belagerung angedauert. Ein milder Winter, und vor ihnen diese schweren, starken Mauern, die sie noch im Traum vor sich sahen. In den schneebedeckten Alpen hing der Nebel düster und grau zwischen den Tälern.

Kaiser Friedrich, auch Barbarossa genannt, hatte hier damals neues Land für sein Reich von Gottes Gnaden erobern wollen. Aber die von Gott verfluchte Stadt wehrte und zierte sich wie eine Jungfrau und hatte ihre Mauern eng um sich geschlossen. Der Kaiser hatte mehr Soldaten verloren als in einer offenen Schlacht, und die Söldner kosteten ihn jeden Tag ein Vermögen. Am Heiligen Abend war er so demoralisiert, daß er laut darüber nachdachte, sie wieder über die Alpen zurückzuschicken, doch mit wessen Hilfe hätte er dann den Krieg weiterführen sollen? Seine Leute waren des Kämpfens müde und sahen auch keinen Sinn mehr darin, gegen eine Stadt anzustürmen, die sich nicht stürmen ließ.

Auch Berthold, Vasall des Kaisers, hatte diesen Krieg satt. Und er hatte den Kaiser satt, dieses Ungeheuer, das jeden Tag, den Gott werden ließ, Menschen opferte für ein wahrhaft sinnloses Unterfangen. Berthold konnte den Geruch des Blutes nicht mehr ertragen, der wie eine Wolke über dem Lager stand, und auch die Schreie der Verletzten nicht, die bis in sein Zelt drangen.

Weihnachten ging vorüber, und die Belagerung dauerte an. Immer mehr Tote, immer mehr Verletzte und Kranke, und im neuen Jahr noch mehr Blut, das die Erde tränkte. Berthold hatte sich während dieser langen Monate einem seltsamen Mann angeschlossen, eben jenem irischen Söldner, der jetzt bei ihm war und der ihm damals das Leben gerettet hatte. Berthold war zu Beginn der Belagerung in einen feindlichen Hinterhalt geraten, und das Schwert eines Gegners hatte ihn an der Hüfte getroffen. Cai Tuam hatte die Wunde behandelt und verbunden. Er hatte ihm einen Kräutertrank verabreicht, nach dem Berthold lange geschlafen hatte. Und von dem er gestärkt wieder erwacht war. Seitdem konnte er wieder reiten und ein Schwert führen. Aber er war nicht kaltblütig genug, um ein guter Soldat zu sein.

Die Leichen vor den Toren der Stadt widerten ihn an, er wandte den Blick ab, wenn sie weggetragen wurden. Ihm wurde übel, wenn er einen Rumpf ohne Kopf sah oder von Pech übergossene Menschen, die elend erstickten. Er hielt sich zurück und nützte seinen hohen Status, um Strategien zu entwickeln, für die andere ihren Kopf hinhalten mußten.

Der Kaiser war anders. Er watete im Blute der Menschen, auch wenn es seine eigenen waren, und betete für ihr Seelenheil.

Auch der Ire war anders. Mal in sich gekehrt, mal zügellos und aufbrausend. Und der Tod war sein Geschäft. Ein Handlanger für jeden, der ihm genug Gold bot, und der Kaiser bot mehr als jeder andere. Dem Iren war es gleich, ob die Stadt eingeäschert wurde oder nicht. Er bekam sein Geld, so oder so. Das war die Sichtweise der Söldner. Siegte ihr Herr, gab es reiche Beute, siegte er nicht, suchten sie sich einen anderen.

Während Maesfeld mit den hohen Herren Pläne schmiedete, um die Stadt doch noch in die Knie zu zwingen, kämpfte der Ire draußen vor den Toren und lieferte sich mit den anderen Soldaten Scharmützel in der Umgebung. Einmal am Tag besuchte er Maesfeld in seinem Zelt und erkundigte sich nach dessen Gesundheit. Er war gebildet, sprach Latein und konnte schreiben. Es gefiel ihm, sich mit dem Herren, der die Bücher mehr liebte als den Krieg, auf philosophische Dispute einzulassen. Auf der anderen Seite aber war er ein Satan. Wenn Maesfeld eine besonders unangenehme Aufgabe zu vergeben hatte oder jemanden suchte, der ein besonders blutiges Geschäft übernehmen mußte, fiel seine Wahl immer auf den Iren, denn der machte nicht viel Federlesens und schien kein Gewissen zu haben. Vielleicht verdankte er das dem Erbteil seiner keltischen Vorfahren, denn die hatten ihren Feinden die Köpfe abgeschlagen und sie sich über die Türen gehängt.

Im neuen Jahr wurden die Besuche des Iren spärlicher.

Die Belagerung zog sich hin, und der Kaiser hatte Alpträume. Er suchte nach einer Möglichkeit, die Allianz zwischen dem Papst und den oberitalienischen Städten zu durchbrechen, und sah sich schließlich gezwungen, mit den Lombarden einen Waffenstillstand auszuhandeln.

Das Frühjahr kam, und die Stadt hatte sich noch immer nicht ergeben. Da gab der Kaiser auf. Er schickte seine teuren Söldner zurück über die Alpen und saß tagelang dumpf brütend in seinem Zelt. Ein Gedanke ließ ihn nicht mehr los. Er würde Hilfe brauchen, um seine Stellung jenseits der Alpen auszubauen, ob die Stadt nun fiel oder auch nicht. Er brauchte Soldaten, und er brauchte Geld.

Er hatte einen Vetter, jenen Herzog von Braunschweig, den Sachsen, mit dem er sich damals noch verstand, und der besaß beides: Soldaten und Geld. Man könnte ihn bitten auszuhelfen. Der Kaiser ließ seinen Schreiber holen und einen Herold. Der eine setzte einen Brief auf, der andere brach auf nach Braunschweig.

Der Ire gehörte zu den letzten Söldnern, die sich auf den Weg über die Alpen machen wollten. Doch bevor er die lange Reise antrat, sah er bei Maesfeld vorbei, der fiebernd in seinem Bett lag.

»Ihr wart lange nicht mehr hier«, hatte Berthold gesagt.

Der Ire nickte. »Wir hatten viel zu tun«, sagte er leise mit diesem singenden Akzent in der Stimme, »die Flamen waren die ersten, die abgezogen sind. Sie werden sich in England verpflichten, wenn der Kaiser ihnen keine Zusage machen kann.«

»Der Kaiser wartet auf die Hilfe seines Vetters«, sagte Berthold nachdenklich, »aber wer weiß, ob der Herzog Lust hat, sein Geld und seine Männer hierherzuschicken – womöglich sieht er beides nie wieder. Und wohin werdet ihr gehen?«

Cai Tuam zog die Schultern hoch. »Dahin, wo es Krieg gibt, Herr.«

Dann fiel sein Blick auf die verbundene Hüfte Maesfelds. »Ist die Wunde wieder aufgebrochen?«

Berthold richtete sich auf und löste vorsichtig den Verband. »Ein harmloser Turniergang vor einer Woche. Der Ritter traf mich genau neben der ersten Wunde. Das hat sie wieder aufgerissen.«

Der Ire nahm den flaschengrünen Umhang ab und legte den Verband zur Seite. Die Wunde war nun doppelt so groß, voll gelbgrünlichem Eiter und das Fleisch stark geschwollen. »Das ist eine böse Entzündung, Herr«, sagte er ernst. »Damit werdet ihr nicht reiten können.«

Maesfeld nickte. »Ich weiß. Es brennt wie Feuer in meinem Bein.«

Der Ire verschwand und kam kurze Zeit später wieder. Er legte einen neuen Verband an, den er zuvor in Alkohol getaucht hatte. »Ich habe keine Kräuter hier«, sagte er bedauernd und warf sich den Umhang wieder über die Schultern.

Plötzlich packte Maesfeld seine Hand. »Wollt Ihr nicht mit mir kommen, Ire?« fragte er eindringlich. »Mein Bruder ist ein hoher Herr in Schwaben. Er könnte Euch unter seinen Befehl stellen, und er zahlt gewiß nicht schlecht.«

Cai Tuam hob den Blick. Seine grünen Augen waren kühl und ein wenig belustigt. »Sorgt Ihr Euch um mein Auskommen, Herr?«

Maesfeld lachte leicht verlegen. Er hatte einen Narren an diesem Kelten gefressen, der ihm ein Rätsel blieb mit seinen lateinischen Ambitionen und seiner Heilkunst. »Könnt Ihr mir helfen, Cai?« fragte er leise. »Ich habe alle Ärzte dieser Welt bei mir gehabt, sogar der Kaiser hat mir seinen Medicus geschickt, aber je öfter sie mich zur Ader gelassen haben, desto schlimmer ist es geworden. Ihr habt mir schon einmal das Leben gerettet.«

»Die Soldaten«, der Ire zuckte mit den Schultern, »haben hier keinen Stein auf dem anderen gelassen und die Gegend verwüstet. Ich brauche Kräuter, um Euch zu behandeln, Herr, und die finde ich hier nicht.«

Maesfeld verstand. Hier war nur noch totes, verbranntes Land. Aber wenn er es bis zur nächsten Stadt schaffte, dort würde es Kräuter geben … »Kommt mit mir, Cai«, sagte er noch einmal.

Der Ire setzte sich auf einen Schemel und sah nachdenklich aus. Im Augenblick hatte er keinen Herren mehr, der ihn bezahlte, und die meisten seiner Kameraden waren schon unterwegs. Bis der Kaiser den Krieg wieder aufnahm, konnten Monate vergehen. Und warum nicht solange nach Schwaben gehen und einen Herren vor dem sicheren Tod bewahren? Cai Tuam war des Tötens überdrüssig. Und des Gehorchens. Er dachte immer häufiger an die Stille in den Tälern seiner irischen Heimat. An die alte Weisheit der verschwundenen Priester. Er erhob sich, und seine Stiefelsporen klirrten. »Wenn Ihr es wünscht, gehe ich mit Euch, Herr«, sagte er leise.

Am nächsten Tag, während Maesfeld sein Hab und Gut zusammenpacken ließ und zum Aufbruch rüstete, hatte der Ire die Gegend durchstreift. Schließlich war er auf ein Wäldchen gestoßen, das von den Soldaten verschont geblieben war. Schlüsselblumen blühten hier im Schatten der Bäume, ein kleiner Weiher schlummerte in einem Augenblick göttlichen Vergessens dahin.

Der Ire war vom Pferd gestiegen und hatte sich gebückt. Küchenschelle blühte neben einem von Efeu überwachsenen Baum. Ihre schmalen, blauen Blüten waren der Sonne zugewandt. Der Ire grub die Pflanze mit dem Messer aus. Wenn man Wurzeln und Blätter zerrieb, konnten sie Fieber senken und die schlechten Säfte vertreiben. Cai Tuam wanderte weiter. Von einer Weide schabte er ein Stück Rinde ab. Wenn sein neuer Herr nicht behandelt würde, konnte sich die Entzündung einen Weg über das Blut in den übrigen Körper suchen, und das wäre tödlich. Das hatte er oft genug gesehen, und dagegen wußte er kein Mittel. Auf einer Lichtung machte er Halt und rastete im sonnenwarmen Gras.

Es dämmerte bereits, als Berthold in Raupach ankam. Schon von weitem hatte er die Umrisse der stark befestigten Burg gesehen und den Rauch, der in die kühle Luft aufstieg. Nachdem sie den halben Tag durch öde Heide gerit-

ten waren, ohne einem Menschen zu begegnen, erschien ihm die Burg wie die Insel der Seligen. Dort lebten Menschen, dort war es wohlig warm am Feuer, dort gab es Wein und Bier und Frauen für seine Soldaten.
Sie passierten die hölzernen Palisaden und die ersten Wachen. Inzwischen war es dunkel geworden, doch Fackeln in eisernen Haltern beleuchteten den plumpen Turm und einen zweistöckigen Palas. Daneben lagen die Stallungen für die Pferde und das Vieh.

Berthold gab das Zeichen zum Absitzen. Vielleicht ließ es sich hier doch besser aushalten, als er befürchtet hatte. Er sah Raupach zur Begrüßung die breite Treppe vom Palas herunterkommen, einen Fuchsfellmantel um die Schultern geworfen, unter dem ein rotes Wams schimmerte. Sie begaben sich in die große Halle. Dort stand ein langer Tisch aus Kiefernholz in der Mitte, im Kamin loderte hell das Feuer, und die Balken an der Decke waren vom Ruß geschwärzt. Kerzen brannten auf den Tischen, Fackeln an den Wänden. Diener trugen die Speisen auf silbernen Platten herein: Hammel, Gemüse in einer dicken, schweren Soße und frisches, noch warmes Brot.

Raupachs Familie saß am Tisch. Seine Frau war mager, schwarzhaarig und kleingewachsen, ein südländischer Typ mit dunkler Hautfarbe, und der Blick aus ihren braunen Augen war melancholisch. Maria dagegen war schön und strahlte Jugend und Leben aus. Blond, blauäugig und zart wie ein Blütenblatt. Ihr heller Teint verlieh ihr das Aussehen einer Heiligen: Sie erinnerte Berthold an einen Engel, und das weiß-goldene Kleid, das sie trug, verstärkte diesen Eindruck noch.

Berthold saß zwischen ihr und der zukünftigen Schwiegermutter, Raupach selbst am Kopf des Tisches. Weiter unten die Offiziere und draußen die Soldaten in ihren Zelten. Stimmengewirr hallte von der hohen Decke wider, das Klappern der Messer auf den Tellern, und Berthold konnte sich nicht sattsehen an seiner Braut. Ihre Stiefmutter trank zuviel vom lieblichen Rheinwein und machte ihm schöne Augen, aber er bemerkte es nicht einmal. Er hatte nur

Augen für Maria. Raupach beobachtete sie aus den Augenwinkeln. Ihre Arroganz schien wie verflogen. Selbst sie mußte gemerkt haben, daß ihr zukünftiger Mann ein Muster an Anstand und Bildung war. Sie begegnete Raupachs Blick und nickte kaum merklich mit dem Kopf.

Ja, sie mochte Berthold vom ersten Augenblick an, seine hellen, braunen Rehaugen, sanft und gütig, seine Haare, die einen kräftigen Stich ins Rote hatten, sein volles, rundes Gesicht mit leicht erschöpften Zügen. Er wirkte müde.

Seine Wunde brannte wieder, doch das wollte er für sich behalten. Die Stimmen um ihn herum wurden lauter, je mehr Wein die Diener aus den Kellern herbeischafften.

»Ihr hattet eine anstrengende Reise«, sagte Maria zu ihm, »es ist spät. Wollt Ihr nicht zu Bett gehen?«

Erst schwieg er. Doch was nützte es, ihr zu verschweigen, was sie bald ohnehin sehen würde? Daß er krank war und eine schwärende Wunde sein Bein entstellte. »Meine Wunde schmerzt. Kein Anlaß zur Sorge, aber durch das viele Reiten ist sie wieder aufgeplatzt.«

»Was ist passiert?«

Er lachte leise. »Ein harmloses Turnier, bei dem ich mich wohl nicht sehr geschickt angestellt habe. Ich schlage mich nicht gern, Maria. Der Gegner traf mich direkt in eine Schwertwunde, die ich vorher schon hatte, aber mein Arzt wird mich frisch verbinden. Es ist nichts, worüber man sich Gedanken machen müßte.«

Er stand auf. Maria sah, daß er das linke Bein ein wenig nachzog, als ihre Stiefmutter ihn in eine Kammer neben der Küche bringen ließ. Sie ging ihm nach und wartete an der Tür. Er sank auf einen Stuhl, wischte sich den Schweiß von der Stirn und ließ den Arzt holen. Raupach, der ebenfalls näher gekommen war, stand die Sorge ins Gesicht geschrieben. Hatte der Kaiser ihm einen Todeskandidaten ins Haus geschickt? Schwertwunden konnten sich böse entzünden und im schlimmsten Fall zum Tode führen. Und hatte er gerade gesagt, er schlage sich nicht gern?

Von draußen drang der Gesang der Soldaten herüber. Die Schreie der Mägde quietschten schrill, wenn einer der Männer ihnen zu nahe kam, aber Raupach lächelte stillvergnügt. Endlich kam etwas Leben an diesen trostlosen Ort zurück, verscheuchte die Gespenster der Heide und die Irrlichter der Moore.

Sie warteten, bis der Arzt erschien. Es war ein sehr sonderbarer Arzt, an dessen breitem Kampfgürtel ein Schwert und ein Dolch hingen. »Wo ist er?« fragte er mit einem fremdländischen Akzent.

Raupach zeigte auf die Tür zur Kammer. »Ihr seid ein Arzt?«

Jetzt blitzte wie ein blasser Funke ein Lächeln in den Augen des Mannes auf. »Ich bin Soldat, aber der Herr läßt sich nur von mir behandeln.«

Er betrat die Kammer und schlug die Tür hinter sich zu.

Raupach starrte Frau und Tochter an. »Was ist das für ein merkwürdiger Kerl? Und dieser Akzent ...«

»Er ist Ire«, ertönte eine Stimme hinter ihnen. Van Nell stand da und grinste. »Der Herr hat einen Narren an ihm gefressen. Cai hat ihm einmal das Leben mit seinem Unkraut gerettet, und seitdem schleppt Maesfeld ihn hinter sich her wie einen Schatz.«

»Der Mann ist mir unheimlich«, sagte Marias Stiefmutter leise.

Van Nell grinste noch breiter. »Er ist Söldner, Herrin, und ich fürchte, Ihr werdet Euch an ihn gewöhnen müssen. Er schleicht wie eine Katze, und manche sagen, er ist ein gottverdammter Heide.«

Raupach zog ärgerlich die Stirn kraus. »Was denkt sich Maesfeld dabei, mir einen Ungläubigen ins Haus zu bringen?«

Van Nell zuckte gleichgültig mit den Schultern. »Oh, getauft ist er, und er besucht auch die heilige Messe, doch es gibt einige, die behaupten, sein Großvater sei ein gotteslästerlicher Heidenpriester gewesen. Aber er ist ein guter Soldat, und ich brauche gute Soldaten. Schickt ihn weg, und Ihr seid Maesfeld ebenfalls los. Er schwört auf Cai Tuams Heilkunst.«

Jemand stieß die Türe auf. Eine Magd, bleich im Gesicht,

erschien mit einer Schüssel Wasser, die sie in die Küche trug. Sie stellte die Schüssel auf einen Tisch und rannte zu den Latrinen, wo sie sich übergab.

Die Tür zur Kammer stand offen. Berthold saß noch immer auf dem Stuhl, sein Hemd baumelte über der Lehne. Ein breiter Verband zog sich über seinen Oberschenkel und einen Teil der Hüfte. Sein Gesicht war fahl und grau wie Asche. Der Ire hielt ihm einen Becher hin. »Trinkt, Herr.«

Er warf Berthold sein Hemd zu und drehte sich um. »Er wird schlafen«, sagte er zu Raupach, »das Mittel ist stark genug, ihn bis Mittag schlafen zu lassen.«

Maria starrte ihn an. »Er sagte, es sei nichts, worüber man sich Sorgen machen müßte.«

Der Ire zögerte. »Ja«, meinte er endlich. »Es wird vorbeigehen. Aber er wird Fieber haben und Schmerzen.«

Mehr wollte er nicht sagen. Wozu sie verunsichern, warum ihnen die Wahrheit sagen? Für seinen Herren stand viel auf dem Spiel. Die Heirat mit Maria war auch für seinen politischen Status von Bedeutung. Also wiegte er sie in Sicherheit, sagte ihnen, was sie hören wollten und betete zu Gott, daß er recht behalten würde.

Endlich zur Ruhe gekommen, besserte sich Bertholds Zustand zusehends. Die Wunde trocknete, das Feuer, das in ihr gebrannt hatte, schwand. Mit jedem Tag ging es ihm besser. Er ritt auf die Jagd und begleitete Raupach in die Umgebung zu seinen Lehenshöfen. Er lernte die Sachsen kennen, schweigsame, ernste Menschen, die seit Jahrhunderten von dieser kargen Erde lebten, auf der nur schwer etwas wuchs und gedieh.

Während er mit Raupach unterwegs war, saß Maria in ihrem ummauerten Garten und las. Das Wetter war milder geworden. Von Westen war ein lauer Wind gekommen und brachte den Frühling zurück. Maria schloß die Augen und genoß die ersten warmen Sonnenstrahlen des Jahres.

Sie und Berthold hatten vor einer Woche in Lüneburg geheiratet, und sie hatte ihre erste Nacht bei einem Mann gelegen. Seine Sanftmütigkeit erstaunte sie noch immer. Sie sehnte sich nach Liebe, nach Wärme und Geborgenheit. War das Liebe, was sie ihm entgegenbrachte? Wenn es nicht Liebe war, was war es dann? Sie freute sich auf ihn, sie sah ihn gerne an, und sie mochte es, wenn er sie berührte. Er hatte mit ihr zusammen gelesen, aber war das Liebe? Sie hatte ihre Stiefmutter gefragt, aber die hatte sie nur verblüfft angestarrt.

»Wenn er gut zu dir ist, mein Täubchen, dann liebe ihn. Ist er gut zu dir?«

»O ja, er ist sanft wie ein Lamm.«

Die Sonne wanderte aus dem ummauerten Garten, ein kühler Wind zog auf. Maria öffnete die Augen. Sie hörte Pferde in den Hof einreiten, sprang auf und lief hinaus. Berthold war gekommen. Er küßte lächelnd ihre Fingerspitzen, zog ein Buch aus einer der Satteltaschen.

»Wir waren in der Stadt. Das hier habe ich einem Händler abgekauft.«

Maria sah auf das vergilbte, abgegriffene Pergament hinunter, das in seiner Hand lag. Es war ein Evangeliar, mit reichgeschmücktem Einband.

»Wir werden es zusammen lesen«, sagte Berthold.

Maria nickte stumm. Was für ein wertvolles Geschenk! Sie barg das Buch in ihrem Umhang und trug es in ihre Kammer.

Dunst hing über der Heide an einem kühlen, frühen Morgen im März. Der erste Vogel begann zu schwatzen und verstummte wieder. In den Ästen schimmerten Spinnennetze, die voller Tau hingen wie Tropfen aus schwerem Silber. Das dumpfe Knarren des Tores unterbrach die Stille – ein Reiter auf seinem Pferd verließ die Burg und nahm den Pfad am Saum des Waldes entlang in Richtung Süden. Seine Satteltaschen waren prall gefüllt und sein Pferd edel und ausgeruht.

Er ritt im Schritt, müde noch. Bis zur Straße nach Lüneburg war es noch eine gute Stunde, aber er hatte Zeit. Er würde bei dem Tempo erst in einigen Tagen in Köln ankommen, aber weshalb sollte er sich eilen? Sein wertvollstes Gut lag sicher in einer der Satteltaschen und konnte warten.

Eine große Eule saß hoch oben auf dem Ast einer knorrigen Eiche und beobachtete ihn aus schläfrigen, gelben Augen. Sie breitete die Flügel aus und strich lautlos über ihn hin. Er sah ihr nach, wie sie am heller werdenden Horizont verschwand.

Jetzt war der ganze Wald erfüllt von Vogelgesang. Der Reiter hatte die Hände locker über die Zügel gelegt und passierte einen heruntergetretenen Wildwechsel. Er sah den Schatten nicht, der sich plötzlich aus dem Unterholz des Waldes hervorschob.

Als er eine Stimme leise seinen Namen rufen hörte, zügelte er sein Pferd und sah sich um. Aber da war nichts außer den Bäumen und Sträuchern, und er glaubte, er habe sich geirrt. Er wandte den Kopf wieder nach vorn, als er ein Zischen hörte, das durch die Luft fuhr. Doch er hatte nicht einmal Zeit, sich erneut herumzudrehen, da traf ihn schon der Pfeil einer Armbrust in den Rücken. Der Reiter fiel von seinem Pferd, das verschreckt zur Seite sprang.

Aus dem Dickicht des Unterholzes näherte sich eine bis zur Unkenntlichkeit vermummte Gestalt und faßte das Pferd am Zügel. Und während dem Reiter, der gekrümmt auf der Erde lag, das Blut in die Lungen stieg, die Kehle hinauf bis in den Mund, wurde das noch immer nervöse Pferd ein Stück zur Seite geführt, und die vermummte Gestalt öffnete die Satteltaschen.

»Ruhig, ruhig«, murmelte sie, fand, was sie gesucht hatte, und gab dem Tier dann einen Schlag auf die Hinterbacken, daß es davonrannte.

Am späteren Morgen war Maria ausgeritten. Sie ritt nie weiter als bis zum Saum des Waldes, von wo aus sie die Mauern der Burg noch sehen konnte. Hier standen die letzten Wacholder der Heide, und die Kiefern streckten ihre Wurzeln in den mageren Boden. Weiter hinten begann der Sumpf, in den sich niemand wagte, es sei denn, man war hier geboren und aufgewachsen. Maria wendete das kleine

Pferd und ließ es im Schritt zurücktrotten. Ein Hase tauchte aus dem Unterholz des Waldes auf und rannte davon. Eine wilde Ranunkel blühte mitten auf der Heide, und ihr Zitronengelb vermischte sich mit dem dunklen Purpur des Feldkümmels, der erst im Sommer seinen würzigen Geruch verströmt. Er wuchs in kleinen Gruppen und zog sich bis zum Unterholz hin. Maria ließ die Zügel locker, das kleine Pferd fand selbst nach Haus. Doch plötzlich umklammerte sie das Leder.

Dort unter den Büschen und Sträuchern lag etwas. Etwas Dunkles. Maria brachte den Zelter zum Stehen. Es sah aus wie ein Paar Stiefel, eisenbeschlagene, braune Stiefel. Maria ritt näher. Und dann sah sie ihn. Er lag auf dem Rücken und trug ein Kettenhemd wie die sächsischen Offiziere. War es derjenige von Raupachs Offizieren, der heute früh nach Köln aufgebrochen war? Das Herz schlug ihr bis zum Hals.

Sie sprang vom Pferd und kam so nah, daß sie ihn hätte berühren können. Dann wußte sie, daß er es war, obwohl sein Kopf von ihr abgewandt in den Sand gesunken war. Sie wagte nicht, den Kopf herumzudrehen, aber sein Helm war zur Seite gerollt und gab dichtes, blondes Haar frei. Sie erkannte auch das Wams über dem Gliederhemd. Es gab keinen Zweifel mehr. Es war Monreal. Sie machte noch einen zögerlichen Schritt. Seine Hand lag regungslos im Sand, der Arm eigenartig abgewinkelt.

»Monreal?« rief sie ihn an, obwohl sie bereits wußte, daß er sie nie mehr hören konnte. Sie versuchte, die aufsteigenden Tränen zu unterdrücken. Sie durfte jetzt nicht weinen, hier allein mit diesem toten Mann vor ihren Füßen. Sie wischte die Tränen fort, bestieg das Pferd und kehrte zur Burg zurück.

Es war aber niemand außer ihrer Stiefmutter da, mit dem sie hätte sprechen können, denn die meisten Männer waren ausgeritten. Sie wollte einen der Knechte bitten, mit ihr zu kommen, als ihr Blick auf den Iren fiel. Sie mochte ihn nicht, aber sie wußte, er besaß Bertholds Vertrauen. Also ging sie zu ihm hin, versank dabei mit ihren kleinen Stiefeln im aufgeworfenen Sand, denn er war bei den Handwerkern, die vor einer Woche begonnen hatten, die hölzernen Palisaden abzubrechen und eine starke Ringmauer mit einem eisenbeschlagenen Tor um die Festung zu bauen.

»Da draußen liegt ein toter Offizier«, sagte sie zu ihm, und er ließ seine Axt sinken und starrte sie an.

»Es ist Monreal.«

»Der ist auf dem Weg nach Köln«, sagte er ungläubig.

Sie nickte. »Ja, das sollte er sein, aber jetzt liegt er da draußen und ist tot.«

Der Ire rief nach einem Soldaten und seinem Pferd und führte Maria zu ihrer Stute zurück. »Dann zeigt mir die Stelle, wo er liegt«.

Sie führte ihn hin.

Er drehte den Toten auf den Bauch, und erst jetzt sah sie den abgebrochenen Pfeil, der in seinem Rücken steckte. Den Pfeil einer Armbrust. Maria wandte sich ab. Der Ire sah zum Himmel. Es war windig geworden, schwere Wolken verdunkelten die Sonne. Es würde Regen geben. Cai Tuam stand auf und hob mit dem Soldaten den Toten auf sein Pferd.

»Reitet nach Hause, Herrin«, sagte er.

»Und Ihr?«

Sie sah den Soldaten langsam davonreiten, hinter sich auf dem Rücken des anderen Pferdes Monreal, und dann sah sie auch die Spur des Blutes im Sand, dort, wo er gelegen hatte.

»Ich gehe zu Fuß«, sagte der Ire.

Sie schwieg.

Er bückte sich und sah sich die Spuren im Sand an. »Seltsam«, murmelte er. »Da ist nur eine Spur. Es war nur einer, und er hatte kein Pferd. Dafür scheint er mit Monreals Pferd verschwunden zu sein. Habt Ihr ein Pferd gesehen, Herrin?«

Sie schüttelte den Kopf. Er blickte wieder zum Himmel. Erster Regen fiel, schwere dicke Tropfen. Cai wandte sich wieder dem Boden zu. Er hockte da, in Gedanken versunken, als Maria ein Geräusch hörte. Das Rascheln von Blattwerk, Schuhe, leise Schritte im Sand. Ein Schatten glitt über den Weg, der gesäumt war von wildem Ginster. Jetzt sah auch der Ire auf und erhob sich langsam. Jemand kam aus dem Unterholz des Waldes, weiß schimmerte es durch die Blätter. Und dann sprang er heraus, ein Mann in einem vergilbten, schmutzigweißen, auffälligen Mantel. In seiner Hand blitzte ein Dolch auf. Für die Frau hatte er nur einen kurzen Blick. Er blieb stehen und musterte den Iren abschätzig, so als überlege er, ob der eine leichte Beute sei oder nicht.

In dem Augenblick, als der Regen richtig losbrach, zog der Ire sein Schwert aus dem Gürtel. Vielleicht war es der Regen, der vor ihren Augen hing wie ein Schleier, vielleicht auch die Angst, die sie gepackt hielt, aber Maria rührte sich nicht von der Stelle.

Der Mann im weißen Mantel begann den Iren zu umkreisen wie ein hungriger Wolf, die Zähne gebleckt. So umschlichen sie sich eine Weile, während der Regen den Boden rutschig machte und der Wind ihnen das Wasser ins Gesicht peitschte.

Der Weißbemantelte war von großem und kräftigem Wuchs, der Ire etwas kleiner und agiler. Er hob sein Schwert und ließ es plötzlich niedersausen und zerfetzte den weißen Mantel in zwei Teile, die nun dem Fremden um die Ohren zu flattern begannen.

Der fluchte und streifte sich den Mantel von den Schultern. Doch kaum hatte er die Hände wieder frei, als das Schwert des Iren seine Dolchspitze traf und der Dolch in einem Tuff Heidekraut landete. Maria bemerkte ein flüchtiges, stummes Lachen auf Cai Tuams Gesicht, während er jetzt seinen Gegner im Kreis herumjagte, der wehrlos und panisch nach seiner Waffe Ausschau hielt.

Als er sie entdeckte, drehte er sich, sprang geduckt auf das Heidekraut zu und griff nach dem Dolch. Er richtete sich auf, ein kurzer Augenblick nur, wie der Flügelschlag eines Vogels, und schon stand der Ire wieder vor ihm, schwang sein Schwert hin und her, als wolle er den Regen damit teilen so wie den Mantel. Dann senkte er es und stach zu. Der andere taumelte zurück und brach zusammen. Blut spritzte auf den Boden, sein Wams rutschte zur Seite und gab eine klaffende Bauchwunde frei, aus der das Blut strömte. Der Ire bückte sich und zog sein Messer aus dem Gürtel. Er hatte Maria vergessen, die immer noch auf ihrem Pferd saß. Sie sah, wie Cais Hand mit dem Dolch zur Kehle des Verletzten zuckte, und schrie auf. Der Ire zögerte und blickte irritiert in ihre Richtung.

»Reitet nach Hause«, rief er ihr zu.

Doch sie sah auf den Mann am Boden. »Er lebt noch«, rief sie zurück, »wollt Ihr ihn umbringen?«

Er warf seinem besiegten Gegner einen Blick zu, der jetzt zu stöhnen begann und das Gesicht in die Erde preßte. Maria starrte den Iren an.

Dieser Mann hatte zwei Gesichter, zwei verschiedene Wesen in seinem Leib, die sich unmöglich miteinander vertragen konnten, die ewig miteinander im Krieg liegen mußten. Der Arzt und der Soldat. Der Mann, der diesem armen Teufel die Kehle aufgeschlitzt hätte, und der, der mit den sanften Händen einer Frau Kranke behandelte, ihnen Mut und Trost zusprach. War er ihr darum so unheimlich? Weil er wie ein Zwitter war, wie Janus zwei Gesichter hatte?

Sie sah ihn auf sich zukommen. Er sprang hinter ihr aufs Pferd und lenkte die Stute zurück. Er sagte etwas, aber sie verstand ihn nicht, denn Sturm und Regen wurden stärker, und der Wind trug die Worte davon.

Als sie den Burghof erreicht hatten, sah sie Berthold aus dem Haus kommen. Er hob sie vom Pferd und nahm sie in die Arme. Weiche, zärtliche Arme, und endlich konnte sie weinen.

»Wo warst du?« weinte sie, während ihr die Stiefmutter einen warmen Mantel um die Schultern legte.

»Ich bin eben erst zurückgekommen«, erwiderte er. Sie hob den Kopf und entzog sich seinen schützenden Armen.

Drei Soldaten schickten sich an, den Verletzten zu holen. Maria hörte die Stimme des Iren, der sich verteidigte, und nickte, als man sie fragte, ob es Notwehr gewesen sei. Und als die Soldaten eine Stunde später wiederkamen, hoben sie den Weißbemantelten, dem sie seinen Mantel über den Oberkörper gelegt hatten, vom Pferd.

Er war tot. Sie brachten ihn in einen der Ställe. Der Schreiner würde ihm einen Sarg zimmern, und der Priester würde ihn morgen früh auf dem Gottesacker begraben, denn er trug ein Kreuz um seinen Hals und war ein Christ gewesen.

Sie saßen am Abend in der Halle bei Wein und Brot. Um die Mauern heulte der Sturm, und in der Kapelle las der Priester eine Messe für Monreals Seele. Die Stimmung war gedrückt. Das Fackeln des Lichts an den Wänden schien lange Zeit die einzige Bewegung im Raum. Niemand sprach, niemand aß.

Wer brachte einen Offizier mitten in der Heide um? Gewiß, er hatte ein gutes Pferd und prall gefüllte Satteltaschen bei sich gehabt. Pferd und Satteltaschen waren jedenfalls verschwunden. Monreal war Sachse gewesen, Sachse auf einem von einem Franken geführten Anwesen. War es ein politisch motivierter Mord?

»Und wenn es so wäre?« sagte Raupach plötzlich in die Stille hinein, denn er wußte, sie alle dachten das gleiche. »Monreal war einer von Heinrichs Leuten. Der Herzog hat ihn persönlich hierhergeschickt ...«

»Wir müssen den Herzog verständigen«, sagte Berthold, »und der wird uns einen seiner Vollstrecker auf den Hals schicken. Und wir müssen ihm auch den Tod des Fremden melden. Das wird seine Aufmerksamkeit auf uns ziehen.«

Raupach nickte nachdenklich. Dann wandte er sich dem Iren zu. »Kann der Mann im weißen Mantel der Mörder sein?«

Der Ire hing müde auf seinem Stuhl und hatte die Augen halb geschlossen. »Der Mann hatte keine Armbrust«, gab er zurück. »Wenn er der Mörder wäre, hätten wir die Armbrust irgendwo finden müssen. Aber wir haben sie nicht gefunden.«

Er richtete sich jetzt auf. »Ich habe mir die Spuren noch einmal genau angesehen. Auf den ersten Blick war da nur die Spur von Monreals Pferd und die Spur des Mörders, der kein Pferd hatte. Ich fand aber noch eine dritte Spur. Ich kann mich täuschen, aber womöglich war da noch jemand, ein Dritter, jemand, der mit Monreals Pferd verschwunden ist.«

»Der Mörder«, warf Raupach ein, doch Cai schüttelte den Kopf.

»Der Mörder trug leichtes Schuhwerk, keine Stiefel. Seine Spur führt in den Wald zurück, die Spur des Pferdes jedoch in die entgegengesetzte Richtung. Nun könnte der Mörder nach der Tat natürlich in den Wald gegangen sein, einen Bogen durch den Wald beschrieben haben und dann auf den Weg zurückgekehrt sein und das Pferd bestiegen haben. Aber ich sehe keinen Sinn darin.«

Einer der Offiziere am Tisch nickte. »Ich habe die Spuren auch gesehen. Warum hat der Mörder nicht gleich das Pferd genommen? Spräche das nicht für einen Dritten?«

»Der Mann im weißen Mantel«, murmelte Berthold. »Wenn der Mann im weißen Mantel nicht der Mörder war, dann war er vielleicht der Dritte.«

Der Ire nickte. »Er trug weiche Stiefel. Die Abdrücke sind mit denen des Mörders fast identisch, aber es hat geregnet, und die Spuren sind fast verwischt.«

Einen Moment lang herrschte Schweigen. Fett tropfte in die Glut, daß es zischte. Van Nell sah zu dem bratenden Stück Lende über dem Feuer herüber und leckte sich über die Lippen. »Monreals Bursche erzählte mir eine merkwürdige Geschichte über einen Brief, den Monreal gestern abend angeblich geschrieben haben soll. Er habe etwas von Bischof Gero gesagt, dem er diesen Brief übergeben wollte.«

»Gero?« rief Raupach stirnrunzelnd. »Der hat Heinrich eine Menge Kirchenlehen verschafft.«

»Ja«, lachte Berthold, »bis der Kaiser ihn des Amtes enthob, weil er dem bösen Vetter jeden Wunsch von den Augen ablas. Gero war ein Werkzeug des Herzogs. Aber was wollte Monreal bei ihm? Wieso schrieb er ihm einen Brief?«

Sie rätselten noch eine Weile über den seltsamen Spuren, doch sie wußten, daß nichts so trügerisch ist, wie eine halb verwischte Spur, sahen einander mißtrauisch in die Augen und wußten, daß es genügend Menschen in der Burg gab, die Monreal auf dem Gewissen haben konnten. Sie selbst nicht ausgenommen. Mit Sicherheit unschuldig war nur, wer weder eine Armbrust besaß, noch mit einer umgehen konnte. Sie alle konnten es gewesen sein, die Herren wie die Soldaten und die Offiziere.

Raupach stand auf und gab den Dienern ein Zeichen zum Auftragen des Fleisches. Sein Blick fiel auf einen leeren Stuhl. »Wo ist Maria?«

»Ich werde sie holen«, sagte Berthold. Er stand auf und stieg die breite Holztreppe zu ihrer Kammer hinauf, öffnete die Tür und trat ein.

Maria lag im Bett, die Stiefmutter stand neben ihr und hielt ihre Hand. »Sie hat Fieber«, flüsterte sie.

Vor der Fensteröffnung, die mit schwerem Tuch verhangen war, stand Katharina, die sächsische Zofe der Herrin. Berthold trat an das Bett. Maria schlief, ihr Atem ging unruhig, die geschlossenen Augenlider zuckten leicht.

»Sie war naß bis auf die Knochen«, sagte die Stiefmutter leise.

Berthold nickte. »Ich hole den Arzt.«

»Nein«, sagte die Stiefmutter schneidend, »nicht den Arzt. Der hat sie stundenlang im Regen stehenlassen. Der hätte dem Mann, der noch lebte, beinahe die Kehle durchgeschnitten. Vor Marias Augen. Der Mann ist ein Teufel.«

Berthold schüttelte nur müde den Kopf. »Ihr wißt, wie es zugeht in der Welt, Ihr oder ich, etwas anderes gibt es nicht. Der Mann hätte nicht mehr lange gelebt, und niemand hätte ihn noch retten können.«

Er verließ das Zimmer. Draußen lehnte er sich gegen das Geländer einer kleinen Empore und wischte sich den Schweiß von der Stirn. Ja, der Ire war ein Satan. Niemand wußte das besser als er. Er hatte genug Schlachten mit ihm geschlagen, damals, als er noch gesund war. Alessandria fiel ihm wieder ein. Die blutbesudelten Kleider des Iren, der Geruch des Todes, mit dem er sich umgab, als käme er geradewegs aus der Hölle.

Aber für ihn gab es keine Hölle, sagte sich Berthold. Cai Tuam hatte wieder begonnen, seine gälischen Gebete aufzusagen. Diese gurrende Sprache der Heiden, der alten satanischen Priester, die Menschen opferten und aus deren Eingeweiden die Zukunft lasen, so wie andere aus den Sternen. Berthold mußte achtgeben. Wenn der Ire sich verdächtig machte, würde er ihn nicht ewig decken können, und er wollte ihn nicht verlieren.

Ihm war es nicht wichtig, zu wem ein Mensch betete. Doch manchmal fragte er sich dennoch, an wen der Ire seine Gebete richtete. Und wenn er in die Messe ging, zu wem sprach er dann? Wenn er die Beichte ablegte, wovon redete er? Welchen Namen hatte sein Gott? Oder hatte er gar keinen?

Berthold schwitzte immer mehr und rang nach Luft. Er stürzte die Treppe herunter und rannte ins Freie. Seine Frau brauchte einen Arzt. Er hatte einen. Er hatte den besten.

Marias Zofe, die Sächsin, stand am Fenster wie eine schwarze Krähe. Schwarzgekleidet, die dunklen Augen voller böser Blicke, als der Arzt eintrat.

»Zieh den Vorhang zur Seite«, schnauzte er sie an und trat an das Bett, in dem Maria lag. Die Stiefmutter hielt ihre Hand. Der Arzt fühlte Puls und Stirn, zog die Augenlider hoch. »Gebt ihr Weidenrindentee und einen Aufguß aus Schafgarbe. Kennt Ihr Euch aus mit der Zubereitung von Kräutern?«

Die Stiefmutter sagte nichts. Sie konnte Kräuter für die Küche unterscheiden, Thymian und Melisse, mehr nicht. Aber sie schwieg. Sie würde die Tränke, die der Arzt verordnete, aus dem Fenster kippen.

»Laßt sie viel trinken«, fuhr er fort, »das schwemmt die Krankheit aus dem Leib.« Er nickte noch kurz und ging dann grußlos heraus.

Am nächsten Tag kam er wieder. Und wieder war das Zimmer verdunkelt. Die Luft war verbraucht, aber die schwarze Krähe schien Angst vor frischer Luft zu haben. Sie stand vor dem Fenster, als wolle sie den Tag bewachen, der draußen lauerte. Er ging selbst und schlug den schweren Stoff zur Seite. Gleißendes Sonnenlicht strömte ins Zimmer. Maria hob den Kopf. Er tastete nach Verdickungen hinter ihren Ohren, und seine Hand strich ihren Hals entlang.

»Das Fieber ist gesunken«, erklärte er und grinste. »Obwohl Eure Mutter nicht viel von meinen Heilkünsten hält. Sie schüttete mein Gebräu einem von Maesfelds Knappen auf den Kopf.«

Er nahm ein Tuch, das über den Schemel am Bett gelegt worden war und wischte Maria über die feuchte Stirn. »Wenn es Euch beruhigt«, sagte er leise, »in ein, zwei Tagen seid Ihr mich los. Ich reite nach Köln, ich werde längere Zeit nicht hier sein.«

Er setzte sich auf den Schemel. Sein Gesicht war ernst. Tiefe, schwarze Schatten lagen unter seinen Augen.

»Es tut mir leid«, sagte er nur. Und Maria wußte sofort, wovon er sprach.

»Jetzt ist es zu spät«, murmelte sie.

»Ja, Herrin, es ist immer zu spät. Ich habe es zu oft getan, um noch darüber nachzudenken. Wenn man anfängt zu denken, dann geht es einem wie mit diesem Geist aus der Flasche. Es ist eine Geschichte aus dem Morgenland, die mir die Kreuzfahrer einmal erzählt haben. Kennt Ihr sie? Man öffnet die Flasche, und heraus steigt ein riesiger Dämon.«

Er schwieg und faltete das Tuch in seinen Händen. »Der Dämon unserer verfluchten Seelen.«

Maria sah ihn an. Zum ersten Mal sah sie ihm bewußt ins Gesicht. Es war schön wie ein Mädchengesicht, wären da nicht dieser harte, verschlossene Mund und die grünen Augen gewesen, Augen so kalt wie Eisschollen. »Hättet Ihr ihn umgebracht, wenn ich nicht gewesen wäre?«

Er zögerte. Beugte sich dann vor und nahm ihre Hand.

Da fielen ihr die silbernen Schlangen an seinem Armband auf. »Werdet gesund«, meinte er spöttisch, »sonst wird mein Herr mich noch entlassen.«

Sie sah ihm nach, wie er davonging, ohne sich noch einmal umzudrehen.

THURISAZ

ᚦ

»Ein drittes kann ich, drängt mich die Not,
zu hemmen Haßgegner:
stumpf mach ich den Stahl der Feinde,
nicht beißt ihr Waffen noch Wehr.«

Der Ire war am Morgen mit ein paar Soldaten auf die Jagd geritten. Dabei waren sie an einem Garten vorübergekommen, den er nur mit einem flüchtigen Blick gestreift hatte. Aber dieser Augenblick hatte gereicht, seine Aufmerksamkeit zu erregen. Er konnte nicht einmal sagen, weshalb, aber als er gegen Mittag eine Stunde frei hatte, ritt er wieder zu dem Garten hin. Er lag im Norden, hinter den Mauern der Festung, direkt vor einem sich lang hinstreckenden Wald.

Hatten die Götter ihn zu diesem Garten geführt? Der lag da in der vollen Sonne und funkelte den Iren an mit seinen silbergrauen Gewächsen. Cai war vom Pferd gestiegen und stehengeblieben. Was aber zog ihn so an, daß er immer näher kam? Vielleicht war es das Bild dieser silbriggrauen Pflanzen. Hexenkraut, Nieswurz, Schachtelhalme, Disteln, Farne im Schatten. Uralte Pflanzen, lange schon auf dieser Welt gewesen, bevor es Menschen gegeben hatte. Gewächse, von denen ein Zauber ausging für die, die noch darum wußten, und Cai Tuam wußte darum.

Ein Gatter umgab den Garten. Und ringsherum zog sich ein hauchdünner Seidenfaden. Dies war der Garten einer weisen Frau, der einer Hexe. Der Ire spürte es jetzt ganz genau, als würden die Pflanzen zu ihm sprechen. Er verharrte reglos. Fremde Gärten durfte man nicht betreten, lautete eine alte Regel. Sowenig wie man in fremde Häuser eindringen durfte. Gärten waren heilige Bezirke.

In Cai Tuams Heimat gab es ähnliche Gärten. Gab es ähnliche Frauen, und die wurden, ganz ähnlich, zu Hexen erklärt. Und jetzt wußte er auch, warum er noch einmal hierhergeritten war. Es war die Erinnerung an seine irische Heimat mit ihren verschwundenen Göttern und Priestern gewesen. Es war die Erinnerung an seine eigene Vergangenheit, von der er dachte, er hätte sie ausgelöscht, gebannt und totgeschlagen. In Wirklichkeit hatte er nichts vergessen. Überall auf der Welt gab es auch nach Hunderten von Jahren noch Hinweise auf die alten Götter, Gärten, Steine, Lieder, Sprüche und nicht zuletzt Menschen, die im Verborgenen blieben. Der Ire sah sich um, aber da war niemand: nur seine eigenen Bilder, die sich aus dem Nebel des Vergessens lösten, Bilder von Banshees, von Feen, die in einem Weiher badeten, Bilder von bärtigen Priestern, die Misteln schnitten, von den alten legendären Helden wie Cuchluchlain, von magischen Steinkreisen und magischen Alphabeten.

Cai Tuam hatte diese Bilder loswerden wollen, doch sie schmerzten heute noch so wie vor zwanzig Jahren. Er erinnerte sich an seine Initiation als junger Novize eines verbotenen Glaubens. An den Großvater, einen der letzten keltischen Priester, der seine Hoffnung auf den Enkel gesetzt hatte. Aber Cai Tuam hatte ihn bitter enttäuscht. Er hatte die heiligen Zeichen seiner Religion, Stein, Stab, Kelch und Lanze, ins Meer geworfen und war Soldat geworden. Und hatte seither versucht, die Schatten der Erinnerung zu verscheuchen.

Der Garten vor ihm aber brachte die Erinnerung zurück. Das, was ihn so anrührte, war das schlechte Gewissen, waren die alten Götter, die ihn anriefen, waren Schmerz und Scham und die Wahrheit, an die er einst geglaubt hatte. Die Wahrheit gegen die Welt, hatten die Druiden behauptet. Ja, die Wahrheit stellte sich immer und überall gegen die Welt, aber die Druiden waren tot.

Die Sonne wanderte weiter. Mittag war längst vorbei, und er hockte noch immer auf der Erde und blickte zu diesem Garten hinüber. Er hatte vor fünfzehn Jahren Irland verlassen und für fremde Herren andere Soldaten erschlagen. Sein Gott war der des Schwertes geworden, der des Todes. Inzwischen war der Großvater längst tot, aber Cai spürte immer noch die Verachtung in seinem Blick. Der verlorene Enkel, der nicht im Untergrund leben wollte, weil es ihn zu Höherem getrieben hatte. Anhänger eines verbotenen Glaubens lebten in ständiger Lebensgefahr, weil die Kirche sie verfolgte und auch den letzten auszurotten versuchte.

Cai Tuam starrte auf den sandigen Boden. Er wußte genug von magischen Dingen, um den Zauber zu spüren, der in diesem Garten gefangen war. Einst hatte er seine Seele den alten Göttern geweiht, aber er hatte das Versprechen, ihnen zu dienen, gebrochen. Die Wahrheit gegen die Welt. Und was hatte er getan? Er hatte sich dem neuen Glauben angepaßt und die Wahrheit verleugnet, weil er nicht mehr wußte, wo die Wahrheit war.

Nein, das war nicht richtig, er hatte nichts verraten, er hatte nur alles vergessen, alles vergraben, zugeschüttet und war einfach weggegangen.

Sigrun wußte nicht, was die Nornen bei der Geburt ihrer Tochter für ein Schicksal gesponnen hatten – das war ein Geheimnis, das selbst ihr, der letzten Runenmeisterin Sachsens, verborgen blieb. Aber daß es kein gutes sein würde, das begann sie allmählich zu ahnen.

Ihre Hütte lag im Wald, verborgen für die meisten Menschen. Es gab welche, die behaupteten, sie könne sie unsichtbar machen, diese Hütte, mit Hilfe ihrer magischen Kräfte und den Runen, aber Sigrun lachte nur über solchen Aberglauben. Sichtbar oder unsichtbar machen, das konnten nur die Götter, doch deren Gestalt verblaßte immer mehr in diesen Zeiten, die im Zeichen des Christengottes standen.

Sigrun stand am Fenster und sah ihre Töchter am Tisch sitzen und Linnen flicken. Avenaar arbeitete sorgsam, konzentriert, das Haar auf dem Kopf zu einem Knoten zusammengesteckt. Rosalie flickte ungeduldig, mit zusammengekniffenen Augen und einem unwilligen Zug um den Mund, und das Haar fiel ihr offen über die Schulter. Die beiden waren so unterschiedlich wie Wasser und Feuer – die eine still und scheu, die andere mutig und mit einem eisernen Willen. Und doch verstanden sie sich auf ihre Weise, zwei Schwestern, die sich liebten, und Avenaars Entschluß, Mutter und Schwester zu verlassen, hatte Rosalie tief getroffen.

Wäre Avenaar gestorben, es hätte für die Mutter nicht schlimmer sein können. Aber für sie, die letzte Runenmeisterin der Sachsen, die über Land ging und den Leuten das Orakel las, war eine Tochter im Kloster eine verirrte, verlorene Seele.

Avenaars Entschluß stand fest. Mit dem Gesicht einer Rose und der Gestalt der Göttin Freya selbst würde sie in wenigen Tagen nach Raupach gehen und dort darum bitten, daß man sie ins Kloster zu Unseren Lieben Frauen begleite, damit kein Verdacht auf ihre dunkle Vergangenheit fiele.

In der Hütte brannte nur das Feuer, und Avenaar legte das Linnen auf den Tisch zurück. »Es ist zu dunkel«, meinte sie, »ich flicke morgen weiter.«

»Wozu?« fragte Rosalie spitz, »du brauchst es doch nicht mehr. Da, wo du hingehst, braucht man kein Linnen. Man braucht auch keine Sprache mehr, denn ich habe gehört, sie reden nicht miteinander, und essen tun sie nur Sauerampfersuppe und hartes Brot.«

»Hör auf«, sagte Avenaar müde, »du wirst es doch nie verstehen.«

»Nein, ich verstehe es nicht. Die Tochter einer Runenmeisterin in einem christlichen Kloster! Eine Schande ist das.«

Sie stritten noch eine Weile hin und her, und Sigrun beobachtete sie still. Immer wieder fragte sie sich, was sie falsch gemacht haben könnte, und doch wußte sie, daß diese Frage sinnlos war. Die Zeit war falsch, das war die einzige Antwort, die es gab. Und die Zeit konnte man nicht mehr zurückdrehen. Die Zeit war Werdandi, jene Norne, die die Gegenwart spann. Doch wer weiß, vielleicht gab es die Nornen schon gar nicht mehr in einer Welt wie dieser. Vielleicht war ihr Brunnen zugeschüttet und die Esche in ihrem Garten verdorrt.

Es klopfte an die Tür. Die Schwestern hörten auf zu reden, und Sigrun sah aus dem Fenster. Draußen, im hellen Licht des vollen Mondes stand der Bauer vom Schütterhof in einem dicken, wollnen Mantel. Er kam von weit her und hatte den Schutz der Nacht genutzt, um unerkannt hierherzukommen.

Sigrun öffnete die Tür. Kalte Luft strömte in die Hütte und der fremde Geruch eines Schaffellmantels.

»Ich kam schneller voran, als ich dachte«, sagte er und

schüttelte sich den Mantel von den Schultern, den Sigrun sorgfältig an einen Haken an die Holzwand hängte.

Avenaar wandte sich ab. Das hier war nichts mehr für sie. Ein dummer Bauer, der sich von Sigrun die Runen legen ließ, weil seine Frau im Kindbett gestorben war und er nun daran dachte, sich wieder zu verheiraten. Warum tat er es nicht einfach, sondern rannte hierher durch die Nacht, um sich die Antwort aus ein paar zerkratzten Steinen und Stäben lesen zu lassen?

»Ich muß gleich zurück«, sagte er und ließ sich auf einem der Schemel nieder. »Je eher ich zu Hause bin, desto weniger fragt man sich, wo ich gewesen bin.«

»Wer ist die Frau, die du zu dir nehmen willst?« wollte Sigrun wissen, die an der Feuerstelle stand und Wasser in einem Topf erhitzte.

»Es ist die Witwe meines Nachbarn. Er starb am Schweißfieber. Aber die Leute sagen, sie brächte Unglück ...«

»Hör nicht auf das, was die Leute sagen«, brummte Sigrun und warf ein paar getrocknete Zweige der weißen Minze und eine Meerrettichwurzel in das kochende Wasser. »Wir werden sehen, was die Steine sagen. Dann kannst du in Ruhe entscheiden.«

Der Bauer nickte. Seine kräftigen Hände lagen auf dem Tisch wie zu einem Gebet gefaltet. Er wirkte nervös, er wußte, er hätte hier nicht sein dürfen. Der Christengott sah es nicht gerne, wenn er zu einer wie der hier ging. Aber die Priester waren weit weg und ahnten nichts von seinen Sünden. Schon sein Großvater war hierhergekommen, und Sigrun war die beste Runenmeisterin, die es je gegeben hatte.

»Es ist schon recht«, sagte sie vom Feuer her, als habe sie seine Gedanken gelesen. »Danach wird es dir besser gehen.«

Avenaar nahm ihr Linnen und stand auf. Draußen war es zu kalt, also verschwand sie hinter dem Vorhang, der vor ihrem Lager hing. Sie wollte es nicht sehen, wenn Sigrun ihre Steine ausschüttete und mit den alten Göttern sprach.

Ihre Schwester aber ging, den Beutel mit den Runen zu holen und legte ihn auf den Tisch.

»Avenaar geht ins Kloster, die arme Seele«, sagte sie leise zu dem Mann, der auf den roten Beutel starrte.

Er sah auf. »Vielleicht ist es besser so«, murmelte er. »Und du? Gehst du auch?«

Rosalie lachte. Sie lachte so laut, daß es der Mutter durch Mark und Bein fuhr. Was die eine zuviel hat, hat die andere zuwenig, dachte sie besorgt. Dann nahm sie den Topf vorsichtig vom Feuer und stellte ihn auf den Boden. Schöpfte mit einer Kelle das jetzt würzig riechende Wasser in einen Becher und reichte ihn dem Bauer. »Da, trink.«

Dann setzte sie sich an den Tisch, öffnete den Beutel, und achtzehn runde Steine fielen heraus.

In der Residenz des Herzogs von Braunschweig war der Kurier aus Raupach eingetroffen und hatte die Mitteilung vom Tod Monreals überbracht. In Braunschweig wurde der Fall schnell verhandelt. Da sich der Landesherr selbst nicht in der Stadt aufhielt, befand der oberste Gerichtsherr und erklärte Cornelius Custodis zum Vollstrecker in dieser Angelegenheit.

Custodis war einer von Heinrichs Günstlingen, ein raffinierter Spürhund, verschlagen, gerissen und unbestechlich. Er besaß nur ein Laster: wenn er auch die Frauen nicht verachtete, gelegentlich trieb ihn die Gier nach jungen, hübschen Männern um. Dann pflegte er zuweilen das, was die Priester widernatürliche Unzucht nannten und was den Menschen auf direktem Wege in die Hölle befördert.

Doch derweil lebte Custodis noch ganz munter auf Erden und freute sich diebisch über den Fall, den man ihm angetragen hatte. Wenn er dem Franken Raupach an den Karren fahren konnte, würde das Lob seines Herzogs nicht spärlich ausfallen, dachte er und rieb sich vergnügt die Hände. Er suchte sich einen schönen, warmen Tag aus und machte sich in aller Ruhe auf die Reise.

Anfang Mai erschien Custodis in Raupach. Der Mann sah aus wie eine Eule, schläfrige, fast gelbe Augen, große Ohren, Haare, die ihm wie Federn vom Kopfe abstanden. Er steckte in einem unförmigen, schwarzen Mantel, der ihm bis auf die Füße hing wie ein zu großer Sack und den er nie auszog.

Er ließ sich durch die Burg führen, und seinen scharfen Augen schien nichts zu entgehen. Er sprach mit den Soldaten, den Handwerkern, den Mägden und den Knechten. Selbst mit dem Schweinehirten. Er begutachtete Kleidung und Waffe des Weißbemantelten, ließ sich berichten, was sich wie zugetragen hatte, und setzte sich dann im Obstgarten in die Sonne. Seine Schlüsse behielt er für sich.

Man begegnete ihm mit unverhohlenem Mißtrauen, aber Custodis war es nicht anders gewohnt. Wo man ihn hinschickte, hatten die Menschen etwas zu verbergen. Manchmal war es lediglich Raub oder Betrug, manchmal Ketzerei, selten Mord oder Totschlag. Er kümmerte sich um die Pfründe seines Herren und um seine eigenen, und in einer Welt, in der Mord an der Tagesordnung war, schickte man ihn nur los, wenn es sich um eine prekäre Angelegenheit handelte. Oder um einen sächsischen Offizier in einem fränkischen Wespennest.

Monreal war so ein Offizier gewesen, von dem Herzog nach Raupach geschickt, damit er ein Auge auf die Franken habe. Hatte er ein Auge zuviel riskiert? Was trieben sie hier in der gottverlassenen Heide? Brachten einen Offizier um, der ihnen auf die Schliche gekommen war? Aber auf welche Schliche?

Custodis räkelte sich in der Sonne, die ihm heiß auf den Pelz schien. Er lüftete den Mantel ein wenig. Raupach war ihm nicht unsympathisch. Er machte nicht den Eindruck eines Spitzels, er verwaltete sein Lehen mit Sachverstand, wie Custodis den Büchern hatte entnehmen können. Soweit er erkennen konnte, keine Unterschlagungen, keine Prasserei oder ähnliches.

Der Mann in diesem weißen Mantel ging ihm nicht aus dem Kopf. Am einfachsten wäre es, er wäre der Mörder, denn dann wäre der gleich Gottes Gerechtigkeit überantwortet. Aber falls er der Täter gewesen war, wo war dann seine Waffe geblieben? Und dann die Sache mit den merkwürdigen Spuren. Hatte er Monreal umgebracht, war mit dessen Pferd verschwunden und dann ohne Pferd noch einmal wiedergekommen? Ein Täter ohne Pferd und ein Täter ohne Waffe. Nichts paßte hier zusammen.

Er würde hier gründlich aufräumen unter den Herren in Raupach, dachte Custodis grimmig. Er mochte die Franken ebensowenig wie sein Herzog und wie alle Sachsen. Einst waren die Sachsen das mächtigste Volk im Deutschen Reich gewesen, und sie waren immer noch mächtig. Kein Welfe beugte sich vor einem Franken. Vor denen, die Sachsen am liebsten unter sich aufgeteilt hätten wie einen Kuchen. Custodis stand mit eiserner Loyalität zu seinem Braunschweiger Herzog, dem Löwen, und die Gelegenheit, den Franken ans Leder zu gehen, nahm er nur zu gerne wahr.

Dies hier war so eine Gelegenheit. Konnte er einem von Raupachs Leuten den Mord anhängen oder den Prozeß machen, würde sich der Herzog dafür erkenntlich zeigen. Leider sah die Sache allerdings recht schwierig aus, ein wenig trübe sogar, wie Custodis seufzend resümierte. Es gab bisher keinen Anhaltspunkt, nichts, wo er seine Suche hätte beginnen können. Er hatte nur einen Mann im weißen Mantel, der nicht mehr aussagen konnte, und einen toten sächsischen Offizier.

Cainnech Tuam hatte in Köln zwei irische Landsleute getroffen und die Nacht mit ihnen in der Schenke »Zum Hammer« durchzecht. Es tat ihm gut, wieder einmal gälisch zu sprechen, von der Heimat zu träumen und sich sinnlos zu betrinken.

Am nächsten Morgen hatte der Wirt ihn unsanft vor die Tür gesetzt, und er war müde, aber zufrieden durch die Stadt geschlendert. Er war lange nicht mehr hiergewesen und kannte sich kaum noch aus. Er mochte diese Stadt. Sie war wie eine lasterhafte und verruchte Geliebte. Er ging vorbei an den Garküchen, aus denen verführerische Düfte drangen, bummelte über den Markt und sah in die Auslagen der Händler, ging vorbei an den Steinhäusern der Reichen und den Hütten der Armen.

Am Ende einer Straße sah er St. Marien vor sich, eine der ersten Kirchen der Stadt. Er trat ein – kühl und dämmrig und menschenleer war es hier. Er kniete vor dem Chor, senkte den Kopf und wurde ruhig. Müdigkeit erfaßte ihn, aber er schlief nicht. In ihm wurde es immer leerer, bis kein Gedanke, keine Regung mehr vorhanden waren. Er hatte diese innere Form der Sammlung von seinem Großvater gelernt. Es war eine Art, Gott anzurufen, die der der Christen sehr ähnlich war.

Cai konzentrierte sich auf das Nichts. Er nahm nicht mehr wahr, was um ihn herum geschah, bis die Schritte eines Priesters durch das Kirchenschiff hallten. Da sah er auf, und sein Blick fiel auf das hölzerne Kreuz, das über dem Chor hing. Wieviel wußte er noch von den Lehren seines Novizentums? Manchmal ging er in den Wald, an eine Quelle oder zu den alten Steinen, wo es sie noch gab. Eine Kirche aber war ein künstliches Gebilde, von Menschen erschaffen, und ihre Mauern störten die magischen Kräfte, die den Quellen der Natur innewohnten und durch die man Verbindung zu den Göttern aufnehmen konnte. Dennoch war Gott auch hier zu finden. Der eine Gott hat viele Gesichter.

Cai hob den Kopf. Im Dämmerlicht ringsum blieb alles still. Hier würde ihm nichts und niemand antworten. Auch Gott nicht.

Als er zurück auf die Straße trat, bemerkte er eine Hure auf der anderen Seite. Sie lächelte ihn an. Alles an ihr war rot, selbst die Schuhe und das Haar. Sie steuerte auf ihn zu, selbstbewußt, gefällig. Aber er fühlte sich plötzlich müde, schmutzig und schuldig.

»Was ist?« fragte sie kokett, »kommst du mit mir? Ich habe eine Kammer in der Straße, sauber und frei von Ungeziefer.«

Er grinste. Er hätte jetzt in Bertholds Stadthaus gehen

müssen, aber er verspürte wenig Lust dazu, sich dort mit den Dienstboten zu streiten, deren Schlamperei er ein Ende bereiten sollte.

Sein Schwert steckte im Gürtel, ebenso sein Geld. Wenn er einschlief, würde sie ihm wahrscheinlich die Börse abnehmen und ihm mit seiner eigenen Klinge die Kehle durchschneiden.

Er musterte sie. Er kannte sich mit Menschen aus. Sie würde sich mit seinem Geld begnügen. Sie war an den Tod gewöhnt, doch sie hatte Angst davor.

Sie führte ihn in ein kleines Haus am Ende der Straße. Die Treppe hinauf. Im Zimmer stand ein Bett, und die frischen Binsen dufteten nach Thymian. Cai blieb im Zimmer stehen.

»Ich bin müde«, sagte er.

»Du willst schlafen?«

»Ich habe die ganze Nacht nicht geschlafen.« Er öffnete seinen Gürtel, warf ihn aufs Bett und legte einige Münzen auf die Fensterbank. Dann zog er sich die Stiefel aus und fiel in die weichen Kissen.

»So ein Gottvertrauen wie du möchte ich auch mal haben«, murmelte die Hure und nahm das Geld von der Fensterbank. Ein königlicher Lohn nur für ein lausiges Bett und einige Stunden Schlaf.

Sie sah ihn an. Sie mochte ihn. Er war ihr gleich aufgefallen, wie er aus der Kirche gekommen war. Rabenschwarzes Haar. Einer aus dem Süden, hatte sie gedacht. Rom, Andalusien oder so, leidenschaftliche Männer. Doch dann hatte sie seine Augen bemerkt, grün wie Blattornamente auf einer Tapisserie. Sie wußte immer noch nicht, woher er kam.

»Ich gehe essen«, sagte sie schließlich und verließ das Haus. In einer der Garküchen bestellte sie gegrillte Rippchen und vertrieb sich dann trödelnd den Nachmittag. Kaufte von den Münzen ein Stück rote Seide, ein Amulett gegen Kindbettfieber – nicht ohne sich innerlich selbst auszulachen – und einen Krug vom besten Rheinwein. Mit dem stieg sie die Stufen zu ihrer Kammer hinauf. Ihr Kunde saß aufrecht im Bett, die Arme hinter dem Nacken verschränkt.

»Ich habe uns Wein mitgebracht«, sagte sie und füllte den Wein in zwei Becher. »Wasser?«

Er schüttelte belustigt den Kopf.

»Ausgeruht?«

»Das Geld hast du schon ausgegeben, wie ich sehe.«

Sie lachte. »Seide, ein Amulett gegen Kindbettfieber und Wein. Ich habe, was ich wollte. Und du? Wer bist du, und woher kommst du?«

»Das sind viele Fragen auf einmal«, sagte er. »Aber gut, ich bin Söldner und komme aus Irland. Zufrieden?«

Sie war irritiert. Er sah nicht aus wie ein Söldner, eher wie ein Ritter, ein Adeliger mit seinen Waffen und der guten Kleidung, die sich ein Söldner normalerweise nicht leisten konnte.

Er bemerkte, daß sich ihr Gesicht verfinsterte.

»Was ist?« fragte er spöttisch.

»Ich mag keine Söldner«, erwiderte sie kurz angebunden.

»Ich verstehe. Sie haben kein Geld, meinst du das?«

»Das auch«, antwortete sie düster, »aber sie können sich nicht benehmen, und das ist viel schlimmer. Bist du auch so einer?«

Er betrachtete amüsiert ihr erschrockenes Gesicht. »Gewiß. Wenn mir danach ist.«

»Und? Ist dir heute danach?«

Er lachte und sprang vom Bett. »Du hast Glück. Heute ist mir nicht danach. Aber vielleicht morgen.«

Er schnallte sich den Gürtel um.

»Du willst gehen?«

»Ich wollte in Ruhe schlafen, mehr nicht.«

Er zog sich die Stiefel an, weiche, teure Lammfellstiefel, die Berthold ihm gekauft hatte, warf sich den Mantel um, ebenfalls ein Geschenk seines Patienten, und schlüpfte aus der Tür, die er leise hinter sich zuzog.

Auf der Treppe begegnete ihm ein Mann in einem edlen Wams, dessen Kragen mit Zobelfell besetzt war. Auf seiner

Brust hing, halb verdeckt vom Wams, ein schweres silbernes Kreuz. Da die Treppe nicht genug Platz bot für zwei Männer, zögerten sie beide, bis sich endlich der Fremde, mit einem schmalen Lächeln auf den Lippen in seinem aufgedunsenen roten Gesicht, den Vortritt nahm. Gesenkten Kopfes zwängte er sich an dem Iren vorbei, der ihm nachdenklich hinterhersah, wie er in der Kammer der Hure verschwand.

Bertholds Stadthaus lag in der Nähe des Marktes. Es hatte drei Stockwerke und einen prächtigen ummauerten Garten. Als der Ire ankam, lungerten die Knechte und Mägde tatenlos herum. Die Binsen waren feucht und stanken, das Feuer war aus. Cai schritt finster von Zimmer zu Zimmer und scheuchte die Leute auf, die wie Hühner von der Stange fielen. Wenn ihr Herr nicht da war, führten sie ein bequemes, lustiges Leben. Doch vor dem Iren hatten sie Angst. Er gab Anweisungen, die Binsen zu erneuern, das Feuer anzufachen, den Staub auszufegen. In der Küche schimmelte das Mehl, das Wasser war abgestanden. Cai war wütend. Die Vorratskammern waren leer und der Weinkeller auch.

Wenn Berthold nicht da war, bedienten sie sich aus den Garküchen, natürlich auf Kosten ihres Herren.

»Schaff etwas zu essen und Wein heran«, herrschte der Ire die Köchin an. Binnen einer Stunde herrschte im Haus ein Leben wie in einem Bienenschwarm. Betten wurden frisch bezogen, Binsen erneuert, Wasser geholt, die Halle gefegt. Blumen wurden aus dem Garten gebracht, neue Kerzen gekauft.

Darüber war es Abend geworden. Die Glocken von St. Marien läuteten, und über dem Feuer briet das Lendenstück eines Ochsen. Cainnech Tuam streckte sich in einem Sessel aus und betrachtete die Schatten, die die Flammen an die Wände warfen.

Er dachte an den Mann, den er auf der Treppe des Hurenhauses getroffen hatte. Er konnte nicht sagen, wann, aber er hatte den Eindruck, ihn schon einmal gesehen zu haben.

Und es kam ihm so vor, als müsse er ihn mit der Geistlichkeit in Verbindung bringen. Ein Kleriker, ja, aber welcher? Und warum mußte er ständig darüber nachdenken? Am besten, er ginge dem Rätsel auf den Grund, was bedeutete, er würde die Hure noch einmal aufsuchen müssen.

Am nächsten Tag ging er zu dem Haus. Er stieg gleich die Treppe hinauf, machte sich nicht die Mühe anzuklopfen, sondern drang einfach in das Zimmer ein. Die Hure lag auf dem Bett, nur eine wollene Decke über sich gezogen und schlief. Auf der Fensterbank lagen einige Münzen, wohl noch vom letzten Freier. Cai Tuam trat näher und setzte sich auf das Bett. Sie öffnete die Augen und blinzelte, dann fuhr sie erschrocken hoch und zog die Decke bis zum Kinn.

»Was machst du hier? Kannst du nicht anklopfen wie jeder anständige Mensch?«

Er lachte. »Ich wollte dich nur etwas fragen.«

»Fragen?«

Sie ließ die Decke fallen und stand auf, legte sich einen verblichenen weißen Umhang über die Schultern und stellte sich ans Fenster. »Dann frag.«

»Der Mann mit dem zobelbesetzten Wams, wer ist das?«

Sie starrte ihn an. »Was geht dich das an?«

»Ich will es nur wissen. Ich glaube, ich kenne ihn. Ein alter Bekannter.«

»Warum hast du ihn dann nicht selbst gefragt?«

»Ich war mir nicht sicher. Ich wollte ihn nicht … brüskieren in dieser Situation.«

Sie wußte nicht, ob sie ihm glauben sollte. Zog den Umhang enger und griff nach den Münzen auf der Fensterbank. »Das kostet etwas, wenn ich es dir sagen soll.«

Er nickte.

Sie wog die Münzen in ihrer Hand und betrachtete sie nachdenklich. »Er war mal Bischof. Vielleicht ist er es immer noch, ich weiß es nicht. Der Kaiser hat ihn schon vor Jahren abgesetzt, weil er für den Herzog von Braunschweig gearbeitet hat. Mehr weiß ich nicht.«

»Du weißt aber, wie er heißt.«

Sie sah auf und schloß die Finger um die Münzen in ihrer Hand. »Gero heißt er.«

Gero! Cai Tuam nickte. Genau das war es, was ihn so irritiert hatte. Er war Gero einmal begegnet, und zwar nach dem Krieg in Alessandria, damals, als der Kaiser die beiden Parteigänger des Herzogs von Braunschweig, Balduin in Bremen-Hamburg und Gero von Halberstadt, von ihren einträglichen Posten entfernt hatte, weil sie ständig in die Tasche des »Löwen« gewirtschaftet hatten. Und genau zu diesem Gero hatte Monreal reiten wollen!

»Du könntest mir einen Gefallen tun«, sagte der Ire, und die Hure mit den roten Haaren grinste, während sie immer noch die Münzen in ihrer Hand zählte.

»Sicher. Ich tue nichts lieber. Aber dein Besuch bei mir wird immer teurer. Ich wünsche mir einen neuen Mantel.«

»Ich kaufe dir einen neuen Mantel. Wann kommt er wieder?«

»Wer?«

»Gero.«

Sie zögerte. »Er ist ein guter Kunde ...«

»Um so besser. Ich will nur wissen, ob er einen Offizier kennt und wenn, was er mit ihm zu schaffen hat.«

Abrupt legte sie die Münzen auf die Fensterbank zurück und setzte sich neben den Iren auf das Bett. Fuhr ihm mit den Fingern spielerisch durchs Haar, und ihre Stimme klang kokett und schmeichlerisch. »Sicher. Der Mantel muß auch einen Zobelbesatz haben. Und die Ärmelaufschläge ebenfalls. Ich weiß ein Geschäft, wo man so etwas bestellen kann.«

Der Ire lachte und sah ihre Brüste unter dem zerschlissenen Umhang hervorblitzen. »Wann kommt er wieder?«

»Irgendwann. Er kommt, wann er will.«

»Weißt du, wo er wohnt?«

Sie schüttelte den Kopf. »Du bezahlst mir die Informationen, die du haben willst, der Rest ist umsonst.«

Sie ließ den Umhang von den Schultern gleiten und legte sich mit entblößtem Leib auf das Bett. Der Ire sah sie an. Sie war mager, mager wie eine Schindmähre, die zuviel arbeiten muß, die Knochen an Hüfte und Rippenbögen standen hervor, aber ihre Brust war klein und fest. Das rote Haar paßte nicht zu ihren blaßblauen hungrigen Augen, die ihm nicht gefielen. Aber sie nahm seine Hand und legte sie auf ihre Brüste. Da zog er sich den Gürtel aus, die Stiefel und die Hose und legte sich zu ihr.

Zwei Tage später traf er sie in einer der Garküchen, wo sie gegrillte Rippchen aß. Sie winkte ihn in einen Hauseingang und senkte die Stimme. »Er war gestern bei mir. Ich habe übrigens seine Adresse herausgefunden, eine meiner Freundinnen hat ihn mal besucht. Er wohnt im Hotel zum ›Goldenen Ochsen‹. Aber kein Wort über mich, ist das klar?«

Cai Tuam nickte, bezahlte ihr die bestellten Rippchen und die Information und verschwand in der Menge.

Am Abend ging er zum »Goldenen Ochsen«. Es war ein gutes Haus für die Bessergestellten in dieser Welt, für einen abgesetzten Bischof geradezu ideal. Niemand fragte hier, woher man kam, wenn nur anständig gezahlt wurde. Und Gero zahlte sicher gut. Er hatte sich in der Zeit, wo er noch sein Amt innegehabt hatte, ein Menge Pfründe zugelegt, von denen er noch heute leben konnte und die der Kaiser ihm hatte lassen müssen. Vielleicht bekleidete er schon wieder ein hohes kirchliches Amt, auch wenn er derweil vorübergehend in einem Hotel lebte und zu einer Hure ging.

Der Ire ließ sich sein Zimmer weisen und stieg das holzvertäfelte Treppenhaus hinauf, das ein anmutig geschwungenes Geländer begleitete. Oben auf dem Flur lag ein Teppich mit orientalischem Ornament und in einer Ecke stand eine arabische Wasserpfeife. Es roch nach Myrrhe, und die Vorhänge der Fenster waren aus dem typischen farbenfrohen und feinen Stoff, den man nur aus dem Morgenland beziehen konnte. Ein erlesener Rahmen für einen abgehalfterten Bischof, dachte der Ire belustigt. Am Ende des Ganges lag Geros Zimmer. Cai Tuam klopfte an die Tür. Nach einer Weile hörte er Schritte, und die Tür wurde geöffnet.

Der Mann, der ihm auf der Treppe begegnet war, stand vor ihm, gekleidet in einen orientalischen Morgenmantel aus blauschwarzer Seide, dessen samtene Ärmelaufschläge ihm fast bis zu den Hüften herunterhingen.

»Ihr wünscht?«

»Ich hätte gern mit Euch gesprochen, Eminenz«, sagte der Ire in gefälligem Tonfall, und bei dem Wort Eminenz begann Gero zu strahlen.

»Kommt herein und setzt Euch. Wünscht Ihr etwas zu trinken?«

Der Raum war siedend heiß. Im Kamin das Feuer mußte seit Tagen immer wieder neu geschürt worden sein. Schwerer Stoff verdunkelte die Fenster, und ein eiserner Kerzenleuchter mit zehn Kerzen warf sein Licht auf eine Tapisserie an der Wand. Cai Tuam zog sich den Umhang aus. Gero lachte. »Ja, es ist ein wenig warm hier. Aber ich bin ein fröstelіger Mensch, das Klima in diesem Land macht mir zu schaffen. Reißen in den Gliedern, ein Husten, der nicht weichen will ... Kräutertee?«

»Ja, gerne.«

Gero öffnete eine Tür und verschwand. Dann kam er wieder und setzte sich dem Iren gegenüber. Auf seiner Stirn standen Schweißperlen von der Hitze im Raum, aber seine Hände waren kalt wie Eisschollen, als er dem Iren eine Schale mit Gebäck reichte und dabei seine Hand berührte. »Syrisches Gebäck. Eine Kostbarkeit, so wie alles, was aus dem Orient kommt. Auch der Tee stammt von dort. Aber nun sagt mir, was führt Euch zu mir?«

»Kennt Ihr einen Offizier namens Monreal?«

Gero setzte ein erstauntes Gesicht auf. »Monreal? Ja, den kenne ich.«

»Er wurde ermordet.«

»Ach ...«

Eine junge Frau kam herein und servierte Pfefferminztee in zierlichen Schalen. Dann schlüpfte sie lautlos wieder hinaus.

»Er wurde ermordet? Das ist traurig, aber sagt, was habe ich damit zu tun?«

»Er hatte eine Botschaft für Euch, einen Brief. Aber auf dem Weg hierher wurde er umgebracht.«

Gero nahm seine Tasse und führte sie vorsichtig zum Mund. Er nahm einen kleinen Schluck und sah auf. »Seltsam, ich kannte den Mann nur flüchtig. Als ich noch Bischof von Halberstadt war, da ist er mir mehrfach begegnet. Aber ich kann nicht sagen, daß wir befreundet gewesen wären oder ähnliches, nein, es war lediglich eine flüchtige Bekanntschaft. Was wollte er mir mitteilen?«

»Das wissen wir nicht. Angeblich hatte er einen Brief an Euch geschrieben, aber der Brief wurde wohl von seinem Mörder gestohlen.«

Gero starrte in seine Tasse. »Eine merkwürdige Geschichte ist das. Monreal war einer von Heinrichs Leuten ... Was habt Ihr damit zu schaffen?«

»Ich bin einer von Maesfelds Leuten, die jetzt in Raupach stationiert sind.«

»Ach, ja.« Gero grinste. »Monreal war wohl auch in Raupach stationiert, was? Ja, die Grenzen verschwimmen allmählich immer mehr. Früher gab es Sachsen und Franken und Alemannen und Langobarden. Heute fließt alles zusammen zu einem dicken Brei von Völkern, weil des Kaisers Machtgelüste unendlich sind.«

»Ihr mögt den Kaiser wohl nicht?«

Gero lachte und ergriff wieder die Tasse. »Er ist der Kaiser. Und er hat den ›Löwen‹ um die Kaiserwürde gebracht, doch das ist eine alte Geschichte. Ihr seid kein Franke.«

»Nein, ich bin Ire.«

Gero stellte die Tasse wieder hin und fixierte Cai Tuam plötzlich mit kaltem Blick. »Ihr seid Söldner, nicht wahr? Was kümmert Euch der Zwist zwischen einem deutschen Kaiser und einem sächsischen Herzog? Wer Monreal umgebracht hat, weiß ich nicht. Aber daß Ihr in Raupach sitzt wie die Maus vor der Katze, das ist Euch doch klar, oder?«

Cai Tuam schwieg.

»Da verheiratet der Kaiser eine reiche sächsische Witwe mit einem gottverdammten Franken und setzt den mitten in die Heide. Wie einen Baum aufs offene Feld. Und dann wartet er, bis ein Gewitter aufzieht. Und was meint Ihr, wird dann passieren?« Er kicherte leise vor sich hin.

»Der Blitz wird einschlagen«, sagte der Ire nur.

»Genau«, nickte Gero lächelnd, »Ihr seid eine Art Köder für unseren allerchristlichen Kaiser von Gottes Gnaden. Sicher, er hat Raupach eine gute Partie machen lassen, aber um welchen Preis? Jetzt sitzt er da und wartet, bis die Falle zuschnappt. Gewiß wird der Kaiser Raupach zu Hilfe eilen, wenn der Herzog eines Tages auf diesen Köder hereinfallen wird, aber wer weiß, ob er dann nicht zu spät kommt? Diese Heide ist weit entfernt von jeder kaisertreuen Stadt. Der Blitz wird einschlagen und der Köder verschluckt sein.«

»Und Monreal? War der auch ein Köder?«

Gero zuckte mit den Schultern. »Vielleicht. Vielleicht aber auch nicht. Noch Tee?«

Cai Tuam war die Lust auf Tee vergangen. Trieb der Kaiser ein doppeltes Spiel mit Raupach? Waren sie gefährdeter, als sie geahnt hatten? Und sprach dieser fette, ehemalige Bischof die Wahrheit? Er stand auf. Schweiß lief seinen Rücken herab. Es gab keine Luft in diesem Raum, und die Frau, die den Tee serviert hatte, kam jetzt, das Feuer neu zu schüren.

»Ja, geht nur«, sagte Gero schmunzelnd, »ich sehe, Euch wird ein wenig warm.«

Der Ire bedankte sich und riß die Tür auf. Frische Luft strömte ins Zimmer herein, aber Gero begann sogleich zu frösteln und schloß die Türe hastig wieder.

Eine Woche später kamen Berthold und Maria in Köln an. Das Haus duftete nach frischen Kräutern, Rosen blühten in irdenen Krügen, die Fenster standen auf und ließen die Sommerluft herein. Maria ging herum wie eine Königin, stolz und froh, dem schaurigen Land im Norden fürs erste entronnen zu sein wie einem Alptraum, aus dem man endlich erwacht. Hier herrschte lautes, grelles Leben, wenn man aus dem Hause trat. Hier gab es Vergnügungen, soviel man wollte, ausgelassene Menschen und ausgelassene Bankette.

Auch Berthold war zufrieden. Im Haus war alles bestens organisiert. Eine Frau hätte es nicht besser richten können. Und sein Arzt sah aus wie ein Höfling, hatte sich in Schale geworfen. Abends lud Berthold Freunde zum Essen ein. Dann philosophierte er mit ihnen über die Politik des Kaisers und ließ Musiker ins Haus kommen, die die Liebe besangen und den Wechsel der Jahreszeiten.

Das schöne Leben währte genau zwei Wochen lang. Dann kam eines Morgens ein Bote aus Ulm, klopfte an die Tür und überreichte Berthold einen versiegelten Brief. Der erbrach das Siegel und ließ seine Frau rufen.

»Meinem Bruder geht es schlecht«, sagte er und reichte ihr das Papier, aber sie warf nur einen kurzen Blick darauf. »Ich muß nach Schwaben«, sagte Berthold.

»Wird er sterben?«

»Vielleicht. Ich muß zu ihm, Maria.«

»Nimm mich mit.«

Aber er schüttelte den Kopf. »Wer weiß, was mich dort erwartet. Ich bin so schnell wie möglich zurück.«

Er faltete den Brief zusammen.

»Ich lasse das Nötigste zusammenpacken«, sagte sie und ließ den Iren rufen. Doch der war nirgends zu finden.

»Wo kann er sein?« fragte sie Van Nell.

»Vielleicht betrunken in einer dieser Schenken«, gab er zur Antwort.

Maria sah ihn entgeistert an. Wieviel nahm sich dieser Kerl heraus, Handlanger nur und Soldat in fremden Diensten? Sie würde ihn zur Rede stellen, wenn ihr Herr nicht den Mut dazu hatte, den Mut oder den Willen. Denn Berthold war kein starker Mensch, das wußte sie mittlerweile. Er war einer, der den Weg des geringsten Widerstands ging. Ein Schöngeist. Ein guter Mensch. Sie liebte ihn wegen dieser Eigenschaften, und doch verwirrte sie seine Sanftmut.

Er küßte sie zum Abschied und hielt sie in den Armen. Bestieg dann sein Pferd und ritt aus dem Torbogen. Sie sah ihm nach und kam sich verloren vor. Seine Güte schützte sie vor der rauhen Wirklichkeit, und wenn sein Bruder erst einmal dieses irdische Jammertal verlassen hatte, dann würden sie aus Sachsen fortgehen und ein neues Leben beginnen. Katharina, ihre Zofe, trat zu ihr.

»Ihr habt zugenommen, Herrin«, sagte sie und sah Maria fragend an. Doch Maria schüttelte den Kopf. Seit vier Monaten verheiratet und noch immer nicht schwanger. Aber Berthold würde sich nicht beklagen, er würde nicht einmal ein Wort darüber verlieren. Er würde es als göttliche Fügung hinnehmen, wenn sein Weib unfruchtbar blieb, so wie er auch auf das natürliche Ableben seines Bruders wartete. Er ließ den Dingen ihren Lauf. Vertraute auf Gott, der es schon richten würde. Maria schauderte und ging ins Haus zurück.

Im Haus war es ruhig geworden. Die Tage schlichen eintönig dahin. Es gab keine Festlichkeiten mehr, nur noch gelegentliche Einkäufe auf dem Markt. Die Abende waren leer, und Maria versuchte, sich mit Lesen die Zeit zu vertreiben. Cainnech Tuam kam ihr nicht mehr unter die Augen, und sie redete sich ein, es interessiere sie nicht, wo er seine Zeit verbrachte.

Der Priester war dagewesen, und sie hatte gebeichtet. Über ihren Stolz und Hochmut, aber er hatte nur milde gelächelt. Offensichtlich schien es ihm nicht sehr interessant, was sie ihm zu bekennen hatte, denn ein Lächeln lag auf seinem Gesicht, wie eingemeißelt.

Das machte sie wütend, noch hochfahrender, noch stolzer. Sie hätte ihn in dieses Grinsen hineinschlagen mögen, in dieses fette, rote Gesicht. Sie sprach von ihrem Haß, und siehe da, sein Grinsen schwand wie Schnee in der Sonne.

»Haß, gute Frau ...«, meinte er säuerlich, »ist ein besonderes Übel. Ihr seid doch nicht zu wirklichem Haß fähig.«

»Doch«, schleuderte sie ihm so heftig entgegen, daß er ganz entgeistert zurückwich.

»Betet zehn Rosenkränze«, sagte er hastig und segnete sie.

Im Juli, als die Kirschen reiften, kam Berthold zurück. Überglücklich, Maria wiederzusehen, ließ er die unangenehme Neuigkeit, die er mitgebracht hatte, vorerst unausgesprochen, und sie fielen sich in die Arme wie zwei Schiffbrüchige, die endlich an Land gekommen sind. Sie liebten sich zärtlich und lagen lange da, eng aneinandergeschmiegt. Dann sah Maria das Blut auf dem Laken. Blasses Blut, als wäre es mit Wasser vermischt. Berthold sah ihren erschreckten Blick.

»Der Ritt. Das viele Reiten bekommt mir nicht. Die Wunde platzt auf. Wo ist Cai?«

Maria wußte es nicht. Sie hatte den Arzt seit Wochen nicht mehr zu Gesicht bekommen. Berthold setzte sich auf, wickelte sich das Laken um die Wunde.

»Wir reiten zurück nach Raupach«, sagte er. »Ich möchte deinen Vater nicht zu lange warten lassen. Es wird Ärger geben.« Er nickte vor sich hin. »Mein Bruder wird gewiß nicht so alt wie Methusalem, aber ich werde trotzdem wohl nie den Titel tragen.« Er sah Maria an. »Maria, er hat geheiratet. Eine Fünfzehnjährige, und sie ist schwanger.«

Maria verstand sofort, was er andeuten wollte. Das ungeborene Kind würde den Titel erben, und Berthold ginge leer aus.

Berthold schälte sich aus dem Laken und stand auf. Blut klebte an seinem Oberschenkel. »Sie ist hier.«

»Wer?« fragte Maria verständnislos.

»Seine Frau, das Mädchen. Sie ist noch ein Kind. Dumm wie Bohnenstroh und fruchtbar wie ein Kaninchen. Eine entfernte Verwandte des Königs von Frankreich. Blanche de Castilly. Ich gebe ihr zu Ehren heute abend ein Essen.«

Maria schluckte. »Und dein Bruder?«

»Oh, der ist in Schwaben. Er kann nicht mehr reisen. Er freut sich so sehr über seinen zukünftigen Erben, daß er Blanche jeden Wunsch von den Augen abliest.«

»Grundgütiger Gott«, sagte Maria nur.

Gegen Mittag erschien der Arzt, aufgeräumt, freundlich und nüchtern. Berthold klopfte ihm auf die Schulter. Er saß auf einem Schemel, die rechte Hüfte entblößt.

»Ihr habt wieder Fieber«, stellte Cainnech fest, »Ihr solltet ins Bett gehen.«

»Daß ich Fieber habe, weiß ich selbst«, brummte Berthold, »und ins Bett kann ich nicht. Heute abend ist das Festessen für meine Schwägerin.«

Cainnech sah ihn fragend an.

»Mein Bruder hat geheiratet, und seine Frau ist schwanger. Sie ist hier.«

Cai pfiff leise durch die Zähne. »Wenn Ihr in diesem Zustand das Festessen überlebt, überlebt Ihr auch diese Enttäuschung. Warum geht Ihr nicht einfach und holt Euch, was Ihr haben wollt?«

Berthold musterte seinen Arzt finster. »Ich soll ihn umbringen und mir den Titel auf diese Weise nehmen. Meint Ihr das?«

Cainnech grinste. »Vielleicht habt Ihr zu lange gewartet. Jetzt steht Euch dieser kleine Bastard im Weg.«

Berthold nickte. »Ja, es ist zu spät. Ich kann nicht dieses arme Mädchen dafür büßen lassen ...«

Der Ire säuberte die Ränder der Wunde mit Essigwasser, und Berthold verzog vor Schmerz das Gesicht. Die Kleine aus dem Weg zu räumen wäre noch einfacher, als den eigenen Bruder, dachte er und erschrak. Was hatte sein Herz so vergiftet, daß er solche Gedanken hegte?

»Würdet Ihr es tun?« fragte er, während der Ire die Binden auseinanderzurollen begann. Cai wußte gleich, was er meinte.

Er legte die erste Binde an, zog sie fest und band sie zu. »Würdet Ihr es wollen?«

»Nein, beim Kreuze Christi, nein. Aber die Verführung ist groß, sie ist nur ein Mädchen ...«

»Ja«, sagte Cai ungerührt. »Es würde nicht viel Mühe kosten. Eine Überdosis Eisenhut, und Euer Weg wäre frei. Eisenhut ist ein vielseitiges Kraut. Man kann eine Salbe daraus machen, dann hilft er gegen Schmerzen und Ziehen in den Gliedern. Man kann ihn zu Pulver verarbeiten und mit Wasser oder Wein verdünnen, dann vertreibt er das Fieber. Wenn man ihn unverdünnt läßt, wird er zu einem gefährlichen Gift, dem gefährlichsten, das ich kenne …«

»Ihr seid der Satan in Menschengestalt«, murmelte Berthold düster. »Wenn ich es Euch befehlen würde, würdet Ihr hingehen und das Mädchen vergiften. Aber ich befehle es Euch nicht, Cai, und darum haltet Ihr mich für einen Schwächling, nicht wahr?«

Der Arzt zog die letzte der Binden fest, prüfte sie noch einmal und lächelte. »Nein, Herr, ich verachte Euch darum nicht. Ganz im Gegenteil, ich bin froh, daß es wenigstens noch einen Menschen auf der Erde gibt, der so etwas wie ein Gewissen hat. Seitdem die Priester uns gesagt haben, wie sündig wir sind, scheinen sich die Sünden auszubreiten wie die Pest. Und eine der größten Sünden ist die Herzlosigkeit.«

Berthold sah auf seine Hüfte hinunter. Die Binden schnitten ihm ins Fleisch und schmerzten ihn bei jeder Bewegung. »Das sagt ausgerechnet Ihr?« fragte er verblüfft.

»Wer sollte es besser wissen?« gab der Ire zurück und wusch seine Hände in einer Schüssel, die auf der Anrichte stand. »Wißt Ihr, daß dieser Bischof Gero in Köln ist?«

»Gero? Nein.«

»Ich habe ihn aufgesucht, weil ich dachte, er wüßte vielleicht etwas über Monreal. Aber statt dessen erzählte er mir, daß der Kaiser Raupach als Köder benutzt. Und ich fürchte, er hat recht.«

Berthold stand auf und machte einige Schritte. »Als Köder? Was meint Ihr damit?«

»Vielleicht wartet der Kaiser nur darauf, daß Heinrich endlich kommt und die Burg angreift. Braucht der Kaiser eine Art Legitimierung, um dem Löwen endlich den Garaus zu machen?«

Berthold drehte sich um. »Und wir … wir spielen den Käse für die Mausefalle?«

»Genau.«

»Das hat Gero gesagt?«

Cai Tuam nickte. Berthold schwieg. Er hatte nie eine besonders hohe Meinung von Friedrich gehabt, den er für grausam und habgierig hielt, aber dies öffentlich zu sagen, verbot sich für ihn wie für andere von selbst. Aber gerade darum konnte er sich vorstellen, daß an den Worten des Iren etwas Wahres war. Ja, der Kaiser würde selbst einen loyalen Mann wie Raupach als Köder benutzen, wenn es denn seiner Sache dienlich war.

»Kein Wort darüber zu irgend jemandem«, sagte er scharf. »Wir können nichts daran ändern, außer uns verdächtig zu machen. Der Kaiser ist für Raupach wie ein Heiligenbild, das er anbetet. Haltet Euren Mund, Ire, auch wenn Ihr recht haben solltet.«

Blanche de Castilly war das häßlichste Geschöpf, das Maria je gesehen hatte. Ein langes Pferdegesicht mit reizlosen braunen Haaren und weit auseinanderstehenden, blaßblauen Augen, dazu ein plumper Leib, den die Schwangerschaft noch plumper machte. Sie lachte gerne, und sie lachte oft, und eigentlich lachte sie immer, das Leben schien für sie ein einziger Grund zur Freude zu sein. Ihre Schwangerschaft machte sie glücklich, und ihre Häßlichkeit ließ sie kalt. Sie war eine beneidenswerte Seele.

Berthold hatte wieder Freunde eingeladen und Musikanten, die spielten auf der Galerie auf Fiedeln, Spießgeigen und Trommeln. Ein verkrüppelter Narr sprang über Bänke und Tische, bis man ihn vor die Türe warf, weil er die Gräfin von Neuss eine Schlampe genannt hatte. Am Himmel stand ein voller Mond und machte die Menschen übermütig.

Maria saß auf ihrem Stuhl und sah Berthold zu, der mit Blanche tanzte. Maria war nicht eifersüchtig – zu tief ging ihr Einverständnis mit Berthold. Aber seine Wunde machte ihr Kummer, seine heftigen, immer wiederkehrenden Fieberattacken, seine mangelnde Bereitschaft, sich zu schonen. In diese Gedanken verloren saß sie da, als plötzlich eine vertraute Stimme neben ihr erklang.

Sie sah auf. Da stand Cai Tuam in einem dunkelgrünen

Wams mit gestriegelten, glänzenden Locken und fragte artig, ob er sich neben sie setzen dürfe. Sie musterte ihn eisig und wollte ihn wegschicken, doch sein Blick hielt sie fest. Sie nickte kaum merklich und galant setzte er sich neben sie.

»Wenn er noch länger mit ihr tanzt, dürfte sie eine Frühgeburt erleiden«, sagte er mit Blick auf Berthold und Blanche. »Glaubt Ihr, daß er so rücksichtslos sein könnte?«

Sie starrte den Iren an. Er aber lächelte unbefangen. Wenn er so herausgeputzt, nach Rosenwasser duftend, lächelnd wie ein Jüngling neben ihr saß, fiel es ihr schwer, sich seinem unbekümmerten Charme zu entziehen. Das also war die andere Seite dieses Satans, dachte sie irritiert. Das kindliche Gemüt herauszukehren, die naive Seele zu spielen und mit dem Wesen eines unschuldigen Lammes Worte wie tödliche Pfeile in die Welt zu senden.

»Sein Bruder macht einen Narren aus ihm, und was tut er?« zischte Maria. »Gibt diesem Kind zu Ehren auch noch ein Festessen! Läßt sich einen Kuckuck ins Nest setzen.«

»Wart Ihr so versessen auf den Titel?« fragte Cai leicht verwundert. Er hätte ihr diesen Ehrgeiz nicht zugetraut.

Sie lachte leise. »Den Titel? Nein, das ist es nicht. Aber ich hätte dieses schreckliche Land verlassen können, Sachsen. Jetzt werde ich bis an mein Lebensende dort sitzen wie eine alte, vertrocknete Matrone und mich zu Tode langweilen.«

»Aber eine schöne Frau wie Ihr doch nicht«, spöttelte der Ire. Sie aber schien nicht empfänglich für schmeichlerische Worte, sie überhörte es einfach. Statt dessen fragte sie, wo er ihren Mann kennengelernt habe. Er erzählte ihr von Alessandria und gab ihr damit das Stichwort, auf das sie lange gewartet hatte.

»Die Wunde in der Hüfte«, fragte sie besorgt, »wird er eines Tages daran ... sterben?«

Er wußte es nicht. So etwas konnte sich über Jahre hinziehen oder ganz plötzlich ein jähes Ende nehmen. Und er wollte ihr die Wahrheit immer noch nicht sagen. Also sagte er, er wisse es nicht, aber er glaube, sein Herr habe gute

Aussicht auf Heilung. Sie schien beruhigt. Dann sah sie Berthold, und die Zweifel begannen wieder zu nagen. Er hatte seine Schwägerin auf ihren Platz zurückgebracht und kam auf sie zu. Er schwankte und hatte ein verzerrtes Lächeln auf dem Gesicht. Sich auf einen Stuhl rettend, fuhr er sich mit der Hand an die Stirn.

»Herr«, sagte Maria besorgt, »Ihr solltet zu Bett gehen.«

»Ja«, stöhnte er leise, »bringt mich ins Bett, Cai, und gebt mir einen Eurer teuflischen Tränke, damit ich schlafen kann …« Seine glasigen Pupillen wanderten von dem Iren zu Maria.

Maria konnte sein Flüstern kaum verstehen. Um sie herum tanzten die Gäste in ausgelassenem Vergnügen, und der Narr hatte sich auch wieder hereingeschlichen und nannte die Gräfin von Neuss nun eine edle Dame. Maria ergriff Bertholds Arm. Aber in seinem Kopf hämmerte nur noch dieser dumpfe, bohrende Schmerz, der das Denken blockierte. Der Narr sang jetzt ein lüsternes Lied über einen geilen Mönch, und die Gäste schlugen den Takt dazu mit den Füßen auf den Boden.

Berthold faßte sich wieder an den Kopf. Dieser gottverdammte Krach! Es hämmerte in ihm wie in einer Schmiede. Er stand auf. »Keine Greuel in meinem Haus«, murmelte er, »das Mädchen bleibt am Leben, denn es kann nichts dafür, daß mein gottverdammter Bruder ein verfluchtes Schwein ist.«

Dann ging er langsam die Treppe zu seiner Kammer herauf.

Custodis stand noch immer vor einem Rätsel. Wer hatte Monreal umgebracht? Er war ein phlegmatischer Charakter, träge und bequem, doch wenn ihn einmal etwas gepackt hatte, dann biß er sich fest wie eine Ratte. Und Monreals Tod hatte ihn gepackt. Er resümierte den Fall wieder und wieder, während er im Obstgarten saß.

Der Offizier war in jenem März vor dem heiligen Osterfest losgeritten, um das Stadthaus von Maesfeld auf dessen Ankunft vorzubereiten. Aber weit war er nicht gekommen.

Sowohl Bertholds Arzt als auch Raupachs Quacksalber hatten angegeben, Monreal sei noch am Morgen umgebracht worden. Dafür sprach auch die kurze Entfernung zwischen der Burg und dem Tatort. Aber was für Bedingungen mußte der Täter erfüllen, fragte sich Custodis.

Ad primo mußte er eine Armbrust besitzen.

Ad secundo mußte er ein vortrefflicher Schütze sein.

Ad tertio durfte er zu diesem Zeitpunkt kein Pferd bei sich gehabt haben, denn die Spuren sprachen eine deutliche Sprache: bevor der Ire gekommen war, hatte es nur die Spur von Monreals Pferd gegeben.

Ad quarto, und das folgte aus tertio, müßte er irgendwo in der Umgegend wohnen.

Ad quinto mußte er jetzt Monreals Pferd und Satteltaschen bei sich haben, denn beides hatte er ja wohl mitgenommen.

Custodis hatte alles verhört, was zwei Beine hatte. Jeden Soldaten, jeden Handwerker, jeden Gänsejungen. Aber es war nicht zu fassen, jeder schien jemanden zu haben, der bezeugen konnte, wo er den Morgen verbracht hatte. Die Soldaten hatten Waffenübungen durchgeführt, die Handwerker gearbeitet, das Personal in Haus und Hof ebenso. Und keinem war irgend jemand aufgefallen, der an diesem Morgen für längere Zeit nicht dagewesen wäre. Aber Personal und Handwerker kamen ohnehin nicht in Frage, da keiner von ihnen mit einer schweren Brabanter Armbrust so vortrefflich umzugehen wußte. Der Schütze war ein Meister gewesen. Die Spuren im Sand sprachen eine beredte Sprache. Wer aus dieser Entfernung so genau sein Ziel traf, der mußte ein wahrer Künstler sein.

Raupach war ein solch guter Schütze. Einige der Soldaten, die Offiziere. Aber Raupach war mit seinem Schwiegersohn an diesem Morgen gar nicht hier gewesen, und es gab genügend Menschen, die das bezeugen konnten.

Custodis saß in der Sonne zwischen den Kirschbäumen, die voller reifer Früchte hingen. Er dachte an diese seltsame Geschichte von dem Brief, die ihm Monreals Bursche erzählt hatte. Sein Herr hätte angeblich am Abend vor seiner Abreise einen Brief an Bischof Gero geschrieben, einen Brief, den er bei seiner Ankunft in Köln direkt hatte übergeben wollen. Was hatte ein unbedeutender Offizier mit Bischof Gero zu tun? Was hätte er ihm mitteilen können? Was hatte in dem vermaledeiten Brief gestanden?

Custodis seufzte. Die Kirschen waren rot wie Frauenlippen und saftig, aber sie hingen zu hoch. Er hätte aufstehen müssen, und das wollte er nicht. Die Kirschen über seinem Kopf wurden immer röter und immer saftiger. Er streckte vergeblich die Hand nach ihnen aus. Da hörte er Schritte. Raupach kam über die Wiese gelaufen. »Ach«, sagte Custodis matt, »pflückt mir doch eine Handvoll Kirschen, Ihr steht gerade.«

Raupach warf ihm einen kurzen Blick zu, langte aber in die Äste und holte eine Handvoll Kirschen herunter. Dann sah er Custodis zu, wie er die Kernsteine zielsicher in ein Minzebeet spuckte. »Es gibt da eine Hütte im Wald«, sagte Raupach, »gar nicht weit von hier.«

»Ja?« fragte Custodis und spuckte weiter.

»Dort lebt ein Kräuterweib mit seinem Sohn. Der besitzt eine Armbrust.«

»Ist er ein guter Schütze?«

»Nun ja, mit ein bißchen Glück.«

Custodis wischte sich die Hände an seinem Mantel ab. »Eine Armbrust also. Nicht übel, nicht übel. Wo war er an dem Vormittag?«

»Auf einem Lehenshof, angeblich bei einem Freibauern namens Genno.«

Custodis schloß die Augen vor der Sonne. »Bauern lügen«, meinte er schläfrig, »immer und alle. Ungebildetes Pack. Unkultiviert. Ich mag sie nicht.«

»Darum geht es nicht«, sagte Raupach etwas unfreundlich.

»Wie?« Custodis öffnete die Augen. »Ihr könnt Eure Anklage nicht auf die Aussage eines Bauern stützen. Und wenn Ihr dem Bauern glaubt, daß dieser Junge bei ihm war, warum erzählt Ihr mir davon?«

»Ich habe nicht gesagt, daß ich dem Bauern glaube. Aber

der Junge hat eine Armbrust und hätte leicht an den Tatort gelangen können, ohne ein Pferd besteigen zu müssen.«

Custodis starrte vor sich hin. Und Raupach schwieg. Er wollte sich mit dem herzoglichen Vollstrecker nicht anlegen. Aber Custodis gefiel ihm nicht. Der war nun schon seit Wochen hier, und er wollte ihn so schnell wie möglich wieder loswerden.

ANSUZ

»Ein viertes kann ich, wenn in Fesseln
man mir die Gelenke legt:
die Weise sing ich, daß ich wandern kann,
es springt das Band mir vom Bein,
die Fessel von der Faust.«

»Der Herzog wünscht eine gründliche Aufklärung des Vorfalls«, tobte Custodis, »ich bin sein Vollstrecker und höre seit Wochen nur Lügen und Geschwätz. Meine Geduld ist am Ende.«

Nachdem Berthold und die anderen wieder nach Raupach zurückgekehrt waren, hatte Custodis sie alle zusammengetrommelt. Er hatte ihnen nicht einmal Gelegenheit gegeben, sich zu waschen und umzuziehen. Als herzoglicher Vollstrecker befahl er ihnen, ihm Rede und Antwort zu stehen. Berthold, wachsbleich vom Ritt, Raupach, Van Nell und der Ire saßen an der langen Tafel und hörten sich unruhig Custodis' Schimpftirade an.

»Gewiß«, kläffte er in die Runde, »wenn alle einen Zeugen für ihr Tun und ihren Aufenthalt haben, dann kann es niemand hier aus der Burg gewesen sein. Ich habe hier jeden einem Verhör unterzogen, der in Frage käme, aber alle scheinen so unschuldig wie neugeborene Lämmer zu sein. Jeder deckt jeden …« Er grinste.

»Also bleibt in der Tat nur die Möglichkeit, daß es jemand von außerhalb der Burg war. Und, gelobt sei der Herr im Himmel, wie der Zufall es will, haben wir schon einen gefunden, nicht wahr, Herr?« Damit meinte er Raupach, der ihm stirnrunzelnd zuhörte. »Jemand, der in einer Hütte lebt zum Beispiel. Und da dieser Jemand auch noch im Besitz einer Armbrust ist und sie darüber hinaus handhaben kann, sind wir schon ein gutes Stück weiter«, setzte er hohntriefend hinzu.

Custodis verstummte. Sein Blick wanderte in die Runde und blieb an dem Iren hängen. Er musterte ihn mit unverhohlener Neugierde, und es schien ihm zu gefallen, was er da sah. »Ihr seid Arzt?«

Der Ire nickte nur.

»Und Soldat?«

Wieder Nicken.

In Custodis' Augen glomm ein seltsames Leuchten auf. »Eine ungewöhnliche Mischung. Der eine rettet Leben, und der andere vernichtet es. Wirklich ungewöhnlich.«

Er schwieg eine Weile, bis er sich dem Iren erneut

zuwandte. »Wir werden morgen diese Hütte mit dem Weib und seinem Sohn aufsuchen. Ihr, Soldat und Arzt, werdet sie zum Sprechen bringen. Soldaten sind nicht zimperlich, wie ich weiß.«

Er grinste. Er hatte Gefallen gefunden an diesem dunklen, hübschen Fremden mit den grünen Augen. »Wie bringt Ihr jemanden zum Sprechen, Soldat?« fragte er lauernd wie eine Katze.

»Wie hättet Ihr es denn gerne, herzoglicher Vollstrecker?« fragte der Ire zurück.

Custodis lachte und schlug sich auf die Schenkel. »Wir werden sehen. Denkt Euch etwas Originelles aus. Wir treffen uns morgen bei Sonnenaufgang.«

Er stand auf, strich sich über seinen dicken Pelz und polterte aus der Halle.

Am Abend war ein Sänger mit seiner Laute gekommen. Er schüttelte sich den Staub von den Schuhen und setzte sich dankbar an den Tisch in Raupachs Halle. Man fragte ihn aus nach allerlei Neuigkeiten, und er gab bereitwillig Auskunft. Er sei auf dem Weg nach Braunschweig, wohin man ihn gerufen habe. Er trug dies sehr artig vor, doch dann verdunkelte sich sein Blick.

»Bei den Welfen singt man nicht mehr lange«, sagte er finster, »dort wird man in Kürze nur noch den Klang der Schwerter hören. Unser allergnädigster Herzog ist zu Kayna, wo er einmal mehr vorgeladen war, nicht erschienen. Statt dessen sind seine Männer gegen die Truppen des Kaisers gezogen und haben sie geschlagen. Das gibt böses Blut, wenn Ihr mich fragt. Auch in Soest sind sie mordend und plündernd eingefallen und führen einen regelrechten Krieg gegen den Kaiser. Ich frage mich, Herr, wie lange wird Friedrich diesen wildgewordenen Vetter noch dulden, ohne etwas gegen ihn zu unternehmen?«

Raupach hörte mit Bestürzung zu. Kuriere und Boten hatten immer wieder von Scharmützeln berichtet, und die Sache mit Kayna sah dem Herzog ähnlich. Raupach wußte schon gar nicht mehr, die wievielte Vorladung zu Kayna ausgesprochen worden war, aber Heinrich war früher nicht erschienen und würde auch zukünftig nicht gehen. Er schien eine geradezu krankhafte Abneigung gegen Vorladungen entwickelt zu haben.

»Ihr sitzt hier sicher«, hörte er den Sänger an seiner Seite sagen, »zumindest vorerst. Und eine hübsche, starke Mauer habt Ihr bauen lassen! Außerdem, was wollte der Herzog schon in dieser gottverlassenen Wüstenei?«

Dennoch mußte Raupach auf der Hut sein. Sollte Heinrich eines Tages vor seinen Toren stehen, was würde er tun? Ihn einlassen, und damit den Zorn des Kaisers auf sich ziehen? Der Herzog war durch den über ihn verhängten Bann mittlerweile rechtlos geworden, aber das scherte ihn wenig. Er betrachtete Sachsen weiterhin als sein Revier und verteidigte jeden Meter wie ein brunftiger Hirsch. Und mittendrin lag Raupachs Burg.

Der Sänger sah ihm die Sorgen an und lächelte. »Würdet Ihr ihm standhalten?«

Raupach schüttelte den Kopf. »Wenn uns der Kaiser keine Soldaten schickt, fiele die Burg binnen einer Woche. Heinrich hat noch immer genügend Leute, um seine Schlachten zu schlagen.«

Der Sänger nickte zustimmend. Er griff zu seiner Laute und stimmte ein wehmütiges Lied an. Schwere Töne schlug seine Hand an, wie Wassertropfen aus einem Faß. Die Stimmung war bedrückt. Niemand forderte den Mann auf, ein lustiges Lied zu spielen. Die Schwere seiner Melodie machte sich breit, und alle waren froh, als er die Laute endlich zur Seite legte.

Custodis verlangte nach mehr Wein und begann, eine Geschichte aus irgendeinem Krieg zu erzählen, der niemand zuhören wollte.

»Einst traf ich eine schöne Frau,
schöne Frau, schöne Frau ...«

dichtete der Sänger mit einem Lächeln auf den Lippen. Im Feuer zischte es, und er griff in die falschen Saiten. Custodis war auf seinem Stuhl eingeschlafen, die Hand noch am Becher auf dem Tisch.

Maria, die neben ihrer Stiefmutter saß, beugte sich zu ihr herüber. »Der Ire sollte morgen zu Hause bleiben«, flüsterte sie.

Die Stiefmutter warf ihr einen kurzen Blick zu. Der herzogliche Vollstrecker hatte ein Auge auf den Arzt geworfen, das konnte jeder sehen. Custodis liebte junge Knaben und schöne Männer, seine Hände waren nicht für Frauen geschaffen, und sein Ruf war ihm vorausgeeilt.

»Herr im Himmel«, murmelte Maria, »wie kann uns der Herzog einen solchen Teufel ins Haus schicken?«

Die Stiefmutter hielt ihr hastig die Hand vor den Mund. »Um Gottes willen, Kind, sei still. Glaubst du, er schläft wirklich?«

Sie flocht geschickt das Schiffchen durch ihren Webstuhl, der vor ihr stand. »Gott wird ihn strafen. Es ist widernatürlich.«

Solche Gelüste waren Sünde. Schwerste Sünde. Maria hatte recht. Wie konnte ihnen der Herzog einen solch schamlosen Kerl ins Haus schicken?

Maria sah zu Cai herüber. Er saß auf der Treppe, die zu den Kammern hinaufführte, und hatte dem Sänger gelauscht.

Plötzlich hob Custodis den Kopf und drehte ihn herum. Sein Blick fand den Iren mit intuitiver Sicherheit und blieb auf ihm haften. Custodis lächelte. Seine Vorderzähne waren schwarze Stümpfe. Maria gefror das Blut in den Adern. Sie sah den Iren aufstehen und durch die Halle gehen. Er schlief bei den Soldaten, wenn ihm danach war, und heute schien ihm danach zu sein.

Fünf Soldaten, Van Nell, der Ire und die beiden Herren warteten am nächsten Morgen im Innenhof auf ihren Pferden. Ein heftiger Wind zerrte an der Fahne, die über dem Söller wehte. Berthold lenkte sein Pferd zu dem Iren herüber. »Laßt Euch nicht provozieren«, sagte er ruhig. »Keine Wutausbrüche, verstanden?«

Der Ire nickte nur.

»Wenn Ihr Euch den zum Feind macht, sind wir alle erledigt.«

»Soll ich mich mit ihm im Heu wälzen?« fragte der Ire mit einem matten Lächeln.

»Nein, aber seid verbindlich. Gebt ihm zu verstehen, daß Ihr nicht interessiert seid. Aber diplomatisch.«

Cai Tuam lachte unfreundlich. Es war kalt hier draußen, der Wind schneidend, die Sonne hinter den Wolken verschwunden.

Custodis erschien, bestieg grußlos sein Pferd und ritt voraus. Schweigend ging es über einen schmalen Pfad durch den Wald. Kiefern und Föhren rauschten im Wind. Manchmal stahl sich die Sonne durch die weißen Wolken, die träge über den Himmel segelten.

Berthold spürte seine Wunde. Wieder Schmerzen, wieder Fieber. Ein Leben im Fieberschauer. Jeder Atemzug eine Qual. Und immer dieser Schmerz im Kopf, der nie ganz verschwand. Sein Pferd strauchelte und riß ihn aus seinen Gedanken. Weiter, immer weiter ging es auf dem Pfad durch den Sachsenwald. Und dann auf einer Lichtung, in plötzliches Sonnenlicht getaucht, die Hütte. »Herr im Himmel, laß niemand dasein«, betete Berthold stumm und erschrak. Ketzerische, aufrührerische Gedanken. Der Mord mußte aufgeklärt werden.

Sie stiegen von ihren Pferden, und Custodis ging voran. Die Hütte war aus massiven Holzstämmen gebaut, ein kleiner Kräutergarten auf der linken Seite angelegt. Die Angelika blühte und duftete herb aus runden, grüngelben Dolden, die fast bis zum Dach der Hütte reichten. Meerrettich und Küchenschelle, Minze und Heckenrosen wuchsen hier, und alles schien so friedlich, daß Custodis' Klopfen an der Tür jedem durch Mark und Bein fuhr.

Jemand öffnete. Es war eine ältere Frau mit fast weißem, zurückgebundenem Haar. Custodis stieß sie grob zur Seite und drang in das Haus ein. Berthold und der Ire folgten ihm.

»Ich bin hier, um den Mord an dem Offizier Monreal zu

untersuchen«, sagte Custodis gewichtig und baute sich in der Mitte des Raumes auf, der sauber und ordentlich wirkte. Frische Binsen auf dem festgetretenen Lehmboden, getrocknete Kräuter, die an der Decke hingen, ein Tisch, ein Stuhl, eine Feuerstelle.

»Euer Name?«

»Anna.«

»Und weiter?«

Sie schüttelte den Kopf. Sie hatte nur einen Namen. Berthold schätzte sie auf vierzig Jahre. Ihre blauen Augen schienen die Gefahr noch nicht erkannt zu haben, denn sie wirkte ruhig und gefaßt. Custodis setzte sich auf einen Stuhl und streckte die Beine aus.

»Der Mord wurde mit einer Armbrust begangen. Dein Sohn besitzt eine Armbrust, nicht wahr?«

Anna nickte kaum merklich.

»Wofür braucht er die?«

»Er arbeitet manchmal für den Freibauern Genno. Er schießt Wild für ihn.«

Custodis lachte grimmig. »Ja, Menschenwild. Wo ist er?«

»Ich weiß es nicht.« Sie log, und das war auch Custodis klar. Hätte sie gewußt, in welcher Gefahr sie sich befand, sie hätte sich irgendeine Ausrede ausgedacht. Vielleicht dachte sie aber auch, Custodis würde ohne ihren Sohn wieder abziehen, und so tappte sie blind in seine Falle.

»Soldat!« brüllte er, »ich lasse mir keine Lügen auftischen. Nehmen wir sie mit, oder erledigen wir das unangenehme Geschäft gleich hier?«

Der Ire kam näher und zuckte nur mit den Schultern. Anna sah sich gehetzt um und tastete nach dem Messer in der Tasche ihres Umhangs.

Der fette Kerl war gefährlich, fuhr es ihr blitzschnell durch den Kopf, ein Wichtigtuer, aber gefährlich. Der Mann an seiner Seite schien erschöpft und krank. Fieberaugen. Schlechte Säfte in seinem Leib. Und dieser dunkle Soldat mit seinen meergrünen Augen? Sie konnte es sich nicht erklären, aber sie hatte ihn schon einmal gesehen. So wie sie schon einmal gelebt hatte. Doch das war alte Magie, darauf verstand sich heute keiner mehr. Der Soldat strahlte etwas aus, das ihre Aura berührte.

Ihre Hand fuhr in die Tasche, ergriff das Messer. Vor einer Stunde hatte sie noch Sauerampfer damit geschnitten. Sich damit die Pulsadern aufzuschneiden war nicht weiter schwer, doch brauchte es dazu Zeit und eine ruhige Hand, und beides hatte sie nicht. Sie würde es trotzdem versuchen. Zwei Schnitte über die Adern, doch schon sprang der Soldat nach vorn und packte die messerführende Hand. Blut tropfte auf den Boden, dunkles, schweres Blut, aber der Schnitt, den sie sich beigebracht hatte, reichte nicht aus, um sie zu töten.

Jemand stieß den Iren zur Seite.

»Verbindet Sie«, befahl Custodis, »und dann nehmen wir sie mit.«

In dem Gewölbe brannte nur eine Fackel. Ein Fenster gab es nicht. Man hatte es vor Jahren von draußen zugeschüttet. An den Wänden hingen eiserne Ringe für die Ketten, aber die hatte hier noch niemand benutzt. Ratten huschten über den Boden, verschwanden durch ein Loch in der Tür, vor dem ein Soldat Wache hielt. Es war eisig kalt, und der stechende Geruch von Urin lag in der Luft.

Sie hatten die Frau auf altes Stroh gelegt, das schon brüchig war und staubte. Hier war ewig keiner mehr gewesen. Anna lag da und ließ die Augen geschlossen, während der Ire ihr den Arm abband, um die Blutung zu stillen. Dann legte er ein Tuch auf und hielt es fest auf die Wunde gepreßt. Die Frau schlug die Augen auf.

»Ich kenne Euch«, hörte er sie flüstern, »es war kein anderes Leben, es war hier.«

»Sei still«, fuhr er sie an. Aber sie lächelte nur.

»Kennst du die Runensprüche? Aber nein, du kommst woanders her. Aber du kennst den Zauber, wie man die Nebel ruft, wie man den heiligen Kreis aus Steinen zieht ...«

Sie sah ihm offen in die Augen. Er erwiderte ihren Blick. »Mein Großvater kannte ihn. Und wenn dir dein Leben lieb ist, hältst du den Mund. Auch meinetwegen.«

Sie nickte ernst. »Hilf meinem Jungen. Er ist ein guter Kerl. Er weiß nichts von dem alten Zauber, aber er hat immer zu uns gehalten. Du kannst ihm vertrauen. Aber kann er auch dir vertrauen?«

Cai antwortete nicht. Gehörte sie zu dem Garten, den er gefunden hatte? Er kannte die Runen nicht, aber er kannte andere magische Alphabete und Buchstaben. Wenn die hier eine alte Hexe war, die sich mit Zauberei ihren Lebensunterhalt verdiente, dann hatte Custodis gefunden, was er suchte – zwar keine Mörderin, aber eine, die er bestimmt genauso gerne der Gerichtsbarkeit überantworten würde. Alte Hexen peitschte man aus und trieb sie aus der Stadt und der menschlichen Gesellschaft, denn Aberglaube war ein Übel, das jeder fürchtete.

Und Runenmeisterinnen, also solche, die noch die uralte Kunst des Runenorakels kannten, waren schwarze Krähen, die nicht Gott das Schicksal überließen, sondern es aus verwitterten, zerkratzten Steinen lasen. Die an einen Gott glaubten, der – welche gotteslästerliche Blasphemie – so, wie Christus am Kreuz, am Galgen gehangen haben sollte. Nur hatte dieser Gott an seinem Galgen jene Runen empfangen, die ihn angeblich weise gemacht hatten, denn mit ihnen lernte er zu lesen und die Zukunft zu sehen. Das zumindest sagten die alten Geschichten der Sachsen hier, und das sagten auch die Augen dieser Frau.

Anna hielt die Lider wieder geschlossen. Der Ire stand auf und rief nach dem Soldaten vor der Tür, der ihm öffnete. Irgendwann würde der Junge zurückkommen. Man würde ihm sagen, daß Custodis seine Mutter mitgenommen hatte. Und dann würde er hierherkommen. Custodis hatte Zeit. Er konnte warten.

Custodis, diese Ausgeburt der Hölle, schlich weiterhin durch die Burg. Er warf jeden Tag einen Blick auf die Frau im Kerker. »Die Zeiten sind schlecht«, brummte er, »zuviel Rücksicht auf das Gesindel.«

Raupach hatte einen Boten nach Braunschweig geschickt, der sich umhören sollte, ob Custodis nicht gegen einen anderen Vollstrecker ausgetauscht werden könne.

»Das kann uns den Kopf kosten«, murmelte Berthold, »Custodis hat mächtige Freunde, nicht zuletzt den Herzog selbst.«

Aber Raupach hatte nur mit den Achseln gezuckt. »Wenn ich den Teufel loswerden kann, ist mir alles recht.«

Eines Abends ließ Raupach den Iren rufen und bestellte ihn in seine Schreibstube. »Ich habe eine Aufgabe für Euch«, sagte er. »Eine junge Frau möchte in den Orden Unserer Lieben Frau eintreten. Sie bat mich um Begleitschutz zum Kloster. Wollt Ihr diese Aufgabe übernehmen?«

Der Ire nickte. »Warum nicht? Wo soll ich sie abholen?«

Raupachs Gesicht war ernst. »Sie wird heute noch hier eintreffen. Ihre Mutter ist vor einer Woche gestorben, und sie hat keine Verwandten. Bringt sie morgen bei Tagesanbruch zum Kloster.«

Die junge Frau wartete am nächsten Morgen schon auf ihrem Pferd im Innenhof, als Raupach und Cai Tuam aus der Halle traten. Ein dünner Schleier verbarg ihr Gesicht. Sie nickte dem Iren zu und reichte Raupach die Hand zum Abschied.

»Geht mit Gott«, sagte Raupach, »der Soldat wird Euch sicher zum Kloster bringen. Und grüßt die Ehrwürdige Mutter von mir.«

»Ja, Herr«, erwiderte die Frau mit leiser Stimme.

Der Ire stieg auf und lenkte sein Pferd aus dem Hof. Dunst lag über der Heide unter ödem grauem Himmel – das richtige Wetter, um von der Welt Abschied zu nehmen, dachte er. Die Frau ritt schweigsam neben ihm. Ihr brauner Mantel wirkte schon jetzt wie eine Kutte, und ihre Haltung war bereits die einer Nonne. Sie wollte nicht reden, und der Ire spürte das. Sie bewegten sich in gemächlichem Tempo auf dem Pfad in Richtung Norden, wo es weder Wald noch menschliche Behausungen gab. Nur weites, flaches Land, vom Nebel zugedeckt.

Plötzlich kam der Garten in Sicht, den Cai damals gefunden hatte. Das magische, eingezäunte Viereck, vor dem er stundenlang im warmen Sand gehockt hatte. Die Frau zügelte ihr Pferd und sah hinüber.

»Wißt Ihr, wem der Garten gehört?« fragte er.

Sie zögerte.

»Ihr könnt es mir ruhig sagen, ich verrate nichts.« Er sah ihr an, daß sie sich fragte, woher er wissen könne, daß es dort etwas zu verraten gäbe. War ein Garten nicht einfach nur ein Garten? Sie wandte ihm den Kopf zu. Selbst hinter dem Schleier erkannte er das Erstaunen in ihren Augen.

»Verraten?« fragte sie verblüfft. »Was wißt Ihr davon?«

»Dies ist der Garten einer Zauberin«, sagte er ruhig.

Sie hob den Schleier. Ein sonnengebräuntes Gesicht kam zum Vorschein mit haselnußbraunen Augen. Sie lächelte. »Dies ist der Garten einer Runenmeisterin. Der letzten Runenmeisterin Sachsens. Ihr seid kein Sachse.«

»Nein, ich bin Ire.«

Sie musterte ihn prüfend.

»Wo lebt diese Runenmeisterin?« wollte er wissen.

»Niemand weiß, wo sie lebt«, sagte sie ausweichend, aber ihr Blick wanderte zu dem Wald hinüber, der sich hinter dem Garten erstreckte.

Sie ritten weiter. Sprachen nicht mehr, sondern ließen sich vom Nebel einhüllen. Nach einer Stunde tauchten die hölzernen Palisaden des Klosters auf. Eine Schwester kam ihnen entgegen. Sie half der jungen Frau vom Pferd und reichte dem Iren die Hand. »Wollt Ihr essen und trinken, bevor Ihr Euch auf den Heimweg macht, Soldat?«

Er schüttelte den Kopf. Er wollte so schnell wie möglich zurück und wendete sein Pferd. Der Nebel lichtete sich und ließ eine fahle Sonne hindurchscheinen. Cai Tuam ritt schnell und erreichte gegen Mittag den Garten, der jetzt im Licht der vollen Sonne lag. Der Wald hinter dem Garten bestand aus schlanken hochgewachsenen Kiefern, ein dämmriges Reich, in das nur wenig Licht fiel. Es roch herb und würzig, nach dem Harz der Bäume – abgesehen vom Gesang der Vögel war es völlig still.

Cai Tuam stieg ab und führte sein Pferd am Zügel. Hatte

er sich getäuscht, den Blick der Frau mißverstanden? In diesem Wald war nichts, außer einem einsamen Reiter mit seinem Pferd. Doch dann sah er sie, die Hütte. Aus Holzstämmen gebaut, lag sie da auf einer Lichtung. Der Ire trat näher. Wie bei Anna blühte auch hier die Angelika in riesigen Büscheln, und Schwärme von Bienen hatten sich um die grüngelben Blüten gesammelt. Er band sein Pferd an einem Baum fest. War dies die Hütte der Runenmeisterin? Er klopfte an die Tür. Aber niemand öffnete. Statt dessen hörte er plötzlich Schritte. Jemand kam um die Hütte herum.

Es war eine alte Frau in einem seltsamen Mantel, die starrte ihn an aus schwarzen Zigeuneraugen, das graue Haar aufgesteckt. Ihr brauner Mantel war mit weißem Fell gefüttert, und überall an ihm hingen sonderbare kleine Steine mit merkwürdigen Ritzzeichen darauf. »Was wollt Ihr?« fragte sie schroff.

Er schwieg verwirrt. Ja, was wollte er hier? Er spürte, daß er dem, was er gesucht hatte, ganz nahe war. Er witterte es wie ein Tier. Diese Frau war keine Christin. Sie war ein Wesen aus der alten Zeit. Sie war der Spiegel, den er gesucht hatte. »Ihr seid die Runenmeisterin?«

Sie beäugte ihn wie ein bizarres Insekt. »Woher wißt Ihr das? Wer seid Ihr überhaupt?«

Er erklärt, wer er ist. Woher er kommt. Daß er ihren Garten gesehen hat und die junge Frau zum Kloster gebracht. Er hört gar nicht mehr auf zu reden, zu erklären. Spricht von seiner Heimat, von seinem Großvater und gibt alles preis. Zu guter Letzt stammelt er eine Entschuldigung.

Da öffnete sich der Alten das Gesicht, und sie lächelte. »Ein heidnischer Novize, hm? Ich habe von diesen keltischen Priestern gehört, aber es gibt sie nicht mehr. Und du? Bist du getauft?«

»Ja, aber als ich Euren Garten sah, habe ich mich wieder erinnert. Ihr deutet das Orakel, nicht wahr? Wir in Irland haben ähnliche Steine.«

»Komm«, sagte die Frau, »setz dich zu mir.« Sie ging in die Hütte und kam mit zwei geflochtenen Stühlen heraus.

»Ich habe nicht oft Besuch. Ich gehe zu den Leuten und deute ihnen die Runen. Wie in alten Zeiten. Und die Frau, die du ins Kloster gebracht hast, war meine Tochter. Sie mag meine Art zu leben nicht. Immer in Angst vor den Spitzeln der Kirchenmänner. Sie hassen uns. Für sie sind wir Hexen, die schwarze Magie betreiben. Wir sind die quälende Erinnerung an ihre verlorenen Schatten, als das Leben noch Leben war, Lust noch Lust, die Götter noch Menschen und die Menschen noch Götter. Jetzt ist alles grau und trist, junger Mann, Lust und Leben eine Sünde, und Gott so unnahbar, daß ihn niemand mehr sehen kann. Ein trauriger Glaube ist das, da gibt es nichts mehr zu lachen und nichts zu feiern. Ich bin Sigrun, junger Mann, die Rune des Sieges, aber auch die Rune des Blitzes und der zerbrochenen Lanze. Ich bin die letzte Runenmeisterin der Sachsen.«

Er hörte ihr fasziniert zu. War es das, was er gesucht hatte? Dieses alte Weib mit seinen alten Steinen? Diesen verstohlenen Blick in seine eigne Vergangenheit, die er längst gebannt glaubte?

»Die Zeit der Runenmeister ist vorbei«, sagte Sigrun bitter, »Avenaar ist ins Kloster geflüchtet, weil sie von Gott geläutert werden will. Sie hält ihre eigene Mutter für eine Hexe. Rosalie, meine zweite Tochter, ist noch bei mir. Ich unterweise sie in der Kunst des Runenlesens, aber ich fürchte, sie hat keine Zukunft, das arme Kind.«

»Und der Vater?« fragte der Ire.

Sigrun lächelte. »Oh, einen Vater gibt es, aber der ist lange fort. Er war nie sehr wichtig. Ihr wißt doch, Kelte, daß es eine Zeit gab, wo Väter keine besondere Bedeutung hatten. Das war die Zeit der Wanen, der alten Zauberwesen, aus deren Geschlecht wir stammen ... Ich weiß, daß ich den Augen der Büttel nicht mehr lange entgehen kann, auch wenn ich hier in der Einsamkeit des Waldes lebe. Aber solange ich den Menschen das Orakel lese, braucht nur einer mich zu verraten, und sie werden mich holen kommen. Für sie liegt die Zukunft in Gottes Hand, nicht in den Runen.«

»Ihr seid mutiger, als ich es war«, sagte der Ire leise, »ich habe damals mein Versprechen gebrochen, und statt Priester bin ich Soldat geworden. Ich wollte kein Leben im Untergrund führen. Das einzige, was von dem erlernten Wissen übriggeblieben ist, ist die Kenntnis der Heilkunst und der Kräuter. Als ich Euren Garten sah ...«

Die Alte lachte. »Ja, man kann seinem Schicksal nicht davonlaufen. Das ist die Ursache der Schlechtigkeit auf dieser Welt, junger Mann, aber davon weiß heute niemand mehr etwas. Dein Herr ist krank, nicht wahr? Die Leute erzählen es.«

»Eine Schwertwunde in der Hüfte, die nicht heilen will. Mein Herr sollte den Titel seines Bruders erben, aber er kann sich nicht entschließen, die Lage zu seinen Gunsten zu verändern. Auch er will seinem Schicksal davonlaufen. Also wartet er.«

Sigrun streckte die Hand aus und legte sie dem Iren lächelnd auf den Arm. »Ihr habt noch die alte Art zu denken, das macht mich froh. Aber auch ohne die Runen zu legen, sehe ich, daß auch Ihr in diesem Zwiespalt lebt. Man sollte sich mit dem Teufel versöhnen, das ist die einzige Möglichkeit, ihm zu entkommen.«

Sie lachte und stand auf. Hielt das Gesicht der Sonne entgegen und schloß die Augen. Ihre Haut war wie Pergament, die Lippen ein schmaler Strich.

»Wollt Ihr mir die Runen legen?« fragte der Ire.

Sie zog die Schultern hoch, ohne die Augen zu öffnen. »Muß ich das? Wißt Ihr die Antwort nicht selbst?«

»Nein.«

Sie nickte. »Geht jetzt, Kelte. Ich muß zu einem Bauern und ihm das Orakel lesen, denn er will wissen, ob seine Frau gesund wird. Aber wenn Ihr wollt, dann kommt wieder.«

Er sah ihr zu, wie sie lange, dünne Holzstäbe in ein weißes Tuch legte, es zusammenknüpfte und unter ihren Mantel steckte. Dann wanderte er, das Pferd am Zügel, durch den Wald zurück. Er war innerlich aufgewühlt wie nach einer langen, schrecklichen Schlacht. Als wäre er gerade noch mit dem Leben davongekommen. Er war tief beunruhigt, weil er plötzlich wieder die Bilder vor Augen hatte, die ihn jahrelang in Ruhe gelassen hatten.

Nach einer Woche schnappte Custodis' Falle zu. Eines Morgens tauchte ein junger Mann im Hof auf: der langersehnte Sohn der Kräuterfrau. Er ließ sich festnehmen und wurde in Raupachs Schreibstube gebracht. Dort stand er, die Arme mit Ketten zusammengebunden, als Raupach eintrat. Custodis war schon da und rieb sich vergnügt die Hände. »Sieh an, sieh an, du suchst deine Mutter, nicht wahr? Dein Name?«

»Ich habe keinen Namen.«

»Jeder hat einen Namen, auch du.«

»Meine Mutter nennt mich immer nur ›Junge‹.«

Custodis begann um ihn herumzuspazieren, langsam und mit verschränkten Armen. »Also, hör zu, Junge. Wo warst du an jenem Morgen drei Tage vor dem Osterfest?«

»Auf dem Hofe meines Lehnsherren«, kam die prompte Antwort. Custodis schwieg verblüfft. Damit hatte er nicht gerechnet. Hatte dieser Kerl sich also schon eine Ausrede zurechtgelegt?

»Lüge!« schrie er, daß Raupach zusammenfuhr.

»Laßt es nachprüfen, Herr«, sagte der Junge.

»Du hast einen Auftraggeber. Eine Armbrust hast du ja, wie ich weiß. Wer hat die üble Angelegenheit für dich erledigt, hm? Oder hast du deinen Lehnsherren bestochen, damit er für dich eine falsche Aussage macht?«

»Welche Angelegenheit, Herr?«

Custodis erging sich in umständlichen Erläuterungen und war sichtlich verstimmt. »Bringt ihn runter«, befahl er schließlich. Sie schafften den Jungen in das Gewölbe, während Custodis auf dem Hof nach dem irischen Soldaten schrie. Jemand ging und holte ihn.

»Jetzt seid Ihr dran«, sagte Custodis süffisant lächelnd.

»Ich bin kein Folterknecht«, gab der Ire zurück.

»Ihr seid Soldat«, fauchte Custodis, »Ihr wißt, wie man so etwas macht. Also los, bringt ihn zum Sprechen.«

Der Ire drehte sich brüsk um und rief nach drei Männern. Dann stiegen sie die Treppe zum Gewölbe hinab und schlugen die schwere Eichentür hinter sich zu.

Im Haus war alles still. Man hätte die reifen Kirschen hören können, wie sie ins Gras fallen. Aber dann entstand unter dem Gesinde, allesamt Sachsen, eine seltsame Unruhe. Maria hörte sie flüstern, sah ihre nervösen Blicke und fragte sich, was vor sich ging. Einer der Stallknechte war spurlos verschwunden, ein anderer bekreuzigte sich ständig und murmelte leise Gebete vor sich hin. Als sie genug von dem merkwürdigen Verhalten der Leute hatte, stieg Maria zu ihrer Kammer herauf und fand Berthold am Fenster sitzen.

»Ist es zu Ende?« fragte er.

Sie schüttelte den Kopf. »Ich glaube nicht.«

»Custodis ist verrückt genug, den Jungen umbringen zu lassen, ohne Richterspruch, ohne Prozeß. Und er geht nicht mal hin und befragt diesen Freibauern.«

Maria nickte. »Custodis befiehlt nur. Ausführen tun die anderen. Wäre Cai Tuam dazu fähig, den Jungen umzubringen?«

Berthold hielt die Hände über die Kohlenpfanne. Ihn fröstelte, aber diesmal war es nicht das Fieber. »Ich weiß es nicht, Maria. Wir waren zusammen im Krieg. Ich der hohe Offizier, der sich die Hände nicht schmutzig machen mußte, er der Soldat, der tötete. Das ist seine Art, sich den Lebensunterhalt zu verdienen. Sein Vater war ein Ritter, irgendwo in Connacht, der hatte fünf Söhne. Cai war der letzte, er hatte nichts zu erben. Er ließ sich als Soldat ausbilden und kämpfte lange Zeit in England. Er ist absolut loyal, aber er kann skrupellos sein. Das ist das Gesetz des Krieges. Du oder der andere, etwas anderes gibt es nicht.«

»Und wenn der Junge unschuldig ist?« fragte Maria.

Berthold lächelte müde. »Ja, Maria, daran denke ich auch die ganze Zeit. Bei einem ordentlichen Prozeß würde alles zur Sprache kommen, alle würden befragt werden, aber so? Custodis' Willkür widert mich an, aber wir sind ihm ausgeliefert. Und der Ire weiß das.«

Von draußen hörten sie Stimmen auf dem Gang. Berthold sprang auf und riß die Tür auf. Van Nell stand auf dem Flur.

»Was gibt's?«

Der Offizier grinste schief. »Er hat gestanden. In zwei Tagen wird er gehängt.«

Auf dem Flur erschienen immer mehr Menschen, Gesinde, Soldaten. Liefen durch die Korridore und redeten durcheinander.

»Gestanden ...«, raunte es durch die Kammern, und Maria klang das Wort tausendmal in den Ohren wider.

»Wie geht es ihm?« hörte sie Berthold fragen.

Van Nell zuckte mit den Schultern. »Wie soll es ihm gehen? Der Ire hat ganze Arbeit geleistet, der Junge ist halbtot.«

Ein merkwürdiges Geräusch ließ Berthold herumfahren. Maria war in Ohnmacht gefallen und auf die Binsen gesunken.

Mit einem Herzen so schwer wie ein Bleiklotz stieg Berthold die Stufen zum Gewölbe herunter. Fäulnisgestank schlug ihm entgegen und der Geruch frischen Blutes. Die dämmrigen Gänge waren eng, die Decke niedrig. Hinten, am Ende des Ganges, flackerte eine Fackel.

Berthold blieb stehen. Er holte tief Luft, konzentrierte sich auf seinen Herzschlag. Nicht nachdenken, ging es ihm durch den Kopf. Nur nicht nachdenken, das ist die einzige Rettung. Alle Dinge erledigen sich von selbst. Selbst hier in diesem stinkenden Rattenloch. Hier ganz besonders.

Er ging weiter. Zuerst sah er Cai Tuam. Er stand gegen einen Pfeiler gelehnt. Sein Gesicht war im Dämmerlicht nicht zu erkennen, und er schien Berthold auch nicht wahrzunehmen. Dann fiel Bertholds Blick auf den Jungen. Seine Ketten lagen auf der Erde. Er hockte, halb sitzend, halb liegend am Boden, der Kopf hing auf die Brust herab, Blut tropfte ihm aus den Mundwinkeln.

Berthold konnte die aufsteigende Übelkeit kaum noch

unterdrücken. Selbst die drei Soldaten, die an der Wand standen, waren weiß im Gesicht wie Kalk. Der Ire sah auf. Die Maske blieb, da war kein Schmerz, keine Schuld, nichts zu erkennen. Er warf einen Blick auf die halb bewußtlose Gestalt, schob dann Berthold zur Seite, der ihm die Tür versperrte, und rief seinen Soldaten zu, sie könnten gehen. Erleichtert schlichen sie auf den Gang.

»Wer wird ihn hängen?« fragte Berthold leise.

»Custodis«, sagte der Ire mit leerer Stimme.

»Custodis? Der macht sich nicht die Hände schmutzig!«

»Nein«, fauchte der Ire wütend, »der nicht. Dann wird es an mir sein, ihn umzubringen.«

Er schritt zum Tisch, nahm sein Messer auf und steckte es sich in den Gürtel. »Schickt jemanden, der ihm zu trinken gibt.«

Custodis war zufrieden. Er spürte, daß die Stimmung sich endgültig gegen ihn gewandt hatte, aber das kümmerte ihn nicht. Er ließ den Jungen in eine der Zellen schaffen. Und durch die Burg geisterte das Gerücht wie ein Irrlicht. Der Ire habe den Jungen zusammengeschlagen und ihm das Nasenbein und beide Arme gebrochen. Nach fünf Minuten habe der Junge gestanden.

Raupach schauderte. Er hatte diesen seltsamen Ausländer nie gemocht, aber jetzt mußte er mit ihm sprechen. Er fand ihn im Obstgarten, wo er im Gras lag, einen Becher Wein neben sich. Raupach hockte sich vor ihn. »Ich habe einen Boten nach Lüneburg geschickt«, begann er, »ich will wissen, wie weit Custodis' Vollmachten gehen.«

Cai Tuam rührte sich nicht. Als er endlich die Augen aufschlug, schienen sie glasig vom Alkohol. »Es ist zu spät«, sagte er nur.

Raupach seufzte. »Ich fürchtete es auch. Ich kann Custodis' Befugnisse nicht anzweifeln. Hat der Junge wirklich gestanden?«

Die Hand des Iren tastete nach dem Becher. Er richtete sich halb auf, sah, daß der Becher leer war, und warf ihn fluchend ins Gebüsch. »Er hat gestanden«, sagte er schroff.

»Ihr hättet auch gestanden und ich auch. Das ist doch das Prinzip der Folter, oder nicht?«

Raupach zuckte leicht zusammen. »Ja, aber wir brauchen uns nichts vorzumachen. Ist der Junge wirklich schuldig? Er hat einen Zeugen, der angeblich seine Unschuld beweisen könnte.«

Cai lachte leise. »Auch Zeugen kann man notfalls befragen. Auf die eine oder andere Weise.«

Raupach nickte. »Und wer wird ihn nun – wenn Custodis es anordnet … hängen?«

Der Ire sagte nichts mehr. Er hatte die Augen wieder geschlossen und war ins Gras zurückgesunken.

RAIDO

ᚱ

»Ein fünftes kann ich,
seh ich feindlichen Speer geschleudert in der Schlacht:
nicht fliegt er so hart, daß ich ihn nicht hemmen könnte,
wenn ich mit dem Aug ihn anschau.«

In Sigruns Hütte hingen getrocknete Pflanzen an den Holzwänden. Schalen und Mörser standen auf einem Regal, eine Schale mit getrockneten Maronen auf dem Tisch. Sigruns Mantel mit den Steinen und dem Katzenfell hing an einem Nagel hinter der Tür. Von der Kohlenpfanne stieg süßlich und schwer der Rauch von Salbei auf. Als Cai eintrat, war es späte Nacht. Er hatte den Weg durch den Wald kaum gefunden.

»Setzt Euch«, sagte die alte Frau und brachte ihm einen Becher. Er zögerte, und sie lachte. Eine Öllampe spendete etwas Licht. Hexen scheuen das Licht, behaupteten die Priester. »Trinkt nur«, meinte Sigrun, »glaubt Ihr, ich wollte Euch vergiften?«

Er mochte die alte Krähe, die ihr geheimes Wissen wie das Ungeborene in einem schwangeren Leib mit sich herumtrug. Er hatte ihren Garten gesehen, der mit einem Seidenfaden umgeben war. In einem mit solchen Kräften ausgestatteten Garten war vieles möglich.

»Dringe niemals in einen fremden Garten ein«, sagte Sigrun, als hätte sie seine Gedanken gelesen. »Das ist ein altes Gesetz Wotans. Es ist so alt wie der Lebensbaum, die Weltesche, die Irminsul. Und so alt wie die Runen.«

Sie setzte sich ihm gegenüber, erzählte ihm von dem Lebensbaum, und allmählich wurden seine Erinnerungen immer deutlicher. In seiner Heimat glaubte man ähnliches, nur hatten die Götter andere Namen und die Runen andere Schriftzeichen. Die Runen, so erzählte die Alte, waren ohne das Modell des Lebensbaums nicht denkbar, denn sie waren stets Teil eines Musters des Baumes. Eine gute Runenmeisterin hatte immer die zehn Zentren des Baumes vor Augen und konnte so die Runen deuten. Sie konnte Verbindungen zwischen den einzelnen Zentren herstellen und auf jede Frage eine Antwort finden. Jedes Zentrum stand für einen besonderen Teil des Menschen, und die mittlere Baumachse symbolisierte den Willen alles Göttlichen. Der Lebensbaum trug die Welt in sich, die Erde und den Kosmos und den einzelnen Menschen, und jede Rune ließ sich in seinem Geäst wiederfinden.

Sigrun stand jetzt auf und griff nach einem Beutel, der an der Wand der Hütte hing. Hölzerne Stäbchen kamen zum Vorschein. Auf den Stäben standen Doppelzahlen, immer zwei und zwei zusammen, die die Verbindung zwischen den Zentren angaben. »Was wollt Ihr von mir wissen, Kelte? Stellt mir eine Frage, und ich werde die Stäbchen werfen.«

Cai Tuam dachte nach. Das Bild Marias erschien plötzlich vor seinem geistigen Auge, und dann wußte er auch, was er fragen wollte. »Erzählt mir etwas über die Herrin Maria«, sagte er.

Sigrun breitete ein Tuch über dem Tisch aus und ließ die Stäbe fallen. Dann nahm sie scheinbar wahllos fünf der Stäbe auf und legte sie vor sich auf den Tisch.

»Dies ist nur eine Möglichkeit, das Orakel zu befragen«, erklärte sie, griff eines der Stäbchen auf und betrachtete es eingehend. Nahm das nächste, dann das dritte, bis sie alle fünf vor sich liegen hatte. Dann räumte sie die Stäbe wieder zusammen, verstaute sie in dem Beutel und nahm einen zweiten. Sie schüttete den Inhalt auf den Tisch.

Kleine Steine fielen heraus, auf einer Seite mit den Runen beschriftet. Sie strich die Steine mit einer flüchtigen Geste glatt und sortierte die, die mit dem Gesicht nach unten lagen, aus. Warf die anderen, die übriggeblieben waren, ein zweites Mal und sortierte wieder aus. Das ging so lange, bis nur noch eine einzige Rune übrig war. Die Rune sah aus wie ein Pfeil, der nach oben weist.

»TEIWAZ«, sagte Sigrun lächelnd und legte dem Iren den Stein in die Hand. »Sie hat die Form der Irminsul, der Weltesche. Erkennst du die Form eines Baumes darin? Eure Herrin scheint eine kämpferische Natur zu sein, aber sie weiß selbst nicht, wie stark sie ist. Sie hat einen Menschen verloren, den sie geliebt hat, und ringt immer noch um ihr Gleichgewicht. Da sind zu viele Schatten, die das Bild verdunkeln. Nehmt Euch in acht vor dieser Frau, Ire, sie hat Gesichter, von denen sie selbst nichts weiß. Eines davon ist TEIWAZ, ein anderes offenbaren mir die Zahlen auf den Stäben. Eure Herrin ist wie gärender Alkohol in einer verschlossenen Flasche – wenn man sie öffnet, entlädt sich der Druck nach außen. Läßt man sie verschlossen, ist man zwar sicher, aber nur so lange, bis der Druck selbst schließlich das Glas zu Platzen bringt. Ich kenne Eure Herrin nicht, Ire, aber ich würde sie gerne kennenlernen.«

»Das wird wohl kaum möglich sein«, murmelte der Ire, dem bei Sigruns Worten ein leichter Schauder über den Rücken lief.

Die Runenmeisterin lächelte. »Oh, mir ist alles möglich, junger Mann. Füllt den Stein mit Eurer Energie, laßt Eure Kraft hindurchziehen.«

Er sah in seine Hand. Dort lag noch immer der Stein, warm und glatt. Er schloß die Finger. Er erinnerte sich an die zwölf magischen Kieselsteine in seiner Heimat und an den heiligen blauen Stein, den ihm der Großvater geschenkt hatte. Das war lange her. Doch plötzlich überfielen ihn die Bilder der Vergangenheit so mächtig, daß ihm heiß wurde.

Der Großvater hatte am Strand gesessen. Ein Meer unter dunklen Wolken. »Soll ich dir den Zauber zeigen, wie der Nebel kommt?«

Wie lautete der Zauber des Wirkens noch? Cai Tuam erinnerte sich auch daran.

»Dreimal gewirkt an diesem Ort,
Dreimal gereinigt in deinem Feuer,
Dreimal gesegnet in deinem Tanze.«

Er murmelte es vor sich hin, wieder und wieder, und der Stein in seiner Hand wurde kalt. Verdichtete Energie, verdunstetes Wasser. Man konnte den Nebel anrufen. Aber er hatte die Kraft der Konzentration verloren. Er hatte zuviel Blut vergossen. Er konnte sich nicht mehr sammeln, so wie damals, bevor er zum Soldat geworden war. Konzentration so hart wie Stein, so still wie das Nichts, von dem die Scholastiker und Mystiker endlos sprachen und über das es doch nichts zu sprechen gab.

Er war über den niederen Grad eines Novizen nie hinausgekommen, obwohl er die Fähigkeit besessen hatte, ein ganz Großer zu werden. Er hatte die Karten der Sterne beherrscht, die Magie der Pflanzen, er konnte mit den tödlichen Pilzen umgehen, die die Sinne berauschten, und er hatte die Kunst der völligen Enthaltsamkeit beherrscht, damit seine Energien nicht zerstört würden durch die Entladungen des Leibes. Er wußte, er war ein Wiedergeborener, einer, der schon einmal gelebt hat, und auch sein Großvater war so einer gewesen. Und natürlich auch diese Frau, die ihm da gegenübersaß und ihn lächelnd beobachtete. Sie hätten auch ohne Worte miteinander sprechen können.

»Wärt Ihr ein guter Priester geworden, Ire?«

»Vielleicht«, erwiderte er ausweichend. »Aber ich habe nie das Orakel befragt.«

»Ich lese nur die Botschaft der Steine und Stäbe. Das Orakel irrt nie. Wenn es nicht zutrifft, dann war es ganz allein mein Fehler. Dann habe ich die falsche Ebene befragt, das verkehrte Zentrum. Oder ich ziehe die falschen Schlüsse, stelle verkehrte Bezüge her. Aber was ich sah, war eine mächtige Kraft, die unterdrückt wird. Würde ich Euch mehr sagen, es wäre nicht recht von mir, denn es würde Euren freien Willen einschränken. Nicht immer ist alles, was man sieht, wert, es mitzuteilen, manchmal ist es sogar gefährlich. Darum sage ich Euch nicht mehr. Und jetzt, Cai, geht nach Hause, bevor Euch jemand bei mir sucht.«

Der Ire stand auf und wollte ihr eine Münze in die Hand drücken, aber sie lehnte ab. »Ich freue mich, wenn du kommst, und es ehrt mich, wenn du meine Kunst in Anspruch nimmst. Ich weiß, daß du das glauben wirst, was ich dir gesagt habe, denn du stammst aus dem vergessenen Volk, das einst die besten Seher dieser Erde besaß.«

Er drückte ihr die warme, faltige Hand. »Ich weiß nicht, wen die Herrin verloren haben könnte, aber ich bin gewiß, daß du nicht irrst. Könnte es auch ihre Mutter gewesen sein?«

Sigrun lachte leise. »Möglich, aber das glaube ich nicht. Diese Liebe, um die sie trauert, war von anderer Art. Ihre Mutter beschäftigte übrigens eine Hebamme, die in dem

Ruf stand, Kinder mit Zaubersprüchen zur Welt zu bringen und sie selbst gebar ihre eigenen Kinder auf diese Weise. Das weiß ich von den Leuten, die zuviel klatschen. Irgendeiner von Raupachs Männern muß es erzählt haben, als sie hierhergezogen sind.«

Der Ire grinste. »Die Mutter der allerchristlichsten Herrin die Freundin einer Hexe? Oder gar selbst eine?«

Sigrun schüttelte den Kopf. »Nein, eine Hexe ganz gewiß nicht. Aber du weißt, was die Leute reden. Ist deine Mutter Christin?«

»Ja, aber mein Vater ist ein Krieger, der von den Zeiten träumt, als man den Feinden die Köpfe einschlug und sie sich über die Türe hängte.«

»Bei Nerthus«, murmelte die Alte. »Wißt Ihr, daß wir zu Zeiten der Römer zusammen gebetet und die Götter angerufen haben, dein und mein Volk gemeinsam? Es gibt noch heute in der Nähe des Rheins, in den Bergen einer Gegend, deren Namen ich vergessen habe, einen Tempel zu Ehren der Muttergottheiten. Mögen die Götter geben, daß er stehenbleibt bis ans Ende der Welt.« Sie seufzte. »Geh mit den Göttern, junger Mann, welche du auch immer verehrst.«

Sie segnete ihn, wie die Priesterinnen es früher zu tun pflegten. Er spürte wieder diesen Schauder, der ihm durch den Leib rieselte. Dann wandte er sich um und schlüpfte aus der Hütte.

KENAZ

ᚲ

»Ein sechstes kann ich,
versehrt mich ein Mann mit böser Baumwurzel:
diesen Gegner, der Grimm mir weckt,
trifft zuerst das Unheil.«

Die Nacht war stockfinster. Neumondnacht. Die Säfte des Lebens beginnen sich zu wandeln, behaupteten die Alten. In der Burg herrschte auffällige Ruhe. Keine Soldatengesänge, keine Würfel, die über eine Tischplatte klackerten. Selbst das Vieh verhielt sich still. Es gab keine Sterne, keinen Mond, keinen Wind.

Es war die Zeit, wo die Irrlichter über die Heide trieben. Man sagte von ihnen, sie seien bunt und erinnerten an Glühwürmchen. Es waren die verdammten Seelen von verfluchten Toten. Niemand wagte sich in die Heide, wenn die Irrlichter umgingen. Nicht einmal die Sachsen, die hier geboren waren.

Nur einer schien verwegen genug. Ein junger Mann auf seinem Pferd, der sich kaum aufrecht halten konnte. Wegen des Neumonds fiel ihm die Orientierung schwer. Er ritt langsam. Welche Richtung nahm man bei Neumond? Ganz gleich, nur weit fort. Und nicht im Kreis, das war die Gefahr. Wenn man im Kreis ritt, trat man auf der Stelle und erlag einer fatalen Illusion. Doch wer sich auskannte in der Heide, kam auch bei Neumond zurecht. Wacholder bildeten markante Punkte oder Föhren, die in Gruppen standen. Ein murmelnder Bach, ein Adlerhorst. Nur nicht im Kreis, ohne Anfang, ohne Ende, und die Föhren schwiegen in dieser Nacht, auch wenn man ihre Sprache verstand.

Custodis tobte. Beim Frühstück mit Haferkuchen und verwässertem Wein hatte ihm der wachhabende Soldat mitgeteilt, der Gefangene sei ausgebrochen. Die Wache sei bewußtlos aufgefunden worden, die Tür zur Zelle habe aufgestanden.

Custodis war unberechenbar. Und Maria zog sich in ihre Kammer zurück. Selbst hier oben hörte sie seine Stimme, dröhnend, kläffend. Sie sah aus dem Fenster. Soldaten stoben in alle Richtungen, Hunde schlugen an, Pferde wieherten. Berthold kam in die Kammer gestürzt, sagte, sie seien hinter dem Jungen her und verschwand wieder. Dann plötzlich war Ruhe.

Maria versuchte zu lesen. Aber ihre Gedanken schweiften ständig zu dem Jungen zurück. Wie günstig, daß er geflohen war, wo doch niemand ihn hängen wollte! Nur die Angst, Custodis' Willkür würde sie alle an den Galgen bringen, hatte sie alle wegsehen lassen. Aber wer hätte ihn denn letztendlich aufknüpfen müssen? Hatte der Ire dem Jungen geholfen und sie alle vor einem schlechten Gewissen und nächtlichen Schuldträumen bewahrt? Wie edel, dachte Maria spöttisch.

»Ich habe da einen hübschen Garten gefunden, mitten in der Heide.« Maria drehte sich um. Katharina, die alte Sächsin stand in der Tür. »Habt Ihr nicht Lust, mit mir hinzugehen?«

Was wollte sie in der heißen Sonne auf der Heide? Die Schwüle lag schon jetzt wie eine Glocke über den Mauern. »Du willst doch nicht spazierengehen«, meinte sie belustigt.

Katharina setzte sich zu ihr aufs Bett. »Nein, Herrin, ich möchte, daß Ihr jemanden kennenlernt. Sie sind alle fort, den Jungen suchen. Keiner wird merken, wenn wir ein bißchen ausgehen.«

»Was ist los, Frau?« Maria wurde ungeduldig. Die schwarze Krähe war ihr unheimlich, so wie alle Sachsen.

»Zuerst hörte ich es von der Köchin, aber inzwischen sprechen sie alle davon. Ich meine, die Sachsen, die hier leben.«

»Mein Gott, Katharina, wovon sprechen sie?«

»Sie haben nichts gesagt, weil sie ihm nichts Böses wollten. Nur, wenn er den Jungen getötet hätte, hätten sie geredet.«

Ganz langsam dämmerte Maria, von wem die alte Frau sprach.

»Herrin, er hat sich oft mit der weisen Frau getroffen, die wir hier alle sehr verehren. Sie weiß alles über die Kräuter und Pflanzen, und sie deutet die Runen, Ihr versteht?«

›Eine Hexe‹, fuhr es Maria durch den Kopf. ›Er trifft sich mit einer Hexe.‹

»Allmächtiger«, stieß sie hervor. »Wenn das jemand erfährt, ist er ein toter Mann.«

Die Alte nickte. »Ja, aber es zog ihn hin zu ihr, weil er die alte Zeit nicht vergessen hat. Und sie vertraut ihm.«

Maria packte Katharinas Hand. »Hat er den Jungen befreit?«

Katharina zog sanft ihre Hand zurück und stand auf. »Vielleicht. Kommt, laßt uns gehen.«

Hinter den Mauern der Burg erstreckte sich trockenes, staubiges Heideland bis zum Wald. Der Bach war ausgetrocknet. Die Büsche trugen Brombeerblüten und erste, noch unreife Früchte, Schlangen huschten durch den Sand. Eidechsen sonnten sich auf Baumstämmen, die der Sturm gefällt hatte. Nur hier und da eine Kiefer, ein Ginster und mittendrin ein Garten mit einem Lattenzaun umgeben als Schutz gegen Kaninchen und Füchse. Die Rosen waren verwelkt, die Minze blühte und duftete fein. Der Eisenhut bildete giftige Knospen. Lerchen trudelten in der Luft, ein Falke zog träge seine Kreise. Aber keine Menschenseele in der Nähe.

»Sie wird kommen«, sagte die Sächsin. Sie öffnete das Gatter und ging durch den Garten. Dahinter beschatteten Kiefern einen kleinen Flußlauf, dessen silbriges Wasser über Steine und Kiesel hüpfte.

Maria setzte sich auf einen Stein am Ufer und starrte in das fließende Silber. Warum lieferten sie sich ihr aus? Sie könnte den Iren verraten und diese weise Frau, für deren Treiben dieser Ort ein Beweis war. Ja, das hier, dieser seltsame Garten mit seinen silbergrünen Pflanzen und dieser verwunschene Bach, das war ein Platz für Hexen, die sich noch auf die Kunst des Runenlegens verstanden. »Warum weihst du mich in euer Geheimnis ein?« fragte sie verwirrt. »Ich will es nicht wissen.«

Katharina nickte. »Er hat den Jungen befreit. Wir wissen es alle, bis auf Custodis und die Herren, die Franken, die fremd hier sind und es immer bleiben werden, auch wenn sie hundert Jahre hier leben. Dies ist Sachsenland. Erst hat er ihn halbtot geschlagen, und dann hat er ihn befreit, und die weise Frau hat es veranlaßt, weil er zu uns gehört, der Junge. Versteht Ihr jetzt?«

Maria sagte nichts. Das säuselnde, trudelnde Wasser hielt ihre Augen fest, zog sie tiefer und tiefer hinunter auf den Grund, der wie zerbrochnes, verzerrtes Glas aussah. Sie konnte die Augen nicht abwenden, starrte wie in Trance in ihr eigenes Gesicht, verzerrt, zerbrochen.

Eine alte Frau stand hinter ihr. Ihr lächelndes Gesicht runzelig, ihr brauner Mantel mit weißem Fell gefüttert. Katzenfell, von heiligen weißen Katzen. Überall an dem Mantel hingen kleine Steine, und auf der Brust trug sie an einer Kette ebenfalls einen Stein, in den das Symbol der heiligen Birke geritzt war.

»Aus dem Wasser kommt man, und dahin geht man wieder zurück«, sagte die Alte achselzuckend. »Auch wenn man keine Hexe ist. Wasser und Feuer, Luft und Erde, aber Wasser ist am stärksten von allen.«

Sie musterte Maria aus hellen blauen Augen. Ja, die war ein Gotteskind, unschuldig und leer, und doch spürte Sigrun die unbändige Kraft hinter dieser Fassade bigotter Demut. »Ich bin Sigrun, die letzte Runenmeisterin der Sachsen. Und Ihr tragt den Namen der Himmelsmutter, wie ich gehört habe. Sind sie fort?«

Maria nickte. »Sie suchen den Jungen.«

»Ja, aber sie werden ihn nicht finden. Und er? Ist er bei ihnen?«

»Wer?«

»Der Ire.«

»Er ist bei ihnen.«

»Gut. Und nun zu Euch, edle Dame. Ihr wundert Euch sicher darüber, daß ich Euch kennenlernen wollte. Ich sah es im Spiegel. Ihr seid eine Christin. Dagegen ist im Grunde nichts einzuwenden ...« Sie lachte, ein helles, fast kindliches Lachen, und setzte sich neben Maria auf den Stein.

»Zuweilen sitze ich am Wasser, so wie Ihr jetzt, und sehe Dinge, die mir zeigen, was sein wird. Mal stimmt es, mal stimmt es nicht. Manchmal erfüllt es sich auch erst später. Das ist keine Hexerei, mein Kind, das ist eine menschliche Gabe, die in früheren Zeiten sehr gefragt war. Ich brauche keine Schafsleber dafür wie andere, auch keine zuckenden Eingeweide. Mir reicht ein kleiner Flußlauf, so wie dieser hier. Wenn man sich verliert, mein Kind, dann sieht man mehr als andere. Manchmal, wenn ich eine wichtige Frage zu beantworten habe, sage ich mir: Kommt ein Vogel ans Ufer, um zu trinken, dann werde ich die Frage bejahen, kommt er nicht, so verneine ich sie. Das ist schwer zu verstehen, aber es ist vor allem eine andere Art, die Dinge zu sehen. Du wirst denken, was hat der Vogel mit meiner Frage zu tun? Nichts, er hat nichts damit zu tun. Und doch beeinflußt er das Geschehen der Welt, wenn er ans Ufer zum Trinken kommt.

Ich sah den Iren im Wasser, und ich sah Euch. Er kam hierher, und wir sprachen miteinander über die Vergangenheit und die Kräuter. Er geht in die Kirchen und betet zu dem Christengott, denn sein Großvater lehrte ihn, alle Götter zu ehren. Seine Lehrer waren die Nachfahren der Druiden, meine die der Skalden, aber beide gibt es nicht mehr. Unsere Zeit ist vorüber. Dennoch habe ich mich gefreut, wenn er kam – und wäre ich jünger, ich hätte mehr mit ihm getan, als nur mit ihm zu reden.«

Sie lachte.

»Warum erzählt Ihr mir das alles?« fragte Maria unbehaglich und hielt ihre Hand in das kalte, klare Wasser.

»Ich sah deinen Haß«, murmelte die alte Frau, »ich sah und ich spürte ihn. Wasser ist zu kalt für solch hitzige Gefühle, und ich werde alt. Ich kenne die Stelle, an der der Turm der Veleda stand. Weißt du, wer sie war? Sie war unsere größte Seherin, das Orakel sprach aus ihr wie aus einem heiligen Gefäß.«

Sie hob die Hand und strich Maria übers Haar. »Cai Tuam findet sich nicht zurecht in dieser Welt, mein Kind. Er glaubt an die Wiederkehr der Seele, wie seine Vorfahren, und doch habe ich niemanden gesehen, der sterblicher wäre als er, denn er verachtet den Tod nicht.«

»Er tötet, ohne mit der Wimper zu zucken«, sagte Maria bitter.

Sigrun nickte. »Ich weiß. Als er jung war, sollte er Priester werden, kein christlicher, du verstehst? Aber er wollte nicht, er verriet statt dessen seinen Lehrer und wurde Soldat. Und nun muß er sein Leben lang davonlaufen, weil er sein Gesicht verloren hat und weil er in seinem Innersten gerne ein Priester geworden wäre. Es war nur der falsche Glaube, der ihn davon abgehalten hat. Wißt Ihr, Namen ändern sich, auch die Namen von Göttern, aber dahinter bleibt immer die gleiche Idee. Jeder Glaube verschwindet eines Tages und macht einem neuen Platz. Nichts ist ewig, das ist die einzige Wahrheit, die am Ende bleibt. Deshalb betet er auch in Euren Kirchen.«

»Und zu wem betet er da?« fragte Maria düster.

»Fragt ihn selbst«, sagte Sigrun.

Maria stand auf. »Wenn sie Euch finden, werden sie Euch aus Eurem Haus vertreiben.«

Die Alte lachte vergnügt. »Ich weiß. Aber jetzt habe ich Euch mit in mein Geheimnis gezogen, und das tut mir leid. Nicht für mich, für Euch. Ich weiß, Ihr werdet mich nicht verraten, sonst wäre ich gar nicht erst gekommen, aber für ihn bitte ich Euch. Verfolgt ihn nicht mit Eurem Haß. Versucht, ihn zu verstehen.Und jetzt geht nach Hause, und denkt über meine Worte nach.«

Sie beschattete ihre Augen mit der Hand und starrte zum Himmel. »Geht nur«, sagte sie lächelnd.

Am Abend kamen die Männer zurück. Custodis betrat fluchend die Halle und brüllte nach Essen und Wein. Die Diener sahen einander besorgt an. Aber sie merkten bald, daß man den Jungen nicht gefunden hatte. Custodis räkelte sich auf seinem Stuhl und wühlte mit den Fingern in einer vollgestopften Schüssel.

Draußen ballten sich gigantische Wolkentürme zusammen. Wind kam auf, Blitze zuckten durch die Dämmerung. Die Schwüle war unerträglich geworden. Berthold und Raupach hatten sich an einen anderen Tisch gesetzt und starrten schweigend vor sich hin. Sie wußten nichts von dem, was Maria wußte, aber auch sie konnten sich dem Offensichtlichen nicht verschließen. Konnte der Ire ein Interesse daran gehabt haben, den Jungen laufenzulassen? Es wäre nicht weiter schwer gewesen. Die Wache mit einem Schlag bewußtlos zu machen, die Tür zu entriegeln …

»Wir hatten alle Zweifel an der Schuld dieses Jungen«, murmelte Berthold in das bedrückte Schweigen hinein.

Raupach zuckte mit den Schultern. »Sicher. Aber Custodis wird keine Ruhe geben. Und dann? Hängen wir dann Euren Arzt?«

Der Ire betrat die Halle. Custodis entdeckte ihn und winkte ihn zu sich. Er ahnt nichts, dachte Berthold erleichtert. Er kommt gar nicht auf die Idee, daß sein Folterknecht so etwas tun könnte. Für ihn ist Cai Tuam der letzte, den er verdächtigen würde. Ist er blind vor lauter Verliebtheit und Geilheit? Der Ire setzte sich neben Custodis und begann zu essen. Brot, Wildpastete, die mit Gewürzen überladen war, und Käse. Währenddessen lehnte Custodis sich zurück und betrachtete den Iren mit fast zärtlichem Blick. Es zuckte ihm in der Hand, die lässig über der Stuhllehne des Iren baumelte. Zu nah an Cai Tuams schwarzen Locken. Der aß bedächtig und nahm sich Zeit. Trank Wein mit Wasser verdünnt, um nüchtern zu bleiben. Custodis spreizte die Finger. Der Ire spürte die Bewegung an seiner Schulter. Er sah, wie sich die Halle allmählich leerte. Berthold und Raupach gingen hinaus, die Diener zogen sich zurück. Aber Maria war noch da.

Sie stand in der Küchentür und sah ihn an. Und da bemerkte er die Veränderung in ihrem Gesicht. Da war kein Haß mehr, eher Ermunterung, als wolle sie ihm Mut zusprechen. Aber er verspürte keinen Mut. Er war leer, innerlich tot und nur noch nicht begraben.

Custodis schaukelte mit seinem Stuhl vor und zurück. Der herzogliche Vollstrecker hatte jedes Recht, auch das Recht, seine fleischlichen Gelüste zu befriedigen. Cai Tuam gefiel ihm ausgesprochen gut. Er hatte so etwas Rätselhaftes an sich, das Custodis reizte, und er war Soldat. Soldaten waren brutal. Custodis liebte brutale Männer.

Er fuhr mit der Hand spielerisch über des Iren Schenkel. Sein Herz begann wild zu schlagen. Eine feine Beute, dachte er, ein Schatz. Seine Hand verirrte sich wieder. Diesmal noch weiter nach oben.

»Warum geht das Weib nicht?« knurrte er ärgerlich. »Was starrt sie so herüber?« Dann wandte er sich wieder lächelnd dem Iren zu, der noch mehr Wasser in seinen Wein schüttete. »Hier ist es ungemütlich«, schnurrte er, »gehen wir in meine Kammer.«

Der Ire hatte die dem Vollstrecker abgewandte Hand am Heft seines Dolches. Eine Magd kam und wollte den Tisch abräumen. »Verschwinde, Weib«, herrschte Custodis sie an, und sie machte, daß sie aus seiner Nähe kam. Der Ire hatte noch immer die Hand am Dolch. Aber er konnte den herzoglichen Vollstrecker nicht einfach ermorden. Er durfte den Lüstling nicht einmal verärgern. Er saß in der Falle, verharrte reglos wie ein Tier, das sich totstellt. Spürte erneut Custodis Hand an seinem Bein und roch dessen weinsauren Atem.

Da zerriß der erste Donner die Stille. Jemand machte die Tür auf, und der Sturm brach herein und wirbelte Sand und Blätter ins Haus. Pferde schrien draußen in Panik, ein Stallbursche kam hereingestürzt. »Herr, die Ställe brennen!«

»Schade«, seufzte Custodis. »Wir treffen uns morgen in meiner Kammer, Soldat.« Er stand auf, rückte seinen Umhang zurecht und stapfte aus der Halle.

Auf den Donner folgte der Regen. Er löschte die Flammen, die über dem Stall zusammenschlugen und ließ nur verkohlte Asche übrig. Die Soldaten ritten wie blinde Maulwürfe in die Nacht hinaus und suchten die entlaufenen Pferde.

Berthold kehrte bald wieder in seine Kammer zurück. Die Wunde war aufgebrochen und schmerzte. Aber Cai hatte genug anderes zu tun, er würde ihn heute in Ruhe lassen. Er warf sich aufs Bett.

Maria war noch nicht da. Sie war sicher bei den Frauen, die den Männern halfen, das Vieh einzufangen. Er versank in einen leichten Schlaf, die Hand ausgestreckt nach Maria, die nicht neben ihm lag.

Sie traf ihn in einem der ausgebrannten Ställe.

»Ist alles in Ordnung?« fragte der Ire.

Maria nickte. »Und mit Euch?«

Der Ire grinste. »Ich hatte Glück. Das Feuer hat mir meine Unschuld gerettet.«

»Und was ist morgen? Und übermorgen?«

Sie schwiegen. Waren verlegen wie Kinder und wußten nicht, warum. Er wirkte müde und verletzlich.

»Ich möchte Euch etwas fragen.« Maria senkte die Stimme. »Ich war heute bei der Runenmeisterin. Habt Ihr den Jungen befreit?«

»Ach, darum seid Ihr so verwandelt«, knurrte er, »die alte Hexe hat Euch die Ohren vollgeschwatzt.«

»Nein, nein ...«, wehrte sie ab. »Ich habe nicht alles verstanden, aber ...«

»Aber was?« unterbrach er sie schroff. »Es ist besser, nichts zu wissen als das Verkehrte.«

»Cai ...«, sagte sie leise. »Bitte sagt mir die Wahrheit. Habt Ihr ihn befreit?«

Er schüttelte den Kopf, wandte sich einem der Pferde zu, warf ihm ein Halfter über und führte es aus dem Stall.

Am nächsten Morgen erschien ein Reiter aus Braunschweig. Ihn habe unterwegs ein Fieber geschüttelt, erzählte er, während er abgerissen von der Reise in der Küche saß und sich den Bauch vollstopfte mit Haferkuchen.

»Aus Braunschweig läßt man ausrichten, daß Custodis alle Vollmachten genießt, um den Mord aufzuklären. Alle, Herr.«

Raupach schwieg nachdenklich. Dann waren ihm die Hände gebunden. Er beugte sich zu dem Mann herüber. »Hat er auch das Recht, sich an meinen Soldaten zu vergreifen?«

Dem anderen fielen die Reste des Haferkuchens aus dem Mund. »Ehrwürdiger ... nein. Ich weiß, den Mann quälen zuweilen widernatürliche Gelüste. In Braunschweig ist das wohlbekannt. Man hat Custodis deshalb schon zweimal ermahnen müssen, auf sein Seelenheil zu achten. Auf der anderen Seite ist er ein mehr als brauchbarer Mann, und der Herzog würde nur ungern auf ihn verzichten. Warum fragt Ihr, Herr?«

Raupach verzog das Gesicht: »Er hat ein Auge auf einen meiner Soldaten geworfen.«

»Allmächtiger!« seufzte der Mann. »Das ist ein schreckliches Übel. Hat er, ich meine, hat er schon ...« Er brach sein Gestammel verlegen ab und starrte auf die Reste seines Haferkuchens.

»Muß ihm der Soldat zu Willen sein, oder zieht er sich sonst die Ungnade des Vollstreckers zu?«

Der Mann wurde rot über beide Ohren. »Schickt den Soldaten fort, das ist der einzige Rat, den ich Euch geben kann. Sagt meinetwegen, der Herzog habe eine besondere Aufgabe für ihn. Ich reite heute wieder zurück, also wird Custodis niemanden dafür verantwortlich machen können.«

»Das ist ja lachhaft«, sagte Raupach wütend. Jetzt mußten sie den Iren verstecken und hatten den verfluchten Kerl noch immer am Hals.

Er stand auf und ging ohne Umschweife in die Unterkunft der Soldaten. Der Ire lag auf seiner Pritsche und schlief. Raupach rüttelte ihn wach. Cai Tuam brummte und schlug die Augen auf.

»Wir haben Bescheid aus Braunschweig«, sagte Raupach, »Ihr müßt verschwinden. Custodis hat alle Vollmachten dieser Welt.«

Der Ire blinzelte in die durch eine Maueröffnung einfallende Sonne. »Wohin soll ich gehen?«

»In die Hütte dieser Anna.«

»Ich soll mich verstecken?«

»Wißt Ihr eine bessere Lösung?«

Der Ire grinste und sprang aus dem Bett. »Nein. Wenn

Custodis den Jungen nicht findet, wird er nach Braunschweig zurückkehren.«

Raupach runzelte die Stirn und musterte den Iren, der begann, seine Habseligkeiten zusammenzupacken. »Wird er den Jungen nicht finden?« fragte er tonlos.

Der Ire hielt in der Bewegung inne. »Ich weiß es nicht, Herr. Wie sollte ich es wissen?«

»Ja«, sagte Raupach mit einem zweifelnden Unterton in der Stimme. »Wie solltet Ihr es wissen.«

Er wandte sich brüsk ab und ging aus dem Stall.

Am Abend peitschte der Sturm Regen übers Land. Die Wache auf der Ringmauer hatte sich ganz in den Schutz des Tores zurückgezogen und sah von Norden Wetterleuchten über die Heide zucken. Er sah die Bäume nicht in der Dunkelheit, aber er hörte ihr Ächzen und Rauschen, und dann hallte der erste Donnerschlag aus weiter Ferne herüber.

Berthold hatte die Laute genommen und zupfte an den Saiten. Die leisen Töne gurrten durch die Halle wie Taubengesang. Alle waren müde und schläfrig. Aber Custodis, der auf seinem Stuhl hing, die Beine von sich gestreckt, wollte sie nicht schlafen gehen lassen. Er war übelster Laune, weil der Ire über Nacht spurlos verschwunden war. In seinem Kopf rumorte es wie in einer Waffenkammer vor dem Turniergang.

Die Stille machte sie noch träger, der Wein ihre Glieder schwer. Plötzlich richtete Custodis sich auf. »Der Bursche«, sagte er barsch, »Monreals Bursche soll kommen.«

Jemand ging, den Burschen zu holen. Der hatte schon geschlafen und erschien mit verquollenen Augen. Ein kleiner, vierschrötiger Kerl mit roten Haaren, die ihm wirr ins Gesicht hingen. Er stand linkisch herum, bis Custodis ihn zu sich winkte. »Dein Herr hat einen Brief geschrieben an jenem Abend, bevor er aufbrach. Weißt du, was darin stand?«

Der Bursche zog die Schultern hoch und trat von einem Bein aufs andere. »Nein, Herr. Aber er war lange fort an diesem Abend, bevor er den Brief schrieb. Er tat das manchmal, ritt in die Umgegend hier, aber an dem Abend blieb er lange weg. Ich hatte Angst, er könne sich verirrt haben.«

Custodis stützte den Kopf in die Hand. »Wohin ist er geritten?«

»Ich weiß nicht, Herr. Nach Norden, das ist alles, was ich weiß. Dort liegt ein seltsamer Garten, und weiter in den Wald hinein geht es zum Teufelsstein.«

»Was ist das für ein Stein?«

Der Bursche zögerte.

»Heraus damit!« schnauzte Custodis ihn an.

»Der Stein ist alt, Herr, früher trafen sich dort die Leute, um zu beten.«

Custodis lachte grimmig. »Um zu beten? Nur Heiden beten Steine an. Aber was hatte Monreal damit zu tun?«

Der Bursche schüttelte nur stumm den Kopf. Custodis schickte ihn wieder hinaus und wandte sich an Raupach. »Was hat es mit diesem Stein auf sich?«

Berthold griff wieder in die Saiten seiner Laute, und eine tiefe Dissonanz erklang.

»Ich weiß es nicht«, sagte Raupach und warf Berthold, der die Laute zur Seite legte, einen warnenden Blick zu.

»Überall stehen solche Steine«, meinte Custodis nachdenklich, »manche sind so schwer, daß man sie nicht von der Stelle bewegen kann.«

»Zu diesem Stein ist Monreal sicher nicht geritten«, warf Berthold ein, »aber im Norden stehen drei, vier Lehenshöfe. Vielleicht wollte er dahin.«

»Mitten in der Nacht?« Custodis gähnte, griff nach einem Krug mit Wein und schenkte sich selber nach.

»Da liegt des Rätsels Lösung«, brummte er leise vor sich hin. »In dem Brief oder vielmehr dessen Inhalt und diesem seltsamen Ritt. Aber niemand hat gesehen, wohin der Mann geritten ist, und der Brief ist verschwunden.«

Er trank seinen Becher leer und stand auf. Er nickte in die Runde und ging mit wuchtigen Schritten durch den Saal.

Der Soldat auf der Ringmauer war eingeschlafen. Sein

Körper war zur Seite gesunken. Das Wetterleuchten zog weiter, an der Heide vorbei, und der letzte Donner verklang.

Maria stieg die schmale Holztreppe zum Gewölbe hinunter. Feuchte, klamme Luft hing unter der niedrigen Decke. Am Ende des Ganges brannte eine Fackel. Ein Soldat saß dösend auf seinem Stuhl und schrak hoch, als er ihre Schritte hörte.

»Ich möchte zu Anna«, sagte Maria. Der Soldat zögerte, stand dann auf und nahm einen Schlüssel vom Haken an der Wand. Er steckte ihn ins Schloß und zog die knarrende Tür auf.

Anna lag noch immer auf dem Stroh. Der Soldat brachte eine zweite Fackel, steckte sie in die Halterung und schloß die Tür. Die Frau auf dem Stroh drehte sich um und schloß die Augen vor dem grellen Licht der Flamme.

»Hat man dir zu essen gebracht?« fragte Maria und kam näher.

Anna nickte. »Wo ist mein Junge?«

»Fort. Er ist geflohen.«

Anna öffnete die Augen. »Ist er in Sicherheit?«

»Ich glaube, ja.« Maria raffte ihre Röcke zusammen und setzte sich auf das staubige, verfilzte Stroh. »Ich werde dafür sorgen, daß man dich freiläßt. Aber du mußt mir ein paar Fragen beantworten.«

Anna richtete sich auf und sah auf ihr verbundenes Handgelenk herunter.

Maria nahm sanft ihre Hand. »Ich habe gestern mit der Runenmeisterin gesprochen. Dieser Offizier ist an dem Abend, bevor er getötet wurde, nach Norden geritten. Dort, wo der alte Stein steht, dort, wo der Garten der Runenmeisterin ist. Was hat er da gemacht? Wenn du etwas weißt, dann sag es mir.«

Anna zog ihre Hand zurück und starrte in die Flamme. »Ihr werdet meinen Jungen schützen?«

»Wenn er unschuldig ist.«

»Ich weiß es nicht. Er ritt an diesem Morgen eine Stunde

vor Sonnenaufgang fort. Er sagte zu Genno, dem Freibauern.«

Maria nickte. »Aber er könnte lügen. Euer Junge hätte sich im Wald verstecken, dem Offizier auflauern und ihn dann töten können.«

»Er ist ein miserabler Schütze«, lächelte Anna, »aber Haß kann Flügel verleihen.«

»Haß?« wiederholte Maria leise, »warum haßte er Monreal? Woher kannte er ihn überhaupt?«

Anna schwieg. Draußen auf dem Gang hallten die Schritte des Soldaten wider, der auf und ab ging. »Die weise Frau hat mit Euch gesprochen?«

»Ja.«

Sie sah Marias gehetzten Blick und nickte. »Sie hätte Euch in Ruhe lassen sollen. Nicht alles, was man sieht, wenn man sich verliert, ist die Wahrheit. Ihr seid eine aufrichtige Christin und dürftet von alledem nichts wissen. Sie wird alt, sie ist sich der Gefahr nicht bewußt.«

»Ich werde niemanden verraten«, sagte Maria leise, »aber ich will wissen, wo Monreal gewesen ist. Mir geht es nur darum.«

»Eben, Herrin. Der Offizier war nicht im Garten, er war im Wald beim Teufelsstein. Aber mehr kann ich nicht sagen. Ich war nicht dort, ich gehe schon lange nicht mehr hin. Aber mein Junge war dort.«

Maria wußte, die Frau hatte schon zuviel gesagt und würde nun schweigen. Sie stand auf und klopfte an die Tür. Der Soldat öffnete. »Laßt ihr die Fackel in der Zelle«, bat sie ihn. Er zögerte wieder. Ließ sie schließlich achselzuckend heraus und verschloß die Tür.

Es gab nur eine Möglichkeit, die Wahrheit herauszufinden.

Sie mußte in den Wald gehen und sehen, was dort vor sich ging an diesem Stein. Sie mußte dem Unaussprechlichen selbst begegnen, was immer es auch war. Eins war offensichtlich: Dort trafen sich Menschen, so wie sich dort immer Menschen getroffen hatten, in grauer Vorzeit schon. Wahrscheinlich Sachsen. Doch was taten sie da? Der Ire wußte es. Katharina wußte es wahrscheinlich auch. Verschwiegenes, verstocktes Volk, dachte Maria wütend. Sie saß vor dem erkalteten Feuer in ihrer schmalen Kammer und versuchte die Neugierde zu unterdrücken, die sie lockte und in die sich allmählich Angst mischte. Wenn sie dort hinging, so wie Monreal, würden sie dann auch sie töten? Warum nicht einfach hingehen und fragen? Schließlich hatte die Alte sie eingeweiht in ihr Geheimnis.

Sie hätte diese Menschen eigentlich verraten müssen, um ihre eigene sündige Seele zu retten. Diese Leute, die sich dort trafen, hatten etwas zu verbergen. Wahrscheinlich waren es Heiden, Ketzer, Häretiker. Zum Scheiterhaufen verdammt. Maria wußte genug, um sie verraten zu können. Aber sie haßte Gewalt mehr als alles andere. Redete sie, wären all diese Menschen in Gefahr.

Wenn nur die Neugierde sie nicht so schamlos lockte, einen Blick in die Welt des Bösen, der abscheulichen Sünden zu werfen. Danach würde sie noch mehr wissen. Aber sie würde nie mehr beichten, nie mehr einem Priester in die Augen sehen können. Sie wäre selbst verdammt. Und wenn alles nur eine Chimäre war? Ein dummes Hirngespinst und nichts weiter? Nur eine Einbildung ihrer Phantasie?

Am nächsten Abend schlich sie sich aus der Burg, von einer schmalen Mondsichel begleitet. Ihr milchiges Licht führte sie zum Garten der Runenmeisterin, an der Quelle vorbei, zum Wald. Fledermäuse huschten über ihren Kopf hinweg, und sie duckte sich, denn Fledermäuse fliegen den Frauen in die Haare, so sagt man, und sie sind garstige, gräßliche Boten des Todes.

In den Wipfeln der Bäume wisperte ein lauer Wind. Maria blieb am Rande des Waldes stehen. Wo trafen sie sich? Und wann? Der Wald war menschenleer. Nichts außer Bäumen und unsichtbaren Tieren. Vor ihren Füßen schossen Pilze aus dem Boden, fette, fleischige, schwarze Pilze, die einen herben Geruch ausströmten.

Der Wald machte Maria Angst. Es war so still hier, nur ihre eigenen Schritte, die im Blattwerk raschelten. Vielleicht trafen sie sich morgen. Vielleicht nie mehr.

Maria lief zurück. Sie erreichte den Garten und blieb stehen. Ihr Herz raste. Weit hinter ihr ragten die Mauern der Burg auf. Alles ist Einbildung, dachte sie. Es gab keine Heiden, keine Götter, außer Gott. Nichts Unaussprechliches, vor dem sie sich fürchten mußte.

Von nun an ging sie jede Nacht in den Wald. Sie wartete, bis Berthold eingeschlafen war, und stahl sich aus dem Zimmer. Dann wartete sie den Wechsel der Wache ab und schlich durch eine Seitentür in der Ringmauer, deren Schlüssel sie sich heimlich aus der Waffenkammer geholt hatte. Doch sie ging nie weiter in den Wald hinein. Bald wurde ihr der Weg vertraut, sie fand ihn auch, wenn Wolken den Mond verdunkelt hielten. Sie trug Hosen und einen wollenen Mantel, denn die Nächte waren empfindlich kühl geworden.

Fünf Nächte hintereinander bot sich ihr immer das gleiche Bild und immer die gleiche Stille. Dann, in der sechsten Nacht, blieb sie wie angewurzelt stehen. Nichts war zu hören, und doch war ihr, als habe sie jemand gerufen. Da war nichts, nur diese innere Stimme, die sie zu sich rief wie Sirenen.

Zum ersten Mal lief Maria weiter in den Wald hinein. Sie wußte, sie waren da.

Sie entdeckte sie um einen riesigen Stein versammelt, der gut drei Meter in die Höhe ragte. Hier bildete die Erde einen kleinen Hügel, auf dem alte Buchen standen. Es mußten fast fünfzig Menschen sein, Männer und Frauen, die da auf dem Waldboden saßen und sie ansahen. Ihre Gespräche verstummten, feindselige Blicke flößten Maria Angst ein. Sie zog ihren Mantel enger.

Ihr Blick fiel auf die alte Sigrun, die sie zu sich winkte. Sie ging durch die schweigende Menge und ließ sich neben der Alten auf den Boden nieder.

»Ich wußte, daß du kommen würdest, mein Kind«, sagte Sigrun, »aber es war nicht klug. Was werden die Pfaffen dazu sagen?«

Sie lachte leise, und die anderen begannen, ihre Gespräche wiederaufzunehmen und warfen der Fremden nur noch verstohlene Blicke zu.

»Ihr selbst habt mich dazu gebracht«, sagte Maria ärgerlich. »Ich will die Wahrheit wissen, die Wahrheit über Monreals Tod. Alles andere interessiert mich nicht.«

Die Alte nickte langsam mit dem Kopf. Jemand stand auf und fachte das ausgegangene Feuer wieder an.

Maria sah sich um. Sie kannte die Menschen hier nicht, aber sie wußte, daß es einfache Leute waren, keine Ritter oder Adeligen, keine Franken. Leute von den Höfen ringsum, Bauern, Freibauern mit ihren Frauen, Kräuterfrauen, Hebammen vielleicht. Neben dem Stein lagen Schüsseln mit Milch und Obst, ein wenig Gemüse. Opfergaben für die alten Götter.

»Doch, es interessiert dich«, sagte die Alte und nahm den Faden des Gespräches wieder auf. »Du willst wissen, ob die Pfaffen recht haben. Wir opfern hier keine Menschen, mein Kind. Wir legen unsere Gaben nieder und reden über die alten Zeiten oder erzählen uns die alten Geschichten. Dies ist ein heiliger Ort, und das da ein heiliger Stein. Er war schon da, lange bevor unser Volk hierherkam. Niemand weiß, wie alt er ist. Die Christen haben versucht, ihn von hier fortzuschaffen, aber er ist zu schwer. Also mußten sie ihn stehenlassen. Irgendwann werden sie eine Kirche um ihn herumbauen und sagen, Gott hätte ihn hineingestellt. Das tun sie immer, wenn sie merken, daß das Alte sich nicht so leicht auslöschen läßt.«

Maria schwieg. Das also war das Unaussprechliche, vor dem sie sich so gefürchtet hatte. Fünfzig Menschen auf einem Platz im Wald, die sich alte Geschichten erzählten. Geschichten von Göttern, von Helden und Ungeheuern. Keine Hexen, die durch die Luft flogen, keine Kröten, die in einer giftigen Suppe schmorten, keine Ausgeburten der Hölle, die ihre Seele haben wollten.

»Was war mit dem Offizier?« fragte Maria.

Die Alte zuckte mit den Schultern. »Er stand da, hinter den Bäumen. Ich habe gemerkt, daß etwas nicht stimmte, aber ich habe ihn nicht gleich entdeckt. Aber schließlich hörte ich, wie er zurückschlich. Ich sah ein Stück seines Waffenrockes, als er sich einmal umdrehte. Wir sind sofort aufgebrochen, denn wir dachten, jetzt kommt er zurück und hat noch andere dabei. Ich ließ nur den Jungen hier, aber der wartete die ganze Nacht, und nichts geschah.«

»Ja«, überlegte Maria. »Monreal ging zurück und schrieb einen Brief an Bischof Gero. Deshalb kam er nicht zurück. Er hatte eine viel bessere Adresse für seine Information als Raupach oder einen anderen der fränkischen Soldaten, denen er ohnehin nicht traute. Und irgend jemand muß erfahren haben, daß er diesen Brief in seiner Satteltasche hatte, als er am nächsten Morgen aufbrach. Der Mörder.«

»Ja«, nickte Sigrun, »der Mörder.« Sie schwieg. Plötzlich stand sie auf und warf eine Handvoll Kräuter ins Feuer. »Du kannst dich im Wasser verlieren«, sagte sie, »oder im Feuer. Beides zieht dich hinein und vernichtet dich, wenn du es nicht beherrscht. Du willst wissen, wer den Offizier getötet hat. Ich frage mich, warum. Was hast du damit zu schaffen? Deine Mutter war eine Hexe, wußtest du das?«

Maria erschrak. Im Feuer knisterte und loderte und zuckte es. Feuer hatte Gesichter so wie die Wolken. Sie konnte sich an ihre Mutter kaum noch erinnern. Fetzen waren das. Schleier vor dem Bewußtsein.

»Meine Mutter war keine Hexe«, sagte Maria wütend.

Sigrun kam zurück und legte Maria die Hand auf den Arm. »Nein, natürlich nicht. Aber sie kannte den Zauber, mit Worten Kinder zur Welt zu bringen.«

»Woher kanntest du meine Mutter?«

»Ich sah sie, wie dich, im Wasser.«

»Und was siehst du noch?«

»Nichts. Ich sehe nichts.«

Der Geruch der Kräuter wehte zu Maria herüber. Süßlich und durchdringend. Es roch nach Pfefferminze, dem Kraut ihrer Kindheit. Wenn Frauen nach der Geburt zu schwach waren, um aufstehen zu können, ließ die Mutter sie Pfefferminztee trinken.

»Dein Vater kam hierher, um seinen Ruf wiederherzustellen«, sagte die Alte, »man beschuldigte deine Mutter, keine gute Christin zu sein, und das schlechte Licht fiel auch auf deinen Vater. Als sie starb, bot der Kaiser ihm Raupach an. So liegen die Dinge, mein Kind.«

»Woher wißt Ihr das?«

Doch die Alte schüttelte den Kopf. »Laß es dabei bewenden. Dein Vater hat dich christlich erziehen lassen, und deine Mutter wußte, es ist besser so.«

Die Gesichter im Feuer wurden deutlicher. Fratzen, Vollmondgesichter, aufgelöst und wieder wie von unsichtbarer Hand zusammengesetzt. Die Kräuter machten Maria benommen. Ihr Duft lag noch immer in der Luft, aber das war keine Pfefferminze mehr, das roch nach Erde, nach Fuchs, war wild und herb. Maria schwindelte. Jemand nahm ihren Arm und zog sie auf die Beine.

»Geh nach Hause, mein Kind«, sagte Sigrun. »Und sprich mit niemandem über das, was du hier gesehen hast.«

Der Mann an Marias Seite brachte sie ein Stück aus dem Wald hinaus. Sie sah sein Gesicht nicht und hörte seine Stimme nicht. Vor dem Garten ließ er ihren Arm los, und sie kehrte allein zur Burg zurück. Ihr Kopf schmerzte, als hätte sie zuviel Wein getrunken, und die Erinnerungen an ihre Mutter wurden deutlicher. Sie schlich durch die Tür in der Ringmauer und durch eine Hintertreppe in ihre Kammer. Verfroren und zittrig stieg sie ins Bett.

Ein Zauber fiel ihr ein, um Brandwunden zu bekämpfen. Brombeeren, Himbeeren und Holunderbeeren. Man streut sie auf die Asche eines mitternächtlichen Feuers und reibt die Wunde damit ein. Man sagt ... Maria hatte es vergessen.

Aber man konnte alles besprechen. Wunden, Kinderlosigkeit, Flüche, schlechtes Wetter.

»O Gott!« flüsterte Maria in die Dunkelheit hinein. »Ich erinnere mich an alles.« Und nicht nur an die Pfefferminze. Aus dem Topf, der bei ihrer Mutter auf dem Feuer gebrodelt hatte, war genau der gleiche wilde Geruch gestiegen wie im Wald. Pilze. Es waren Pilze gewesen. Giftige mörderische Pilze. Fliegenpilze.

Am nächsten Morgen ließ Custodis sein Pferd satteln und verließ Raupach. Hinter ihm her trottete sein Schreiber, im Gepäck eine lange Rolle beschriebenen Pergaments über den Fall Monreal. Der Fall war geklärt, der Täter flüchtig.

Custodis grinste der Sonne zu, die ihn wohlig wärmte. Er ritt ohne Eile durch die sandige Heide, die Augen halb geschlossen. Gegen Mittag erreichten sie auf der Straße nach Lüneburg ein Wirtshaus. Custodis stieg ab. Im Schankraum war es kühl und leer, bis auf den Wirt. Der machte Kratzfüße und Verbeugungen.

»Wein!« rief Custodis und ließ sich auf eine Bank fallen. Sein Schreiber, ein hageres, vergeistigtes Männlein mit trüb gewordenen Augen, stellte die Satteltaschen auf den Tisch.

»Wir bleiben hier«, erklärte Custodis. »Vielleicht länger. So lange wie nötig.«

Der Wirt brachte einen Krug.

»Mach mir und diesem Mann ein Zimmer zurecht«, wies ihn Custodis an, »und was gibt es zu essen?«

Der Wirt machte wieder Kratzfüße. »Frischen Hammel, Gemüse und eine Pastete.«

»Hammel«, sagte Custodis.

Sein Schreiber trat verwirrt zu ihm. »Reiten wir nicht nach Hause zurück?« fragte er mit großen Augen.

Custodis lachte leise. »Setz dich, Schreiber. Nein, wir bleiben hier. Bis nach Raupach sind es gut zwei Stunden. Eine gute Entfernung, nicht zu weit, nicht zu nah. Ich werde mir aus Lüneburg ein paar Soldaten kommen lassen. Die erledigen den Rest für uns.«

»Den Rest?« Der Schreiber wurde immer konfuser.

Custodis beugte sich vor, stützte die Arme auf den Tisch und fixierte sein Gegenüber grimmig. »Sie wollen mich zum Narren halten mit diesem Jungen, Mann, das sieht doch ein Blinder. Ich habe ihn schießen lassen, heimlich, damit es niemand merkt. Der Junge trifft kein Pferd, selbst wenn es direkt vor ihm steht ...«

»Aber warum ...« Der Schreiber Petronius war ein vorsichtiger Mann. Sein Herr litt an ungesunden Säften, und das kehrte sich oft genug gegen ihn.

»Warum?« blaffte Custodis ihn an. »Warum ich ihn ein wenig unsanft behandeln ließ? Das war nur eine letzte Gewißheit, die ich brauchte, um sie aus ihrer Reserve zu locken. Sie haben mir diesen Jungen vorgehalten wie einen Hasen zum Abschuß. Aber leider ging mein Plan nicht auf. Der Ire verstand sein Handwerk zu gut. Aber vielleicht wollten sie ja auch, daß er gesteht, wer weiß? Damit ich endlich einen Schuldigen habe und verschwinde. Und dann lassen sie ihn laufen, damit er nicht hängen muß. Nein, Petronius, der Junge hätte Monreal nie so perfekt getroffen. Aber Raupach ohne Beweise an den Karren zu fahren, bedeutet, den Kaiser zu verärgern, und das kann ich nicht machen. Das wird auch der Herzog nicht billigen. Ich brauche Beweise. Also warten wir ab und lassen sie beobachten. So wie ...«

Custodis setzte sich endlich auf den Schemel und sah dem Schreiber ernst ins Gesicht. »... so wie Heinrich Raupach durch Monreal hat beobachten lassen wollen. Ein Spion war er, Petronius, der Offizier Monreal, einer, der uns wertvolle Informationen über Raupach hätte liefern können, wenn sie ihn nicht umgebracht hätten ...«

Der Wirt brachte den Hammel auf einem Holzbrett, garniert mit Petersilie und in einer undefinierbaren Tunke.

»Nur, wir haben keine Beweise«, wiederholte Custodis, während er das Fleisch auf dem Teller gierig zerteilte, es in die Tunke tauchte und schmatzend zu essen begann. »Aber ich kriege ihn, den Mörder. Ich werde diese verdammte Burg beobachten lassen, Tag und Nacht. Er denkt, er wäre mich endlich los. Aber wir haben Zeit. Viel Zeit.«

Petronius nickte. Custodis zu widersprechen war äußerst unklug. Und wenn Monreal ein Spitzel gewesen war – ihn scherte das wenig.

Maria ritt am späten Abend aus, als die Luft kühler wurde. Sie hatte Berthold verschwiegen, wohin sie wollte, und das machte ihr Kummer. Sie hätte es ihm sagen müssen, denn es sollte keine Geheimnisse zwischen ihnen geben.

Sie ließ der Stute die Zügel locker und spürte ein seltsames Ziehen im Magen. Zweimal zügelte sie das Pferd und blieb stehen, unsicher, das Richtige zu tun. Immer noch hing die sommerliche Schwüle über dem Wald, schwer wie feuchte Wäsche in einer Kammer. Sie ritt schließlich weiter, bis die Hütte auftauchte. Vor dem Garten brannte ein kleines Feuer, über dem ein Hase am Spieß briet.

Der Ire war nirgends zu sehen. Doch sie wußte, er war da. Bis er aus der Hütte kam. Bei ihrem Anblick blieb er stehen. »Ihr solltet nicht herkommen«, sagte er vorwurfsvoll.

»Ich weiß.«

Er nahm den Hasen vom Feuer und setzte sich mit gekreuzten Beinen davor. Dann löste er den Braten vom Spieß und zog sein Messer aus dem Gürtel. »Habt Ihr Hunger?«

Sie schüttelte den Kopf. »Custodis ist fort, das wollte ich Euch sagen. Er ist heute morgen abgereist. Ihr könnt wieder zurückkommen. Für Custodis ist der Junge der Mörder, und der ist flüchtig. Flüchtige zu suchen ist nicht seine Aufgabe, das könnt Ihr viel besser.«

Der Ire begann, den Hasen zu zerteilen. »O ja«, sagte er belustigt, »das kann ich viel besser.«

»Ich weiß jetzt, was passiert ist«, sagte Maria und beobachtete Cai Tuams Reaktion. »Monreal hat das Treffen der Leute am alten Stein beobachtet. Ich nehme an, das war es, was in seinem Brief stand.«

Er legte das Messer zur Seite und sah sie an. Sie erzählte, wie sie in den Wald gegangen war und bei ihnen gesessen hatte. Als sie geendet hatte, nahm er das Messer wieder auf und schnitt kleine Stücke Fleisch ab, die er sich in den Mund schob. Dann stand er auf, ging in die Hütte und kam mit einem Krug Wein zurück.

»Die Pilze«, sagte sie leise, »es waren die gleichen Pilze, wie meine Mutter sie kochte.«

Er nickte. »Man sollte die Finger davon lassen, wenn man sich nicht darauf versteht.«

»Es fehlt ein Glied in der Kette«, sagte sie plötzlich.

»Der Junge hat die ganze Nacht gewartet, aber Monreal kam nicht zurück. Da ist der Junge nach Hause gegangen.

Hat er bis zum nächsten Morgen gewartet, als Monreal die Burg verließ, ist ihm dann gefolgt und hat ihn erschossen?«

»Schon möglich«, sagte der Ire zwischen zwei Bissen.

»Cai, ist der Junge schuldig oder nicht?«

»Ich weiß es nicht.«

»Er hat gestanden.«

»Sicher.«

»Wie stark muß jemand sein, um ein solches Verhör zu überstehen und doch zu schweigen?«

Sie sah ihm in die Augen und erkannte Verlegenheit darin, aber auch, daß er sich zurückzog, nichts mehr sagen wollte.

»Ich weiß es nicht, Herrin. Er hat gestanden, weil es so am besten war. Custodis suchte einen Schuldigen, und so war es am besten.«

»Und dann habt Ihr ihn befreit, weil das auch so am besten war?«

Schweigen. Kaltes, frostiges Schweigen. Er würde genauso schweigen wie alle anderen. Es begann dunkel zu werden. Sie fürchtete die Nacht. Sie fürchtete den Ritt durch die Dunkelheit. »Ich muß nach Hause«, sagte sie.

»Gewiß.«

Sein Gesicht war fahl im Schein der Dämmerung, nur seine Augen glitzerten wie die einer Katze. Er aß weiter, und seine Gleichmütigkeit machte sie wütend. »Und wenn ich den Weg nicht finde? Wenn ich mich verirre?«

»Soll ich Euch nach Hause bringen?« Erstaunen schwang in seiner Stimme mit.

»Nein. Lebt wohl, Cai.« Sie zögerte. Es war schön, bei ihm zu sitzen, ihm zuzusehen. Es war aufregend und neu. Anders als bei Berthold. Und das erschreckte sie. Hatte sie ihrem Mann deshalb nichts davon erzählt, weil sie mit dem Iren allein sein wollte?

»Warum seid Ihr wirklich gekommen? Wegen Custodis?«

Sie barg den Kopf in den Händen. Sie hatte mit ihm über die Nacht am Teufelsstein reden wollen. Mit wem hätte sie sonst darüber sprechen können?

»Was ist mit meinem Herren? Warum seid Ihr nicht bei ihm?« Er machte eine Pause und sah sie nachdenklich an. »Ich habe immer gedacht, Ihr wäret glücklich mit ihm.«

Sie hob den Kopf. »Er ist gut zu mir. Und er ist krank.«

Mehr brauchte sie nicht zu sagen. Ein guter und ein kranker Mann. Ein langweiliger Mann. Cai nahm Maria in die Arme. Eine kurze Geste der Vertrautheit, nur einen flüchtigen Augenblick lang. Sie lehnte den Kopf gegen seine Schulter und dachte an Berthold, doch sein Bild blieb blaß. Berthold hatte nie derartige Gefühle in ihr entfacht. Sie war seine Frau gewesen, geduldig und brav. Was dieser Mann, an dessen Schulter sie lehnte, in ihr auslöste, war eine Wollust und ein unerwarteter sinnlicher Hunger, den sie eigentlich gar nicht kennen durfte. Sie war eine anständige Frau.

Sie löste sich aus seinen Armen. Sie mußte nach Hause, denn irgendwann würde man anfangen sie zu suchen. Aber sie mußte auch vor diesen Armen davonlaufen, vor diesem unaussprechlich köstlichen neuen Gefühl, das ihr gleichzeitig Angst machte. Sie stand auf und ging ohne ein Wort des Abschieds zu ihrem Pferd. Er kam ihr nach, half ihr aufzusteigen und sah ihr ein wenig verwundert nach, wie sie im Wald verschwand.

HAGALAZ

ᚺ

»Ein siebentes kann ich,
seh ich den Saal lodern hoch überm Hallenvolk:
nicht brennt er so breit,
daß ich ihn nicht bergen könnte,
den Segen ich singen kann.«

Sie trafen sich beim nächsten Vollmond. Sie trafen sich bei dem alten Stein, wie schon all die Hunderte von Jahren zuvor.

Ihre Gruppe war immer kleiner geworden. Es waren immer weniger gekommen, und bald würde gar keiner mehr da sein. Auch sie nicht.

Es war zu gefährlich. An dem Tag, an dem sie nicht mehr kommen würde, wäre der Zauber endgültig gebrochen.

Sie sah zum Himmel. Wolken verschleierten den Mond. Das Raunen der anderen, die im Kreis um den Stein saßen, verstummte.

Er hatte den Gang eines Tieres. Oder eines Geistes. Wortlos setzte er sich auf die Erde.

»Wir werden uns nicht mehr treffen«, sagte Sigrun, »es muß ein Ende haben.«

»Seid tapfer und ehret die Götter«, murmelte der Ire vor sich hin und dann zu ihr gewandt: »Früher konnten wir Nebel rufen und wieder verschwinden lassen. Im heiligen Kreis war jeder Zauber möglich. Jeder sollte einen Kreis um sich ziehen, der ihn schützt.«

Sigrun seufzte. »Ist es möglich, daß Götter und Zauber verschwinden, nur weil niemand mehr daran glaubt?«

Er nickte.

Sie tastete nach seiner Hand. »Ich habe Euch hierherbestellt, weil ich Euch um etwas bitten möchte. Ich habe zwei Töchter. Eine davon würde ich Euch zur Frau geben.«

Er lächelte. Die eine Tochter, von der sie sprach, hatte sich ins Kloster geflüchtet, und er wußte auch, es war die, die er begleitet hatte.

»Soll ich sie aus dem Kloster entführen?« fragte er belustigt.

»Sie verkriecht sich dort«, knurrte die Alte, »und betet Rosenkränze für mein Seelenheil. Holt sie da raus, Cai, schwängert sie, und sie muß Euch heiraten. Dann wäre sie endlich den Pfaffen entrissen.«

»Sie hat die Gelübde noch nicht abgelegt?«

»Nein, aber sie wird es bald tun. Dann hat sie sich für immer gebunden. Ich meine es ernst.«

Der Ire schüttelte den Kopf. »Ich schände keine Frauen.«

»Wer spricht denn von schänden. Seid Ihr nicht Manns genug, daß eine Frau freiwillig zu Euch käme?«

»Ihr könnt Eure Tochter nicht zu einem Glauben zwingen, den sie nicht haben will. Bedient Ihr Euch jetzt schon der Methoden der Christen?«

Sigrun senkte den Kopf. »Da ist noch etwas«, murmelte sie, ohne ihn anzusehen. »Rosalie, meine zweite Tochter, lebt bei mir in der Hütte. Ich möchte Euch bitten, Euch ihrer anzunehmen, falls die Büttel eines Tages kommen und mich holen. Würdet Ihr mir das versprechen?«

Er sah die Angst in ihren alten Augen, Angst um die Tochter, die sie vor der Welt versteckt gehalten und der sie ein Wissen beigebracht hatte, das ihr gefährlich werden konnte. Was sollte werden aus dieser Tochter, wenn die Mutter eines Tages nicht mehr lebte?

Aber der Ire zögerte. Ein solches Versprechen zu geben hieß, sich womöglich ein Leben lang binden, binden an eine Sorge, die nicht seine war, und binden an ein Kind, das er nicht einmal kannte. Wollte er sich mit einem Kind belasten?

Ein einer Runenmeisterin gegebenes Versprechen war nicht irgendein Versprechen. Es war heilig und unwiderruflich. Ein solches Versprechen aufzulösen, konnte böse Folgen haben, denn es wurde mit magischen Worten besiegelt.

»Vielleicht könnte sie bei Eurem Herren unterkommen?« hörte er Sigruns leise Stimme. Er nickte. Sicher konnte sie bei seinem Herren unterkommen. Berthold würde für eine arme Waise sorgen. »Ich werde es versprechen. Seid Ihr jetzt beruhigt?«

Sigrun nahm stumm seine Hand. Das Feuer in der Mitte war ausgegangen. Im verkohlten Holz verglühten rote Funken wie Sternschnuppen. Die schwelende Glut brach auseinander, und es zischte und sprühte. Dampf stieg auf, grünlich, phosphoreszierend, verteilte sich in der Luft.

Der Ire kannte den Geruch der verbrennenden Pilze, der

die Sinne öffnete oder auch die Pforte zum Tod. Er atmete tief ein, berauschte sich damit.

Sigrun breitete ein weißes Tuch auf dem Waldboden aus und warf 24 Haselnußstäbchen mit eingeritzten Runen darauf. Dann zog sie fünf der Stäbe heraus und legte sie vor sich hin.

Die Menschen hatten aufgehört zu sprechen und nahmen schweigend Anteil an der stillen Nachdenklichkeit, mit der sie über den Stäben saß. Der Geruch, der aus dem Feuer drang, wurde immer kräftiger und würziger. Der Wind drehte sich und wehte die feinen Rauchfahnen direkt auf den Platz, auf dem die Menschen saßen.

Sigrun nickte einem der Männer zu, die auf dem Boden saßen. Er stand auf und verschwand irgendwo in der Dunkelheit des Waldes.

»Komm«, sagte Sigrun zu dem Iren, »weißt du, was die Nornen sind? Sie sitzen am Urdbrunnen und lenken das Schicksal von Menschen und Göttern. Sie besitzen ein Spinnrad, mit dem sie die Fäden des Lebens weben. Weißt du, daß sie Vergangenheit, Gegenwart und Zukunft gleichzeitig spinnen können? Sie sehen alles und sie wissen alles. Ihnen gehört die Rune HAGALAZ. Früher, bevor die Christen in unser Land kamen, konnte man die Nornen sehen, heute sind sie verschwunden. Aber noch älter sind die Wanen, ein altes Göttergeschlecht. Ich habe beide gesehen, die Nornen und die Wanen, HAGALAZ und FEHU. Die Runen heute haben sich für HAGALAZ entschieden.«

Der Ire schüttelte verwirrt den Kopf. Die Dämpfe benebelten seine Sinne. Er konnte nicht mehr klar denken, und vor seinen Augen hingen blasse Schleier.

»Denkt nicht, junger Mann«, sagte Sigrun lächelnd, »denn die Nornen sind nicht für das Denken geschaffen. Sie waren eher als der Verstand. Kannst du sie sehen?«

Er sah eine Frau. Sie trat aus der Dunkelheit zum Feuer. Tief verschleiert in einem weißen Kleid. Sigrun stand auf. Sie nahm sich den Mantel von den Schultern, den Mantel mit den angenähten Runen und dem weißen Katzenfell. Sie zog der Verschleierten das Kleid aus, unter dem der nackte

Leib zum Vorschein kam. Dann zog sie ihr die Schuhe aus, drückte ihr den Stein mit der Rune HAGALAZ in die Hand und warf ihr den eigenen Mantel über.

»Die Nornen mögen dich beschützen, mein Kind«, sagte sie und gab ihr einen Kuß auf die Stirn. »Du bist jetzt die Runenmeisterin. Aber hüte dich, dein Wissen an die Falschen weiterzugeben, übe deine Kunst im stillen aus, dort, wo dich niemand sieht, wo dich niemand hört. Wenn jemand zu dir kommt, für den du die Zukunft schauen sollst, vergewissere dich, daß er mit lauteren Absichten kommt. Andernfalls überantworte ihn dem Tod, so wie es die Götter lehren.«

Die Fremde stand da wie eine Statue, bewegungslos. Nicht einmal die Spitzen an ihrem Schleier zitterten. Dann sank sie plötzlich zur Erde und blieb in dem kalten Blattwerk liegen. Zwei Männer standen auf und trugen sie zum Feuer hin. Eine der Frauen tätowierte der Bewußtlosen die Rune HAGALAZ zwischen die Brüste. Dann nahm sie einen Becher, füllte ihn im nahen Bach mit Wasser und flößte es der am Boden Liegenden ein. Sie erwachte, drehte den Kopf herum.

»Komm«, sagte Sigrun zu dem Iren. Sie zog ihn auf die Beine und zum Feuer. Jemand nahm seinen Gürtel mit den Waffen ab. Ein anderer zog ihm den Mantel aus und das Wams, das er darunter trug. Er stierte auf dieses Zeichen zwischen den Brüsten der Frau. Es war ein mächtiger Zauber, den er spürte, aber es war kein guter. Das Denken fiel ihm immer schwerer, und dann sah er sich plötzlich von allen vier Seiten von weißen Katzenfelldecken umgeben, die man um ihn hielt, um die fremden Blicke abzuschirmen. Ihm schwindelte, die Welt schien sich im Kreis zu drehen, und statt einer Frau am Boden sah er drei. Der Schwindel ging vorüber, und ihm wurde kalt, eine Kälte, die durch seinen Leib schoß wie Eisen.

»Komm«, flüsterte die Frau am Boden. Er blickte wieder auf dieses Zeichen hinab, kniete sich nieder und wollte den Schleier der Frau anheben. Doch sie schüttelte den Kopf und nahm seine Hand. Ihr Leib glühte wie im Fieber, und er wärmte sich an ihr, auf daß die eiserne Kälte schwand. Unter dem Schleier sah er das Leuchten ihrer Augen. Sein Körper wollte ihm nicht gehorchen, sein Kopf schmerzte, sein Magen krampfte sich zusammen.

Und dann war es, als ob der Blitz dieser Rune in ihn gefahren sei, in seinen tauben, verstörten Kopf, zwischen seine Beine. Sie war noch Jungfrau gewesen, doch er nahm es kaum wahr. In seinem Wahn riß er ihr den Schleier vom Gesicht, aber, als hätte die alte Runenmeisterin ihn verhext, konnte er sich später nicht an das Gesicht erinnern. Er verlor sich in dem warmen, namenlosen Körper der Frau und blieb erschöpft und mit rasenden Kopfschmerzen auf ihr liegen, bis ihn jemand sanft auf die Beine stellte und ihm Wasser zu trinken gab. Er trank gierig und sah, wie sie die Frau in Sigruns Mantel hüllten und fortbrachten. Das Wasser schmeckte nach Schafgarbe und machte seine Sinne wieder klar. Der Schmerz in seinem Kopf ließ allmählich nach, und dann bemerkte er, daß der Tag anbrach. Der Mond war blaß geworden, ein Flaum dunkelroter Dämmerung lag über dem Wald.

Sigrun ging zum Feuer und schüttete mit einer heftigen Geste Wasser darüber. Die Gruppe zerstreute sich. Jeder würde jetzt nach Hause gehen und mit der Gewißheit leben, daß die alten Götter von nun an unter sich bleiben würden.

Götter starben wie Menschen, dachte Sigrun, traurig, alleingelassen und warteten auf ihre Auferstehung.

NAUTIZ

ᚾ

»Ein achtes kann ich,
das allen Männern zu vernehmen nützlich ist:
wenn Haß wächst unter Heldensöhnen,
kann ich's schlichten schnell.«

Die Runenmeisterin wurde zwei Tage später von den Bütteln aus Lüneburg abgeholt. Man brachte sie in die Stadt, doch kaum hatte man sie in eine Zelle geschafft, als sie dort zu Boden sank und starb. Der Arzt sagte, ihr Herz habe aufgehört zu schlagen, aber er ahnte, daß ihr Tod keine natürliche Ursache hatte. Es war eine Dosis Fingerhut, die sie sich selbst eingegeben hatte.

Cai Tuam war scharf geritten. Schaum tropfte dem Hengst aus dem Maul, seine Flanken zitterten. Das Kloster stand an einer Stelle, wo einst ein heiliger Eichenhain gewachsen war. Die Eichen hatte man abgeholzt, weil in ihnen heidnische Götter gehaust hatten. Eine Glocke läutete zur Sixt. Der Ire führte das Pferd am Zügel und band es an einem Zaun fest. Er zog an einer abgegriffenen Klingelschnur. Eine Klappe in der Türe öffnete sich, ein Mädchengesicht erschien.

»Ich möchte zu Schwester Leonia«, sagte der Ire. Das Gesicht verschwand. Die schwere Eichentür wurde geöffnet.

»Wartet hier auf die Ehrwürdige Mutter«, sagte die junge Nonne.

Er stand allein in einem frisch gekalkten Raum. Ein schlichtes Kreuz hing über dem Türrahmen, und er bekreuzigte sich. Die Äbtissin hatte ihn beobachtet und lächelte. Ihre Augen waren so blau wie Kornblumen. Noch nie hatte er so blaue Augen gesehen.

»Ich möchte mit Schwester Leonia sprechen«, wiederholte er seine Bitte. »Ihre Mutter ist vor einer Woche gestorben.«

Die Ehrwürdige Mutter nickte. »Ich hörte davon. Kann ich ehrlich mit Euch sein?«

Er sah sie an, offen und direkt. »Ich war ein Freund ihrer Mutter. Ich dürfte das nicht sagen, aber wenn Ihr ehrlich zu mir seid, dann bin ich es auch.«

Die Äbtissin drehte sich um. Er folgte ihr in ein kleines, holzvertäfeltes Zimmer. An einer Wand hing ein einfaches Tafelbild, das die Kreuzigung des Herren darstellte. Er wandte den Blick ab. Sie saßen auf harten Stühlen, getrennt durch einen Tisch.

Die Äbtissin faltete die Hände und legte sie auf die Tischplatte. »Schwester Leonia ist aus Angst zu uns gekommen, nicht aus christlicher Überzeugung. Nun, in zwei Wochen wird sie dennoch die Gelübde ablegen, und sie hat, glaube ich, ihren Frieden gefunden. Von dem Tod ihrer Mutter habe ich ihr noch nichts erzählt, aber sie hat damit gerechnet. Es tut mir leid.«

»Wirklich?«

»Ja.« Sie senkte den Blick. »Ich bin nicht der Meinung, daß man Menschen zu etwas zwingen soll, was nicht ihrer Überzeugung entspricht. Schon gar nicht in Glaubensfragen. Ihr versteht, was ich damit sagen will? Ihr seid Christ, nehme ich an, trotz Eurer Freundschaft zu Schwester Leonias Mutter.«

Er zögerte. »Ich bin getauft und besuche die Messe.« Der ewige alte Kanon, den er herunterbetete, wenn es nötig war. Aber er wollte diese kluge Frau nicht belügen. »Ich achte Gott, wer immer es sein mag«, sagte er leise.

Die Sonne brach sich in den Scheiben eines Fensters. Die Äbtissin hatte verstanden. »Wollt Ihr noch mit Schwester Leonia sprechen?«

»Nein. Richtet ihr aus, ihre Mutter hat nicht gelitten. Eine Überdosis Fingerhut, nehme ich an.«

Die Äbtissin nickte ernst. »Ich bin sicher, es war das beste so. Andernfalls hätte man sie aus der Gegend gejagt. Wohin hätte sie gehen sollen?«

»Ihr seid eine ungewöhnliche Frau«, sagte er und stand auf. Sie wollte etwas erwidern, lächelte dann jedoch nur und schüttelte den Kopf.

»Gott sei mit Euch«, sagte sie statt dessen.

Der Junge war in die Hütte seiner Mutter zurückgekehrt. Anna hatte man vor zwei Tagen entlassen. Sie nahm ihn in die Arme und weinte leise.

»Sie treffen sich nicht mehr, und Sigrun haben sie mitgenommen.«

»Ach, Junge«, seufzte die Mutter, »ich weiß es längst. Sie hat sich das Leben genommen.«

Er trocknete ihr die Tränen. »Mutter, ich hörte, daß die Herrin Maria heute kommt. Kannst du ihr trauen?«

Die Mutter ging zur Feuerstelle und setzte einen Topf mit Wasser auf. »Ja. Wenn sie sich nicht mehr treffen, hat die Angst endlich ein Ende. Sie weiß viel, mein Junge, aber ich bin sicher, sie verrät uns nicht. Hol uns was zu essen, sie wird Hunger haben, aber laß dich nicht erwischen.«

Maria entdeckte ihn, als er auf einer Lichtung stand und mit der Armbrust auf ein Birkhuhn schoß. Das Huhn flatterte auf und flog davon.

Maria beobachtete das Geschehen verblüfft und ritt nachdenklich weiter. Weil der Junge nichts geschossen hatte, gab es nur Haferkuchen mit Wasser. Der hohe Gast saß am Tisch und rührte seinen Kuchen nicht an. »Dein Sohn ist ein schlechter Schütze«, sagte sie und blickte in Annas erschrockene Augen.

»Ihr habt ihn gesehen?«

»Ja, von weitem. Aber er schießt so schlecht wie ein Blinder.«

Anna nickte. »Ja, er ist kein Mörder.«

Maria brach ihren Kuchen entzwei. Sie trank von dem frischen Quellwasser und versuchte, ihre Gedanken zu ordnen. Irgendwas paßte nicht zusammen mit dem, was sie bisher wußte, aber sie kam nicht darauf, was es war. »Custodis«, sagte sie unvermittelt heftig. »Das paßt nicht zu ihm. Warum hat sich dieser gerissene Kerl so leicht täuschen lassen? Er mußte es doch besser wissen. Warum hat sich Custodis so auf deinen Jungen versteift?«

»Mein Junge kam ihm gerade recht. Er hatte sonst niemanden.«

Maria schloß die Augen. In der Hütte war es schwül, und das Kleid klebte ihr am Körper. Ihre Handflächen waren feucht. Jeder war ein besserer Schütze als der Junge. Der beste von allen war Raupach. Seine Treffsicherheit war berüchtigt.

»Raupach?« dachte sie laut. Aber Anna schüttelte den Kopf.

»Warum sollte der Herr seinen eigenen Offizier aus dem Weg räumen? Nein, es muß einer von denen gewesen sein, die in dieser Nacht am alten Stein waren. Sie hatten Angst, daß Monreal sie verraten würde. Aber mein Junge war es nicht.«

Maria stand auf und ging zur Tür. Sie drehte sich noch einmal um. »Wer war alles in dieser Nacht bei dem Treffen?«

»Ihr kennt sie nicht. Sigrun war da, mein Junge, einige Bauern, ich weiß nicht, wer noch da war.«

»War der Ire auch da?«

»Ich glaube nicht, aber ich bin mir nicht sicher.«

Maria nickte zum Abschied und trat in die trotz der Jahreszeit noch sengende Mittagshitze hinaus. Nichts paßte zusammen. Und der Ire war seit drei Tagen verschwunden. Niemand wußte, wohin, und Berthold fragte ihn nicht danach.

Sie bestieg ihr Pferd und ließ es im Schritt gehen. Gnadenlos brannte die Sonne auf die Heide hinab. Der Herbst begann. An den Bäumen hingen gelbe Blätter. Das Gras war verdorrt, und der Sand wirbelte durch die Luft. Abrupt brachte Maria das Pferd zum Stehen. Ihr war noch einmal der Junge eingefallen. Wie konnte ein Mensch mit zwei gebrochenen Armen eine Armbrust spannen und abschießen? Gewiß, er konnte flüchten, er konnte laufen und notfalls auch auf einem Pferd sitzen, denn sie hatten Pferdespuren am Morgen seiner Flucht entdeckt. Aber wie konnte er eine schwere Armbrust bedienen?

Die Gedanken überschlugen sich in ihrem Kopf. Warum war ihr das nicht früher aufgefallen? Hatte der Ire sie alle belogen? Was war in diesem Keller vor sich gegangen?

Maria gab ihrem Pferd die Sporen und galoppierte, Wolken von Sand hinter sich aufwirbelnd, zur Burg zurück. Hatte der Ire ihnen ein grandioses Täuschungsmanöver geliefert? Aber wie war das möglich? Berthold war in diesem Gewölbe gewesen und hatte den Jungen selbst gesehen. Blutig, bewußtlos, mit verdrehten Gelenken. Diese Arme! Lang und stark und gerade, geschmeidig in ihren Bewegungen, den Pfeil einzuspannen. Mochte er auch kein guter Schütze sein, seine Arme waren so gesund wie ihre eigenen.

Atemlos erreichte sie die Burg. Sie brachte die Stute in den Stall, stieg die Treppe zu ihrer Kammer hinauf, schloß die Tür und lehnte sich erschöpft dagegen. Der Junge hatte Monreal nicht getötet, und der Ire hatte dem Jungen nichts angetan. Wer also war der Mörder, und was hatte Cai Tuam mit dem Jungen angestellt in diesem Gewölbe? Und Custodis? Welche Rolle spielte er in diesem makabren Spiel? Und warum konnte sie selbst nicht endlich damit aufhören, sich wieder und wieder die immer selben Fragen zu stellen?

ZWEITER TEIL

ISA

ᛁ

»Ein neuntes kann ich,
wenn mich Not auf See mein Schiff zu schützen zwingt:
den Sturm auf dem Meer stille ich
und besänftige die See.«

Als sie kamen, um Sigrun zu holen, war Rosalie, ihre Tochter, längst im Wald verschwunden. Sigrun hatte Rosalie die Kraft der Pflanzen gelehrt, die Magie des Mondes. Sie hatte ihr gezeigt, wie und wo man die Runen ritzt, in Stühle, Stäbe, Steine, in den Giebel eines Hauses, in den Krug mit Bier, in den Pfosten eines Bettes. Sie hatte ihre Tochter mitgenommen, wenn sie über Land ging, um den Menschen Rat zu geben, die noch an die Kraft der Runen glaubten, die mit Runen schrieben und die keine Angst vor dem Runenzauber hatten.

»Man hieß sie Heid, wo ins Haus sie kam,
das weise Weib, sie wußte Künste,
sie behexte Kluge, sie behexte Toren,
immer ehrten sie arge Frauen.«

So hieß es in einem Vers, den Sigrun Rosalie beigebracht hatte. Sie hatte ihr von den alten Zeiten erzählt, in denen die Frauen die besten Seherinnen hervorgebracht hatten, in denen sie in die Schlacht gezogen waren und das Recht hatten, ihre Meinung zu vertreten. Dieses Recht gab es nicht mehr. Vor dreihundert Jahren war ein Kaiser gekommen und hatte all die töten lassen, die sich dem neuen Gott nicht hatten beugen wollen. Rosalie fragte sich, was für ein Gott das war, der mit dem Schwert in der Hand zu den Menschen kam.

Nachdem die Büttel abgezogen waren, saß sie lange da und weinte. Mit ihrer Mutter schwand der letzte Rest Zuversicht bei all denen, die sich heimlich getroffen hatten. Jetzt würde es keine Treffen mehr geben. Und in zehn Jahren würde keiner mehr wissen, was aus den Menschen vom alten Stein geworden war.

Rosalie lebte nun zurückgezogen in der Hütte ihrer Mutter. Vielleicht wußten die Büttel nichts von ihrer Existenz, vielleicht hielten sie sie für ungefährlich. Vielleicht warteten sie auch nur ab. Zwei Monate lang sah Rosalie keine Menschenseele. Manchmal, wenn der Hunger zu groß wurde, ging sie ein Stück in die Heide hinaus und schoß sich einen Hasen. Der Herbst hielt allmählich seinen Einzug. Die Blätter wurden immer bunter, die Nächte immer kälter. Rosalie sehnte sich nach einer menschlichen Stimme, nach Gesprächen am Feuer. Aber niemand wagte sich in die Nähe ihrer Hütte. Sie dachte an den Winter. Im Sommer hätte sie aus dem Garten leben können, da wuchsen allerlei Kräuter und Gemüse, auch einen Apfelbaum gab es. Für den Winter aber würde sie Getreide kaufen müssen, um Brot zu backen. Doch sie traute sich nicht weiter als bis an den Saum des Waldes. Dahinter lag Raupachs Burg, und die konnte eine Gefahr bedeuten.

Als die Baumkronen in flammenden Farben standen, lähmten sie Melancholie und Trauer so sehr, daß sie ganze Tage vor der Hütte saß und nichts tat, außer in die Heide zu starren. Manchmal, wenn die Sicht gut war, sah sie einen Reiter in der Ferne – ein flüchtiger Augenblick, eine Welt, zu der sie nicht mehr gehörte. Es gab Momente, in denen sie daran dachte, Gift zu nehmen. In Sigruns Hütte gab es so viel davon, daß man ein ganzes Heer damit hätte umbringen können. Schierling, Stechapfel, Eisenhut, schwarzes Bilsenkraut. An den welken Stengeln des Eisenhuts hingen die letzten Blüten in ihrem düsteren Blau. Ein Brei von Blüten, Wurzeln und Blättern zusammengemischt, und Rosalies Einsamkeit wäre vorüber gewesen.

Damals lernte sie, daß sie einen eisernen Willen besaß. Die Rune, die sie einmal in ihrer Verzweiflung aus dem Orakel zog, war die Rune Isa. Die zeigte ihr, daß ihr Leben festsaß wie ein Karren im Schlamm, der nicht vor kam und nicht mehr zurück. Aber die Rune zeigte ihr auch diesen eisernen Willen, der verlangte, daß sie am Leben blieb.

Sie durfte nicht sterben, kämpfte gegen diese Angst, die dunklen Gesichter ihrer Seele. Sie konnte ihr Leben nicht einfach so wegwerfen – es war zu stark in ihr.

Und dann, eines Tages, als sie wieder vor ihrer Hütte saß und auf die Heide blickte, sah sie einen Reiter auf sich zukommen. Aber sie konnte sich über den unerwarteten Besuch nicht freuen, da war nur noch Angst. Auch wenn es ein Freund gewesen wäre – sie wäre geflüchtet vor seiner Freundschaft. Sie rannte in den Wald und versteckte sich hinten bei den alten Steinen. Von dort sah sie den Fremden näherkommen, sah sein Pferd, einen tiefschwarzen Hengst mit kostbarem Zaumzeug. Das war kein Freund, das war ein Herr! Tod und Teufel waren ihr auf den Fersen. Sie verharrte in kaltem Entsetzen.

Der Mann stieg ab. Langes schwarzes Haar fiel ihm auf die Schultern, an seinem Hüftgürtel klirrten Dolch und Schwert. Er betrat die Hütte, blieb eine Weile drinnen und kam wieder heraus. Stand zögernd da.

Rosalie hörte ihren Namen. Er rief ihn einmal, zweimal, und in seiner Stimme klang ein fremdländischer Akzent. Plötzlich fielen ihr die Worte ihrer Mutter wieder ein. »Wenn sie mich holen, wird jemand kommen und dir helfen. Ich habe ihn gebeten, sich um dich zu kümmern. Er ist Ire.«

Das mußte der Ire sein. Er stand immer noch so da, fuhr sich mit der Hand durch das lange Haar. Rosalie verließ ihr Versteck, weil sie zermürbt war von der Einsamkeit und die Hoffnung größer war als die Furcht.

Er sah sie an, als sie über den Pfad auf die Hütte zuging. Seine Augen waren grün. »Hab keine Angst«, sagte er in diesem klingenden Tonfall, »deine Mutter schickt mich, auch wenn ich etwas spät komme.«

Er blickte sich um.

»Hier ist niemand«, sagte sie, »ich bin allein.«

Er zog die Stirn kraus. »Seit drei Monaten lebst du hier ganz allein? Niemand ist gekommen?«

»Sie haben mich alle vergessen. Sie haben Angst. Und Ihr? Habt Ihr keine Angst?«

Da lachte er. »Nein. Komm, ich bringe dich zu meinem Herren.«

»Wer ist Euer Herr?«

»Mein Herr wird dir zu essen geben und nicht wissen, wer du bist. Du kannst den Winter über nicht hierbleiben.«

Sie ging in die Hütte, holte ihren Umhang, die Krüge mit den wertvollsten Kräutern wie Bilsenkraut, den Eisenhut, die Küchenschelle und Tollkirsche sowie ein schmales Messer, das sie in ihrem Mantel verbarg. Zuletzt den Beutel mit den Runen.

Als sie sich umdrehte, stand er in der Tür und lächelte.

Berthold von Maesfeld war ihr neuer Herr. Er gab ihr zu essen und einen Platz zum Schlafen. Ihre Vergangenheit kannte in Raupach niemand. Der Ire hatte erzählt, er habe sie auf der Straße gefunden, und ihre Mutter sei von Wegelagerern ermordet worden. Aber Rosalie fühlte sich nicht wohl in dieser engen Welt, in die er sie verpflanzt hatte. Eine Schattenblume, die man ins pralle Sonnenlicht stellt, versengt. Und wenn Cai Tuam nicht gewesen wäre, sie wäre versengt.

Maesfeld war ein guter Mensch, der sie in der Obhut des Iren ließ. Aber Maria, seine Frau, war kalt wie ein Fisch. Ihr Vater, Raupach, war ein alter Mann, der bereits die zweite Frau verloren hatte und von dem man sich erzählte, daß der Kaiser ihm schon eine dritte aussuche.

Rosalie fehlten der Wald und der Garten ihrer Mutter. In den engen Mauern der Burg gab es nicht genügend Luft für sie, und in den Köpfen ihrer christlichen Bewohner war die Enge noch bedrückender. Maria bestand darauf, daß sie, da sie schreiben und lesen konnte, Unterricht bei dem Pfarrer nähme, der ihr die Worte der Bibel beibringen sollte. Also lernte sie die Psalmen auswendig und fürchtete sich vor diesem hageren, humorlosen Kleriker, dessen Augen sie zu durchbohren schienen wie die Pfeile einer Armbrust. Er mißtraute ihr, er spürte wohl die Heuchelei, mit der sie ihm begegnete.

Sie lernte schnell, aber was sie lernte, das verdarb ihr die Lust am Lernen. Später dachte sie, jeder Glaube ist so gut oder schlecht, wie diejenigen, die ihn verbreiten, und dieser Pfarrer verbreitete Angst und Schrecken. Er traktierte und quälte sie mit Höllenfeuer und Sündenfall und erzählte ihr, daß sie aus einer Rippe Adams entstanden sei und nur mit Demut und Gehorsam ihre Sünden wiedergutmachen könnte. Da er von ihrer Vergangenheit nichts wissen konnte, fragte Rosalie ihn arglos, worin denn ihre Sünden beständen. Da sah er sie an mit einem abgründigen Blick und meinte, daß sie noch viel zu lernen hätte.

In ihrer Not lief sie zu Cai Tuam und fand ihn bei einem Stück Acker, der am Rand der Mauer in der Wintersonne lag. Er saß dort auf einem niedrigen Mauervorsprung und flickte sein Sattelzeug mit einer Nadel.

»Gebt her«, sagte sie zu ihm und nahm ihm das Sattelzeug mit der Nadel aus der Hand. »Ich kann das besser als Ihr.«

Er lachte und sah ihr bei der Arbeit zu. »Pater Clemens macht dir zu schaffen, oder?« meinte er plötzlich. »Er hat sich bei Maria über dich beklagt.«

Sie hob den Kopf. »Warum? Ich lerne, was er mir aufträgt. Ich bin nicht aufsässig und auch nicht dumm.«

»Vielleicht ist es gerade das, was ihn mißtrauisch macht. Du kannst lesen und schreiben, aber von der Bibel weißt du nichts. Da muß er sich doch fragen, woher du kommst. Wo du aufgewachsen bist. Du stellst zu viele Fragen.«

»Ja«, murmelte sie und ließ das Sattelzeug sinken. »Cai, ich komme nicht zurecht mit dieser Art von Leben. Mir fehlt die Freiheit, hier lebe ich wie ein Tier im Käfig ...«

Tränen stiegen ihr in die Kehle. Sie war immer stark gewesen, stark im Glauben an die Götter, stark in der Einsamkeit, stark genug, um alle Widerstände zu brechen, und hätte man sie in den Sümpfen ausgesetzt, sie hätte es überlebt. Doch dieser lächerliche Priester würde sie besiegen mit seinen abstrusen Vorstellungen von Gott, und diese Mauern würden sie zerbrechen. Sie wollte diesen neuen Gott nicht, aber er zog und zerrte an ihrer Seele und wollte sie nicht loslassen. Und dabei wußte sie, daß es gar nicht Gott war, der sie quälte, sondern seine Stellvertreter auf Erden. Sie richteten Mauern auf, die kein Gott ersinnen konnte, und sprachen doch in seinem Namen.

Rosalie trocknete sich die Tränen. Cai berührte flüchtig ihre Wange mit der Hand. »Ist es so schlimm?«

»Ach«, murmelte sie, »es ist noch viel schlimmer.«

Er nickte und zog sie sacht auf die Mauer an seine Seite.

»Rosalie, du mußt dich damit abfinden. Mir ging es einmal ähnlich wie dir, aber ich hatte nicht den Mut deiner Mutter, die immer gewußt hat, daß man sie eines Tages holen wird. Als ich deine Mutter kennenlernte, habe ich mich erinnert an all das, was hätte sein können, wenn ich mir und meiner Tradition treu geblieben wäre. Ich habe mich meiner Feigheit geschämt. Aber du kannst es nicht aufhalten. Du kannst nicht dein Leben lang allein in dieser Hütte bleiben. Die Zeiten deiner Mutter sind vorbei. Die alten Götter sind tot. Und deinen Runenbeutel solltest du verstecken, das schafft Argwohn.«

Er wollte sie trösten und legte ihr den Arm um die Schultern. Sie blickte verlegen auf den Acker. Gute, dunkle Erde, eine Seltenheit in der Heide. Die Heide. Der Glaube der Sachsen sah die Heide als ein Symbol für Glück und Gold. Es gab eine göttliche Rune, die Heiderune. Der Baum, aus dem das göttliche Heid, das Gold, auf die Erde tropfte. Die Heide war das Abbild des Himmels, und Heid war die göttliche Kraft. Und die Christen hatten daraus die Heiden gemacht, die Satansanbeter.

Der Acker war gutes Gartenland. Hier, abseits vom Lärm und Gedränge der Burg, hätte man einen heiligen Garten anlegen können, mit zwölf Lanzen, die ihn bewachten, und zehn Brunnen, so wie es die Vatanis taten, die Runenkundigen. Cai hatte Rosalie beobachtet und nickte stumm.

»Ein Garten«, flüsterte sie, »ob der Herr mich einen Garten anlegen lassen würde?«

Cai lächelte. »Sicher. Warum nicht? Er muß ja nicht wissen, daß es ein magischer Garten werden soll. Er hält eine Menge von meinen Kräutern, die ich mir immer mühselig suchen muß. Du könntest Bilsenkraut pflanzen, Eisenhut, Lungenkraut und Leberblumen, und wenn du willst, helfe ich dir dabei.«

Sie sah ihn erstaunt an. Er hatte ihr das Herz geöffnet, und nun quoll es über vor Freude und Dankbarkeit. Es war, als hätte er sie mit einem Schlag diesem schrecklichen blassen Priester entrissen und die engen Mauern gesprengt.

Sie nahm sein Sattelzeug wieder auf, und während sie

weiternähte, machten sie gemeinsam Pläne für den Garten, der ein Zeichen der Götter in dieser Wüstenei werden sollte.

Die Arbeit ging ihnen schnell von der Hand. Cai und einige der Soldaten gruben den Acker um, und Rosalie segnete ihn in einer einsamen Stunde mit frischem Quellwasser. Im nächsten Frühjahr würde sie hier säen können. Sie legte Wege und Beete an und drei Brunnen. Es gab einen Schattenbereich und einen, der in der Sonne lag. In die Mitte pflanzte sie eine Esche, den heiligen Baum, und spann mit Worten einen Zauber um die Grenzen dieses Bezirks, der das Prinzip des Weltenbaumes symbolisierte.

Bald wurde der Garten bevölkert von allerlei Tieren, und Rosalie war nicht mehr allein, selbst wenn kein Mensch in der Nähe war.

Sie spürte, sie hatte ihre Kraft noch nicht verloren, und auch Vater Clemens schien dies zu merken. Er war jetzt wie Wachs in ihren Händen und schloß, freilich ohne es zu wissen, einen Frieden mit ihr, dessen Bedingungen Rosalie diktierte. Sie stellte keine Fragen mehr, sondern gab sich demütig und ergeben. Aber sie hörte seine Worte kaum noch, denn ihr eigener Zauber hatte sie wieder gesund werden lassen, so wie jemand stark und gesund gegen eine Krankheit wird, die er einmal überlebt hat. Sie hatte ein Heiligtum aus einem Stück Brachland gemacht, in dem andere nur einen Flecken voller blassem Unkraut sehen würden. Und auf ihre Art war sie glücklich, denn sie brauchte nicht viel zum Glücklichsein.

Sie war siebzehn Jahre alt, und sie liebte Cai Tuam.

Der Winter war übers Land hereingebrochen. So kalt und eisig wie schon seit Hunderten von Jahren nicht mehr. Schneestürme zogen von der Küste aufs Festland hinüber. Auf dem Meer wurden die Schiffe der Fischer zwischen gewaltigen Eismassen zerdrückt, zusammengefaltet, als wären sie aus Papier.

Die Heide lag unter Schnee begraben. Das Vieh verhungerte, die Menschen erfroren. In Lüneburg und Braunschweig waren die Klöppel der Kirchenglocken eingefroren und konnten die Gläubigen nicht mehr zur Messe rufen. Den Priestern in den Beichtstühlen froren Finger und Zehen ab.

Wer kein Dach über dem Kopf hatte, suchte Zuflucht bei den Lehnsherren. Doch gab es dort bald nicht mehr genügend zu essen für all diese Menschen. Jeden Tag starben Bettler und Hausarme, Kranke und Kinder, doch niemand konnte sie begraben, weil der Boden bis zu zwei Meter tief gefroren war. So ließ man sie auf dem Gottesacker liegen, und der Frost konservierte ihre steif gewordenen Hüllen.

In Raupach lebten nun fast doppelt so viele Menschen wie im Sommer. Sie drängten sich wie Vieh dicht in der Halle zusammen, und das Feuer reichte nicht aus, um sie alle zu wärmen. Den ganzen Tag schrien die Kinder, kläfften die Hunde, nur die Alten und Kranken lagen teilnahmslos auf ihren Strohlagern, weil es nicht genug Decken für alle gab.

Wieder war Schnee gefallen. Er lag meterhoch im Innenhof, und es fiel noch mehr. Kam er von Norden, war er weich und schmolz rasch, kam er von Osten, blieb er liegen und brachte Stürme mit sich.

Die Vorratsräume waren so gut wie leer. Was blieb, war ein wenig Brot und Wasser. Kein Fleisch, kein Gemüse, kein Obst.

Vor drei Wochen waren die ersten gekommen, hungrig und halb erfroren. Jetzt stank die Halle nach Krankheit und Tod. Auch ein Musiker mit seiner Laute war da. Er hatte ein Bein verloren, das war ihm erfroren, als er im Schnee vor Erschöpfung eingeschlafen war. Maria teilte Wasser aus. Wasser hatten sie genug. In kleinen Brocken wurde das Brot verteilt. Es hieß, der Kaiser habe Getreide geschickt, doch bis hierher kam niemand durch.

Raupach öffnete die Tür nach draußen. Still fiel der Schnee vom bleichen Himmel. Jeden Tag das gleiche Bild.

In den Ställen stand schon lange kein Kuh mehr, kein Schaf, kein Ochse. Nicht einmal Hühner hatten sie mehr.

Raupach fühlte sich verzehrt und verbraucht. Seine Frau war schon im Spätsommer am Schweißfieber gestorben, und auch er spürte, wie seine Kräfte schwanden. Es reichte nicht mehr für all diese Menschen, die ihn brauchten.

Der Ire und Rosalie, die genug von der Heilkraft der Pflanzen verstand, um ihm zu helfen, waren unermüdlich. Die Kräutervorräte gingen zu Ende, und für beide gab es nur noch Fieber, Husten, Lungenschmerzen, erfrorene Glieder, denen sie nicht helfen konnten. Die Menschen waren zu Krankheiten geworden. Cais Gesicht war zu einer Maske erstarrt, hart und undurchdringlich. Er schlief nie mehr als drei Stunden in der Nacht, und das schon seit Wochen. Er schnauzte Soldaten und Gesinde an, scheuchte seinen kranken Herren ins Bett und murmelte wieder seine fremden gälischen Gebete. Sie mischten ihre Medizin und versorgten die Alten und Kranken, die Kinder und die Sterbenden.

Dann wurde Maria krank. Lungenfieber, sagte der Ire. Er stand an ihrem Bett und flößte ihr Weidenrindentee ein. Hielt ihre heiße trockene Hand. Maria erkannte ihn nicht mehr.

»Ihr müßt schlafen«, sagte Rosalie zu ihm.

»Wie soll ich schlafen«, fragte er gequält, »wenn um mich herum der Wahnsinn ausgebrochen ist?«

»Ihr könnt niemandem helfen, wenn Ihr selbst krank werdet.«

»Was macht das schon noch?« Teilnahmslos drehte er sich um. Seine Kleidung stank nach den Ausdünstungen der Menschen, die hier eingepfercht waren wie Schweine in einem Stall. Er stieg die Treppe zu einer Kammer hinauf, die Raupach ihm zugewiesen hatte, und Rosalie sah ihn den ganzen Tag nicht mehr. Am Abend öffnete sie die Tür und sah nach ihm. Er schlief. Das Feuer in seiner Kammer war ausgegangen. Rosalie legte Holz nach und entfachte eine neue Flamme.

Zwei Tage später setzte Tauwetter ein. Die Sonne glitzerte auf dem schmelzenden Schnee, und von den Dächern tropfte das Wasser. Sie rissen die Türen auf und ließen frische, milde Luft in die Halle. Der einbeinige Musikant hatte plötzlich seine Laute in der Hand und sang ein Loblied auf den Frühling. Vom grünen Gras und den schwatzenden Vögeln …

Cai ritt mit den Soldaten in den Wald, um Fleisch zu besorgen. Sie kamen am späten Nachmittag mit einem erlegten Hirsch zurück. Der briet am Abend über dem Feuer, wurde in winzige Stücke zerlegt und verteilt. Es war wenig genug, doch die Aussicht, daß sich das Wetter bessern würde, stimmte die Menschen glücklich. Draußen taute es weiter. Vollmond war vorüber. Das Wetter würde sich halten.

Im März heiratete Raupach Gundeline von Langenfeld. Er hatte sich von den Entbehrungen des Winters anscheinend erholt. Sie war groß und blond und jung. Sie war das Ebenbild seiner Tochter. Eine Kindsbraut. Im Dom von Braunschweig ließen sie sich trauen. Vor der Kirchentür lärmte das Volk, denn es gab Bier und Wein und Fleisch umsonst. Der Bischof las aus dem Hohelied Salomons und den Galaterbriefen. Die Kerzen flackerten, und vor dem schweren, breiten Kreuz stand die Kindsbraut und hauchte ihr Jawort.

Berthold döste vor sich hin. Maria saß da wie eine Göttin in einem schwarzen Zobelmantel. Der Stellvertreter des Kaisers, ein Bayer, rieb sich die schmerzenden Knie und kraulte sich den Bart. Cai Tuam kniete regungslos und hielt den Kopf gesenkt. Sein flaschengrüner Umhang fiel auf den Teppich. Er kniete da wie ein Kind, demütig und ergeben.

Nach dem Gottesdienst wurden sie ins Rathaus geladen. Dort war eine lange Tafel mit Wildbret und Kuchen gedeckt. Höflinge in auffallend schrillen Kostümen huschten umher, die Mädchen servierten auf vergoldeten Platten, und der Bayer erzählte Anekdoten aus dem Krieg in Italien. Nach dem Essen wurde zum Tanz aufgespielt.

Der Ire, obwohl Soldat, war als Arzt eines Herren zum Essen geladen, wollte aber hier nicht bleiben. Er trat auf den Flur und fand dort Rosalie, die bei den Zofen der Herrin Maria stand. Er raunte ihr zu, ihm würde schlecht von so viel Adel und Würde, und er wolle lieber hinaus auf die Straße. So schlichen sich die beiden heimlich nach draußen und gerieten in die verrückte Welt eines weinseligen Volkes, das mit nackten Füßen auf den Straßen herumtollte. Cai kaufte Rosalie ein paar Ohrringe bei einem finster aussehenden Russen, der kein Wort Deutsch sprach, und lud sie ein in eine Schenke, wo sie heiße Milch tranken und Pfannkuchen mit Heidelbeeren aßen.

Rosalie war glücklich. Auch der Ire schien guter Dinge zu sein, neckte sie und lachte, und sie merkte, wie ähnlich sie sich waren. Sie waren beide Außenseiter, Heilkundige, und lebten mit dem Wissen der alten untergehenden Zeit.

Arm in Arm zogen sie durch die Straßen der Stadt. Sie waren so selbstvergessen in dem ausgelassenen Trubel, daß die Nacht sie überraschte. In dem Wirtshaus »Zum Ochsen« aßen sie zu Abend, hörten einem jungen Studenten zu, der Horaz deklamierte und dafür mit Brotstücken belohnt wurde, die ihm an den Kopf flogen, und Cai tanzte mit der Tochter des Wirts. Die Glocken schlugen zur Nacht. Cai sagte, was kostet die Welt, und warf einem Bettler zwei Münzen zu. Als sie endlich das Stadthaus erreichten, in dem Maria mit ihren Frauen untergebracht war, war es Nacht und die Tür verschlossen und verriegelt.

»Gott, steh mir bei«, flüsterte Rosalie, »sie wird wütend sein und mich schelten, wenn ich nicht in meinem Bett liege.«

»Ich werde dich mitnehmen müssen«, sagte der Ire und deutete auf die Pferdestallungen, wo die Soldaten schliefen. Und da Rosalie nicht wußte, wo sie sonst hätte bleiben können, ging sie mit ihm.

Sie betraten schmale, lange Gänge, in denen es nach Heu und Leder roch. An den Wänden waren Pritschen aufgestellt, auf denen Soldaten schliefen, andere lagen auf der Erde, nur eine wollene Decke unter sich. Cai ging in die Box seines Pferdes und kam mit einer roten Decke zurück, die er Rosalie zuwarf.

»Leg dich hin und versuch, noch ein wenig zu schlafen«, sagte er, wies auf eine der leeren Pritschen und wartete, bis Rosalie sich in die Decke gewickelt hatte. Dann ging er einen Gang entlang, an dessen Ende Soldaten an einem Tisch saßen und würfelten.

Die Pritsche war hart, und Rosalie fror. Im Halbschlaf hörte sie das Klackern der Würfel, die Stimmen der Männer. Dann mußte sie eingeschlafen sein, denn sie erwachte davon, daß ein kahler, pockennarbiger Kerl im Rock eines einfachen Soldaten vor ihrem Bett stand.

»Wem gehört das Weib da?« rief er durch den Stall.

»Das ist Cainnechs Mündel«, antwortete Van Nell vom Würfeltisch herüber.

»Dann schaff sie weg«, knurrte der Kahle, »wir dulden hier keine Frauen.«

Der Ire nickte Rosalie zu. Sie schlug die Decke zur Seite und wollte aufstehen.

»Bring sie nach oben, wenn's unbedingt sein muß.« Der Kahle wies auf die Treppe. »Aber gegen Morgen muß sie verschwunden sein. Es sei denn … wenn sie nicht irgend jemandes Liebchen ist, dann wird sie vielleicht meines …«

Der Ire am Würfeltisch sah auf. Der Soldat riß plötzlich die Decke ganz weg und schob sich neben Rosalie. Das Klackern der Würfel hatte aufgehört. Schritte hallten über den Gang, während Rosalie versuchte aus dem Bett zu springen, aber der Kerl hielt sie gepackt und lachte ihr leise und gurrend ins Ohr.

»Laß sie los«, hörte sie die Stimme des Iren neben dem Bett.

»So ein feiner Schatz«, murmelte der Kerl, und seine fahrigen Hände verfingen sich unter ihrem Kleid.

Dann sah sie plötzlich Blut, das auf die Decke tropfte. Der Kerl schrie auf, und Van Nells Stimme schallte durch den Raum. Cai Tuam stand mit seinem Messer neben dem Bett.

»Laß sie los«, sagte er kalt. Der Soldat hielt sich den Arm, und jetzt sah Rosalie eine schmale, lange, blutende Wunde an seinem Oberarm.

»Komm«, sagte der Ire zu ihr, warf sich die Pferdedecke über, packte sie an der Schulter und schob sie wortlos die Treppe hinauf. Fackeln beleuchteten kleine Kammern links und rechts des Ganges. In einer der Kammern stand ein richtiges Bett.

»Ich warte, bis du eingeschlafen bist«, sagte Cai Tuam lächelnd, schloß die Tür und wartete. Rosalie zögerte.

»Ich bleibe hier«, sagte Cai Tuam, »in sechs Stunden geht die Sonne auf, dann kannst du zurück.«

Sie wickelte sich schließlich in die Decke und starrte aus dem Fenster in die Dunkelheit. Bis ihr die Augen zufielen vor Müdigkeit. Als sie noch im Halbschlaf hörte, daß er sich leise neben sie legte, wurde sie wieder wach. Unten trat ein Pferd gegen die Box. Selbst hier war das Klackern der Würfel noch zu hören.

Cai blieb stumm. Schlief er? Sie drehte den Kopf zu ihm hin. Er sah sie an, grüne Augen, die in der Dunkelheit noch grüner waren.

»Hättet Ihr ihn umgebracht?« fragte sie scherzhaft.

»Gewiß«, sagte er belustigt und lachte leise. Sie spürte seine Hand in ihrem Haar und rückte näher zu ihm hin.

»Cai, wir passen so gut zusammen, Ihr und ich ...«

Eine Weile sagte er nichts.

»Früher«, sagte er dann, «früher, weißt du, als die Bäume noch Götter waren, hätte ich dich an Beltane getroffen. Wir hätten zusammengelegen, und du wärest vielleicht schwanger geworden. Es wäre ein Kind der Göttin geworden, ein Kind der Beltanefeuer. Weißt du, was passiert, wenn du heute schwanger wirst? Du bist so jung, Rosalie, fast noch ein Kind.«

»Was passiert, Cai?«

»Entweder sie zwingen dich, einen Mann zu heiraten, um die Schande zu vertuschen, oder ich gebe dir ein Kraut, um die Frucht abzutreiben, wenn du es nicht selbst kennst. Ich darf nicht, Rosalie.«

»Willst du denn?«

»Ja, Rosalie.«

Sie lagen stumm auf dem harten Bett. Es hätte noch eine dritte Möglichkeit gegeben, aber daran dachte er nicht. Er würde keine Frau heiraten und sich binden. Und sie traute sich nicht, mehr zu verlangen, aus Angst, er würde ihr auch dies bißchen Vertrautheit noch entziehen.

»Wohin geht Ihr sonst, Cai?« fragte sie ihn. »Oder führt Ihr ein Leben wie ein Mönch?«

Er spielte wieder mit ihrem Haar. »Es gibt Frauen, die kann man kaufen.«

»Und ist es Euch da gleich, was passiert?«

»Ich mag dich, Rosalie, das ist der Unterschied.«

Sie drückte sich enger an ihn. »Wollust oder Liebe, Cai?«

Er zögerte. »Ich weiß es nicht. Ich weiß es wirklich nicht. Vielleicht beides, obwohl ich dachte, ich wäre zur Liebe nicht fähig. Aber du bist etwas Besonderes, Rosalie, zumindest für mich. Verstehst du das?«

Sie nickte. Ja, sie gehörten zusammen, weil sie beide ein ähnliches Schicksal hatten. Aber was er nicht wußte, war, daß Sigrun schon alles vorbereitet hatte, um ihn wie die Fliege in ein Spinnennetz zu locken. Rosalie packte plötzlich die Angst, daß seine Liebe in diesem klebrigen, widerlichen Gespinst klebenbleiben und ersticken würde. Und sie merkte, daß die Situation für ihn immer unerträglicher wurde. Er sprang aus dem Bett und stand ruhelos am Fenster. Sie wußte, er konnte nicht einmal zu den anderen gehen und sie nach dem, was vorhin geschehen war, alleinlassen.

»Noch ein paar Stunden, dann geht die Sonne auf«, hörte sie ihn murmeln und wickelte sich wieder in die Pferdedecke. Sie schlief endlich ein, und als sie aufwachte, stand er noch immer da am Fenster, diesmal mit einem Krug Wein in der Hand.

»Du hast gar nicht geschlafen«, sagte sie und richtete sich auf.

Er schüttelte den Kopf. Setzte den Krug auf die Erde und legte sich wieder neben sie. Unten knarrten Türen, Pferdehufe klapperten auf dem Steinpflaster. Es herrschte ein düsteres Zwielicht im Raum, eine trübe, graue Dämmerung. Cai lehnte den Kopf an ihre Schulter.

»Ich muß zurück«, sagte Rosalie, »sie werden nach mir suchen.«

Er hob den Kopf und küßte sie. Warme Lippen, die sich öffneten …

Er hatte getrunken. Vielleicht zwei Stunden nur da am Fenster gestanden und getrunken. Er stand auf und streifte sich Wams und Hose ab, verriegelte die Tür. Kam wieder zu ihr und streifte ihr das Kleid über den Kopf. Das Licht warf dunkle Schatten auf seinen Leib, und im Zimmer wurde es immer heller. Er hatte seine Skrupel scheinbar im Wein ertränkt und schälte sie aus ihren Kleidern wie eine Zwiebel. Sie hatte den Schutz der Dunkelheit verloren.

Und dann sah er es.

HAGALAZ.

Er zuckte zurück und starrte auf die eintätowierte Rune zwischen ihren Brüsten.

Sie sah ihm an, wie die Erinnerung wiederkehrte an diese Nacht, in der er, von den Dämpfen der Pilze berauscht, bei ihr gelegen hatte. Er hatte ihr Gesicht nicht gesehen, hatte mit einer Namenlosen und Verschleierten geschlafen und war nicht Herr seiner Sinne gewesen, ebensowenig wie Rosalie selbst. Das war Sigruns Werk gewesen, das Werk einer Zauberin, die ihre Tochter einem Mann überantworten wollte, den sie gerne als Ehemann ihrer Tochter gesehen hätte.

Der Zauber hatte gewirkt. Er, der nie so etwas wie Liebe empfunden hatte, war verliebt. Es war wie in diesen alten Legenden vom Zaubertrank, aber sie hatten nichts getrunken. Sie hatten sich nur dem Schicksal überlassen und Sigrun, die ein wenig nachgeholfen hatte. Fühlte er sich jetzt betrogen? Würde er Rosalie nun bis ans Ende seines Lebens hassen und verabscheuen? Sie sah ihm bang in die Augen. Doch es war nur völliges Erstaunen in ihnen zu lesen.

»DU bist das gewesen?« fragte er ungläubig.

»Es ist ein uraltes Ritual«, sagte sie ruhig und versuchte, ihre Furcht zu beherrschen.

»Deine Mutter suchte einen Mann für dich«, murmelte er.

»Meine Mutter hatte schreckliche Angst um mich. Meine Schwester war im Kloster gut aufgehoben, aber ich, ich sollte die Nachfolgerin meiner Mutter werden. Einerseits war ich für die Büttel eine leichte Beute, wenn ich den Leuten die Runen legen würde. Andererseits ist aber niemand zu mir gekommen, denn die Leute haben Angst, bei einer Hexe gesehen zu werden. Meine Mutter wußte das. Sie lehrte mich, die Runen zu legen, aber gleichzeitig wußte sie, daß es keine Zukunft für die Runen gibt – also suchte sie nach einem Mann, dem sie das Versprechen abnahm, für mich zu sorgen. Und nach einem, der mich heiraten würde, und in dir sah sie beides in einer Person. Es war nicht recht, und ich sage dir, du bist frei, du mußt dich nicht an mich gebunden fühlen.«

Draußen schlugen die Glocken zur Prim. Die Tür zum Stadthaus würde geöffnet sein. Sie konnte zurückgehen.

»Warte«, sagte er leise. »Glaubst du, ich würde nichts wissen von solchen Dingen? Deine Mutter und ich, wir sprachen die Sprache der Götter. Und wenn sie dein Leben in meine Hände legte, dann hat das nichts mit Zauberei zu tun. Geh nicht, Rosalie, bleib bei mir.«

Sie kam wieder zu ihm. Er sprach in seiner fremden Sprache zu ihr, und sie lagen zusammen, bis es heller Tag wurde, berauscht und bewacht von Schlangen und weißen, heiligen Pferden und Ebern und Raben. Wenn er Zorn empfand oder Verbitterung, dann ließ er es sie nicht spüren, aber auch in dieser Nacht war es allgegenwärtig, dieses Erlebnis aus dem Wald. Es spukte in ihren Köpfen herum, als hinge der Rauch der Pilze über ihrem Bett. Als wäre Sigruns Anwesenheit greifbar. Er bewegte sich kaum, hielt sich zurück und folgte einem uralten Ritus, der die Säfte des Leibes kontrollierte. Er beherrschte sich, und er beherrschte die Frau, und die Zeit rann dahin, und Rosalie wußte, sie würde unfruchtbar bleiben.

Das, was er ihr gab, war von anderer Art. Es war nicht die von einer Droge ausgelöste Raserei wie im Wald, es war ein sanftes Eintauchen und Verharren, das die Sinne klar machte, als sähe man in einen Spiegel. Als er sich zurückzog, schien die Luft im Raum so aufgeladen, daß Rosalies Haare zu knistern begannen, als hätte man sie ins Feuer geworfen. Sie standen auf und kleideten sich an. Plötzlich schlug jemand gegen die Tür.

»Bei Taranis«, murmelte Cai, »es muß fast Mittag sein.«

Er brachte Rosalie zurück zum Stadthaus und küßte sie zum Abschied wortlos auf die Wange. Vom Dom schlugen drohend und dumpf die Glocken, und ihr war plötzlich sterbenselend.

Das Frühjahr hatte Raupach einen neuen herzoglichen Vollstrecker beschert, der, wie er belustigt zum besten gab, eigentlich ein Weihnachtsgeschenk hätte sein sollen, wenn nicht die Straßen so zugeschneit gewesen wären. Raupach hatte wenig Sinn für ein solches Geschenk, aber wenigstens war dieser Hektor Martin ein offensichtlich gebildeter, kultivierter Mensch mit guten Manieren, und er beherrschte die lateinische Sprache.

Er war schlank und groß und besaß die hageren, strengen Gesichtszüge eines Asketen, eine Adlernase, scharfe Augen, schmale, feine Hände. Er war höflich, fragte, bevor er sich irgendwohin begab, stellte seine Fragen leise und bewegte sich wie ein Geist, den man weder hört noch sieht. Meist tauchte er unvermittelt auf, entschuldigte sich für sein Erscheinen, nahm seine Umgebung in Augenschein und gab sich alle Mühe, umgänglich zu sein. Selbst die Mägde in der Wäschekammer hatten kein böses Wort für ihn, während sie sich über Custodis stets die Mäuler zerrissen hatten.

Martin ließ Custodis' Schicksal im dunkeln und wehrte ab, wenn die Rede auf seinen Vorgänger kam, aber er hatte die Aufzeichnungen des Schreibers Petronius dabei, die er sorgfältig studierte. Dann ließ er sich den Hergang dieses besagten Morgens noch einmal schildern, besuchte den Tatort und zog sich dann endlich in seine kleine Kammer zurück, um nachzudenken.

Am zweiten Tag seines Aufenthaltes erschien er in Raupachs Kammer, legte die Schriftrolle von Petronius auf den Tisch und stützte den Kopf auf die feingliedrigen, gefalteten Hände. »Wir werden noch einmal von vorn beginnen müssen«, sagte er mit einem entschuldigenden Lächeln. »Als erstes werden wir diesen Zeugen, diesen Freibauern, aufsuchen und seine Aussage überprüfen. Außerdem will ich den Soldaten sprechen, der den Verdächtigen verhört hat. Holt ihn her.«

Raupach schickte nach dem Iren. Währenddessen blätterte Martin in seinen Unterlagen und hob den Kopf erst wieder, als der Ire eintrat. Der kam vom Turnierplatz, und sein Rock war schlammbespritzt. Offenbar war er in einen Graben gefallen. Seine Haare glänzten naß, und sein grüner Umhang tropfte. Martin warf einen kurzen, angewiderten Blick auf die schmutzige Erscheinung. »Euer Name?«

»Cainnech Tuam.«

»Nun, Cainnech Tuam, du hast ein Verhör durchgeführt, nach dem der Beklagte angeblich geständig gewesen war. Ist dem so?«

Unter des Iren Stiefeln bildeten sich schmutzige Lachen auf den vornehmen schwarz-weißen Steinfliesen. Martins Blick verfing sich wieder an der Gestalt des Soldaten. Er legte großen Wert auf eine gepflegte Erscheinung, und so verzog er kaum merklich das Gesicht.

Der Ire nickte.

»Gut. Was ist mit dem Angeklagten geschehen?«

Auf Cai Tuams Gesicht erschien der Hauch eines Lächelns, was Martin verblüfft zur Kenntnis nahm.

»Ich habe ihm das Nasenbein und beide Arme gebrochen. Danach war er geständig.«

»Du bist Soldat?«

»Ja, Herr.«

»Custodis hielt große Stücke auf dich. So viel Kaltschnäuzigkeit imponierte ihm. Mir übrigens nicht. Ich hasse rohe

Gewalt, vor allem, wenn sie nicht angebracht ist. Und hier war sie nicht angebracht. Man hätte erst den Zeugen befragen müssen. Du kannst gehen, Soldat.«

Der Ire verließ grußlos die Kammer.

»Wir werden heute nachmittag diesen Freibauern aufsuchen«, sagte Martin und rollte seine Papiere zusammen. Er sah zum Fenster hinaus. »Die Sonne scheint. Ich möchte ein wenig spazierengehen.«

Der Freibauer Genno besaß einen Hof, den auch schon sein Vater bewirtschaftet hatte. Der war noch ein Unfreier gewesen, seine Mutter die Konkubine eines hohen Herren. Genno war ein Bastard und nicht gut auf die Herren zu sprechen. Als er sie kommen sah, schickte er Frau und Kinder in den Wald.

»Versteckt euch dort, bis sie weg sind«, flüsterte er und nahm ein scharfes Messer vom Holzblock, ließ es aber wieder fallen, als er sah, daß Berthold unter den Ankömmlingen war.

Sie kamen zu viert, Berthold, Martin, Van Nell und der Ire. Genno hatte zwei Kühe, die standen vor dem Hofgebäude mit einem langen Strick an einen Baum gebunden. Hühner scharrten im feuchten Sand und stoben auseinander, als sie kamen.

Sie kamen ohne Gruß und blieben auf ihren Pferden sitzen. Martin blickte sich um, taxierte das Anwesen mit einem geübten Blick und fragte: »Warum schickst du Frau und Kinder in den Wald? Hör zu, Bauer, du hast nichts zu befürchten, wenn du die Wahrheit sagst. Dieser Junge, der Sohn der Kräuterfrau Anna, war bei dir am Morgen drei Tage vor dem Osterfest?«

Genno zitterte am ganzen Leib. Es gab keine Rechte für Männer wie ihn, auch wenn er den Status eines freien Bauern hatte. Sein Besitz waren zwei Kühe, ein Haus und ein wenig Land, auf dem Dinkel und Emmer wuchsen, oder auch nicht, wenn das Wetter schlecht war oder Krieg die Felder verwüstete.

»Der Junge war bei mir«, sagte er, »wir haben das Dach

ausgebessert. Er kam bei Sonnenaufgang und ging gegen Mittag.«

»Wie ist das möglich?« schnurrte Martin mit sanfter Stimme. »Er hat gestanden, den Mord an diesem Offizier begangen zu haben. Ist er ein Geist, daß er an zwei Orten gleichzeitig sein kann? Oder lügt er?« Martins Stimme wurde immer leiser. »Oder lügst du?«

»Nein, Herr«, rief Genno, »ich lüge nicht. Der Junge gestand, weil man ihn geschlagen hat.«

»Woher weißt du das?«

»Die, die in der Burg arbeiten und abends nach Hause gehen, die haben es erzählt.«

Martin nickte. »Dann zweifelst du also die Methoden des herzoglichen Vollstreckers an?«

Genno wurde bleich. »Nein, aber ...«

»Was, aber?«

»Warum sollte ich für den Jungen lügen?« rief der Bauer jetzt in heller Panik, denn er merkte, daß er sich in Martins spitzfindiger Argumentation wie in einem Gespinst verirrt hatte.

»Ja«, grinste Martin, »das möchten wir auch gerne wissen.« Er gab dem Iren ein Zeichen. Van Nell stieg vom Pferd und nahm ein Seil, das er dem Bauern um die Arme schlang, während der Ire zum Haus hinüberging. Berthold schloß die Augen. Er war müde, unendlich müde. Er hätte ein ganzes Leben lang schlafen mögen, die Augen verschließen vor dieser Welt, die ihn abstieß und anwiderte. Er verstand Martins Vorgehensweise ebensowenig wie die von Custodis, aber er merkte, Martins Verhalten hatte Methode – er schien etwas Bestimmtes zu suchen, eine Aussage, eine Lösung, irgend etwas, aber Berthold wußte nicht, was. Und dieser Vollstrecker würde dieses Etwas genauso mit Gewalt erzwingen wie Custodis.

Als Berthold die Augen wieder öffnete, hatte der Ire die brennende Fackel schon in der Hand. Er schleuderte sie hoch, daß sie den herunterhängenden Rand des Daches streifte. Das Stroh loderte auf. Die gellenden Schreie des Bauern schmerzten in Bertholds Ohren.

»Also?« rief Martin und trieb sein Pferd zurück. Rauch stieg auf, erste Strohbüschel fielen zur Erde.

Die Wahrheit, dachte Berthold bitter, da brannte sie, Büschel für Büschel, qualmte in der Luft, wurde allmählich zu Asche.

Der Ire warf noch eine Fackel hinauf. Er wich vor dem Feuer zurück, und sein Blick fiel auf die beiden angepflockten Kühe, die in ihrer Angst an den Seilen zerrten. Er zog sein Messer aus dem Gürtel und hackte das Seil entzwei. Panisch rannten die Tiere aufs freie Feld.

»Die Wahrheit, Bauer«, brüllte Martin, doch Genno starrte mit schreckensweiten Augen auf sein brennendes Haus.

»Kann man so die Wahrheit finden?« fragte Berthold, aber niemand hörte ihn in dem Krachen und Zischen dieses flammenden Infernos.

»Ich schicke den Soldaten in den Wald, deine Frau und deine Kinder holen«, schrie Martin und nickte dem Iren zu, der auf sein Pferd sprang.

»Nein!« rief Berthold und packte Martins Arm. »Nicht so.«

Martin zog den Arm zurück. »Nicht so? Wie denn, Herr? Ich brauche Gewißheit.«

Der Bauer riß an seinem Strick und machte einen Schritt nach vorn. Wind wirbelte jetzt die brennenden Büschel über den Platz. Die Hitze wurde unerträglich. Martin liefen Schweißbäche über die Stirn, während er sein Pferd hart am Zügel nahm, das unruhig zu tänzeln begann.

»Ich sage alles«, gellte plötzlich die Stimme des Bauern durch die hitzige Luft.

Martin gab Van Nell ein Zeichen. Der ließ den Bauern los und ging dann zum Brunnen, holte Wasser und versuchte, wenigstens das Gebälk noch zu retten.

Martin wischte sich den Schweiß von der Stirn. »Also?«

»Der Junge war hier, spät in der Nacht. Er sagte, er treffe sich mit einer Frau bei Tagesanbruch. Das ist die Wahrheit, Herr.«

Martin grinste. »Eine Liebesgeschichte? Mit welcher Frau?«

»Er hat keinen Namen genannt. Er sagte nur, er treffe sich mit einer Frau. Vielleicht war es die alte Sigrun, die Runenmeisterin.«

Martin warf Berthold einen triumphierenden Blick zu. So einfach also war das, dachte Berthold. Dem Bauern hatte man das Haus angezündet und dem Jungen die Knochen gebrochen. Was war da noch eine Wahrheit, und was eine Lüge?

Der Ire kam aus dem Wald galoppiert, vor sich ein hageres, rothaariges Geschöpf, die Frau des Bauern. Sein Pferd wirbelte Wolken von Sand in die Luft, er glitt vom Sattel und zerrte die Frau herunter.

»Laß sie laufen«, sagte Berthold müde, »es ist vorbei.«

Maria hatte keinen Hunger. Berthold lag wieder fiebernd im Bett. Und Martins Gegenwart ließ sie frösteln. Der Mann war kalt wie Stein unter der Fassade gebildeter Sanftmut. Das Essen schmeckte ihm ausgezeichnet. Er aß wie ein Höfling und benutzte ein Mundtuch. Neben ihm saß Raupach mit bitterer Miene. Gundeline schwatzte mit ihren Freundinnen, während der Ire trübe in seinen Wein starrte.

»Warum log der Bauer für einen unbedeutenden Jungen?« ließ sich plötzlich Martin vernehmen. Alle blickten von ihren Tellern auf.

»Ad primo«, sagte Martin nachdenklich und strich sich mit der Fingerspitze über die Nase, »wenn der Junge unschuldig ist, dann läuft der Mörder immer noch frei herum. Und auf Grund gewisser geheimer Aufzeichnungen meines Vorgängers glauben wir, daß der Junge unschuldig ist. Unser Problem indessen ist ...«

Er sah in die Runde und lächelte. »... ich gebe es offen zu: wir haben eine conclusio und suchen nach Prämissen. Aristoteles.«

Er lachte leise. »Zwei Prämissen ergeben eine conclusio. Wenn wir die conclusio aber vorher schon haben, was machen wir dann mit den Prämissen? Fatale Sache, nicht wahr, Herr?«

»Ich verstehe Euch nicht«, murmelte Raupach verblüfft.

»Gewiß. Wie solltet Ihr auch? Seht, ich meine den Mörder zu kennen. Wir suchen ihn seit langem. Darum muß der Junge unschuldig sein. Er hat zwar gestanden, aber wir wissen unter welchen Umständen. Trotzdem hat der Bauer noch versucht, ihn zu schützen.« In Martins Augen blitzte es. »Die Sache schmeckt mir nicht. Warum stellt sich der Bauer vor diesen Grünschnabel?«

»Wollt Ihr nicht endlich zur Sache kommen?« fragte der Ire finster.

»Die Prämissen stimmen nicht«, wiederholte Martin ungerührt. »Vergessen wir sie endlich, den Bauern und den Jungen. Und kommen wir auf den Mann im weißen Mantel. Ist es nicht ein sonderbarer Zufall, daß dieser mysteriöse Fremde genau dort auftaucht, wo die Leiche liegt?«

Raupach wurde allmählich hellhörig. Hatte das Geschwafel von Martin doch einen Sinn? Sie hatten sich diese Frage schon oft gestellt. Wer war der Mann im weißen Mantel, und was hatte er am Tatort zu schaffen?

»Ein Templer«, beantwortete Martin ihm die Frage und strahlte ihn aus seinen wäßrigen Fischaugen an. »Ein Templer, Herr. Wir suchten ihn schon seit geraumer Zeit und verfolgten ihn von Schleswig bis Lüneburg, wo wir allerdings seine Spur verloren. Er war lange in Antiochien, kämpfte dort für unseren Erlöser und unseren Glauben. Ein tapferer Mann, im übrigen, der allerdings dann in schlechte Gesellschaft geriet ...«

Er tauchte sein Brot in die Sauce und steckte es sich geziert in den Mund. »Unglücklicherweise schloß er sich einer Gruppe Ketzer an, Katharer. Man versuchte seiner habhaft zu werden, da er sich am Gut der Templer bereichert hatte, konnte ihn jedoch nicht ausfindig machen.«

Erneutes Eintunken in die Sauce. Raupach hörte ihm mittlerweile fasziniert zu.

»Man sollte nun meinen, der Mann sei reich, denn immerhin war es eine beträchtliche Menge Gold, die er dem Orden geraubt hat. Aber als sich seine Spur in Schleswig wiederfindet, ist er nur noch ein armer Schlucker. Da fällt ihm ein Kurier des Herzogs in die Hände, der einen Batzen Geld mit sich trägt. Der Templer brachte ihn um und nahm das Geld an sich. Zeugen sagten aus, daß er sich auf dem Weg nach Lüneburg befand und weiter in Richtung Raupach gezogen sei und daß er sich alles nahm, dessen er habhaft werden konnte, meist mit Gewalt. Ein anderer Zeuge sagte aus, daß ihm der kleine Finger an der linken Hand fehlt. Natürlich, wenn er Handschuhe trägt, und er trägt fast immer welche … Ihr habt ihn gesehen, Herr, trug er Handschuhe?«

Ja, er hatte Handschuhe getragen, aber die hatten sie ihm vor der Beisetzung ausgezogen. Hatte ihm ein Finger gefehlt? Keiner wußte es. Martin ließ den Priester kommen, aber auch der konnte sich nicht erinnern.

»Wir werden sehen«, sagte Martin bedächtig nickend, »rekonstruieren wir den Fall, soweit es möglich ist. Seit er in Schleswig ist, besitzt er kein Geld mehr, kein Dach über dem Kopf. Lebt vom Stehlen, vagabundiert durchs Land, versteckt sich. Er sieht einen Offizier auf einem guten Pferd mit einem guten Schwert. Unser Mann ist ein Meisterschütze, er hat eine Armbrust dabei, die er nach der Tat vielleicht im Wald vergräbt. Er tötet also Monreal, nimmt sich Schwert und Pferd und verschwindet. Später kehrt er zurück, vielleicht, um seine Armbrust auszugraben, weil er erst seine Beute in Sicherheit bringen mußte. Wieder am Tatort, trifft er auf eine Frau und einen Soldaten. Unser Mann denkt sich, aus einem Pferd können auch zwei werden, und will sich Pferd und Schwert des Soldaten holen. Aber einem Mann von hinten in den Rücken zu schießen ist etwas anderes, als ihm von Angesicht zu Angesicht gegenüberzustehen. Zumal unser Soldat sein Handwerk versteht und den Angreifer tötet.«

Martins Faust schlug plötzlich krachend auf die Tischplatte. »Wir werden die Leiche exhumieren«, schnauzte er in die Runde, »wir müssen wissen, ob es sich um Leonard Agil, den Templer, handelt. Stellt morgen früh bei Tagesanbruch genug Soldaten bereit, um den Leichnam auszuheben.«

»Das ist Gotteslästerung«, hauchte Gundeline mit bleichem Gesicht.

»Ja«, raunzte Martin sie an, der jetzt in einer ganz heftigen Laune war. »Gotteslästerung, und ich bin sicher, Gott wird die Wahrheit nicht gefallen. Aber man muß nicht wie Custodis sein, Gott hab ihn selig, um die Wahrheit zu finden.«

»Woran ist er eigentlich verstorben?« fragte Raupach leise.

Martin schmunzelte wieder. »Einer seiner Lustknaben hat ihn erschlagen. Hier, ganz in der Nähe, in einer Schenke. Er hat Euch eine Weile beobachten lassen, obwohl er keinen blassen Schimmer von den wahren Zusammenhängen hatte. Dabei ist ihm wohl die Zeit lang geworden. Er vergnügte sich mit dem Sohn seines Schankwirts, der seiner Zudringlichkeiten bald überdrüssig wurde und ihm einen Krug Wein auf dem Schädel zerschlug. Man konnte den Jungen nicht einmal zur Rechenschaft ziehen, da es zu viele Zeugen gab, Ihr versteht? Die öffentliche Meinung kehrt sich nur allzuschnell gegen Würdenträger, die solch üblen Lastern frönen. Aber genug davon. Gehen wir zu Bett. Wir haben morgen einen harten Tag vor uns.«

Er erhob sich steifbeinig und nickte in die Runde. Sein schwarzer Mantel schleifte über die Stufen der Treppe hinter ihm her, während er zu seiner Kammer hinaufstieg.

Bei Sonnenaufgang wurde das Grab neben der Ringmauer geöffnet. Drei Soldaten hoben den einfachen Sarg ans Tageslicht.

Kühler Wind und Nebel zogen von der Heide herüber. Maria hatte sich in ihren Umhang gewickelt. Vor ihr standen die Soldaten in erwartungsvollem Schweigen. Der Nebel wurde stärker und raubte ihr die Luft zum Atmen. Er roch salzig und dämpfte die Geräusche der Männer, die den Sarg aufstemmten.

Dann ging ein leises Raunen durch die Menge. Doch Maria hörte nur seine Stimme.

»Es ist der Templer«, sagte Martin. »Es fehlt ihm der kleine Finger an der linken Hand.«

Sie hatte genug gehört. Langsam ging sie ins Haus zurück, in ihre Kammer. Von ihrem Fenster aus sah sie den Nebel auf der Heide liegen wie ein Schleier aus Gaze. Wacholder ragten aus dem Dunst. Erste Sonnenstrahlen fielen aus einem grauen Himmel. Sie hörte Berthold eintreten.

»Was ist? Was hast du?« Er trat hinter sie, nahm ihre Hand und küßte sie. »Jetzt wird die verdammte Sache endlich ein Ende haben. Wir könnten nach Köln fahren, Maria, es ist schön im Frühjahr am Rhein …«

Doch Maria schüttelte den Kopf. »Nein, Herr, die Sache wird kein Ende haben. Auch wenn der Tote dieser Templer gewesen ist, es gibt keine Beweise, daß er Monreal getötet hat. Martin will die Sache zu einem Abschluß bringen, so oder so, das ist alles.«

Sie drehte sich um. »Keine Beweise, Berthold, keine Beweise.«

Berthold starrte sie an. »Aber er war bei der Leiche. Martin sucht ihn seit langem.«

»Ja und? Hat er gesehen, wie er den Offizier umgebracht hat?«

»Tod und Teufel, Weib, du bist ja schlimmer als die Justiz. Was ist in dich gefahren?«

»Nichts, Herr, nichts«, erwiderte sie müde. Rastlos streifte sie durchs Haus. Wie ein Geist, der keine Ruhe findet. Ein Gedanke hatte sich in ihrem Kopf eingenistet und machte sich dort breit. Wollte nicht wieder fort. Er war schlicht und logisch. Überall im Haus herrschte Betriebsamkeit, die Menschen schienen beruhigt, selbst Martin strotzte vor Zufriedenheit.

Er saß im Garten und diktierte dem Schreiber: »… und hat nunmehr die infame Schlamperei des herzoglichen Vollstreckers ein Ende gefunden. Der Fall wird gezeichnet Anno Domini …«

Maria hörte nicht mehr zu. Sie wußte mehr. Ihr gingen wieder die alte Sigrun und die Treffen am Teufelsstein durch den Kopf. Und der Brief, den Monreal geschrieben hatte. Und zuletzt Cai Tuam. Was hatte der mit alldem zu tun? Welche Rolle spielte er? Warum hatte der Ire den Templer umbringen wollen? Warum hatte er damals während des Kampfes mit dem Templer nicht versucht, dessen Namen zu erfahren? Weil er ihn längst wußte? Weil er etwas zu tun hatte mit diesem Fall? Vielleicht sogar etwas mit Monreals Tod? Und dann diese Nacht, in der der Junge gestanden hatte. Der Junge mit den zwei gesunden Armen. Cai Tuam hatte sie alle belogen. Aber warum?

Maria streifte um die Burg wie ein Blatt im Wind, und diese Fragen gingen ihr nicht mehr aus dem Kopf. Sie sah Rosalie in ihren Garten gehen. Rosalie, die aussah wie eine Hexe mit ihren blutroten Haaren und die Cai Tuams Interesse geweckt hatte. Mehr als sein Interesse.

Maria wußte, er schlief mit ihr. Manchmal sah sie Rosalies Gesicht, wenn sie aus der Kammer des Iren kam, die nahe an Bertholds Zimmer lag, damit der Arzt schnell bei seinem Patienten sein konnte. Ein glühendes, verlegenes Gesicht mit verschleierten schwarzen Zigeuneraugen.

Die beiden passen zusammen, dachte Maria, zwei Zigeuner, zwei Heiden, die keine Scham kennen. Mein Gott, vergib mir. Ich habe einen guten Mann, warum gönne ich Cai nicht auch ein wenig Freude? Ja, die Zigeunerin, die paßte zu ihm. Es gab Momente, wo sie sich vorzustellen versuchte, was hinter der Tür dieser Kammer vor sich ging, aber sie konnte es nicht. Ihre Liebe zu Berthold war etwas Reines, etwas Gottgefälliges. Erst an dem Abend, als Cai Tuam sie kurz in den Armen gehalten hatte, war ihr klargeworden, daß es auch anders sein konnte. Weniger rein, weniger gottgefällig. Aber wie? Sie besaß kein Wort dafür.

Rittlings auf dem Balken, an dem die Pferde angebunden wurden, saß der Ire und reinigte seinen Sattel. Hinter ihm befand sich der Garten der rothaarigen Hexe, dieses giftige Gespinst mit seinen grauen Kräutern, das, obwohl alles eben erst zu sprießen begonnen hatte, bereits Vögel und Insekten zu Tausenden anzog, als hätte die Hexe dort Zuckerwasser ausgeschüttet. Es brummte und zwitscherte überall, und die ersten zitronengelben Falter flatterten umher, trotz des Nebels, der wieder einmal schwer in der Luft hing, daß kein Sonnenstrahl ihn durchdringen konnte.

Maria blieb stehen. Die Handwerker, hämmerte es in ihrem Kopf. Die Handwerker und die Soldaten. Der Ire konnte Monreal angeblich nicht umgebracht haben, weil er zu der fraglichen Zeit zwischen der Baustelle, wo die Handwerker die Mauer gebaut hatten, und den Waffenübungen der Soldaten hin- und hergependelt war. Aber wäre er nun für eine halbe Stunde weder bei den einen noch bei den anderen gewesen, wer hätte das bemerkt? Die Handwerker hätten gedacht, er sei bei den Soldaten, und die Soldaten hätten gedacht, er sei bei den Handwerkern. Sie zögerte, aber er hatte sie längst bemerkt.

»Guten Morgen, Herrin«, rief er herüber.

Sie kam näher. »Ich muß mit Euch sprechen.«

Er zog belustigt die Stirn kraus. »Hier?«

»Nein. Heute abend. Habt Ihr Zeit?«

»Ihr seid die Herrin.«

»Wo können wir uns treffen?«

»Kommt in meine Kammer. Dem Herren geht es schlecht. Ich möchte in seiner Nähe bleiben.«

Nein, fuhr es ihr durch den Kopf. Nicht diese Kammer.

»Die Abende sind lau«, sagte sie, »kommt nach Sonnenuntergang in den Obstgarten.«

Er wunderte sich immer mehr über sie.

»Habt Ihr dem armen Bauern das Haus angezündet?« fragte sie plötzlich unvermittelt heftig.

Er nickte irritiert.

»Warum? Der Mann ist unschuldig.«

»So? Ist er das? Er hat gelogen.«

»Und hilft Euch diese Erkenntnis jetzt weiter?«

»Ich bin Soldat«, gab der Ire achselzuckend zurück, »ich muß den Fall nicht aufklären.«

»Nein«, meinte sie bitter, »Ihr zündet unschuldigen Menschen das Haus über dem Kopf an.«

»Ich muß gehorchen, ob es mir paßt oder nicht. Ich bin Soldat, kein Herr.«

»Und wenn Ihr Euch weigert?«

Er lachte leise. »Wenn ich mich weigere, verliere ich meine Stellung.«

Maria schüttelte den Kopf. »Der Herr würde das nie zulassen.«

Er sah sie an. Was wollte sie hier? Warum war sie gekommen? Um sein Mitleid zu wecken für diesen Bauern?

»Seid Ihr wegen Genno gekommen?« fragte er.

»Nein. Was wird jetzt aus ihm?«

»Ihr habt ein gutes Herz, Herrin«, spöttelte er gutmütig, »ich habe seine beiden Kühe gerettet, er steht also nicht ganz mittellos da, auch wenn er jetzt nur noch ein halbes Haus hat.«

Er sah ihren ungläubigen Blick und lachte.

»Und die Frau?« fragte Maria leise, »was hätte Martin mit seiner Frau gemacht?«

Der Ire drehte sich um und zog seinen Sattel vom Balken.

»Ich weiß es nicht«, sagte er, ohne sich umzudrehen.

»Doch, Ihr wißt es. Und hättet Ihr ihm gehorcht? So wie Ihr immer gehorcht, ein Handlanger für jeden Schweinehund auf Gottes Erdboden?«

Jetzt drehte er sich um, und ein böses Funkeln lag in seinen Augen.

»Hütet Eure Zunge, Weib«, knurrte er, packte seinen Sattel und ging ohne ein weiteres Wort in den Stall.

JERA

»Ein zehntes kann ich,
sehe ich Zauberinnen in der Höhe hinfliegen,
das gelingt mir, daß sie ledig fliehen,
ihrer Hüllen heim, ihrer Hexenkraft heim.«

Silbernes Mondlicht spielte auf der Wiese, die sich bis zum Wald hinstreckte. Die vollen Blüten der Apfelbäume dufteten schwer und süß. Der Tag war nie ganz klar geworden – nun senkte sich erneut der Nebel aufs Gras.

Maria wartete. Ihre Ruhelosigkeit wuchs. Warum sprach sie nicht mit Berthold oder Raupach? Warum in der Höhle des Drachen warten? Traf sich hier mit einem Soldaten wie eine Kuhmagd. Doch ihr Mißtrauen war wie eine Krankheit – es zehrte und fraß sich wie Würmer durch die Seele. Außer ihr hatte niemand diesen Jungen gesehen, und außer ihr hatte niemand diesen Verdacht, und außer ihr hatte niemand mit der weisen Frau gesprochen. Und überhaupt interessierte sich außer ihr niemand für den wahren Mörder Monreals.

Sie hörte ihn kommen. Hörte das Aneinanderklingen seiner Waffen, dieses Geräusch des Todes. Er bog hinter den Rosenbüschen um die Ecke, und sein Mantel wirkte wie die Kutte eines Priesters. Sie setzte sich auf eine Bank unter einen blühenden Apfelbaum. Cai Tuam kam näher, lehnte sich gegen den wulstigen dicken Stamm. »Nun?« war alles, was er sagte.

Sie machte sich hart, wappnete sich gegen das, was jetzt kommen würde, mit aller kalten Logik, die ihr zur Verfügung stand. »Ich habe den Jungen gesehen«, begann sie, »es geht ihm gut. Ihr habt uns belogen, Cai Tuam. Ich sah ihn eine Armbrust spannen, und er hatte zwei starke, kräftige Arme.«

Er sprach nicht, schaute nur auf sie herunter. Seine Hand spielte mit einem Blatt, das vom Ast herabhing.

»Ihr habt ihm nicht die Arme gebrochen und auch sonst nichts. Ihr habt den Jungen befreit, und Eure Zeugen, die Handwerker und die Soldaten, die haben Euch gegenseitig entlastet, ohne sich darüber Gedanken zu machen. Ihr wißt selbst, wie geschickt das war. Irgendwann an diesem Morgen seid Ihr in den Wald geritten, und es fiel nicht weiter auf. Jeder glaubte, Ihr wäret wieder einmal von dem einen Platz zum anderen unterwegs gewesen. Wie lange brauchtet Ihr bis zu der Stelle, an der Ihr Monreal getroffen habt?

Zwanzig Minuten? Ihr habt sein Pferd im Wald stehenlassen und seid seelenruhig zurückgekommen. Vielleicht habt Ihr auch die Spuren noch ein wenig verwischt, wer weiß? Ihr seid ein Lügner und ein Mörder, und Gott sei Eurer Seele gnädig.«

Marias gefaltete Hände verkrampften sich ineinander, schweißnaß und doch totenkalt. Sie wagte nicht aufzusehen. Aber da war nichts als Stille, so als wäre er gar nicht da. Plötzlich klirrten die Waffen an seinem Gürtel. Er beugte sich herunter und hockte sich vor sie ins feuchte Gras. »Wir hatten schon einmal ein ähnliches Gespräch, Maria, erinnert Ihr Euch? Da glaubtet Ihr, der Junge sei es gewesen. Warum gebt Ihr nicht endlich Ruhe und laßt den Toten ihren Frieden? Was erhofft Ihr Euch von der Wahrheit?«

Sie starrte in seine Augen. Grüne Augen, die Augen eines Tieres, hypnotisierende, paralysierende Augen. Beherrschte er die Kunst seiner Vorfahren, Stürme zu rufen, Nebel schwinden zu lassen?

Seine Stimme klang leise und beschwörend. »Ihr habt recht. Hätte ich den Jungen töten sollen? Ich bin das Risiko eingegangen. Ihr glaubt, daß ich der Mörder bin. Gut, davon werde ich Euch nicht abhalten können, aber ich will Euch etwas anderes erzählen, vielleicht begreift Ihr dann. Der Junge hatte Angst, Maria. Was ich Euch jetzt erzähle, kann mich den Kopf kosten – so oder so. Ihr wißt, daß Monreal das Treffen im Wald beobachtet hatte. Er kam in die Burg zurück, Namen und Gesichter im Gedächtnis. Er setzte sich hin und schrieb einen Brief an diesen Bischof Gero. Wäre Monreal in Köln mit diesem Brief angekommen und hätte sein Wissen preisgegeben, dann wäre hier eine Hexenjagd losgebrochen. Die Büttel hätten jeden verhört und jeden verdächtigt, und die Menschen, deren Namen Monreal in seinem Brief aufgeschrieben hat, wären aus ihren Häusern geschleift worden, und man hätte sie aus dem Land gejagt. Hättet Ihr das gebilligt, Maria, wo Ihr mich schon beschuldigt, ich hätte einem armen Bauern sein Haus angezündet?«

Er packte ihre Hand und hielt sie fest. »Hättet Ihr das gewollt?«

Maria war verwirrt. »Was war in diesem Keller, Cai?«

Er hielt noch immer ihre Hand. »Ich habe ihn nur bewußtlos geschlagen. Das Blut stammte aus einer Schweinsblase. Die Soldaten habe ich draußen warten lassen …« Er grinste. »… mit einer Zange habe ich die Knochen eines Hühnerbeins zerbrochen. Es knackte so laut, daß sie es draußen hören konnten. Keiner hat sich den Jungen genau angesehen. Er sah übel genug aus, und mein Ruf ist nicht so edel, daß man mir so etwas nicht zutrauen würde. Der Junge war es nicht, Maria, obwohl er es liebend gern getan hätte. Aber er kann nicht gut genug schießen.«

Maria zog ihre Hand zurück. »Wer war es dann? Also doch Ihr? Deshalb habt Ihr behauptet, der Junge hat gestanden, um den Verdacht von Euch abzulenken. Weil Ihr aber nicht wolltet, daß ein anderer für Euch hängt, habt Ihr ihn befreit.«

»Nein.«

»Der Junge wollte sich mit einer Frau treffen«, überlegte sie, »aber was hat diese Frau damit zu tun? Ihr seid ein guter Schütze und hättet Euch unbemerkt davonstehlen können. Und Ihr hättet die Menschen am alten Stein retten wollen. Es paßt alles zusammen, Cai Tuam. Alles.«

Er las die Frage in ihren Augen. Wenn sie ihn für den Mörder hielt, dann konnte sie jetzt hingehen und Martin alles erzählen. Aber wollte der es überhaupt noch wissen, nachdem er seinen Templer gefunden hatte? Hatte er überhaupt jemals ein anderes Ziel verfolgt, als nur den Templer ausfindig zu machen? »Martin ist noch da«, sagte er, »er reitet erst morgen wieder zurück.«

»Und Ihr würdet Euch ihm nicht widersetzen?«

»Wollt Ihr, daß ich mich ihm ausliefere?«

Sie schüttelte den Kopf. »Wozu, Cai, noch ein Toter? Ich habe genug vom Tod. Aber ich will die Wahrheit wissen. Eine Frau hat der Bauer gesagt. Welche Frau? Die Alte?«

Der Kopf schmerzte. Sie wußte nicht mehr, was sie denken sollte. »Ach, Cai«, murmelte sie, »ich will nicht mehr, daß jemand sterben muß, ich will nur leben, endlich leben.«

Sie sah ihn so gequält an, daß er wieder ihre Hand nahm. Sein silberner Reifen fiel über das Handgelenk und klingelte leise. »Lebt Ihr denn nicht?«

»Doch. Aber wie unter einer Glocke. Auf einem Friedhof könnte es nicht trauriger sein. Cai, ich werde nichts sagen, aber …«

»Aber?«

Sie brachte es nicht über die Lippen. Es hätte wie eine Erpressung geklungen, und jetzt erst wurde ihr wirklich klar, daß sie ihn in der Hand hatte. Martin war noch da, und er mochte den Iren nicht. Zumindest das Täuschungsmanöver im Verlies hätte er mit Vergnügen bestraft. Verhöhnung der herzoglichen Gewalt. Und dann all die Hinweise, all die Lügen, Cais Verbindung zu der alten Runenmeisterin …

Aber irgend etwas an der Sache stimmte noch immer nicht ganz. Maria wurde kälter und kälter unter diesem fahlen Mond, und sie zog den Umhang enger. Er nickte und ließ ihre Hand los, erhob sich und sagte: »Sagt Euren Preis, Herrin. Ich besitze ein gutes Pferd und ein Schwert. Das ist alles.«

»Nein«, rief sie hastig, »Ihr versteht mich falsch.«

»Maria, stellt mir keine Bedingungen für Euer Schweigen. Und wenn es welche gäbe, dann nennt sie hier und jetzt.«

Maria hatte die Kontrolle über die Situation verloren. Stück für Stück entglitt ihr alles. Sie drehte das Gesicht zur Seite. Wußte er denn nicht, wonach sie sich sehnte? Mußte sie sich ihm an den Hals werfen wie eine Dirne?

»Wenn Ihr es nicht wißt, dann laßt uns besser schweigen«, flüsterte sie.

Da dämmerte ihm eine Erkenntnis, die so unglaublich war, daß er sich fragte, ob sie den Verstand verloren hatte. Wollte sie seine Liebe erkaufen? Wollte sie ihn zwingen, ihren Liebhaber zu spielen? Er ahnte, daß in ihr eine Sehnsucht steckte nach etwas, das Berthold ihr nicht zu geben vermochte. Und das sie wahrscheinlich nicht einmal benennen konnte als gute Christin.

Was erwartete Maria von diesem unaussprechlichen Etwas, das sie nicht einmal im Flüsterton über ihre reinen Lippen brachte? Der Mond wanderte über den Himmel. Man würde sie bald zu suchen beginnen. Und wenn jemand sie mit ihm zusammen fand, würde es Gerede geben. Cai Tuam wollte fort. Fort aus dieser Lage und fort von dieser Frau. Sie saß noch immer auf der Bank unter dem Apfelbaum und sah auf die weißen Spitzen ihrer kleinen Schuhe.

»Ihr sucht einen Liebhaber«, sagte er ungläubig. »Ist es das? Ihr schweigt, wenn ich mit Euch zusammenliege? Tod und Teufel, Frau, das ist ungeheuerlich.«

»Ja!« fauchte sie da, auf einmal aus ihrer starren Demut aufgewacht. Sie war die Herrin, sie hatte die Macht, Bedin gungen zu stellen. Alle guten Vorsätze waren beiseite gefegt vom Sturm ihrer Gefühle. Sie wollte endlich leben, und wenn es nicht anders möglich war, dann auf diese Weise. Sie wollte Cai Tuam haben, und sie würde ihn bekommen. ›Bin ich verrückt?‹ fragte etwas in ihr. ›Ich kann ihn nicht zwingen. Er liebt mich nicht, er liebt diese kleine, rothaarige Hexe.‹ Aber da war noch dieses andere. Wollust sagten sie dazu, die, die es wissen mußten. Jetzt war es heraus wie ein Kind, das zu lange im Mutterleib getragen worden war.

Wollust, eine der sieben Todsünden.

Würde sie also zur Sünderin werden? Mit Cai Tuam würde sie alles sein, Engel und Teufel, Hexe und Fee, Nymphe und Kind. Gorgone, Amazone, Medusa und die Sphinx. Mit Cai Tuam zusammen würde sie endlich leben, endlich erfahren, was in ihrem Leib so pochte und sie quälte und sie sich vor Sehnsucht verzehren ließ. Mit Cai Tuam würde sie die Welt aus den Angeln heben und sich selbst aus dem Verlies der Anständigkeit befreien. Mit Cai Tuam zusammen ... Sie sah auf.

Er war fort. Er war einfach gegangen und hatte sie allein

gelassen. »Das wirst du mir büßen«, murmelte sie mit glühendem Haß im Herzen. »Paß auf, Ire, ich finde dich, wo auch immer du bist.«

In Maria war etwas geborsten, wie das Wasser ein Faß im Winter bersten läßt, wenn der Frost kommt und lange bleibt. Oder wie eine Flasche, in der es gärt und schwärt, bis sie platzt. Um sie herum nur Scherben. Scherben einer Ehe, Scherben eines Lebens, die sie achtlos zur Seite fegte.

Sie bemitleidete ihren Mann, bettlägerig und krank, wie er war, aber ein anderes Gefühl hatte sie nicht mehr für ihn. Sie erkannte plötzlich, daß sie eine Gefangene war, gefangen in einer Ehe, die sie nie gewollt hatte, gefangen in einer Welt, die Frauen nur als Mütter oder Huren duldete. Sie saß hier in dieser Burg fest, und es gab kein Entrinnen. Ringsum nichts als menschenleere Heide und der Wald, in dem wilde Tiere und Wegelagerer hausten.

Maria wollte frei sein, hingehen, wohin sie wollte. Aber wohin denn hätte sie schon gehen können, selbst wenn sie es gekonnt hätte? Abgrundtiefe Verzweiflung hatte sie gepackt und schüttelte sie Tag für Tag und Nacht für Nacht. Sündige Phantasien quälten sie, daß sie die Kammer kaum noch verließ aus Angst, die anderen könnten ihre Gedanken erraten. Das unaussprechliche Etwas hatte sich Bahn gebrochen und reizte sie, neckte sie, lockte mit knochigen Fingern. Aber der Ire war nicht da.

Er hatte sich wieder im Lager der Soldaten einquartiert und lebte seither in einer unerträglichen Spannung. Es war wie in diesem Kinderspiel mit den abgerissenen Blütenblättern.

Sie redet, sie redet nicht, sie redet, sie redet nicht, sie … Er hatte ihren Blick gesehen unter diesem unschuldigen Apfelbaum. Den Blick einer Gorgone. Teuflisch, kriegerisch und lüstern, der Blick eines Weibes, das zu allem fähig ist.

›Geh hin und gib ihr, was sie will‹, flüsterte ihm der Teufel ins Ohr, ›schlaf mit ihr, tu alles mit ihr, was sie will oder was sie sich in ihrer kindlichen Phantasie vorstellt.‹

Aber er wollte nicht auf diesen kleinen Teufel in seinem

Kopf hören. Er verachtete ihn. ›Nun gut, aber was ist der Preis? Wenn sie redet, was passiert dann? Wofür, Cainnech Tuam? Du hast mit tausend Frauen geschlafen, mit Huren, mit Unfreien, mit Bürgerlichen, mit alten und mit jungen, mit hübschen und mit abgrundtief häßlichen, wenn dir danach war. Es gibt nichts, was du nicht mit ihnen getan hättest. Oder, wenn du das nicht kannst: geh hin und schlag dieser Hydra den Kopf ab. Der Tod ist dein Geschäft. Misch ein paar Kräuter zusammen und versenk sie in ihrem Weinglas – das ist ein schöner, unblutiger Tod. Und auf den Tod verstehst du dich, Soldat. Geh hin und schlag der Hydra den Kopf ab.‹

Doch sie glich wirklich einer Hydra. Man konnte ihr den Kopf nicht abschlagen – es würden zwei andere nachwachsen, und dann hätte sich sein Problem verdoppelt. So war ihr nicht beizukommen. Aber wie?

Der Ire zerbrach sich tagsüber den Kopf, und in der Nacht besuchte der kleine Teufel seine Träume. Sein Leben hing an einem seidenen Faden, und der Faden war schon angerissen. Er hätte seinen Dienst quittieren und in einer anderen Armee unterkommen können. Soldaten wie ihn brauchte man überall. ›Soldaten wie dich? Die vor einer Frau davonlaufen?‹ fragte der kleine Teufel grinsend.

»Verschwinde!« schrie der Ire und wachte schweißgebadet auf. Sein Kopf schmerzte, und seine Eingeweide schienen in hellen Flammen zu stehen. Er sah sich um. Die anderen schliefen. Eine Flasche mit Branntwein war in der Nacht umgefallen, und der Rest des Schnapses war auf dem Boden zerlaufen. Es stank scharf und ätzend unter den niedrigen Balken des Stalles. Der Ire richtete sich auf. Er konnte mit niemandem reden – das war vielleicht das schlimmste. Einem männlichen Feind schlug man den Kopf ab und hängte ihn sich über die Tür, so wie es seine Vorfahren gemacht hatten. Ganze Batterien von abgeschlagenen Köpfen. Aber sie war eine Frau. Und er konnte nicht nur an sich denken. Was ging in dem verwirrten Geist dieser Frau vor sich, die spekulierte, überlegte, die kombinierte und von lüsternen Gefühlen überrannt wurde?

Er schlüpfte wieder unter die Decke. Immer wieder dieselben Gedanken, die zu nichts führten. Er konnte nur warten, da er offenbar nicht in der Lage war, eine Entscheidung zu fällen.

Die Entscheidung fällte dann wenig später ein anderer für ihn. Berthold sah zum Fenster hinaus auf den Wald. Er roch selbst hier oben den Geruch nach Sommer, nach reifendem Korn, Hitze und Staub. Seine Männer waren zur Jagd geritten. Hof und Weiden lagen verlassen da. Träge über den Himmel segelten weiße Wolken. Irgendwo schrie ein Falke. Und irgendwo da draußen befand sich sein Weib, und er wußte nicht, wo. Er konnte seine Furcht nicht länger beherrschen – er mußte Gewißheit haben.

Die Saat des Zweifels hatte Gundeline gesät. »Euer Weib reitet jeden Morgen fort und kommt erst gegen Mittag wieder zurück«, hatte sie vor einer Woche gesagt.

Berthold, der derzeit die Kammer kaum noch verließ, war Marias Fortbleiben nicht aufgefallen. Außerdem ritt sie täglich aus, das wußte hier jeder. Aber bislang war sie immer nur bis zum Saum des Waldes geritten und nie länger als eine Stunde ausgeblieben.

Sie reite zu den Armen, hatte sie Gundeline gegenüber behauptet. Nur, hier gab es keine Armen, hier war doch ringsum nur Wald und Heide und Moor. Berthold preßte die Hände gegen den Kopf. Er brauchte Gewißheit. Aber er konnte mit seinen Schmerzen kein Pferd besteigen. Er ließ nach dem Arzt rufen. Ließ zwei Stühle ans Feuer schaffen und einen Tisch. Eine Frau stellte ihm Wasser und Haferkuchen hin.

Die Tür öffnete sich. Der Ire trat ein. Er wirkte angeschlagen und müde. Seine Augen lagen in tiefen Höhlen, sein Haar war ungekämmt und seine Stimme noch leiser als sonst. »Ihr habt mich rufen lassen, Herr?«

»Ja, setzt Euch. Ich muß Euch um einen Gefallen bitten.«

Der Ire zog sich den Umhang von den Schultern und ließ ihn über die Lehne der Stühle gleiten.

»Ich rede offen«, begann Berthold und setzte sich, »ohne

Umschweife. Maria reitet jeden Morgen fort und kommt erst spät wieder zurück. Ich habe nicht mit ihr darüber gesprochen, aber ich mache mir Sorgen. Gundeline gegenüber soll sie gesagt haben, sie reite zu den Armen. Welche Armen, Cai? Zu welchen Armen reitet sie?«

Cai Tuam blieb hinter dem Stuhl stehen. Über Maria reden war das letzte, was er wollte. »Was meint Ihr, Herr?« fragte er vorsichtig.

Berthold schlug mit der Faust auf den Tisch. »Geht sie zu dieser verfluchten Kräuterhexe, dieser Anna? Was macht sie da? Sie war immer eine gute Christin. Ich werde diese Weiber aufhängen lassen, wenn sie meiner Frau Grillen in den Kopf setzen.«

Cai beugte sich vor. »Die Frau ist keine Hexe, Herr. Wäre sie eine, dann bin ich ein gottverdammter Hexer.«

»Ja, ja, schon gut«, knurrte Berthold, »ich wollte Euch nicht beleidigen. Aber wohin geht Maria? Was macht sie? Reitet ihr nach, Cai, findet heraus, wohin sie reitet.«

Der Ire stutzte. Er wollte sich von ihr fernhalten, nicht ihr hinterherreiten. »Sucht Euch einen anderen, Herr«, sagte er gereizt. »Ich bin nicht die Zofe Eurer Gemahlin.«

»Cai, bitte.« Berthold stand auf. »Wen sollte ich sonst schicken? Meine Ehre steht auf dem Spiel. Ich möchte nicht, daß andere davon erfahren, wenn sie Dinge tut, die sie nicht tun dürfte. Man sagt, diese Anna legt die Runen, sie deutet die Zukunft, die mischt nicht nur ein paar Kräuter zusammen …«

Cai Tuam saß in der Falle. Sein Herr würde nicht ablassen, ihn zu bitten, und wenn er sich weigerte, würde er ihm befehlen. Und er hatte zu gehorchen. »Gut«, sagte er schließlich und warf sich seinen Umhang über die Schultern. »Ich reite ihr nach.«

Berthold seufzte erleichtert. »Ich werd's Euch nicht vergessen, Ire.«

Am nächsten Morgen ließ sich der Ire vom Dienst befreien und postierte sich an der Mauer neben dem Tor, das Maria passieren mußte. Er brauchte nicht lange zu warten. Nach dem Frühstück bestieg sie ihre Stute und lenkte sie aus dem Tor auf dem schmalen Pfad der Heide entgegen. Es wirkte wie Marias täglicher Ritt. Bis zum Wald und wieder zurück.

Aber sie ritt weiter. Die Stute fiel in einen leichten Trab, bewegte sich zwischen Kiefern und Föhren am Waldessaum. Cai Tuam ließ die Frau weit vor sich. Oft sah er sie nicht einmal. Doch die Spuren im Sand sprachen eine beredte Sprache. Sie führten zu der Hütte des Kräuterweibs. Vor der Hütte hatte Maria ihr Pferd stehengelassen und war hineingegangen.

Der Ire saß im Schatten der Bäume auf seinem Hengst und starrte zu der Hütte hinüber. Der Hengst schnappte nach den Blättern einer Ulme. Was tat sie da? Ließ sie sich das Orakel legen? Quälte sie das arme Weib mit ihren bohrenden Fragen über den Tod von Monreal?

Cai wartete eine Weile und nahm dann die Zügel wieder auf. Er wußte jetzt, was er wissen wollte. Alles andere war die Angelegenheit seines Herren. Sollte der die Sache beenden. Der Ire wollte sein Pferd gerade wenden, als er plötzlich den Jungen eintreffen sah. Der kam aus dem Wald und betrat die Hütte. Cai Tuam stieg ab. Er war neugierig geworden. Er fesselte dem Hengst die Vorderbeine und schlich geduckt zur Hütte herüber. Dann spähte er durch das niedrige, winzige Fenster, und was er sah, ließ ihm den Atem stocken.

Maria stand neben der Feuerstelle, der Junge vor ihr. Er beugte sich zu ihr herüber und küßte sie. Ein flüchtiger Kuß, flüchtige Hände, die unerfahren waren. Er wollte ihr das Kleid aufschnüren, verhedderte sich mit den Bändern. Maria kicherte leise. Schälte sich selbst aus dem Tuch, das ihr vor die Füße fiel.

Cai Tuam versuchte, seine Gefühle zu beherrschen. Suchte einen logischen Gedanken in dem Wirrwarr des unbändigen Zorns, der ihn plötzlich überkam, der wuchs und wuchs. Rächte sie sich auf diese Weise an ihm? Oder an Berthold? Der Ire zwang sich hinzusehen.

›Sieh genau hin‹, flüsterte der kleine Teufel in seinem

Kopf. Er sah ungeschickte Männerhände, die sich nicht auskannten und ihrer Erregung nicht Herr wurden. Und er sah Marias entblößten Leib. Weiße Haut, an die nie ein Sonnenstrahl gekommen war, und weizenblondes Haar, das auf den Rücken fiel.

Cais erster Impuls war wegzugehen. Sie hatte, was sie wollte. ›Unsinn‹, lachte der Teufel in seinem Kopf, ›dieser Grünschnabel da ist nicht, was sie will. Sie wird seiner bald überdrüssig werden. Und dann denkt sie wieder an dich. Sie wird dich nie mehr loslassen. Zürnst du ihr deshalb? Zürnst du Berthold, dich hierhergeschickt zu haben?‹

Der Ire wußte es selbst nicht. Sie wagte es, seinem Herren, den er liebte wie einen Bruder, Hörner aufzusetzen. Mit diesem Jungen, der ihren Körper mit linkischen Bewegungen erforschte. Die beiden sanken auf das Fell, das neben einer Kohlenpfanne lag. Cai wandte das Gesicht ab und lehnte sich gegen die Hüttenwand. Er hörte den Jungen leise keuchen, von Maria kam kein Laut. Und dann überrannten ihn seine Gefühle. Er drehte sich um und riß die Tür auf.

Sie lagen nebeneinander, beide ohne Kleider, und starrten ihn an, als sei er ein Geist, ein Unhold, ein Irrlicht der Heide. Der Junge war verwirrt, das Gesicht von Schamesröte übergossen.

»Steh auf«, sagte der Ire ruhig zu Maria, sammelte ihre Kleider ein und warf sie ihr auf ihren nackten Leib. Der Junge rappelte sich hoch und zog sich die Hosen über. Dann schlüpfte er hastig aus der Tür.

Cai schob den Riegel vor und wartete, das Gesicht von Maria abgewandt. Er hörte das Rascheln der Kleider. Hörte, wie sie aufstand, sich die Stiefel anzog. Er drehte sich um. Ihr Gesicht war bleich, aber in ihren Augen standen Verachtung und Trotz. Keine Scham, keine Reue, nur Mutwilligkeit, Verachtung und Trotz. Da holte er aus und schlug ihr ins Gesicht. »Wir haben noch eine Rechnung offen, Maria«, sagte er kalt, »ich werde meine Schulden bezahlen, aber nicht hier.«

Er entriegelte die Tür und zerrte Maria nach draußen. Sie zitterte vor Schmerz, und Tränen stiegen ihr in die Kehle. Er hob sie unsanft auf ihr Pferd und führte es in den Wald, wo sein Hengst wartete.

Hitze hing über der Heide wie ein Glocke. Am Horizont flirrte die Luft, die Hufe der Pferde knirschten im heißen Sand. Der Ire zog die Stute hinter sich her. Was sollte er Berthold erzählen, wo sein Weib seine Stunden verbrachte? Wie lange ging das schon so? Cai drehte sich um. Maria funkelte ihn an, mit Tränen in den Augen. Er sagte kein Wort, auch nicht, als er endlich vom Pferd stieg, mitten im Wald, und sie von ihrer Stute zog.

»Warum kann nie etwas so sein, wie es sein soll«, ging es ihm durch den Kopf, in dem nur noch dieser glühende Zorn hockte und alle Vernunft wie ausgelöscht war.

Sie hatte es sich anders vorgestellt.

In ihren Rücken bohrten sich spitze Steine, der Staub der Erde, auf der sie lag, brannte ihr in den nassen Augen. In ihrer Phantasie war es aufregend und ruchlos gewesen, doch die Wirklichkeit war animalisch und brutal. Auch nicht wie mit dem Jungen. Der Junge hatte gesagt, daß es mit ihm anders als mit dem Herren sein würde. Es war anders, aber jedesmal war sie nach Hause zurückgekehrt mit dem Gefühl, sie habe mit einem Kind geschlafen. Schuldgefühle hatten sie gequält, und doch hatte sie nicht aufhören können, zu ihm zu gehen, in der Hoffnung, beim nächsten Mal würde es ihr das bringen, was sie sich erhoffte. Hatte sie eben mit einem Kind geschlafen, schlief sie nun mit einem Dämon. Hatte sie davon geträumt? Von einem Mann, der sie nicht küßte, ihr nicht in die Augen sah, der nichts sprach und nichts hören wollte?

In ihr war nur noch Schmerz, bohrender, klopfender, pochender Schmerz. Ihre Träume und Phantasien zersprangen in winzige Splitter. Und dann verlor sie sich allmählich in ihm wie ein Regentropfen, der ins Meer fällt. Ihr Kopf fiel in den heißen Sand. Es schob sich wie ein Schatten der Leib des Teufels über sie. So mußte es sein, wenn der Teufel über einen kam. Oh, Herr im Himmel, betete sie. Sie hatte ihre Bibel fleißig gelesen, bis sie eine Frau geworden war. Doch seitdem verstaubte sie auf ihrem Schreibpult. Staub so hoch wie der Butterturm einer Kirche.

Sie zählte die Wolken an einem immer noch wolkenlosen Himmel, weil es das einzige war, was sie sehen wollte. Sie versuchte sich an die Gebete ihrer Kindheit zu erinnern. Dann, sie wußte nun, was eine Ewigkeit war, gab er sie frei. Schob sich ihren brennenden Körper herunter. Sie hörte ein leises Stöhnen, das einer menschlichen Kehle entstammte, und als sie endlich hinschaute, sah sie, daß es nicht der Teufel gewesen war. Schweiß stand ihm auf der Stirn. Die grünen Augen unter halbgeschlossenen Lidern waren wie gefrorenes Wasser, und seine schweißnassen Haare fielen auf ihre Brust.

»Gott, vergib mir«, hörte sie ihn flüstern und plötzlich berührten seine Lippen ihren Mund. Er zog sich zurück und stand auf. Schloß seinen Hosenbeutel und schnallte sich den Gürtel um. Sie richtete sich auf. Die Spitzen ihres schönen roten Kleides hingen in Fetzen. Schweigend ritten sie zurück, und vor den Mauern der Burg blieb er stehen.

»Ich werde dem Herren sagen, daß Ihr nur ein wenig Gesellschaft gesucht habt und deshalb zu Anna gegangen seid. Gebe Gott, daß der Herr mir das abnimmt.«

Sie nickte nur. Zu Hause angekommen, lief sie in ihre Kammer und verkroch sich ins Bett. Sein Kuß brannte auf ihren Lippen, als sei er das einzige, was wirklich gewesen war.

Sie ging nie mehr zu dem Jungen.

Die Ereignisse um den toten Offizier gerieten in Vergessenheit angesichts der politischen Lage im Land, die immer verworrener und gefährlicher wurde.

Schon im vergangenen Jahr war der Herzog von Sachsen mit dem Bann belegt worden, der, kurze Zeit aufgehoben, dann doch wieder über ihn verhängt worden war. Wenig später überstürzten sich die Ereignisse. Heinrich, der sich nicht zur Raison bringen ließ, sondern ganz im Gegenteil zu keinem der Reichstage, zu denen er vorgeladen wurde, erschienen war, sah düsteren Zeiten entgegen. Zu der Anklage wegen Landfriedensbruchs kamen nun weitere hinzu: Beraubung und Verletzung der Rechte von Klerus und Adel. Der Reichstag zu Würzburg erklärte ihn der Länder Sachsen und Bayern für verlustig.

Der Reichstag zu Gelnhausen endlich beschloß eine Reichsheerfahrt gegen den Herzog für den Juli, was nichts anderes bedeutete als Krieg gegen den Löwen.

Doch Heinrich hörte nicht auf, plündernd und brennend durch das Land zu ziehen. Er lieferte sich bei Weißensee eine siegreiche Schlacht gegen die Kaiserlichen, und sah seine Macht wieder kommen. Aber dieser Sieg brachte ihm nun die Oberacht ein. Längst schon exkommuniziert und in den Bann gestellt, verlor er nun auch noch jedes Recht auf persönlichen Besitz.

Im Juli hatte der Kaiser sein Heer versammelt und war nach Wolfenbüttel gezogen, hatte das Heer im September jedoch wieder aufgelöst und den Anhängern des Herzogs verkündet, wer sich bis zum November nicht von Heinrich losgesagt habe, verlöre jeglichen Besitz.

In Raupach wurde man allmählich unruhig. Bis jetzt war hier alles friedlich geblieben, die Kämpfe zwischen Herzog und Kaiser fanden stets weit genug entfernt statt, um die Burg nicht in unmittelbare Gefahr zu bringen. Doch hatte sich der Kaiser schon durch einen Kurier für den Heerzug, der im Juli nächsten Jahres geplant war, Raupachs Treue versichert.

Raupach war klar, daß die Macht des Welfen nur mit Waffengewalt zu brechen war. Aber wie sollte er selbst es halten? Er wollte so unauffällig wie möglich bleiben, um sich dem Herzog nicht in Erinnerung zu bringen. Denn würde Heinrich nach Raupach kommen, dann mußten sie sich ihm widersetzen, wollten sie nicht die Gunst des Kaisers verlieren. Sich widersetzen aber würde bedeuten, daß der Welfe die Burg belagern und notfalls niederbrennen würde.

»Es wäre politischer Selbstmord, es mit dem Braunschweiger zu halten«, hatte Berthold gesagt. Heinrich würde der kaiserlichen Armee im Sommer unterlegen sein, zumal seine Verbündeten, England und Frankreich, sich nicht auf einen offenen militärischen Konflikt mit dem Kaiser einlassen würden. Und dann würde Heinrich fallen wie ein überreifer Apfel vom Baum. Also hieß es abwarten und hoffen.

Zu alledem kam noch hinzu, daß sich Rechtsunsicherheit breitmachte, denn der oberste Landesherr besaß praktisch keine legale Gewalt mehr. Zwar wurde Recht gesprochen wie eh und je, doch alle höchstinstanzlichen Fälle würden nun noch länger als ohnehin schon auf den Schreibpulten der Juristen liegenbleiben. Martin war schon vor geraumer Zeit nach Braunschweig zurückgekehrt, wo es jetzt Wichtigeres gab als den Mord an einem sächsischen Offizier. Es ging um ihr aller Leben.

In Raupach führte das zu einer neuen Sorge. Raupach hörte von einer Frau, die angeblich eine Kuh verhext haben sollte. Im allgemeinen waren derartige Vorkommnisse Bagatellen, doch diesmal wurde es plötzlich zu einer großen Sache aufgebauscht. Raupach hörte sich den Fall an. Eine Kuh mit einer Euterentzündung war vom Bauern zu einer dieser Kräuterfrauen geführt worden. Der Bauer hatte schon alles versucht: das kranke Euter mit Asche eingerieben, mit Gänseschmalz, mit Hühnermist. Aber die Entzündung war nur schlimmer geworden. Da war er zu dem Kräuterweib gegangen. Die hatte das infizierte Euter nur mit Alkohol und Essig eingerieben und der Kuh ein paar Kräuter ins Futter gemischt. Zwei Tage später war die Kuh verendet.

Die Sache verbreitete sich wie ein Lauffeuer bis nach Lüneburg und schließlich sogar bis nach Braunschweig. Aber die Juristen dort hatten andere Sorgen als sich mit einer verendeten Kuh zu beschäftigen, also schickten sie den Fall wieder zurück, nämlich nach Raupach, woher die Sache kam.

Raupach reagierte hilflos auf die allgemeine Verwirrung

und beschloß, hart durchzugreifen. Er ließ Van Nell kommen und trug ihm auf, das Kräuterweib zu verhaften und all jene, die zu ihr gegangen waren. Er wollte jetzt auch die bestrafen, die bei solchen Frauen Rat suchten, damit die Bevölkerung abgeschreckt würde und endlich Ruhe herrschte.

SOWELO

»Ein elftes kann ich,
wenn alte Freunde ins Gefecht ich führen soll,
in die Schilde raun' ich,
und ruhmvoll ziehen sie heil zum Handgemenge,
heil vom Handgemenge, kehren heil wieder heim.«

Eine Jagd setzte ein auf all die, denen man nachsagte, sie ständen mit der alten Magie im Bunde. Sie seien die Nachfahren jener Weiber, die einst mit Gift und weiblichen Lockungen, mit Runen und Orakeln und den alten, verfluchten Göttern über die Welt geherrscht hatten.

Raupachs Soldaten brachen auf. 25 Soldaten und zwei Offiziere, im Schlepptau zehn Frauen, die sich ihnen für den Weg anschlossen. Auch Rosalie war dabei. Die Ironie war ihr bewußt, denn auch sie war schließlich eine von jenen, denen diese Jagd galt. Doch das wußte unter den Franken niemand. Sie zog mit, weil sie Namen und Wohnsitze kannte von Menschen, die gefährdet waren. Hier ein ahnungsloser Bauer, dort eine Hebamme, die eine gute Freundin Sigruns gewesen war. Rosalie hatte mit Cai darüber gesprochen, und er, der anfangs strikt dagegen gewesen war, sie mitzunehmen, stimmte schließlich zu.

Rosalie kannte die Treffpunkte der Verfolgten und konnte sie warnen. Es gab den Jungen und noch zwei andere, die als Pferdeknechte mit ihnen zogen und die Aufgabe übernehmen würden, Verbindungen herzustellen und die Menschen zu alarmieren. Sie verwischten Spuren und legten andere aus, sie lernten gälische Worte, um Botschaften zu übermitteln, die hier niemand verstand.

Der Herbst kam früh in diesem Jahr. Die Zelte hielten die Kälte nicht ab. Sie kampierten oft auf freiem Feld, manchmal in einer Garnison, selten in einer Stadt. Sie zogen von Hof zu Hof, von Haus zu Haus, von Weiler zu Weiler. Irgendwann trafen sie auf einen Boten, der ihnen berichtete, der Herzog habe Plön erobert, und ihnen wurde schlagartig klar, wie unsicher ihre Stellung war. Sie zogen weiter. Die Wälder wurden langsam kahler, und in den Zelten wurde es nicht mehr warm.

Der Ire wurde immer verschlossener. Er verabscheute die Arbeit, die er tun mußte, und niemand wußte das besser als Rosalie. Doch gerade einer solchen Aufgabe konnte er sich nicht verweigern, sonst wären die alten Vermutungen wieder aufgekommen, ein Ire sei ein Heide, nur weil er ein Ire ist. Er ging in jede Kirche, auf die sie trafen und vermied es, in der Öffentlichkeit seine gälischen Gebete zu sprechen.

Es war eine dieser Kirchen, aus der Rosalie ihn einmal kommen sah. Sie stand etwas abseits auf einem vergessenen Gottesacker. Er hatte seine Waffen vor dem Portal niedergelegt, und sie hörte seine Schritte durch das Kirchenschiff hallen. Er kam heraus, legte die Waffen an und sagte, er habe Hunger.

Sie fanden nur eine Köhlerhütte. Die Hütte hatte eine Kammer für die ganze Familie mit fünf Kindern, einer Ziege und etlichen Hühnern. Es roch verräuchert; das Feuer brannte schlecht, weil das Holz feucht geworden war. Man gab ihnen Käse, Äpfel und Brot zu essen, und sie zahlten mehr dafür, als nötig gewesen wäre. Draußen setzten sie sich an den Saum einer Lichtung in die letzten Sonnenstrahlen.

»Wenn es Krieg gibt, wirst du mitziehen?« fragte Rosalie, während der Ire seinen Apfel mit einem Messer zerteilte und ihr ein Stück reichte.

Er grinste. »Gewiß.«

»Und auf welcher Seite wirst du stehen?«

Er sah sie mit einem ungläubigen Blick an. »Auf der Seite, die am meisten zahlt, auf der, die den Krieg gewinnt. Das bedeutet reiche Beute, und das wird der Kaiser sein.«

»Und wenn Heinrich kommt und Raupach haben will?«

Er lachte leise. »Ja, was dann? Ich weiß es nicht, Rosalie. Hoffen wir, daß Heinrich die Burg vergessen hat.«

Sie schwiegen eine Weile, aßen den Apfel und sahen den Wolken zu, die über den blaßblauen Himmel trieben. »Es gibt da einen Stollen«, sagte Rosalie sanft, »der führt von den Kellern der Burg irgendwo in den Wald. Die wenigsten wissen davon, nur Raupach. Der Ausgang wird vielleicht verschüttet sein, aber ich möchte, daß du davon weißt. Wenn irgend etwas passiert ...«

Er sah sie an. »Einen Stollen?«

»Ja, sein Eingang ist unten im Gewölbe. Hinter einer Eisenplatte, das weiß ich von dem Jungen. Sein Großvater war unter jenen, die im Frondienst die Burg mit aufgebaut haben.«

»Du weißt noch mehr, nicht wahr?«

Vielleicht wußte sie wirklich noch mehr, aber sie sagte es nicht. Sie wußte nur, daß das Heer der Sachsen kommen würde, aber wann, war ungewiß. Vielleicht kam der Löwe auch erst in zehn Jahren als alter Mann, oder in hundert, als Geist, der Rache wollte.

»Als ich in Köln war, habe ich diesen Bischof Gero aufgesucht«, sagte Cai Tuam nachdenklich. »Er behauptete, der Kaiser benutze Raupach lediglich als Köder. Das würde bedeuten, Barbarossa rechnet durchaus damit, daß Heinrich die Burg angreifen wird.«

Rosalie nickte. »Ja, möglich, daß er kommt, aber niemand weiß, wann. Der Kaiser nicht, und ich auch nicht.«

Sie schwiegen wieder.

»Willst du eigentlich nie zur Ruhe kommen, Ire?« fragte Rosalie ihn irgendwann.

»Zur Ruhe kommen?« wiederholte er belustigt, »was meinst du damit? Heiraten, Kinder zeugen, mich irgendwo niederlassen?«

»Ja, was ist daran so schlecht?«

Er warf den Apfelrest ins Unterholz und starrte auf die Spitzen seiner mit groben Nägeln beschlagenen Schuhe. »Daran ist nichts schlecht, nur habe ich keine Frau zum Heiraten.«

»Doch«, sprang es ihr über die Lippen, »ich würde dich heiraten.«

Er sah erstaunt auf. Sie liebte ihn mehr denn je. Aber er war vorsichtig, dachte an das Versprechen, das er ihrer Mutter gegeben hatte und das ihre Liebe immer ein wenig schal und verletzlich machen würde.

Er küßte sie leicht auf den Mund. »Irgendwann wird mich jemand erschlagen, im Suff vielleicht nur oder auch im Krieg. Würdest du das ertragen, Rosalie?«

»Ach, Cai, warum soll ich jetzt darüber nachdenken? Ich will deine Frau werden, ist das so schwer zu begreifen?«

Es war kalt, aber er nahm ihren Mantel und legte ihn auf die Erde. Sie liebten sich im feuchten Gras, und als die Sonne zu sinken begann, kehrten sie ins Lager zurück.

Ende Oktober wollte Van Nell an einem Mann ein Exempel statuieren. Angeblich gehörte dieser zu den sogenannten sortilegos und divinos, zu Priestern und Zauberern, die üblicherweise ausgepeitscht und dann aus der Gemeinschaft ausgestoßen wurden. Der Mann war ein Wettermacher und Wahrsager, den man dabei ertappt haben wollte, wie er einen Sturm heraufbeschwor. Van Nell konnte dafür drei Zeugen anbringen, die beobachtet hatten, wie er auf freiem Feld ein eigenartiges Ritual zelebriert und dabei den Sturm angerufen habe.

Van Nell ließ ihn nach Lüneburg bringen und vor dem herbeigelaufenen Volk verkünden, was er alles verbrochen habe. Zu der Wettermacherei kam noch der Verkehr mit einer Hexe dazu, und als einer der Zeugen behauptete, der Delinquent habe gesagt, der Satan sei ihm in Gestalt eines Engels erschienen, brach ein wilder Disput los über die Gesichter des Erzengels Ezechiel und die Erscheinungen des Herrn.

Raupachs Leute kampierten auf freiem Feld, und jeder von ihnen wünschte sich nichts sehnlicher, als endlich nach Hause zurückkehren zu dürfen. Doch Van Nell mußte in der Stadt bleiben, solange der Fall verhandelt wurde, und so saßen sie in der Kälte fest und warteten drei Tage lang auf ihn.

Als er endlich zurückkam, ließ er den Iren rufen, der sich arglos auf den Weg in Van Nells Zelt machte. Aber in Rosalie keimte eine böse Ahnung auf. Gewiß, es gab immer wieder Menschen, von denen sie nichts wußte und die sie nicht warnen konnte. Dieser Wettermacher war vielleicht ein armer Tropf, der, wirr im Kopf, die Zeichen der Zeit nicht erkannt hatte, dem Wahnsinn verfallen war oder, wie die Christen sagen würden, dem Teufel. Vielleicht war er auch das Ende einer langen Reihe von Vatanis, so wie ihre Mutter eine Runenmeisterin gewesen war. Doch sie konnte die grausige Stimmung nicht loswerden, die sie gepackt hatte. Und ihre Ahnungen trogen sie selten. Sie waren wie das Gesicht Sigruns, der Ruf aus einer anderen Welt, wo drei Nornen an einem Brunnen saßen und spannen.

Rosalie sah zu dem Runenbeutel hinüber, der in einer Ecke über dem Schlafplatz hing. Doch bevor sie aufstehen und ihn holen konnte, schlug jemand den Eingang des Zeltes zur Seite.

Es war der Ire. Rosalie sah ihre Ahnung bestätigt, als würde sie sich in seinem Gesicht widerspiegeln. Mit einer schroffen Geste schleuderte er seinen Umhang zur Erde, warf ihr einen unheilvollen Blick zu und warf sich auf das Lager.

»Der Delinquent wird hängen«, sagte er nur. »Morgen.«

Ja, dachte sie, sein Strafregister war lang genug. Aber daß man ihn hängen wollte, erschien ihr ungewöhnlich hart.

»Der Mann hat magische Rezepturen verschrieben, die ewiges Leben versprechen. Du weißt, wie so etwas zugeht.«

O ja, sie wußte es. Selbst ihre Mutter hatte hin und wieder solche Mixturen verordnet. Getrockneten Mohn, Fledermausohren in pulverisierter Form, getrocknete Kalbsnieren und hundert Tropfen vom Blut eines Einhorns. Sigrun hatte verzweifelte Menschen damit auf eine seltsame Suche geschickt nach allerlei exotischen Ingredienzien. Sie hatten also Fledermausohren gesucht und Mohn, und auf einem anständigen Markt war derlei immer leicht zu bekommen. Die Kalbsnieren gab jeder Bauer für ein wenig Geld, nur das Blut des Einhorns machte Schwierigkeiten. Woher nehmen, wenn man noch nie in seinem Leben ein Einhorn gesehen hatte? Aber auch dafür gab es – gegen Geld und Gold natürlich – immer jemanden, der es verkaufte. Der behauptete, es in der weiten Ferne Rußlands oder Arabiens selbst eingekauft zu haben. Die Suche nach diesem letzten Bestandteil der magischen Rezeptur konnte sich unter Umständen Monate hinziehen, aber sie verlieh dem Kranken Flügel, in seinem siechen Dasein einen Sinn, denn er sah ein Licht am Ende seiner Qual. Hatte er dann alle Bestandteile zusammen, so konnte er sie drei Tage vor Vollmond in der ersten Stunde vor Mitternacht endlich zusammenbrauen und damit den Zauber zum Leben erwecken. Viele Menschen, die ein solches Gebräu zu sich genommen hatten, waren von unheilbaren Krankheiten genesen. Doch die Obrigkeit erkannte die Zusammenhänge nicht und verbot solche Rezepturen.

»Was ist das für ein Mann, der angeklagt worden ist?« fragte Rosalie.

Der Ire lachte leise. »Oh, ich vermute, ein guter Geschäftemacher, der merkte, daß er viel Geld damit verdienen kann, wenn er den Menschen Drachenblut verkauft. Das andere haben ihm die Zeugen wohl angedichtet, die Wettermacherei, den Verkehr mit der Hexe und die Erscheinungen des Engels. Aber der Kerl ist reich geworden mit seinen Rezepten, das erweckt Neid, und außerdem ist es verboten.«

»Können wir denn gar nichts tun?«

»Nein. Der Mann wird hängen. Halte dich dem Schauspiel fern, Rosa, geh nicht hin.«

»Und du?«

Lange Zeit sagte er gar nichts. Schälte sich dann aus der Decke und füllte den Becher neben dem Lager mit eiskaltem Wein. »Ich muß ihn hängen.«

Der Schreck zog ihr ganz allmählich in die Glieder. So als habe sie nicht gleich begriffen, was er gesagt hatte. Das durfte nicht sein! Auch wenn der Angeklagte vielleicht nur ein gerissener Händler gewesen war, so hatte doch niemand das Recht, ihn aufzuhängen, zumal die Zeugen wahrscheinlich alle bestochen gewesen waren.

»Das kannst du nicht machen«, flüsterte sie.

Er lachte freudlos. »Immer dieselbe Geschichte, Rosalie? Willst du nicht begreifen?«

Er richtete sich auf und nahm sie sanft bei den Schultern. »Der Fall wurde gestern in Lüneburg verhandelt«, sagte er eindringlich, »er fällt eigentlich unter deren Gerichtsbarkeit. Die müssen ihn verurteilen, aber sie haben keine Lust dazu. Irgend jemand übt hier Druck aus, vielleicht der Herzog, denn nur weil einer angeblich Wetter macht oder Drachenblut verkauft, wird er normalerweise noch lange nicht an den Galgen geknüpft. Ich weiß nicht, was da vorgeht, aber ich weiß, daß die Lüneburger keine Lust haben, sich die Hände schmutzig zu machen. Sie wollen den Mann nicht durch ihren Scharfrichter hängen lassen, sondern durch Raupachs Soldaten. Und ich bin Söldner, verstehst du? Mir bleibt keine Wahl. Und wir müssen vorsichtig sein, es gibt zu viele Menschen, die wir warnen ließen. Nur ein Wort, und wir sind verloren.«

Er fuhr ihr mit einer fahrigen Geste durchs Haar. »Bleib hier, er wird morgen gehängt. Geh nicht hin, auch wenn die anderen gehen.«

Er klang wieder ungewohnt eindringlich. Diese Eindringlichkeit war etwas, das sie nicht an ihm kannte. Erst später verstand sie. Er hatte sie warnen wollen. Aber sie hörte nicht auf ihn.

Statt dessen ging sie hinaus in die einfallende Dämmerung. Hinter dem Lager gab es einen kleinen See, von Schilf und Röhricht umgeben. Am Ufer zog sich ein schmaler Pfad entlang, den sie einschlug. Die letzten Sonnenstrahlen schaukelten auf den Wellen. Aus dem Schilf drang das leise Gurren von Wasserhühnern, und ein Schwan trieb träge auf der Mitte des Sees.

Sie lief auf kaltem Sand, einsam und verzweifelt. Hätte sie da auf die Zeichen gehört, die sich ihr offenbarten, ihr späteres und auch das Leben anderer wäre vielleicht anders verlaufen. Aber sie war eine Runenmeisterin und glaubte, das Schicksal zu kennen.

Menschen dürfen sich irren, und die Nornen behaupten, jeder Mensch hat ein Recht darauf, Unglück in die Welt zu bringen. Rosalie saß an diesem Abend an dem Ufer des Wassers und warf die Runen. Sie zeigten ihr die Rune NAUTIZ, auch Not genannt. Ihr fiel ein alter Vers ein, den Sigrun ihr einmal vorgesagt hatte:

> Einen Riesen ritze ich und drei Runen:
> Argheit und Unrast und Irresein, so ritze ich
> es ab und wieder ein, wenn es nötig ist.

Sie hätte es wissen müssen, daß diese Rune der ganzen Weisheit eines klugen Menschen bedarf, denn sie steht für Zwang und Nacht. Die Rune wollte sie warnen, ihr die eigene Lage vor Augen führen. Und sie zeigte eine Lage, in der Stillhalten und Warten die beste aller Möglichkeiten ist. In der man zusieht, wie die Dinge sich wandeln und entwickeln, ohne sich einzumischen, weil die Götter es so bestimmt haben. Doch Rosalie war geblendet von Einfalt. Vielleicht war es auch die Liebe, die einen Narren aus ihr gemacht hatte. Sie wollte nicht stillhalten und warten.

Erst später begriff sie, daß es solch unauffällige Augenblicke sind, die das Leben der Menschen verändern. Doch wann beginnen Glück oder Unglück? Zum Zeitpunkt der Geburt, sagen die einen, die Fatalisten, denn die Nornen haben das Schicksal schon längst gesponnen. Andere suchen verzweifelt nach dem entscheidenden, dem wunden Punkt in ihrer Vergangenheit, um etwas daraus zu lernen. Das sind die, die das Schicksal wie einen rollenden Wagen am liebsten mit ihren Händen aufhalten würden. Die Wahrheit liegt, wie immer, in der Mitte. Es gibt den wunden Punkt, und es gibt Hochmut und Selbstüberschätzung.

Not ist Nacht, ist Dunkelheit und die Möglichkeit zu handeln, die man verloren hat.

Rosalie starrte betroffen auf dieses unheilvolle Zeichen und dachte an den Mann, der morgen am Galgen sterben würde. Not, Nacht, Tod. Da war es, ihr Schicksal, aufgereiht wie auf einer Perlenschnur. Not, Nacht, Tod.

Der Wind blies durchs Schilf und ließ es rascheln wie Pergament. Die Sonne war untergegangen. Rosalie stand auf und warf den Runenstein weit hinaus ins Wasser.

TEIWAZ

ᛏ

»Ein zwölftes kann ich,
sehe ich zittern im Wind den Gehenkten am Holz:
so ritze ich und Runen färb ich,
daß der Recke gehen kann und vom Galgen geht.«

Sie schlief die ganze Nacht nicht. Die Zeltwand flatterte im Sturm hin und her. Auch der Ire schlief schlecht. Wälzte sich herum und warf sein Schlaffell zur Seite. Sie deckte ihn wieder zu, denn die Luft war eisig kalt. Am Morgen stand er mit dunklen Ringen unter den Augen auf, sprach nicht, sondern drückte ihr nur einen Kuß auf die Stirn.

Rosalie hatte sich geschworen, nicht hinzugehen. Die Rune, die sie gezogen hatte, hatte ihr deutlich vor Augen geführt, was das Gebot der Stunde war: sich zurückziehen und beobachten. Nicht eingreifen, keine Entscheidung fällen.

»Wenn du siehst, wie alles sich regt und wandelt und jedes sich seiner Bestimmung zuführt, dann schau zu. Wenn du das nicht kannst, dann begebe dich in eine dunkle Höhle und verharre dort, bis die Zeit der Not vorbei ist.«

Das war der Rat der Rune Not, den jede Runenmeisterin kannte. Und Rosalie suchte verzweifelt nach einer dunklen Höhle in ihrem Innern, in die sie sich hätte verkriechen können, aber sie fand keine. In ihr herrschten nur Aufruhr und Zorn, Trauer und Aufbegehren.

Es war so still im Lager, daß sie sich nicht abzulenken vermochte. Sie ging verloren von Zelt zu Zelt, ließ sich den scharfen Wind um die Nase wehen und wurde immer unruhiger. Bis einer der Soldaten zurückkam. Da bat sie ihn wider besseres Wissen, sie mitzunehmen, und zusammen ritten sie in die Stadt.

Sie lenkten ihre Pferde zum Marktplatz hinüber und mußten absteigen, weil die Straße von Menschen so verstopft war und kein Durchkommen mehr möglich. Die Stimmung war gedrückt. Es herrschte keine Ausgelassenheit und kein Spektakel wie sonst bei derartigen Anlässen. Die Menschen drückten sich eng aneinander, die Garküchen waren überfüllt und die Schenken ebenso.

Auf dem Markt stand ein zweiflügliger Galgen. Rosalie sah einen Priester durch die Menge huschen. Glocken läuteten bleiern, und als sie verklangen, war die Menge noch stiller geworden. Es stank nach Tierkadavern, die nur hastig zur Straßenseite geräumt worden waren, weil die Gemeinde jeden Mann gebraucht hatte, um den Galgen zu zimmern. Ein Ochsenkarren rollte zum Marktplatz. Und dann sah sie den Iren. Er hatte den Platz betreten. Sein grüner Umhang flatterte im Wind. Van Nell stand neben ihm, sprach mit ihm. Der Ire schüttelte gereizt den Kopf. Rosalie dachte an den Spruch in der Bibel. Du sollst in meinem Namen kein Blut vergießen. Deshalb wurden Menschen gehängt. Und verbrannt. Weil Gott kein Blut sehen konnte. Ließ sich Gott so billig täuschen?

Rosalie sah den Iren, der jetzt Anweisungen gab, das Seil zu befestigen. Er wirkte ruhig und sicher. Sie konnte die Augen nicht abwenden. Der Mann da vorn hatte keine Angst vor dem, was er gleich tun mußte. Er würde es mit einer Ungerührtheit tun, daß ihr das Herz schwer wurde.

Soldaten zerrten einen noch recht jungen Mann das hölzerne Podest hinauf, der in einen wollenen, grauen Kittel gekleidet war. Den Kopf hatte man ihm geschoren, seine Hände waren auf dem Rücken zusammengebunden.

Sein Blick glitt gehetzt über den Platz, da standen die Menschen wie eine Mauer, still und stumm, und gafften ihn an. Todeslüstern. Ein Soldat beugte sich zu dem Iren hinüber und flüsterte ihm etwas ins Ohr. Cainnech Tuam sah auf und drehte sich um. Suchte er jemanden? Aber den da oben kannte Rosalie nicht mehr. Den, der jetzt Anweisungen gab nach links und nach rechts und den Galgen hinaufblickte. Der die Fesseln des Delinquenten prüfte und mit kalten zusammengekniffenen Augen das Galgentreppchen musterte, das nun gebracht wurde.

Rosalie wollte fort, doch die Menschen achteten nicht auf sie. Endlich ließ man ihr eine schmale Gasse, und sie begann zu laufen, zu rennen. Sie stürzte die Straße hinunter und rettete sich schließlich in eine leere Schenke.

Der Wirt grinste sie an. »Ist dir schlecht, Mädchen? Ja, der Tod ist nicht lustig.« Er brachte ihr ein Glas Branntwein, dessen Inhalt ihr den Magen zu versengen schien. Ihr

Herz hämmerte so laut, daß sie glaubte, die ganze Welt würde unter diesem Lärm erzittern.

»Ruhig, ruhig«, sagte der Wirt sanft und strich ihr übers Haar. »In zehn Minuten ist alles vorbei. Diese Söldner sind geschickt, die machen das nicht zum ersten Mal. Kennst du ihn, ich meine, das arme Schwein am Galgen?«

Rosalie schüttelte den Kopf. Die Minuten verrannen. Sie starrte auf die leere Straße. Und langsam reifte in ihr ein Entschluß. Ihre Liebe war so plötzlich erloschen wie ein Feuer, auf das man ein Faß Wasser schüttet. Da war nur noch Abscheu. Und Leere. Gähnende schweigende Leere. Der Mann, den sie geliebt hatte, war ein Schlächter, ein Mörder, ein Tier und ein Ungeheuer. Gewiß, es war rechtens, was er tat, er hatte das Gesetz auf seiner Seite, Kaiser und Papst und alle Armeen dieser Welt. Man würde ihn dafür bezahlen, und das nicht schlecht. Er besaß ein unglaublich gutes Pferd, einen Araberhengst, den sie immer bewundert hatte und der ein Vermögen gekostet haben mußte. Jetzt glaubte sie zu wissen, woher dieses Vermögen kam.

Rosalie wollte nach Raupach zurück. Berthold war immer gut zu ihr gewesen, fast wie zu einer Tochter. Berthold war nicht grausam, bei ihm fühlte sie sich sicher.

Draußen vor der Tür regte sich wieder das Leben und riß sie aus ihren Gedanken. Menschen kamen an der Schenke vorbei, manche kehrten ein. Der Tod machte durstig und war für den Wirt ein gutes Geschäft. Die Leute begannen zu fachsimpeln über die Art und Weise der Hinrichtung. »Der Söldner verstand sein Handwerk«, sagte einer mit Bestimmtheit. »Das war keiner von den Stümpern, die ihre Opfer noch stundenlang am Strick hängen lassen, bevor sie ihr Leben aushauchen.«

Rosalie wollte das alles nicht hören. Sie stand auf und verließ die Schenke. Gemeinsam mit einem Ochsenkarren, der in ihr Lager fuhr, ritt sie zurück. Im Lager selbst packte sie ihre Sachen und sattelte ihr kleines Pferd erneut. Nur fort von hier, bevor der Ire zurückkam. Wenn sie Glück hatte, würde sie jemanden finden, der auch nach Raupach wollte, einen Bauern vielleicht oder auch einen Soldaten. Sie hatte keine Angst. Sie besaß ein Messer und einen Dolch. Und die Waffe, mit der sie nicht umgehen konnte, die war noch nicht erfunden worden.

Sie hatte niemanden gefunden, der in Richtung Raupach reisen wollte, und war allein losgeritten. Selbst im Schutz des Waldes an ihrer Seite fühlte sie sich nicht sicher. Das Pferd war schnell und ausgeruht, ihr Messer scharf, die Straßen menschenleer. Und dennoch war in diesen unsicheren Zeiten eine Frau nicht gern allein auf den Straßen unterwegs. Nach einer Stunde erst begegnete ihr ein Händler mit seinem Karren, der stumm an ihr vorbeiritt. Auf dem Weg nach Raupach würde sie von der Dunkelheit überrascht werden. Aber wo die Nacht verbringen? Am besten im Wald, hellwach wie die Eulen, neben einem guten, warmen Feuer.

Regen setzte ein, fiel aus fetten, schwarzen Wolken, und sie fror. Dann, bevor die Dämmerung kam, stießen von einem Seitenweg zwei Menschen auf die Straße. Es waren ein Mann und eine Frau. Er war in einen kostbaren fliederfarbenen Mantel gekleidet, und lange, braune Locken fielen über seine schmalen Schultern. Die Frau an seiner Seite auf einem zierlichen Zelter steckte in einem weißen Umhang mit einer goldenen Schließe, und ihre dunklen Haare lugten unter einer Haube hervor.

»Gott mit Euch«, rief der Mann, »wohin so alleine?«

»Nach Raupach«, gab Rosalie zurück. Der Fremde hatte ein freundliches Gesicht, das Gesicht eines Menschen, der gerne lacht. Seine Begleiterin hielt die Augen gesenkt.

Er nickte. »Wir sind auf dem Weg zum Rhein. Um es genauer zu sagen, auf dem Weg zum Kaiser, der dort hofhält.«

Er lenkte sein Pferd näher und lächelte. »Ist es nicht gefährlich für eine Frau so alleine auf der Straße? Wollt Ihr nicht mit uns reisen? Eine Stunde von hier gibt es ein anständiges Gasthaus.«

Rosalie zögerte. Sie hatte kein Geld. Er schien ihre Bedenken zu erraten.

»Wenn es Euch nichts ausmacht, lade ich Euch zu einem

guten Essen ein und einem Zimmer für die Nacht.« Ein verschmitztes Lächeln stand in seinem Gesicht, das ihr humorvoll und offen erschien. Seine Frau hob die Augen und sah Rosalie an. Ein kindliches Antlitz, scheu und verschreckt wie ein Reh.

»Ich bin Maler«, sagte er, »habe für den Herzog gearbeitet, aber der braucht sein Geld für den Krieg und hat mich entlassen. Das ist Aline, meine Frau.«

Aline kam näher. »Kommt ruhig mit uns«, sagte sie freundlich. Und so ritten sie gemeinsam weiter. Aline blieb schweigsam. Der Maler, Mathäus mit Namen, war um so redseliger. Er sprach von seinen Auftraggebern, reichen Kaufleuten und dem Herzog. Er erzählte, daß er seine Kunst in Italien erlernt habe, in Bologna und Rom, und während er so plauderte, erreichten sie das Gasthaus. Es war ein windschiefes Bauwerk aus Stroh und Holz, die Fensterläden hingen aus den Angeln, und manche Schindel vom letzten Sturm lag noch auf der Straße. Ein männlicher Gast erleichterte sich gerade gegen die gekalkte Mauer, und Hühner stoben über den Hof. Ein Schild knarrte im Wind. »Zum Wilden Eber« stand in ungelenken Schriftzügen darauf, und der Eber, der darunter abgebildet war, entlockte dem Maler ein herablassendes Lächeln.

In der verräucherten Stube waren nur wenige Gäste. Zwei herzogliche Soldaten hingen schläfrig an einem Tisch. Ein Geistlicher saß daneben und verspeiste eine Pastete, und hinten vor dem Fenster saß eine Gruppe würfelspielender Männer. Der Wirt, ein schmieriger, fetter Kerl mit nackten Armen wie Baumstämmen, die er in die Hüfte gestemmt hatte, grinste die Ankömmlinge an.

»Wir brauchen zwei Zimmer für die Nacht«, sagte Mathäus, »eins für mich und mein Weib und eins für diese junge Dame hier.«

Der Wirt nickte. »Ich habe nur eine Schlafkammer für alle, Herr. Aber die junge Dame kann in einer Abseite daneben schlafen. Macht vier Hohlpfennige mehr.«

Sie ließen sich an einem der Tische nieder. Die Soldaten waren eingeschlafen, und ihr Schnarchen tönte durch die

Stube. Der Geistliche schielte zu ihnen herüber, während er in seiner Pastete stocherte und ihm die ölige Sauce übers Kinn lief. Der Wirt brachte Bier und Branntwein und warmes Brot.

»Ihr braucht wirklich nichts zu zahlen«, raunte Mathäus leise Rosalie zu, »ich bin nicht arm, bei Gott nicht.«

Aline kicherte und zerbrach das Brot mit zierlichen Fingern. »Vielleicht braucht Euer Herr ein Madonnenbild oder einen Flügelaltar«, bemerkte sie spitz, »mein Mann versteht sich darauf.«

Der Wirt kam mit der Kräuterpastete. Dann scheuchte er einen Mann mit einer Fiedel aus der Küche in die Gaststube und trug ihm auf zu spielen. »Die Herrschaften werden ein wenig gute Musik zu schätzen wissen«, grinste er.

Der Fiedler setzte an und kratzte so schräg über die Saiten, daß die schlafenden Soldaten von ihren Stühlen rutschten. Er ging von Tisch zu Tisch, ließ seine schrillen Töne erklingen und hüpfte dabei von einem Fuß auf den anderen. Er war ein schmächtiges Männchen mit verfilzten langen Strähnen in einem mottenzerfressenen Wams, dessen Farbe so verblichen war, daß man nicht mehr sagen konnte, welche Farbe es einst gehabt hatte. Als er am Tisch des Malers angekommen war, steckte ihm dieser eine Münze in die ausgebeulte Tasche, und der Musikus spielte wie besessen weiter.

So ging das noch eine ganze Weile, bis sich der Geistliche die Ohren zuhielt und den Fiedler mit bösen Blicken traktierte. Als dann einer der Soldaten rief, wenn er jetzt nicht aufhöre mit dem Gejammere, dann würde er ihm die Kehle aufschlitzen, setzte der Musikus lachend die Fiedel ab und kam wieder an des Malers Tisch. »Soll ich den Herrschaften aus der Hand lesen?«

Mathäus musterte ihn verächtlich. Der Kerl sah wirklich aus wie der letzte davongejagte Straßenköter mit seinen schmutzigen Haaren, dem farblosen Wams und den abgetretenen schwarzen, spitzen Schuhen. Aline hielt ihm ihre Hand hin. Er ergriff sie mit erstaunlicher Anmut und richtete seinen Blick auf die Handfläche.

»Ihr seid vom Glück verfolgt, junge Frau«, sagte er schmeichlerisch, »habt einen hübschen Mann, der sich auf die Kunst versteht und genug Geld heimbringt. Vielleicht erwartet Ihr bald ein Kind, hm?«

Er sah langsam von ihrer Hand auf in ihr Gesicht, in dem ein stilles Lächeln stand. »Vielleicht«, murmelte sie und senkte den Kopf.

»Halsabschneider«, knurrte Mathäus und zog Alines Hand gereizt weg. Dann wandte sich der Musikus Rosalie zu. Beugte sich über ihre ausgestreckte Hand. So, dachte Rosalie, jetzt sehen wir, ob du etwas taugst. Sie sah ihn die Stirn kräuseln. Seine Strähnen fielen auf den Tisch, und er hob den Kopf.

»Oft kommt heilsamer Rat aus hartem Balg,
der bei Häuten hängt
und bei Fellen flattert
und baumelt bei Bösewichten«, sagte er leise.

Rosalie starrte ihn an. War das ein schlechter Scherz? Das war ein uralter Vers aus einer der alten Göttergeschichten, die heute kaum noch jemand kannte.

»Wißt Ihr noch mehr?« fragte sie, wohl wissend, daß diese Frage eine alte rituelle Formel war. Er nickte irritiert.

»Ein zwölftes kann ich,
seh ich zittern im Wind
den Gehenkten am Holz:
so ritze ich und Runen färb ich,
daß der Recke reden kann
und vom Galgen geht.«

Sein Gesicht war bleich. »Ich führe ein liederliches Leben«, meinte er dann achselzuckend. »Ich habe es mir nicht ausgesucht. Meine Ahnen waren die alten Skalden, Poeten, Dichter, Götter. Ja, sie waren Götter.«

Er lachte kurz auf, erhob sich und ging in die Küche zurück.

»Verrückter Kerl«, brummte Mathäus, »was war das, was er zu Euch gesagt hat?«

»Es war ein guter Rat«, gab Rosalie zurück, »er hat mir einen Rat gegeben, wo Rat zu suchen ist.«

»Und«, fragte Aline, »könnt Ihr etwas damit anfangen?«

Nein, sie konnte nichts damit anfangen. Sie sah durch das Fenster, wie der seltsame Kauz draußen vor dem Haus eine elende Schindmähre bestieg. Dann verlor er sich in der Dunkelheit. Der letzte Vers war ein Runenvers gewesen. Ein Runenzauber.

»Kommt er oft hierher?« fragte sie den Wirt.

»Manchmal, wenn er kein Geld mehr hat. Aber er spielt so schlecht wie eine Kröte. Er versteht sich mehr auf die Kunst des Handlesens. Ich habe alle Gäste befragt – er hat sich noch nie geirrt. Richtig unheimlich ist das. Was faselte er da von baumelnden Bösewichten?«

Rosalie schwieg. Sollte sie sich Rat bei den Toten holen? War das der Sinn seiner Worte gewesen? Bei baumelnden Bösewichten? Der Magier auf dem Lüneburger Marktplatz fiel ihr wieder ein. Das war in der Tat ein baumelnder Bösewicht gewesen. Aber sie hatte sich nicht Rat bei ihm geholt. Sie war davongelaufen. Sie hatte ihre Höhle nicht gefunden, sie hatte nicht zugeschaut, wie alles sich regt und wandelt, sie hatte den Rat der Rune, die sie geworfen, in den Wind geschlagen. War dieser Mann mit seiner Weissagung ein Fingerzeig der Götter gewesen, weil sie ihren Rat nicht befolgt hatte? Runen waren göttliche Zeichen.

»Wann kommt er wieder?« wollte sie wissen.

Der Wirt lachte. »Oh, manchmal sehe ich ihn Wochen nicht, und dann wieder werde ich ihn überhaupt nicht mehr los. Ihr habt ihm angst gemacht, scheint mir, da ist etwas in Eurer Hand, das hat ihm nicht gefallen.«

»Unsinn«, polterte Mathäus laut, »das ist ein Verrückter, den man in Ketten legen sollte.«

Aline nickte. »Ja, aber er ist fort, und ich bin müde. Gehen wir schlafen.«

Mathäus zwinkerte Rosalie zu. »Das geht alles auf meine

Rechnung«, sagte er laut und fügte hinzu, daß er morgen zahlen wolle, und sie standen auf.

Im ersten Stockwerk lag die Gemeinschaftskammer. Daneben die Abseite für Rosalie. Darin ein wackliges Holzgestell mit verblichenen Laken. Rosalie bedankte sich bei den Eheleuten und verriegelte die Tür. Durch das schmale, mit Pergament zugestopfte Fenster zog der Wind, aber sie war froh, die Nacht nicht allein im Wald verbringen zu müssen. Sie legte sich auf das Bett und löschte die blakende Kerze.

Von unten drangen noch Stimmen der Gäste herauf, aber bald darauf herrschte Ruhe. Regen trommelte auf das Dach. Es war ungewöhnlich dunkel in der Kammer, und dann fiel ihr ein, daß Neumond war.

Mitten in der Nacht wurde sie wach. Leise, federnde Füße huschten über den Gang, ließen die Dielen knarren. Die Klinke ihrer Tür drückte sich nach unten. »Mach auf«, hörte sie eine Stimme flüstern. Mathäus' Stimme. »Mach die Tür auf!«

Sie sprang aus dem Bett und überprüfte den Riegel. Schlich sich wieder zum Bett zurück. Darum also hatte er sie eingeladen! Sie hätte es sich denken können. Der wollüstige Kater konnte maunzen, soviel er mochte. Aber dann fuhr ihr die Angst in die Glieder. Wenn sie dem Kater seinen Willen nicht ließ, würde er morgen früh keinen Heller für ihre Übernachtung bezahlen. Und sie besaß kein Geld. Sie war eine Zechprellerin, sie hatte gegessen und getrunken, und Zechprellerei wurde hart bestraft.

Rosalie lag starr und steif auf ihrem Bett, während Mathäus noch immer vor der Tür stand und wilde Verwünschungen vor sich hin flüsterte. Dann wurde es plötzlich still.

Sie stand auf und trat ans Fenster, löste das Pergament. Sie mußte vor Sonnenaufgang das Haus verlassen, mußte zum Schuppen hinüber, in dem ihr Pferd stand. Es gab keinen Mond in dieser Nacht, denn es herrschte Neumond, die Zeit, in der jeder Zauber gefährlich ist, weil er sich in sein Gegenteil verkehren kann. Und sie würde dieses Gasthaus ohne Zauber nicht verlassen können. Die Türen würden verschlossen sein, und der geile Kater stand womöglich hinter irgendeiner Ecke und lauerte ihr auf.

Sie schob den Riegel zurück und öffnete die Tür. Da war nichts außer einem nachtschwarzen Flur. Sie tastete sich die Treppe hinunter.

> Drei Wanen saßen auf einem Stein – niemand hat sie gesehen, niemand sie gehört. Sie wandeln Fisch in Fleisch und Wasser in Feuer.
>
> Wißt ihr noch mehr?
>
> Ich ging zum Wald und zum grünen Baum, zu finden den Zauberzweig. Ich finde den Zauberzweig.

Sie geisterte durch die Schankstube zur Haustür. Aber die war verschlossen. Sie tastete sich an Stühlen und Tischen entlang und versuchte, zur Küche zu gelangen. Hier roch es nach Kräutern und geräuchertem Fisch. Ihre Augen drangen durch die Dunkelheit, der Katzensinn ließ sie die Gegenstände erspüren, und sie bewegte sich lautlos wie ein Lufthauch. Die Tür zum Hof war unverschlossen. Aber er war da. Sie roch ihn. Doch wo steckte er?

Er kam aus der Gaststube, und den Schein der Kerze bemerkte sie erst, als er hinter ihr stand. Im Kamin glühte heiße Asche. »Wußt ich's doch«, lachte er leise hinter ihr, »aber so leicht entwischt mir keine.«

Rosalie drehte sich um. »Kommt mit mir nach Raupach, und mein Herr wird Euch das Geld zurückgeben«, sagte sie ruhig.

»Ich will das Geld gar nicht«, gab er zurück und griff nach ihrem Arm. Sie zog ihn sanft weg und ging zum Kamin herüber. Er folgte ihr, sein Gesicht eine lüsterne Fratze im Kerzenschein. Sie fuhr mit der Hand in die Flamme und drückte sie aus. Steckte dann die Hand in die heiße Glut des Kamins. Sie war kalt wie Eis.

Du bist eine Runenmeisterin, Rosalie, hattest du das vergessen? Würdest du sonst allein durch dieses Land reisen?

Drei Wanen stiegen aus dem Wasser, drei Wanen stiegen ins Feuer. Wißt ihr noch mehr?

Mathäus starrte sie an, wie sie die Glut aus dem Feuer holte und in ihre Handflächen legte. Die Asche erkaltete in ihrer Hand. Und leuchtete dem Maler ins Gesicht, der zurückwich.

»Hexe! Du bist eine Hexe.«

Sie brauchte ihm die glühende Kohle nicht einmal ins Gesicht zu werfen. Er war so verängstigt, daß er von selbst die Flucht ergriff. Sie hörte seine hastigen Schritte auf der Treppe. Dann drückte sie die Tür zum Hof auf und schüttelte die Asche aus den Händen, sah, wie sie auf der Erde weiterglühte.

Ihre kleine Stute ist so leis wie der Wind, der ihnen beiden um die Ohren huscht. Immer nur der Straße nach. Als die Sonne auftaucht, ein rosa Flaum am Horizont, verlassen sie die Straße und reiten quer über die Heide. Rosalies Handflächen beginnen zu brennen – sie sind rot wie Feuer. Der Wald steht in hellen Flammen, Herbstgold hat ihn gefärbt, und die Hufe der Stute versinken in einem Teppich aus Blättern. Die Sonne steigt höher, und gegen Mittag erreichen sie die Mauern von Raupach. Zwei Soldaten kommen Rosalie entgegen, und weil sie sie erkennen, lassen sie sie passieren. Im Hof empfängt sie die laute Betriebsamkeit der Festung. Sie ist froh, wieder zu Hause zu sein.

In der Halle saß Maesfeld am Tisch. Erstaunt sah er auf, als Rosalie sich ihm näherte. »Bist du allein?«

Sie nickte. »Ja, Herr, die anderen sind noch in Lüneburg. Euer Arzt hat einen unschuldigen Menschen hingerichtet. Ich konnte seine Nähe nicht mehr ertragen.«

Berthold ließ Brot und Wasser bringen, und Rosalie durfte sich zu ihm setzen. Er sah gesund aus, eine frische

Farbe lag auf seinem Gesicht, und seine Augen hatten diesen fiebrigen Glanz verloren. Er bemerkte ihren Blick und lächelte. »Ja, es geht mir gut. Die Wunde ist trocken. Aber was ist das für eine Geschichte, Kind? Bist du ganz allein hierhergeritten?«

»Ja, Herr.«

»Verrücktes Kind«, sagte er mit gespielter Strenge. »Aber es ist gut, daß du da bist. Zwei der Soldaten sind krank geworden, und niemand weiß, was ihnen fehlt.«

Die Tür ging auf, und Pater Clemens betrat die Halle. Er kam zum Tisch herüber und ließ sich neben dem Herren auf einem Stuhl nieder. Seine kalten, grauen Augen musterten Rosalie abschätzig.

»Ihr solltet sie bestrafen, Herr«, sagte er eisig, »ein anständiges Mädchen reitet nicht mit den Soldaten und schon gar nicht allein auf den Straßen.«

Der Priester beugte sich vor, packte plötzlich ihre Hände und starrte auf die dunkelroten Flecken auf den Handflächen. »Was ist das?« zischte er. »Wundmale, Teufelszeichen, verwerfliches Weib?«

»Ich habe mich verbrannt«, murmelte Rosalie.

Der Priester schnaubte verächtlich. »Herr, dieses Weib hat eine dunkle Vergangenheit, das wußte ich schon immer. Ich rieche den Geruch des Teufels ebensogut wie das saftige Lendenstück eines Ochsen.«

Berthold schüttelte verdutzt den Kopf. Er ahnte wohl nichts von ihren Schwierigkeiten mit diesem Diener Gottes. »Laßt es gut sein, Pater. Rosalie ist eine arme Waise.«

Aber der Pater war nun einmal in Fahrt geraten, und eine zornige Röte überzog sein sonst so fahles Gesicht. »Ihr laßt dem Mädchen zuviel durchgehen. Ich spüre in seiner Nähe üble Mächte.«

Berthold lachte. Rosalie aber starrte den Mann an. War ihre Herkunft so offensichtlich? Doch das, was er spürte, war wohl eher die Angst, die alle Kleriker anflog, wenn sie auf die Reste des alten Glaubens stießen – auf ihre eigenen vergessenen Schatten, gegen die sie einen vergeblichen Krieg führten.

Ja, Pater Clemens hatte eine vorzügliche Nase – er wußte, wann er auf ein verirrtes Schaf gestoßen war, und auch wenn er nicht wußte, daß Rosalie die Kunst der Alten beherrschte, körperlichen Schmerz durch absolute Konzentration zu bannen, so rührte eine Ahnung ihn doch an. Sie fixierten einander, er, der Hirte Gottes, und sie, Freyas Runenmeisterin, wie zwei Ritter vor einem Turniergang und maßen ihre Kräfte.

»Ich sah sie aus der Kammer des Arztes kommen«, sagte der Priester finster, »mehr als einmal.«

»Ist das wahr?« fragte der Herr leise.

Wußte er es nicht? Es konnte ihm nicht verborgen geblieben sein. Jeder hier wußte, daß der Arzt sich das mutterlose Kätzchen ins Bett genommen hatte. Was war daran verwunderlich? Die beiden trennten keine Standesunterschiede und auch sonst nichts. Bis auf den Gehenkten am Galgen …

»Was wahr ist, ist wahr«, sagte Rosalie orakelhaft.

»Immerhin …«, wandte sich Berthold an Pater Clemens, »… hat sie Lüneburg verlassen, weil Cai Tuam einen Menschen hingerichtet hat. Das spricht für ihre reine Seele.«

Der Priester aber lachte nur gehässig. »Einen Hexer, Herr. Einen Hexer hat er gehängt. Wenn sie einem solch üblen Subjekt Mitleid entgegenbringt, dann spricht das eher gegen sie.«

Bevor Rosalie etwas erwidern konnte, wandte sich der Herr dem Pater zu und sagte scharf: »Das Mädchen ist jung und unerfahren im Leben. Der Tod ist für sie abschreckend und furchtbar. Gleich, ob es einen Magier trifft oder einen Kaiser.«

Pater Clemens erhob sich mit einem Ruck. »Ich werde mein Auge auf sie haben, denn ich dulde keine Sünde auf Gottes Erdboden.«

Sprachs, und ging aus der Halle. Bertholds Augen folgten ihm. »Cai sagt, deine Mutter war eine ehrbare Frau«, murmelte er, »aber vielleicht hat auch Pater Clemens recht. Und Maria sagt, du seist ein Feenbalg.«

Rosalie wurde eiskalt, so tief zog die Furcht durch ihren Leib.

»Tod und Teufel«, brummte der Herr und legte ihr leicht die Hand auf die Schulter, »alles Geschwätz. Man sollte nicht darauf hören. Mein Weib ist unfruchtbar, das macht sie zu einer keifenden Gans. Meint er es ernst mit dir, mein Kind, ich meine Cai Tuam? Ihr müßt vorsichtiger sein. Ihr hättet es mir sagen sollen.«

Er schmunzelte.

»Es gibt nichts mehr zu sagen«, erwiderte Rosalie.

Berthold nickte amüsiert. »Ja, bei Cai Tuam hält es keine lange aus. Nur ich halte ihm die Treue. Und er mir. Wir sind wie Feuer und Wasser, ich habe mich darüber immer gewundert. Aber du, Kind, du paßt zu ihm. Der Teufel weiß warum, aber ihr paßt zusammen.«

Er sah sie stirnrunzelnd an. »Seltsam, daß mir das nicht schon früher aufgefallen ist.« Dann stand er auf, tätschelte ihre Wange und ließ sie allein.

BERKANA

ᛒ

»Ein dreizehntes kann ich,
wenn eines Degens Sohn mit Wasser ich weihen soll:
nicht wird er fallen, wenn ins Feld er zieht,
ihn erschlägt kein Schwert.«

Van Nell war mit seinen Leuten nach Raupach zurückgekehrt. Man erzählte sich, ihre Ausbeute sei mager gewesen und die Sachsen seien gute, gottesfürchtige Christen.

Raupach hatte Rosalie eine kleine Hütte bauen lassen, in der sie ihre Pflanzen trocknete und aufbewahrte. Dahin zog sie sich zurück, pflegte den Herrn, wenn der Arzt nicht da war, und allmählich verblaßte das grauenvolle Bild, vor dem sie geflohen war. Manchmal sah sie den Iren, traf ihn auch in der Kammer des Herren, doch außer höflichen Grüßen blieb alles still und stumm zwischen ihnen.

Der November ging seinem Ende zu, mild und ohne Frost. An der Kohlenpfanne in der Hütte war es warm und behaglich. Hier roch es nach zermahlenen Blütenblättern, nach getrockneten Rosen und Veilchen, nach dem Zitronenduft der Melisse. Ab und zu kam jemand vorbei, um zu plaudern, und Rosalie brühte einen heißen Aufguß aus Hagebutten oder Minze.

Und dann ging eines Morgens die Tür auf, brachte kalte Luft mit, und als sie sich umdrehte, um den Eindringling zu schelten, er solle die Tür wieder schließen, sah sie Maria eintreten. Sie, die sie nie mehr Worte als nötig gewechselt hatten, standen sich plötzlich gegenüber, und Marias Angst wehte die andere an wie ein heftiger Wind. Maria sprach nicht, sah sich hastig in der Hütte um, bis Rosalie ihr endlich einen Schemel anbot. Maria sank nieder und starrte auf ihre schlanken Hände. Ihre Angst wuchs – man brauchte keine Hexe zu sein, um das zu spüren.

»Was ist, Herrin? Warum kommt Ihr zu mir?«

»Du bist bewandert in den Kräutern«, sagte sie, und ihre Stimme zitterte wie die Espenblätter im Wind, »du mußt mir helfen. Ich weiß sonst niemanden, zu dem ich gehen könnte …«

Rosalie wußte, sie war nicht krank. Warum aber sonst ging eine hohe Frau wie sie zu einem Kräuterweib? »Ihr seid schwanger?« fragte sie vorsichtig.

Maria schwieg, und ihr Schweigen war Antwort genug.

»Wie lange ist es her?« wollte Rosalie wissen.

»Siebzehn Wochen«, antwortete Maria, ohne aufzusehen.

Rosalie nickte nur.

»Kannst du etwas für mich tun? Und kannst du schweigen?«

Rosalie setzte sich ihr gegenüber. »Es kann sehr schmerzhaft werden«, sagte sie leise. »Ihr werdet Euch eine Weile nicht wohl fühlen und das Bett hüten müssen …«

Maria barg das Gesicht in den Händen.

»Gibt es denn keine Möglichkeit, das Kind zu bekommen?« fragte Rosalie.

Maria schüttelte den Kopf. »Nein. Mein Herr ist krank. Und der andere …«

»Weiß er es?«

»Beim Kreuze Christi, nein. Und er darf es nie erfahren.«

Rosalie stand auf und ging zum Regal, in dem die Flaschen mit den Kräutern standen. Mutterkraut stand dort. Eine starke Dosis würde genügen. Mutterkraut brachte Wehen und das Kind, und es brachte auch den Tod für die Frucht, wenn man es richtig anwendete. Doch plötzlich kam ihr ein Zweifel. Sie drehte sich langsam um.

»Euer Herr wird nichts merken, denn für einen gewöhnlichen Menschen ist die eine Krankheit wie eine andere. Aber …«

Maria sah auf. »Ja?«

»Der Arzt«, überlegte Rosalie, »der wird sofort Bescheid wissen. Wenn, was überaus wahrscheinlich ist, Euer Herr auf die Idee kommt, seinen Arzt hinzuzuziehen, wird er ahnen, was geschehen ist. Die Zeichen sind eindeutig: Übelkeit, Kopfweh, Blutungen, Zeichen wie bei einer Vergiftung, und wenn man es genau betrachtet, dann ist es auch eine. Kein Fieber, das ist das wichtigste Indiz, Ihr werdet kein Fieber haben, und der Ire wird sich fragen …«

Sie sprach es nicht zu Ende. Maria starrte sie an, blankes Entsetzen in den Augen. »Nein«, sagte sie und stand auf. »Das geht nicht.«

Wie eine Traumwandlerin schritt sie aus der Tür. Rosalie

sah sie den Weg zur Burg hinaufgehen und war verwirrt. Womit hatte sie sie so sehr vor den Kopf gestoßen? Warum durfte der Arzt nichts wissen, der doch verschwiegen war wie ein Grab? Oder hatte sie Angst, er würde seinem Herren alles erzählen?

Rosalie ging wieder an ihre Arbeit zurück, doch der Zustand der Herrin machte ihr Sorgen. Sie wartete darauf, daß Maria zurückkäme, um noch einmal mit ihr zu reden, und tatsächlich kam sie zwei Tage später wieder in ihre Hütte.

»Mir bleibt keine Wahl«, sagte sie. Man sah ihr die schlaflosen Nächte an, die endlosen Grübeleien, das Dilemma, aus dem sie sich nicht mehr zu befreien vermochte. Tränen standen plötzlich in ihren Augen.

»Ich hätte gern ein Kind gehabt«, flüsterte sie, »aber Gott hat es nicht gewollt. Und dieses Kind darf ich nicht bekommen.«

Schweigend bereitete Rosalie den Trank vor. Schüttete das Kraut in einen Becher, löste es mit Wasser, gab ein wenig Hagebuttensaft dazu, damit es nicht so bitter schmeckte, und reichte Maria den Becher. Sie trank, gab den Becher zurück und verließ wortlos die Hütte.

Alles kommt, wie die Götter es vorgesehen haben.

Rosalie blieb an diesem Abend in der Hütte allein. Starrte auf die glühende Kohlenpfanne, und das Herz war ihr schwer. Am nächsten Morgen ging sie in die Küche, denn sie wußte, hier würde sich die Neuigkeit als erstes verbreiten. Mägde und Köche waren schwatzhaft wie die Stare. Und kaum hatte sie den Raum betreten, als ihr die Worte auch schon entgegenflogen. Die Herrin sei krank, und der Herr mache sich Sorgen. Er habe seinen Arzt zu ihr geschickt, aber der habe nichts tun können. Er sei nicht einmal in der Küche gewesen und habe um irgendwelche Kräuter gebeten. Er wandle durch die Burg wie der Schatten des Leibhaftigen. Ob er denn bei ihr gewesen sei, wo sie doch auch Heilpflanzen in der Hütte habe?

Rosalie ging in die Hütte zurück. Sie konnte nicht mit ihm reden, denn sie band das Versprechen, das sie der Herrin gegeben hatte. Und wenn er nicht zu ihr kam, dann war es um so besser.

Sie wagte nicht, Maria aufzusuchen. Verkroch sich wie eine Maus in ihrem Mauseloch und wartete ab. Böse Geister suchten sie heim, die raunten ihr zu, die Dosis sei zu stark gewesen, und die Herrin ringe mit dem Tod. Pater Clemens drohte ihr im Schlaf mit dem Fegefeuer, er stieß sie mit einer Mistgabel hinein in den Höllenschlund, und sie erwachte schweißgebadet. Was hatte sie getan? Was hatte ihre Mutter getan? Sie hatte sie gelehrt, wie man die Frucht abtrieb, so wie sie sie gelehrt hatte, Kinder auf die Welt zu bringen. Sie hatte ihr auch gezeigt, wie man die Gebärrunen warf.

Ihre Unruhe wuchs und wuchs. Wieder ging sie in die Küche. Die Herrin lag im Bett, hörte sie, der Herr sei besorgt, der Arzt noch einmal bei ihr gewesen. Rosalie nahm die Köchin beiseite und riet ihr, Maria mit Salbei vermischten Honig zu geben und ihr den Bauch mit Salbeiwasser einzureiben, und die Köchin nickte verständig.

»Gutes Kind«, sagte sie lächelnd, »verstehst was von Kräutern, mehr als dieser Ire. Der gibt ihr gar nichts. Läßt sie da liegen in ihrem Unglück und starrt nur finster vor sich hin.«

Wußte er wirklich nicht, was ihr fehlte, fragte sich Rosalie? Als die ersten drei Tage vorüber waren, wurde sie ruhiger. Das Schlimmste würde vorbei sein, aber was bliebe, war die Trauer um das Kind, das Maria nie haben würde.

Am Abend des vierten Tages öffnete jemand fast geräuschlos die Tür zu Rosalies Hütte. Er mußte da schon eine Weile gestanden haben, während sie ihm den Rücken zukehrte und getrocknete Blüten in tönerne Krüge füllte. Sie drehte sich um und sah, wie er sich auf den Tisch setzte. Er begann, sich die Handschuhe auszuziehen, ließ es jedoch. Prüfend musterte er Rosalie, und dann schweifte sein Blick über die Regale an den Wänden.

»Ihr wart lange nicht mehr hier«, sagte sie und füllte zwei Becher mit Apfelwein. Er nahm den Becher entgegen, und sein Blick wurde eindringlicher. Er wußte alles.

»Die Herrin leidet an einer seltsamen Krankheit«, sagte Cai Tuam.

»Ich hörte davon.«

Er nahm einen Schluck aus seinem Becher und nickte. »Ich habe lange darüber nachgedacht, an was sie wohl leiden könnte. Es hatte ganz den Anschein einer Art von Vergiftung, du kennst die Zeichen. Schmerzen, vor allem im Unterbauch, zuweilen auch Kopfweh, üble Blutungen, kein Fieber, Phantasien wie in einem Delirium. Aber sie war völlig klar. Nach drei Tagen etwa verschwanden die Zeichen, aber jetzt scheint sie kränker als zuvor. Sie ißt nicht, sie spricht nicht, sie weint nur.«

Rosalie schwieg.

»Mutterkraut«, sagte er, und sein Blick streifte erneut die Flaschen auf den Regalen.

»Was wollt Ihr?« fragte Rosalie ein wenig ärgerlich.

»Ich mache dir keine Vorwürfe«, sagte er ruhig, »ich bin kein Priester, und ich bin auch kein so guter Christ, daß ich nicht selbst so etwas schon getan hätte, wenn man mich darum bat. Aber ich will sicher sein.«

»Maria war hier. Aber ich habe ihr versprochen zu schweigen. Mehr werde ich Euch nicht sagen.« Sie tranken eine Weile wortlos den Wein. Durch das kleine Fenster fiel ein Sonnenstrahl, und der Ire schloß die Augen.

»Warum ist sie nicht zu mir gekommen?« fragte er schließlich leise. Warum hätte sie zu ihm gehen sollen, dachte Rosalie verwundert. Weil er der bessere Arzt war? Weil er ein Mann war? Und dann begann sie allmählich zu begreifen. Hatte Maria darum so sonderbar reagiert und war davongelaufen? War das möglich? Rosalie wagte nicht, ihn anzusehen. Sie spürte keine Eifersucht, da war nur Mitleid mit der Frau, die, auf welchem Wege auch immer, ebenfalls auf das Lager des Iren geraten sein mußte. Welche Götter hatten sie beide in diese irrwitzige Situation geführt, hatten sie gleichzeitig mit solcher Blindheit geschlagen und lachten nun über ihre armseligen Bemühungen, sich wieder aus diesen Fallstricken zu befreien.

Rosalie hob den Kopf. Er zog mit einer entschuldigenden

Geste die Schultern hoch. »Was hättet Ihr ihr geraten?« fragte sie ihn.

Er lachte kurz und bitter. »Was würden die Götter mir geraten haben? Oder Gott? Ich weiß es nicht. Eigentlich müßte ich ihr dankbar sein, weil sie zu dir gegangen ist. Du hast mir die Entscheidung abgenommen.«

Rosalie sah ihm an, wie dankbar er war, und sie sah, wie wenig er dabei an sie dachte, an sie, die ihn geliebt hatte und nun auf diese Weise erfuhr, wo er seine Nächte wohl verbrachte, wenn nicht bei ihr. Sie drehte sich um und begann wieder, tote Blumen in tote Krüge zu stopfen. Sie war gekränkt und verletzt, und in ihrem Hals saß eine dicke Kröte.

»Warum bist du weggelaufen?« hörte sie seine Stimme hinter sich. »Ich habe mir Sorgen gemacht. Es hätte dir wer weiß was passieren können.«

»Mir ist nichts passiert«, murmelte sie und zerstieß mit dem Mörser einen Bund getrocknete Melisse.

»Willst du mir nicht erklären, warum du weggelaufen bist?«

Nein, sie wollte nicht. Sie wollte, daß er sie allein ließ. Aber seine Stimme klang so ernst, so traurig, daß sie ihn nicht fortschicken mochte.

»Wie viele Menschen hast du auf dem Gewissen, Cai Tuam?« fragte sie, und der Staub aus dem Mörser stieg ihr in die Augen.

»Ich könnte es noch verstehen, wenn der Tod eines Menschen irgendeinen Sinn haben würde, aber du hast einen Menschen hingerichtet, den du nicht einmal gekannt hast. Liebst du den Tod so sehr, Ire?« Der Duft des Pulvers erfüllte den Raum.

»Ich habe dich vermißt«, sagte er leise. »Und ich bin Soldat, Rosalie, kannst du das nicht verstehen? Wenn ich es nicht getan hätte, hätte es ein anderer getan, und vielleicht hätte sich der Mann dann noch stundenlang am Galgen gequält.«

»Ich habe dich nicht vermißt, Ire«, sagte sie kalt, »und diese Art der Logik kenne ich nur allzu gut. Allmählich beginne ich Maria zu begreifen. Sie hat immer gewußt, was du bist. Laß mich allein, Cai Tuam.«

Er saß noch immer halb auf dem Tisch, strich sich die Locken mit einer gereizten Bewegung aus der Stirn. Er würde so schnell nicht aufgeben, und sie verstand ihn sogar. Da hatte sich ein menschliches Gefühl in ihn hineingeschlichen, wie ein ungebetener Gast, unbekannt und fremd. Zuneigung, Sympathie, vielleicht sogar Liebe. Er wollte es nicht wieder loslassen und hatte Angst davor, daß sich der alte kalte Panzer wieder über ihn stülpen könnte.

»Ich kann das nicht, Cai«, sagte Rosalie, »diese Art Leben ist nichts für mich. Ich will Ruhe und Frieden.«

»Du wolltest mich einmal heiraten«, murmelte er.

»Ja, aber ich will keinen Mann, dem, wenn er nach Hause kommt, das Blut von unschuldigen Menschen an den Händen klebt. Andere haben tagsüber ihr Feld bestellt, haben Tuche gefärbt oder Bier und Wein ausgeschenkt, aber was hast du gemacht? Und wenn es Krieg gibt, werde ich im Lager warten, bis du zurückkommst oder auch nicht. Nein, Cai, das will ich nicht.«

Er saß da und regte sich nicht. Rosalie hatte erwartet, jetzt würde er gehen. Statt dessen rutschte er vom Tisch und berührte mit dem Handschuh leicht ihre Wange. »Ich habe darüber nachgedacht, Rosalie. Ich habe keine Papiere, war nie auf einer Universität. Aber Maesfeld kennt einflußreiche Leute, die könnten mir die nötigen Dokumente besorgen ...«

»Wovon sprichst du?«

»Ich könnte mich als Arzt niederlassen.« Er zog sich die Handschuhe aus und warf sie auf den Tisch. »Ich bin des Tötens überdrüssig, Rosalie, und des Gehorchens. Glaubst du, es macht mir nichts aus? Wenn es zum Krieg zwischen dem Kaiser und Heinrich kommt, dann werde ich mitziehen müssen, aber es wird das letzte Mal sein. Danach ist Schluß. Wirst du auf mich warten, Rosalie? Dieses eine Mal noch?«

Sie zögerte und war verwirrt. Warum sprach er vom Krieg? »Und wenn sie dich töten im Krieg?«

Er beugte sich vor und berührte ihren Mund flüchtig mit seinen warmen Lippen. »Ja«, murmelte er düster, »wer weiß das schon? Leg für mich die Runen, Rosalie, und ich rufe alle Götter an, die ich kenne. Meinst du, es wird helfen?«

»Gewiß«, erwiderte sie, aber sie hatte weder zu den Runen noch zu den Göttern großes Vertrauen.

LAGUZ

ᛚ

»Ein vierzehntes kann ich,
soll ich dem Volk der Menschen
die Himmlischen herzählen:
von Asen und Alben weiß ich alle Kunde;
kein Witzloser weiß davon.«

Es war wieder Frühling geworden. In Raupach war eine Gruppe Pilger angekommen. Mit schmerzenden Füßen und knurrendem Magen ließen sie sich in der Halle nieder, wo Raupach sie mit Brot und Wein bewirtete. Es waren zwei Bürgerliche und ein Ritter auf dem Weg nach Rom. Sie kamen von Schleswig und waren gottesfürchtige Menschen, mit Leid und Schuld beladen. Heinrich Lauser hatte ein Geschwür am Bein, das nicht heilen wollte, Gerd Atze schwieg sich aus über den Grund seiner Pilgerschaft, und der Ritter Gunt von Ambach hatte seine Frau verloren und konnte sie nicht vergessen. Atze war ein verschlossener Mensch mit rabenschwarzem Haar und düsteren Augen, der nur hin und wieder ein Wort in die Runde warf. Ambach und Lauser waren dafür um so gesprächiger. Sie genossen die Wärme des Feuers und den Pastetenkuchen, während Raupach sie nach Neuigkeiten ausfragte, aber außer Klatsch wußten sie erst einmal nichts zu erzählen. Statt dessen widmeten sie sich dem Fischbrei mit Mandeln, der nun aus der Küche gebracht wurde.

»Wenn er kommt, dann kommt er jetzt«, sagte endlich Lauser und wischte mit dem Brot die Reste des Breis von seinem Brett. »Das Wetter ist günstig.«

Sie wußten alle, wovon er sprach. Vor wenigen Tagen war ein Kurier dagewesen und hatte berichtet, daß der Kaiser sein Heer gesammelt habe, um gegen den Herzog zu ziehen.

»Es wird Krieg geben«, nickte Ambach.

Raupach wischte sich mit dem Ärmel über den Mund. »Ja, und was wird dann aus Sachsen?«

Ambach lachte grimmig. »Es gibt genug kaisertreue Vasallen oder solche, die es werden wollen, die ein Stück davon gut gebrauchen könnten. Sachsen ist dem Kaiser zu groß und zu mächtig. Er wird es zerstückeln, bis es ihm klein genug ist. Das bedeutet Kampf. Aber ich habe gesehen, Ihr habt eine Mauer um Euer Anwesen gezogen, da, wo früher nur Palisaden standen. Die wird Euch vielleicht das Leben retten.«

Sie hingen jeder seinen Gedanken nach. Atze dachte an

Rom, an die Sonne und die schwere Hitze und betete still um die Vergebung seiner Sünden. Ambach war müde und sehnte sich nach einem Bett. Nur Lauser stopfte sich immer noch den Wanst voll und schwärmte von den feurigen italienischen Frauen.

»Letztes Jahr war ein Freund von mir ebenfalls auf Pilgerschaft«, sagte er plötzlich und betupfte sich den Mund mit einem Tuch. »Er erzählte von einem Mord ganz hier in der Nähe, der unter Eure Gerichtsbarkeit fällt, Herr.«

Raupach nickte. »Ein Offizier wurde ermordet.«

»Ja, Herr, darum sind wir hierhergekommen. Unser Freund liegt nämlich auf dem Sterbebett und will sein Gewissen erleichtern. Er kennt jemanden, der hat den Mörder gesehen, aber er wollte keine Scherereien, Ihr versteht? Also schwieg er. Nun, in der Nähe des Todes, lastet sein Gewissen schwer auf ihm, und so vertraute er sich mir an mit der Bitte, ich möchte Euch sagen, was er weiß. Er hatte sich damals einer Gruppe Pilger angeschlossen, unter denen sich auch ein Pilger mit einem auffälligen weißen Mantel befand. Der hat angeblich gesehen, wie ein Offizier in der Nähe von Raupach ermordet wurde. Durch den Pfeil einer Armbrust.«

»Aber wieso hat er das erzählt?« fragte Raupach verwirrt. »Nach dem, was wir wissen, hat der Pilger doch selbst diesen Offizier umgebracht.«

Lauser schüttelte den Kopf. »Der Pilger mit dem weißen Mantel befand sich seit zwei Tagen bei der Pilgergruppe, daran kann sich mein Freund noch gut erinnern. Auch daran, daß er keine Armbrust besaß. Er wollte sich an diesem Morgen die Füße vertreten und ging ein wenig in den Wald. Dort hörte er ein Pferd kommen und versteckte sich, weil er nicht wußte, wer es war. So wurde er Zeuge des Mordes, denn plötzlich, als das Pferd näher kam, trat jemand aus dem Unterholz, spannte eine Armbrust und schoß. Der Mann auf dem Pferd fiel herunter und war sofort tot. Dann ging der Mörder zu den Satteltaschen und suchte etwas. Er zog ein Papier heraus und verschwand wieder im Wald. Der Pilger hat sich dann das Pferd und die

Taschen genommen und ist mit seiner Beute zur Straße zurückgekehrt. Dort überlegte die Gruppe, was zu tun sei, und beschloß, daß der Pilger nach Raupach reiten solle, um dort Bescheid zu sagen. Er ist zwar losgeritten, aber nie wiedergekommen. Die anderen sind dann ohne ihn weitergezogen, Pferd und Satteltaschen haben sie mitgenommen.«

»Ja«, sagte Raupach nachdenklich, »er wurde selbst getötet, weil er auf einen Soldaten traf, der auch ein gutes Pferd hatte. Das war noch wertvoller als das Pferd des Offiziers. Ich nehme an, der Pilger dachte, zwei Pferde sind besser als eins, denn er war den Schergen des Herzogs als habgieriger Mann bekannt, der auch vor einem Mord nicht zurückschreckt und der für einen Beutel voller Geld einen herzoglichen Kurier umgebracht hat. Aber diesmal hatte er Pech: der Soldat hat ihn getötet.«

Er beugte sich vor. »Der Herzog schickte einen Mann hierher, der sollte den Fall klären. Er ging davon aus, daß der Pilger der Mörder gewesen ist. Durch die politischen Unruhen wurde er jedoch nach Braunschweig zurückgerufen und konnte den Fall nicht abschließen.«

Lauser runzelte zweifelnd die Stirn. »Der Pilger besaß keine Armbrust, Herr, das beschwört mein Freund. Er hörte nämlich von einem Justizsekretär des Herzogs, daß man den Pilger für den Mörder hielt. Aber der Pilger besaß nur ein Messer, das war seine einzige Waffe.«

Raupach nickte, noch immer irritiert. Gewiß, sie hatten sich auch immer wieder gefragt, wo der Templer die Armbrust gelassen haben sollte, denn sie hatten sie nie gefunden.

»Da ist noch etwas«, fuhr Lauser fort, »der Pilger sagte etwas von einem roten Haarschopf. Der Mörder trug einen Mantel mit einer Kapuze, die er sich über den Kopf gezogen hatte. Unter dieser Kapuze habe er rote Haare erkennen können. An das Gesicht konnte er sich allerdings nicht mehr erinnern.«

Lauser unterbrach sich und kratzte sich am Kinn. »Wenn das alles stimmt, was mein Freund erzählt, dann sucht Ihr nach einem Mann mit roten Haaren, der eine Armbrust besitzt und ein verflucht guter Schütze ist. Und der zur Tatzeit kein Pferd bei sich hatte. Aber das kann er natürlich auch im Wald stehengelassen haben.«

Also hatte Custodis doch recht, dachte Raupach. Die Spuren, die sie gefunden hatten, sprachen von drei Menschen. Dem Offizier, dem Mörder und dem Templer. Doch wenn der Templer Monreal nicht umgebracht hatte, wer war es dann gewesen?

Maria gingen die Worte des Pilgers nicht mehr aus dem Sinn. Mitternacht mußte längst vorbei sein, aber sie lag noch immer wach. Draußen schlich der Wind um die Mauern wie ein Geist, leise und sacht. Ein Käuzchen schrie. Dies war die Zeit der Käuze, der Eulen, der Totenvögel.

Rote Haare hatte der Templer gesagt. Und wenn er nicht die Wahrheit gesprochen hatte? Wenn alles nur Lüge war, um die eigene Tat zu vertuschen? Aber dann hätte er eine Armbrust besitzen müssen. Wenn die Geschichte wirklich stimmte, dann hatte der Mörder rote Haare gehabt. Ging jemand in einen gottverlassenen Wald und klebte sich fremde Haare auf den Kopf? Die Antwort war im Grunde ganz einfach – und der Pilger hatte recht: Der Mörder war ein Mensch mit roten Haaren, einer Armbrust und ein vortrefflicher Schütze. Das traf weder auf den Jungen noch auf den Iren zu. Und auf den Templer auch nicht.

Maria richtete sich auf. Berthold neben ihr schlief. Sein rotblondes Haar zeichnete sich auf dem weißen Kissen ab, sein Atem ging ruhig und regelmäßig. Berthold hatte rote Haare, und er besaß auch eine Armbrust, mit der er umzugehen wußte. Aber Berthold war mit Raupach bei den Lehenshöfen gewesen an diesem Morgen. Er konnte es nicht gewesen sein. Und wenn Raupach ihn deckte? Und, schlimmer noch, wenn auch der Ire ihn gedeckt hatte? Wußten alle Bescheid, nur sie, Maria, nicht? Sie hätte vor Scham im Boden versinken mögen bei der Vorstellung, was sie Cai Tuam angetan hatte. Warum hatte er ihr nie gesagt, sie solle sich zum Teufel scheren, wenn er unschuldig war? Weil er seinen Herren schützen wollte?

Maria zog das Laken enger um sich. Sie fror. Ihr Mann war kein Mörder, dieser anständige, gute Mensch, der auf den Titel verzichtet hatte, wo jeder andere hingegangen wäre und den alten, kranken Bruder kurzerhand beiseite geschafft hätte! Sie sank in die Kissen zurück und starrte in die Dunkelheit.

In Raupach lebte man nun in ständiger Angst. Heinrich der Löwe suchte wie ein Tier, das in der Falle sitzt, nach Stützpunkten in seinem Land, die es ihm ermöglichen würden, dem Kaiser zu trotzen. Er suchte nach gut befestigten Burgen, nach Städten, die eine Belagerung überstehen konnten, und nach solchen, die ihm noch treu ergeben waren. In Raupach lebte man in ständiger Alarmbereitschaft. Auf den Mauern waren Tag und Nacht die Wachen postiert, denn ringsum fielen die Lehnsmänner vom Herzog ab. Immer mehr Vasallen und Dienstmänner konnten sich nun an Heinrich rächen, der nie sehr sanft mit ihnen umgegangen war. In Gelnhausen war die Reichsheerfahrt für den Juli beschlossen worden. Aber bis dahin würde Heinrich noch durchs Land ziehen. Wie lange, ohne daß ihm die Festung Raupach ins Auge fiel?

Boten und Kuriere huschten über die Straßen und brachten Nachrichten hierhin und dorthin. In Ratzeburg, hieß es, hätten sich die eigenen Leute vom Herzog abgewandt und sich geweigert, ihn in die Stadt zu lassen. Daraufhin sei er zur Artlenburg geritten, die er auf jeden Fall halten mußte. In Raupach atmete man ein wenig auf. Dennoch wurden die Wachen nicht zurückgezogen.

In Lüneburg, so kam die nächste, beunruhigende Nachricht, habe sich Heinrichs Frau einquartiert, um den Krieg abzuwarten, und das konnte der Stadt zum Verhängnis werden. Die Lüneburger sahen schweren Zeiten entgegen, wenn sie die Frau des Herzogs in ihrer Stadt beherbergten. Die Angst zerrte an den Nerven. In Raupach wartete man auf den Kaiser, aber der kam nicht. Angeblich stand das kaiserliche Heer in Verden an der Aller. Raupach wurde ungeduldig. Er schickte einen Boten nach Verden und verdoppelte die Wachen auf den Mauern.

Die Sommertage waren heiß. Selbst in der Nacht kühlte es nicht ab. Die feuchte, schwere Wärme zog Schwärme von Insekten an, die aus den Sümpfen kamen. Auf einigen Lehnshöfen ringsum war wieder einmal das Schweißfieber ausgebrochen, und auch in Raupach waren schon zwei Knechte daran gestorben.

Bei Sonnenuntergang war er zur Ringmauer hinaufgestiegen, um einen Soldaten abzulösen. Der war im Sitzen eingeschlafen und schlummerte selig vor sich hin.

»Heinrich ist da«, sagte der Ire laut. Der Soldat schreckte hoch und griff nach seinem Schwert.

»Tod und Teufel, Tuam«, knurrte er ärgerlich und schob sich den Helm wieder auf den Kopf, als er merkte, daß der andere sich einen schlechten Scherz mit ihm erlaubt hatte. Cai sah die Mauer hinunter.

»Alles ruhig«, grinste der Soldat, »der Welfe sitzt auf der Artlenburg oder brennt längst in der Hölle.«

Er stand auf, nahm seine Lanze und polterte die hölzerne Treppe herunter. Im Hof begegnete er der Herrin Maria.

»Auf ein Wort, Soldat«, sprach sie ihn an, »ist der Ire da oben?«

Der Soldat nickte. Maria bedankte sich und nahm die enge Treppe, den Mantel fest um sich geschlungen. Wer interessierte sich jetzt noch außer ihr, die endlich Gewißheit haben wollte, für einen Mann, den man auf der Heide erschossen hatte? Im letzten Dämmerlicht sah sie den Iren auf der Brüstung stehen. Er stand an einen Pfeiler gelehnt, die Hände in den tiefen Taschen seines Mantels vergraben. Die Fackel in der Halterung brannte noch nicht. Es war besser, so spät und so wenig Licht wie möglich zu machen. Der Wind wehte heftig hier oben, zerrte an Marias Haube und ihrem Mantel.

»Das wird eine lange Nacht, Herrin«, sagte er, ohne sich umzudrehen.

»Wer sollte schon kommen?« fragte sie scherzend.

Er zuckte mit den Schultern. Fragte sie nicht einmal, warum sie sich die Mühe gemacht hatte, hier heraufzusteigen.

»Warum habt Ihr mich glauben lassen, Ihr hättet den Offizier ermordet?« fragte sie und hielt mit den Händen den Mantel fest, der im Wind flatterte.

Er antwortete nicht, dachte an den Krieg und daran, daß es gut wäre, von hier zu verschwinden.

»Was macht man die ganze Zeit, wenn man nicht schlafen darf?« fragte sie.

»Man denkt nach«, antwortete er träge, »im Moment überlege ich, was Ihr von mir wollt?«

»Schützt Ihr Berthold?«

Er drehte ihr das Gesicht zu. »Schert das noch jemanden?«

»Ja, mich.«

Warum, fragte er sich. Warum interessierte sie sich so brennend für den Mörder Monreals? Ihre Beharrlichkeit wurde ihm allmählich unheimlich. Er beobachtete sie jetzt ganz genau. Wie sie sich der Brüstung näherte, um hinabzuschauen. Selbst im Zwielicht konnte er ihr Gesicht sehen, das von einer unnatürlichen Röte übergossen war. Ihre Bewegungen wirkten fahrig, als sie sich jetzt über die Brüstung beugte, die ihr bis zur Hüfte reichte.

»Silbernes Wasser«, hörte er sie murmeln, »es ist wie damals, als ich in den Bach blickte ...«

Ihre Hand fuhr zum Kopf. Im selben Augenblick verlor sie das Gleichgewicht. Achtzig Fuß ging es da hinab in steilem Fall, und im letzten Moment packte er sie an den Armen und riß sie ins Leben zurück.

»Schweißfieber«, stellte er fest.

Sie hatten die Herrin in drei Decken eingewickelt und ihr heiße Steine ins Bett gelegt. Sie phantasierte, und ihr Leib dünstete so viel Feuchtigkeit aus, daß die Frauen bald keine trockenen Tücher mehr hatten.

Berthold saß auf einem Schemel am Fenster, den Kopf

unter den Armen vergraben. Die Nacht schlich dahin, pechschwarz und lautlos. Nur im Kamin loderte knackend ein Feuer trotz der Hitze. Cai stand vor dem Bett und starrte auf Maria herunter. Er konnte nichts mehr tun. Er hatte ihr Weidenrindenabsud gegeben. Vielleicht würde ein Wortzauber helfen, ging es ihm durch den Kopf. Doch sein Herr hielt nichts davon, der wurde immer gläubiger und christlicher.

»Was wollte sie da oben?« fragte Berthold und legte seine Hand auf Marias Stirn. Sie schien zu glühen wie die Scheite im Kamin.

»Sie ist besessen von der Frage, wer Monreal umgebracht hat«, antwortete der Ire geistesabwesend.

»Und warum kommt sie dann zu Euch?«

Cai drehte sich um. »Sie dachte, ich sei der Mörder. Als dann der Pilger von jemandem mit roten Haaren sprach, verstand sie, daß ich es nicht gewesen sein kann. Aber warum beschäftigt sie das so?«

Ihm ging diese Frage nicht mehr aus dem Kopf. Und dann fiel ihm Sigrun ein, Sigrun, die die Runen gelegt hatte. Sie hatte von jemandem gesprochen, den Maria verloren hatte und um den sie trauerte. Plötzlich schoß die Erkenntnis wie ein Blitz in sein Bewußtsein. Es gab nur eine Erklärung für Marias zwanghaften Drang, den Namen des Mörders zu erfahren. Und das war Monreal selbst. Monreal. Was war mit Monreal?

Cai Tuam war verwirrt. Warum war ihm das nicht früher eingefallen? Wie hatte er nur so blind sein können? Monreal war des Rätsels Lösung. Aber Berthold hatte eine Jungfrau geheiratet. Andernfalls hätte er seine Angetraute wieder zurückschicken können. Kein Mann brauchte sich mit gebrauchter Ware zufriedenzugeben. Aber es gab ja auch andere Möglichkeiten, seine Gelüste zu befriedigen.

Als der Tag zu dämmern begann, schickte der Ire seinen Herrn kurzerhand aus der Kammer und setzte sich selbst an Marias Bett. Er trocknete ihr die schweißnasse Stirn. Er hatte Mantel und Hemd ausgezogen, denn das Feuer mußte geschürt werden und sengte ihm fast die Haut von den Knochen.

Er schlief nicht richtig. Mit dem Instinkt eines Tieres konnte er in eine Art Halbschlaf fallen, in dem ihm nicht einmal der Flügelschlag einer Fledermaus entgangen wäre. Als Maria gegen Mittag die Augen öffnete, war er sofort hellwach. Mit einer Geste verlangte sie nach Wasser. Er stützte ihr den Kopf und faßte nach ihrer Hand. Sie war trocken, der Puls ging ruhig. Das Fieber war gesunken.

»Fühlt Ihr Euch besser?« fragte er leise.

Sie nickte kaum merklich. »Ich sah den Bach da unten ...«

Ihre Phantasien fielen ihr ein, dieses weiße Kräuseln des Wassers, wo nichts war außer Dunkelheit und dahinter nur Wald und Heide.

Cai hielt ihre Hand noch immer. »Maria, was war mit Monreal?«

Sie schloß die Augen, ließ ihre Hand in seiner liegen, die sie beschützte. Das Denken fiel so schwer. Monreal? Die Erinnerung an ihn war blaß geworden. Da waren nur noch diese Beine unter dem Busch in den langen braunen Stiefeln. Hätte sie ihn heiraten können, wenn der Kaiser ihr nicht Maesfeld aufgedrängt hätte?

Sie hatte ihn geliebt, so wie in den schönen Liedern, die die Dichter sangen. Ein Kuß, eine flüchtige Berührung, mehr war nie gewesen. Aber sie hatte ihn geliebt. Berthold hatte sie geachtet, so wie eine Frau ihren Mann achten soll, Cai Tuam hatte sie begehrt, weil er eine sündige Saite in ihr zum Klingen gebracht hatte, aber Monreal hatte sie geliebt. Und dann war jemand gekommen und hatte ihm einen Pfeil durch die Lunge geschossen. Sie sah auf.

»Ja«, flüsterte sie, »ich liebte ihn. Ich war naiv und unschuldig, aber ich liebte ihn. Ihr ahnt gar nicht, wie nah ich daran war, Euch bei Martin anzuschwärzen, weil ich dachte, Ihr seid der Mörder gewesen. Ich wollte, daß Monreals Tod gerächt wird, und ich will es noch.«

Er stand auf und zog sich das Hemd wieder über, denn das Feuer war ausgegangen. »Monreal ist tot, Maria«, sagte er eindringlich, »ich war es nicht, und Berthold ebensowenig. Gebt Ruhe, Herrin, und schließt endlich Frieden mit Euch selbst und mit den Toten.«

Maria wollte etwas antworten, als draußen Lärm und Tumult ausbrachen. Menschen schrien wild durcheinander, Pferdehufe klapperten auf dem Hofpflaster, jemand rannte wie von Teufeln gehetzt über den Flur vor der Türe, und dann ertönte der Klang eines Horns – lang und düster.

»Was ist passiert?« fragte Maria voller böser Vorahnungen, »was ist da draußen los?«

Der Ire trat ans Fenster. »Der Kaiser«, sagte er, »der Kaiser ist gekommen.«

Des Kaisers Heer lagerte auf der Heide. Sie hatten ihre Zelte aufgeschlagen und kleine Feuer angezündet. Auf einem riesigen Rund Hunderte von Zelten, Pferden, Karren, Wagen. Das Banner des Kaisers hing schlaff über seinem Zelt, denn es wehte kein Hauch, und die Hitze lag wie eine dicke Glocke über dem Platz.

Der Kaiser hatte der Burg gleich nach seiner Ankunft die Ehre seines Besuchs erwiesen, denn er hatte es eilig und wollte die Heide so schnell wie möglich durchqueren. Im langen, braunen Umhang, den eine vergoldete Fibel an der Schulter zusammenhielt, über den sein schon damals legendärer Bart herabhing, durchquerte er den Innenhof und begrüßte Raupach, der vor ihm niedersank.

»Erhebt Euch, Vasall«, sagte der Kaiser und blickte sich um. »Hierher also habe ich Euch geschickt. Ein guter Ort, um zur Besinnung zu kommen.«

Raupach lächelte. »Ja, Euer Gnaden. Aber ich habe mich nie beklagt.«

»Ja, Ihr habt immer zu Uns gehalten«, erwiderte der Kaiser ernst. »Nun, ich bin hungrig und will morgen in Lüneburg sein.« Sie gingen hinein und setzten sich an die reichgedeckte Tafel. Wenig später kamen auch des Kaisers erste Vasallen und Offiziere dazu. Der Kaiser aß mit gutem Appetit. Mit seinen kräftigen Händen brach er das Brot, mischte den Wein mit Wasser und ließ den Blick über die Anwesenden schweifen.

»Ihr habt Glück, daß Unser Vetter sich nicht an Euch vergriffen hat«, sagte er leise, zu Raupach hinübergebeugt, während die lauten Stimmen der Soldaten den Saal erfüllten.

»Ja, Euer Gnaden. Seit zwei Monaten rechne ich täglich mit ihm. Aber andererseits ist die Burg kein guter Stützpunkt für ihn, strategisch zu unbedeutend. Was kann er hier schon wollen, am Ende der Welt?«

Der Kaiser lachte. »Oh, Heinrich wollte immer das Unmögliche. Wir haben uns einmal gut verstanden ...«

Er unterbrach sich und starrte mit harten Augen auf seinen leeren Teller. Raupach bemerkte, wie sich der Kaiser verändert hatte. Er kannte ihn noch als jungen Mann – aufbrausend, jähzornig, ungeduldig, mit einem starken Hang zur Grausamkeit. Er schien ruhiger geworden zu sein; vielleicht hatte er endlich gelernt zu warten.

»Wollt Ihr seinen Tod?« fragte Raupach vorsichtig.

Friedrich schüttelte den Kopf. »Nur Gott weiß, wie es ausgeht. Doch am Ende wird er sich nach England oder Frankreich absetzen müssen. Uns soll das recht sein, wenn wir erst einmal auf der anderen Seite der Elbe sind ...«

Er hob den Kopf, und seine scharfen Augen glitten über Raupachs Männer. »Wie viele Soldaten habt Ihr?« fragte er.

»Fünfzig«, erwiderte Raupach, »dreißig von mir, zwanzig von Maesfeld. Unter meinem Befehl steht übrigens Van Nell, Ihr kennt ihn.«

Der Kaiser nickte. »Guter Mann. Absolut loyal. Ich brauche solche Männer, die Söldner kosten mich ein Vermögen.«

Er schwieg und starrte geistesabwesend in die Runde. »Heinrichs Frau sitzt in Lüneburg«, sagte er plötzlich. »Ich werde die Stadt entsetzen lassen.«

Seine Stimme wurde leiser. Die Müdigkeit machte ihm die Glieder schwer. Zu viele Nächte im Feld verbracht, zuviel Macht angehäuft. Zuwenig Schlaf und zuviel Blut, das die Blutrinne seines Schwertes herabgelaufen war. Er konnte sich keine Gefühle leisten; zu viele hockten schon um ihn herum und warteten auf die ersten Anzeichen von Schwäche. »Lüneburg«, murmelte er wieder. Er würde die Stadt dafür büßen lassen, für diese politisch aufreizende Geste, mit der sie ihn provozierte.

»Lüneburg ist Mathildas Heiratsgut«, gab Raupach zu bedenken.

»Was?« Der Kaiser schreckte hoch.

Raupach wiederholte seine Worte. Früher hätte den Kaiser das wenig geschert. Ob Heiratsgut oder nicht, ob Recht oder Unrecht: es gab nur einen, der war immer im Recht, und das war er selbst. Aber jetzt sah ihn Raupach die Stirn runzeln und nachdenken.

Diener verteilten das gargesottene Fleisch, und nun kam auch Maesfeld herunter. Er fiel vor dem Kaiser auf die Knie, dessen Geistesabwesenheit immer deutlicher wurde. Er ließ sich Teller und Schüssel füllen, rührte das Essen jedoch nicht mehr an.

»Wir werden sehen«, meinte er dann nach einer Weile. Griff nach dem Messer und schien dies neue Problem, was nun aufgetaucht war, mit einem Achselzucken abschütteln zu wollen.

›Ja‹, dachte Raupach, ›wir werden sehen, was für ein Mensch du geworden bist, Friedrich Barbarossa, Kaiser von Gottes Gnaden.‹

Am Morgen lag wieder Nebel über der Heide. Das Klappern der Pferdehufe schallte durch den Innenhof. Gesprochen wurde wenig. Die Soldaten, in ihren Kettenhemden und bis an die Zähne bewaffnet, warteten auf unruhigen, nervösen Pferden.

Berthold stand am Fenster und schaute hinunter. Er spürte keinen Neid, nur Ekel. Er haßte den Krieg noch immer. Sein Blick fiel auf den Iren, dessen Hengst hin und her tänzelte und kaum noch zu halten war, als röche er schon jetzt den Geruch des Blutes. Der Nebel wurde dichter, hüllte den plumpen Bergfried ein. Maria, noch blaß und schwach, drückte sich unter den Torbogen. Sie hatte den Kaiser sehen wollen, der jetzt in einem leuchtendroten Mantel sein Pferd bestieg. Ein herbes Gesicht, von widerspenstigem Haar umrahmt, bezähmte Kraft ausstrahlend.

Die ersten Soldaten ritten bereits aus dem Hof, sammelten sich mit den anderen draußen auf dem freien Feld. Hinter dem Kaiser hielten sich Raupach, Van Nell und der Ire. Dann die anderen Offiziere und Vasallen, dahinter die gemeinen Soldaten, und am Schluß die Frauen, die sich dem Zug schon im Süden angeschlossen hatten. Auch Rosalie war dabei. Maria sah ihnen hinterher, bis sie alle im Nebel verschwanden.

Rosalie mit ihrem roten Haar, das lang auf ihren schlanken Rücken herabfiel. Rosalie, die jede Waffe handhaben konnte. Maria erstarrte.

Rosalie schoß wie ein Mann, das wußte hier jeder. Warum also nicht auch mit einer Armbrust?

»Kommt, Herrin«, hörte sie Katharina neben sich sagen, »Ihr solltet Euch wieder hinlegen.«

Maria nickte geistesabwesend und blieb stehen. Wo war Rosalie gewesen, als der Mord geschah? Woher kam sie überhaupt? Cai hatte gesagt, er habe sie auf der Straße gefunden, wie einen jungen Hund, der nicht weiß, zu wem er gehört. Rosalie verstand sich auf die Kräuter. Sie war eine Kräuterfrau. Natürlich, sie gehörte zu denen, die sich im Wald getroffen hatten. Eins gesellte sich langsam zum anderen.

Wann war Rosalie nach Raupach gekommen? Nachdem die alte Sigrun verhaftet worden war, von der man wußte, daß sie zwei Töchter hatte. Das konnte kein Zufall sein, dachte Maria. Rosalie gehörte zu denen, die sich am alten Stein getroffen hatten und denen Monreals Reise nach Köln zum Verhängnis geworden wäre, hätte er jemals sein Ziel erreicht.

Maria spürte, wie ihr die Beine zitterten. Sie hatte seit zwei Tagen nichts mehr gegessen. Hatte gestern noch todkrank im Bett gelegen. Aber sie hatte endlich gefunden, wonach sie seit zwei Jahren suchte – so dringend suchte, wie manche verzweifelte Menschen nach Drachenblut. Sie hatte ihr Drachenblut endlich gefunden.

Sie raffte ihre Röcke auf und lief in den Nebel hinaus. Aber der Zug war längst weit weg. Nur das Knarren der Ochsenwagen hallte noch durch den wabrigen Dunst …

Sie waren fort, und Maria blieb mit ihrem Haß allein. Rosalie hatte ihr keinen gelassen, Cai Tuam nicht und Monreal nicht. Aber Maria hatte Zeit. Ein Wort nur, und die Hexe würde sterben. Jetzt besaß Maria das Wissen, das ihr Macht verlieh.

Die ersten Tage nach der Abreise des Kaisers verbrachte sie in der triumphierenden Gewißheit ihrer Überlegenheit. Genoß die Ruhe, die herrschte, und den Nebel, der sie unsichtbar machte, als ginge sie mit einer Tarnkappe umher. Dann ging sie in Rosalies Garten, wanderte durch dieses grausilberne Kräutergespinst, in dem ihre Schritte die Aura seiner Besitzerin störten. So als werfe man einen Stein in ein stehendes Gewässer.

Die junge Esche in der Mitte trug ihre ersten Blätter, in den drei Brunnen glänzte schwarzes Wasser. Überall blühte das Kraut ihrer Kindheit, die Pfefferminze mit ihren rosa Blütenköpfen, und erinnerte sie an ihre Mutter. Verblühtes Ochsenauge, Alant und giftiges Bilsenkraut wuchsen in Form zweier sich gegenüberliegender Dreiecke, und dann bemerkte Maria, daß der gesamte Garten nach einem seltsamen System aufgebaut schien. Im Norden lag ein Brunnen, und einer im Süden, und einer in der Mitte dazwischen, und neben diesem wiederum stand die Esche. Links und rechts dieser Mittelachse lagen die Beete, wieder drei untereinander in Dreiecken angeordnet.

Maria warf Steine in die Brunnen und riß die jungen Pflanzen aus der Erde. Sie zerstörte das Prinzip dieses Gartens, das sie nicht verstehen konnte. Sie ließ Erde in die Brunnen rieseln und warf die mit den Wurzeln ausgerissenen Pflanzen über die kleine Mauer, die den Garten umgab. Und dann blieb sie stehen und lauschte der ungewöhnlichen Stille ringsum. Die Vögel hatten aufgehört zu singen.

Maria ging zurück. Einmal kam ihr kurz der Gedanke, daß sie sich täuschen könne und Rosalie zu Unrecht verdächtige, aber sie schüttelte ihn ab und wollte nichts davon wissen. Endlich fügten sich alle Steinchen zu einem Mosaik zusammen, und sie wollte es nicht wieder auseinanderreißen. Sie wollte ihren Zorn auskosten und stieg zu Bertholds Kammer hinauf.

Ihr Herr lag im Bett und las. Sie setzte sich zu ihm und nahm ihm das Buch aus der Hand. Er lächelte.

»Ich war in Rosalies Garten«, sagte sie. Er nickte nur. Dachte an die Soldaten, die jetzt auf dem Weg nach Lübeck waren.

»Rosalie hat rote Haare und kann mit einer Armbrust umgehen«, fuhr Maria fort, »die schießt wie ein Mann.«

Berthold blinzelte in die Sonne, die zum Fenster hereinschien. Sein Kopf war ganz klar, so klar wie selten. Ohne Schmerzen, ohne Druck. Nur das Fieber ließ ihn frösteln.

»Rosalie?« fragte er verblüfft.

»Ja, sie hat Monreal umgebracht.« Und dann erzählte sie von dem Treffen am alten Stein, von der alten Sigrun, von Monreal, der das Treffen beobachtet hatte. Noch nie im Leben war sie so ruhig gewesen. Sie entblätterte ihr Wissen, ihre Macht, und wartete auf den großen Donnerschlag.

Berthold war bleich geworden. Er lauschte ihr mit wachsendem Entsetzen und spürte, wie sein Herz klopfte. »Warum hast du mir nicht früher davon erzählt?« fragte er endlich ungläubig.

»Warum? Es ist vorbei. Sie treffen sich nicht mehr. Aber die Hexe muß sterben.«

Er starrte sie an. »Bist du von Sinnen? Willst du, daß alles wieder von vorn beginnt? Martin hat seinen Templer gefunden, damit hat die Sache ein Ende. Ich schicke Rosalie fort, wenn sie wiederkommt – mag sie sehen, wo sie bleibt. Alles andere schlag dir aus dem Kopf. Und jetzt laß mich allein.«

Maria blieb sitzen. Sie konnte es nicht glauben. »Nein«, zischte sie, »ich will, daß Monreals Tod gerächt wird.«

Sie wußte, daß sie hätte gehen müssen, aber sie wollte Blut sehen, wollte die Wahrheit ans Licht zerren wie einen lichtscheuen Gefangenen, der Jahre in einem nachtschwarzen Kerker gesessen hat. Und sie erzählte ihm alles, ihm, der so unschuldig war und für nichts, was geschehen war, etwas konnte. Sie erzählte von Monreal, den sie geliebt und den die Hexe totgeschossen hatte, und von Cai Tuam, seinem Freund, der sie geschwängert hatte. Es tat so gut, endlich alles loszuwerden, aber gleichzeitig wußte sie auch, daß Berthold der letzte war, der dieses Geständnis verdient hatte. Und sie wußte, daß sie sich um Kopf und Kragen redete. Sie würde dafür bezahlen müssen. Als sie fertig war, stand sie auf. Ihr schwindelte. Doch mochte sich jetzt vollenden, was sie begonnen hatte.

Berthold schwieg. Wie tot lag er da, die Augen geschlossen. So wie Monreal damals. Als er sie endlich wieder öffnete, standen Tränen darin. Er versuchte aufzustehen, klammerte sich an den Pfosten seines Bettes. »Weib«, flüsterte er, »geh mir aus den Augen.«

Er stand endlich aufrecht. Maria wich zurück, öffnete die Tür. Berthold kam auf sie zu. Aber sie war schon aus dem Zimmer geschlüpft.

Er spürte die Wunde wieder. Eine unachtsame Bewegung nur, und sie war wieder aufgeplatzt. In Wirklichkeit war sie wohl nie richtig zugeheilt. Er krümmte sich und fiel zu Boden. Das Blut tropfte auf die Dielenbretter, und es war ihm, als spüre er es überall. An den Händen, am Rücken, am Kopf. Als ströme es wie ein Fluß zum Meer.

So war das also, dachte er, das Ende aller Dinge. Die eigene Frau eine Hure, der Freund ein Betrüger, die, der er einen Platz zum Schlafen und zu essen gegeben hatte, eine Mörderin. Überall nur Täuschung, nur Illusion. Ein ganzes Leben gebaut auf Heidesand. Und überall nur Blut. Er schmeckte es auf der Zunge. Wollte nach dem Diener rufen, aber da war keine Kraft mehr. Und Maria war gegangen.

Es würde niemand kommen. Vielleicht wollte er auch gar nicht, daß einer kam. Vielleicht wäre Sterben einfacher als diese Art von Leben, das sich ohnehin ganz langsam davonstehlen wollte. Er schloß die Augen und legte sich hin. Die

Dielenbretter waren kalt, aber er hatte keine Kraft mehr aufzustehen. Er würde schlafen, merkte, wie er ins Reich der Dämmerung herüberglitt. Sein letzter Gedanke galt dem Iren. Er hatte nicht einmal die Möglichkeit, den Iren zu fragen, nach Lüge und nach Wahrheit, und er hätte ihn so gern gefragt, diesen guten Geist seines Lebens …

MANNAZ

ᛗ

»Ich kann dies als fünfzehntes,
daß vor Dellings Tor Thjodrörir ertönen ließ:
er sang Kraft der Asen, den Alben Gewinn,
Weisheit Valvaters.«

Rosalie schrak hoch. Um sie war tiefe Nacht. Draußen vor dem Zelt knackte das Holz im Feuer. Sie konnte ins Feuer sehen. Feuer und Wasser, Erde und Luft, aber Wasser ist am stärksten.

Rosalie erhob sich langsam. Es war nur ein schwacher Schein, der durch die Zeltwand drang, aber sie konnte jede Flamme erkennen. Selbst die Glut. Sie sah HAGALAZ und NAUTIZ. Irgend etwas war geschehen. Irgend jemand würde sterben.

Sie schlug den Eingang des Zeltes zur Seite. Die Menschen schliefen, nur hier und da ein Feuer, da und dort eine Wache. Der Ire saß mit einigen Soldaten zusammen, und sie unterhielten sich leise. Wilde, hartgesottene Kerle, die für den Kaiser und gutes Geld ihren Kopf hinhielten. Rosalie setzte sich neben den Iren auf die Erde. Er musterte sie erstaunt.

»Es ist etwas geschehen«, murmelte sie, »jemand ist in meinem Garten gewesen und hat die heiligen Kreise gestört. Jemand wird sterben. Paß auf Raupach auf.«

Die Worte quollen ihr über die Lippen, ungeformt und ungewollt. Not, Nacht, Tod klang es in ihr. Es war nicht das erste Mal, daß sie diese Ahnung verspürte. Daß sie etwas wußte, was sie nicht wissen konnte, aber es hatte in den Runen gestanden. Etwas hatte sich erfüllt, was an diesem See im letzten Herbst begonnen hatte.

Not, Nacht, Tod. Die Runen erfüllen sich, wenn ihre Zeit gekommen ist, und nicht, wenn der Mensch es will.

Cai stand auf und nahm Rosalie zur Seite.

»Ich weiß nichts«, kam sie ihm zuvor, »aber gib auf Raupach acht, ich bitte dich.«

Sie ließ ihn stehen, ging zum Zelt zurück und legte sich wieder hin. Sie schlief ein. Und dann stand sie mit ihren Gedanken plötzlich außerhalb dieser Welt, so als sei sie in den Garten der Nornen getreten, die sie einen Blick in die Zukunft werfen ließen. Sie träumte davon, daß Urd ihr einen Spiegel vorhielt, in dem sie drei tote Brunnen erblickte, Brunnen ohne Wasser und ein Garten ohne Blumen. Und dann stand auch ihre Mutter da. »Wenn sich innerhalb eines Jahres dreimal die gleichen Dinge, Worte oder Zeichen wiederholen, dann mach ungeschehen, was du angerichtet hast«, hörte sie Sigrun sagen; und dann hüpfte eine fette Unke in einen der leeren Brunnen. Da wurde sie wach.

Des Kaisers Heer lagerte seit einer Woche vor der Stadt Lübeck, die sich weigerte, den Kaiser einzulassen. Statt dessen stellten die Lübecker Bedingungen, und Heinrich hatte sich längst abgesetzt. Aber Heinrichs beste Leute saßen in der Stadt, die nun auch noch von der Seeseite durch die Dänen belagert wurde, um sie zu halten. Im Lager war der Teufel los. Dänen und Wenden waren eingetroffen, Schwaben und Pommern – die halbe Welt ging hier ein und aus. Der Kaiser hatte ein prächtiges Zelt errichten lassen, über dem sein Banner wehte. Er brachte seine Soldaten in Stellung und wartete ab. Gerüchten zufolge war die Versorgung der Stadt mehr als schlecht, so daß man im kaiserlichen Lager gelassen das Ende des Monats abwarten konnte. Wenn sie da drinnen nichts mehr zu essen hatten, würden sie aufgeben. Der Kaiser nutzte die Zeit, um den dänischen König zu empfangen. Das Lager glänzte farbenfroh, über den Feuern brieten ganze Ochsen, und der Wein floß in Strömen. Bei dieser Gelegenheit sah Rosalie auch den Kaiser selbst, dieses Kind der Birkenrune.

Rosalie blieb für sich. Sie gehörte nicht hierher so wie die anderen Frauen, die im Lager waren. Marketenderinnen, die sich den Soldaten an den Hals warfen. Die hielten sie für ein seltsames Geschöpf, weil sie wegen eines Mannes mit in den Krieg gezogen war. Rosalie wartete auf Cai, der sich mit den anderen Soldaten direkt vor den Mauern der Stadt aufhielt, und bangte um Raupach. Machte ihr ein Soldat schöne Augen, dann hielt sie ihn sich mit dem bösen Blick vom Leib, doch manchmal fragte sie sich, wofür all diese bösen Blicke, denn Cai kam immer seltener.

›Immer das gleiche Lied, Rosalie‹, sagte sie sich. Not, Nacht, Tod. Warten auf Liebe. Warten auf hartem Lager mit den Stimmen der anderen Soldaten im Ohr. ›Geh fort von hier‹, sagte sie sich. Doch wohin? Nach Raupach konnte sie nicht mehr, das wußte sie. Die Gesichter im Feuer. Jemand war in ihrem Garten gewesen. Jemand würde sterben. Wo ist Raupach? Was ist mit Berthold? Und die Gesichter hören nicht auf. Geister einer verlorenen Vergangenheit. Urd, die zu ihr spricht. Aber ich habe dich nicht gerufen, Urd. Um sie herum Leben wie in einem Bienenstock. Bunte Zelte, das Klirren von Sporen und Waffen, der Geruch von Gebratenem. Soldatengesänge, Frauenlachen.

»Komm mit, Rosalie«, rufen die Frauen ins Zelt hinein. »Die Soldaten und der Kaiser, die mit den Lübeckern verhandeln, sind zurückgekommen. Vielleicht ist deiner ja dabei.«

Der Sand der ins Lager sprengenden Pferde spritzt bis an die Wände ihres Zeltes. Rosalie will ihn nicht mehr. Urd hat sie gerufen, die wie ein alter Bär hinter Käfigstäben hockt und mit trüben Augen auf eine vorbeifliegende Gegenwart glotzt.

Rosalie steht auf und geht hinaus. Er ist da. Verschwitzt, müde, mit toten Augen. Augen wie Asche. »Raupach ist verletzt.«

Sie nickt nur. Du hast nicht auf ihn aufgepaßt, Ire. Aber er packt ihren Arm. »Ich habe ihn nicht aus den Augen gelassen. Er ist vom Pferd gefallen. VOM PFERD GEFALLEN.«

Er sieht sie kopfschüttelnd und fassungslos an. »War das deine Magie, Hexe?«

»Ich habe es gewußt«, nickt Rosalie, »ich hatte die Runen geworfen ...«

»Wer war in deinem Garten?« fragt er wütend, als ob es ihre Schuld sei, was geschehen ist. »Wer wird sterben?«

Sie weiß es nicht. An Gesichter kann sie sich nicht erinnern. Raupach oder Berthold?

Am Abend ging sie in Raupachs Zelt. Sie kam sich vor wie ein Schuh, der an keinen Fuß mehr paßt. Raupach war mit dem Kopf gegen einen Stein geschlagen. Er war bewußtlos. Der Ire stand an seinem Bett und regte sich nicht. Ein

Öllämpchen gab nur spärliches Licht. Aber als er sie hörte, drehte er sich um.

»Was bedeutet das alles, Rosalie? Ich habe jemanden nach Raupach geschickt, der kam heute morgen zurück. Maria ist verschwunden und Maesfeld fast verblutet. Und Raupach …«

Jemand war in ihrem Garten gewesen, und jemand wird sterben. Sie brauchte nur die richtigen Namen in diese verworrenen Bilder einsetzen.

»Grundgütiger Gott«, murmelte der Ire, »ich muß nach Raupach, und das so schnell wie möglich. Was ist geschehen, Rosalie?«

Sie schwieg irritiert. So mußte es gewesen sein – Maria war in ihrem Garten gewesen, und Berthold würde sterben. Sie dachte mit Bestürzung an die Worte des Pilgers. Hatte Maria die Wahrheit herausgefunden? Aber was hatte das mit Maesfeld zu tun? Plötzlich erfaßte sie eiskaltes Entsetzen.

»Rosalie«, flüsterte da der Ire drohend, »du hast Monreal umgebracht.«

Er wußte es also. Aber wer hatte sie verraten? An dem Tag, als die Pilger nach Raupach gekommen waren, hatte sie dort gesessen wie auf einem Vulkan. Vorher war sie sicher gewesen. Niemand hatte sie gekannt – sie war für alle das Kind einer fremden Frau, die von Wegelagerern umgebracht worden war. Selbst Maria, die keine Ruhe geben wollte, war nie auf sie verfallen.

»Es muß alles damit zusammenhängen. Also, antworte!«

Hatte er es all die Zeit gewußt und es nie verraten? Rosalie nickte müde. »Von wem weißt du es?«

»Der Junge«, sagte er, »er hat es damals in diesem Keller gestanden. Da kannte ich dich noch nicht, aber ich wußte, daß du Sigruns Tochter bist, und ich habe dich geschützt.«

»Und Maria?« fragte sie bestürzt.

Da lachte er leise. »Maria hatte sich in die Vorstellung verrannt, ich sei es gewesen.«

Dann saß er da, am Ende von Raupachs Lager und erzählte ihr alles. Von Marias Liebe zu Monreal, von ihrer seltsamen Erpressung, von dem Jungen und von seinem Kind, das sie umgebracht hatte. Erklärte, daß er Sigrun das Versprechen gegeben hatte, auf ihre Tochter aufzupassen und sie zu beschützen.

Und mit jedem Wort wurden sich beide immer fremder. Alle Träume ausgeträumt, alle Möglichkeiten verloren. Rosalie konnte nie mehr nach Raupach zurück, das war zu gefährlich. Und wenn Maesfeld nicht überlebte, dann hatte der Ire keinen Herrn mehr und, schlimmer noch, keinen, der ihm die nötigen Urkunden besorgte, die er brauchte, um ein richtiger Arzt zu werden. Das hieß, weiter durch die Welt ziehen und für Geld Kriege führen, die er nicht gewollt hatte. Doch das Schlimmste sollte noch kommen:

»Ich habe deiner Mutter ein heiliges Versprechen gegeben«, sagte er finster, »aber wenn ein Versprechen nur Unglück heraufbeschwört, dann ist es besser, man bricht es. Und genau das werde ich jetzt tun, Tochter einer Runenmeisterin. Die Götter sind tot, Rosalie, es gibt sie nicht mehr, und die Runen sind tote Steine, die nichts bewirken außer Unglück, und ich will verdammt sein, wenn ich mich nicht auch von dir lossage.«

Das also hatten die Nornen bei ihrer Geburt zusammengesponnen. Hatten ihr Leben mit all diesen Toten verknüpft und ihr dafür die Schuld in die Schuhe geschoben.

»Damit in Zukunft keine Schuld verbleibt«, hatte Skuld bei ihrer Geburt gesagt.

> Gewebt und gesponnen einen Faden in die Kreuz und in die Quer. Böser Anfang und böses Ende.

Rosalie wanderte an diesem Abend einsam über den Lagerplatz, vorbei an des Kaisers schönem Zelt, und suchte einen ruhigen Platz zum Schlafen, denn bei Cai Tuam konnte und wollte sie nicht bleiben. Den Beutel mit den Runen trug sie in ihrer Tasche. Sie vergrub ihn mit den bloßen Händen in der trockenen, harten Erde und wanderte weiter.

Sie wanderte bis zu einem Sumpf. Eine Spinne saß in ihrem Nest und beobachtete die Wandernde. Sie saß in einem alten Baum, einer Eibe, zwischen den grünen Borsten ihrer Zweige. Und darunter hockte ein alter Mann, der sah aus wie ein Pferdeknecht.

»Wohin willst du?« rief er Rosalie an.

»Wohin es geht«, gab die zurück.

Der Alte lachte. »Hier geht's nirgends hin. Du bist hier im Reich der Pferde. Not ist nichts – das ist das Gesetz, das hier herrscht. Du kennst die Rune?«

»EHWAZ«, murmelte Rosalie, »ja, aber ich habe die Runen vergraben. Ich kenne das Reich der Pferde nicht mehr.«

Da lachte der Alte noch lauter. »Verleugnest du jetzt schon deine Mutter, Runenmeisterin?«

»Wer bist du?« fragte sie entgeistert.

»Ich kenne dich«, gab er zurück, »weißt du nicht, daß die heiligen weißen Pferde das beste Orakel sind? Besser als jede Rune? Ich war einst ein Pferdepriester, aber das ist lang vorbei. Geh zurück, Rosalie, du wirst das Ende der Welt nicht finden, und wenn du hundert Jahre wanderst. Hinter dir liegt nur das Ende alles Dinglichen, MANNAZ – hier aber beginnt das Reich der Pferde. Einer wird hierher in diesen Sumpf kommen, der dir sehr nahesteht, das sagt das Orakel der Pferde, aber du wirst ihm den Tod wünschen. Geh zurück in deinen Wald, in deine Hütte, bevor noch mehr Unheil entsteht.«

»Ich kann nicht zurück«, sagte sie bitter. Die Spinne in ihrem Seidenknoten kroch hin und her, und ein halber Mond schien ihr auf den Pelz. Wie sah es aus im Reich der Pferde? Welche Gesetze herrschten hier?

Der Alte nickte. »Es ist das Land der göttlichen Gesetze, wenn die Nornen mit den Runen würfeln und das Unterste zuoberst kehren.«

Er stand auf, nahm sie bei der Hand und brachte sie zurück zum Lager. Hier gab es keinen halben Mond und keine Spinnen in Eibenbäumen. Hier war wieder Neumond, und hier herrschte Krieg.

Cai Tuam ritt mit zwei Soldaten nach Raupach zurück. Dort angekommen, stürzte er die Treppe zu Bertholds Kammer hinauf. Der Herr lag totenbleich im Bett, die Decke bis zum Kinn hochgezogen. Die Haare klebten ihm schweißnaß auf der Stirn, und als die Tür aufflog, hob er den Kopf ein wenig.

Der Ire warf Mantel und Waffengürtel auf einen Tisch und trat ans Bett. »Was ist geschehen, Herr?«

Berthold wandte das Gesicht ab. Durch die Hölle war er gegangen, das war geschehen, aber er wollte nicht sprechen. Nicht mit diesem Mann. Er spürte Cais Hände, die die Decke zur Seite schlugen und mit vertrauten Gesten über seine Wunde glitten, die ihm ein Diener verbunden hatte. Der Ire löste die Verbände und ließ sie zu Boden fallen.

»Ein aufgebrochener Abszeß. So groß wie ein Hühnerei«, sagte er kopfschüttelnd. »Ich gebe Euch jetzt Schwefel«, erklärte er und sah Berthold in die stummen glanzlosen Augen. »Ihr wißt, was Schwefel ist, es kommt aus heißen Quellen. Die Ärzte sagen, es vertreibt die Pest, aber das glaube ich nicht. Man kann es mit Alkohol vermischen und verdünnen, das haben schon die Griechen früher gemacht ...«

Er verließ die Kammer und kehrte wenig später mit einem Becher zurück, den er Berthold an die Lippen hielt. Aber Berthold trank nicht, sondern schob die Hand mit dem Becher weg. »Wollt Ihr mich jetzt vergiften?«

Seine Stimme war heiser, nicht viel mehr als ein Flüstern.

»Vergiften? Warum sollte ich Euch vergiften, Herr?«

Berthold lachte stumm, ein böses, häßliches Lachen. »Mein Weib konnte seinen Mund nicht halten, und ich sehe, Ihr wißt es nicht. Maria hat mir alles erzählt. Die eigene Frau eine Hure, Ihr ein Betrüger, und Maria behauptet, Rosalie sei die Mörderin von Monreal. Ich könnte Euch festnehmen und diese kleine Hexe in Ketten legen lassen. Nun, wie gefällt Euch das?«

Er schloß erschöpft die Augen. Über eine Stunde hatten sie ihn auf den Dielenbrettern liegengelassen, bis endlich eine Magd gekommen war und ihn wieder ins Bett gepackt hatte. Er wollte nicht sterben, obwohl er wußte, daß ihm niemand mehr helfen konnte. Und er wollte auch diesen Schwefel nicht nehmen, diese farblose, wäßrige Flüssigkeit, die nach nichts roch, außer nach Schnaps.

»Ja, Herr«, sagte Cai Tuam und zog sich einen Stuhl ans Bett. »Sie hätte besser geschwiegen. Ich habe dieser alten Runenmeisterin damals das Versprechen gegeben, mich um ihre Tochter zu kümmern. Ihr seht, Herr, ich bin kein guter Christ, aber ein guter Heide bin ich auch nicht. Ich fühle mich an dieses Versprechen nicht mehr gebunden.«

Berthold öffnete die Augen. »Aber warum Maria? Hat das Weib Euch verführt?«

»Ich hatte nur Angst um Rosalie. Maria war so besessen von der Frage, wer Monreal umgebracht hatte, daß sie vielleicht irgendwann auf Rosalie kommen würde. Wer konnte das wissen? Als sie dachte, ich sei der Mörder, ließ ich sie in dem Glauben. Sie versuchte Vorteile daraus zu ziehen und ...«

Er schwieg. Wozu noch mehr erzählen, dachte er müde. Bertholds Leben würde sich auch so nur allzubald auf leisen Sohlen davonmachen. Berthold richtete sich ein Stück auf. »Vorteile? Was für Vorteile?« Aber dann dämmerte ihm selber, was der Ire wohl meinen könnte.

Cai legte ihm beschwichtigend die Hand auf den Arm. »Maria hat Euch geehrt, Herr, aber man hat sie an Euch verkauft, wie man eben Frauen aus politischen Gründen an irgendwelche Männer verschachert. Maria trifft wenig Schuld.«

Berthold starrte vor sich hin. Waren er und Maria nicht einmal EIN Herz gewesen? Was für eine Hexe hatte sich plötzlich aus diesem unschuldigen Weib entwickelt?

»Ich will sie nicht mehr sehen«, sagte er mit zitternder Stimme, »Ihr werdet sie zu den Schwestern Unserer Lieben Frau begleiten. Noch heute. Ich weiß, daß ich nicht mehr lange zu leben habe, und ich muß meine Angelegenheiten regeln. Wenn Raupach stirbt, wird er für Maria kein gutes Wort mehr einlegen können. Und der Kaiser wird Gundeline verheiraten, vielleicht noch bevor ich unter der Erde liege. Bringt Maria weg von hier, Cai, sofort.«

»Und was ist mit mir, Herr?«

Berthold langte nach dem Becher. »Ihr werdet tun, was Ihr immer getan habt. Mein Leben verlängern.«

Er trank mit einem Zug den Becher leer.

»Ich bin nicht Gott, Herr. Dieses Mittel benutzten die Griechen, wie ich schon sagte, und ich weiß nicht, ob es helfen wird.«

Berthold setzte den Becher ab und kostete den bitteren Geschmack auf der Zunge. Er hätte alles geschluckt, Schwefel, Feuer und Pech, wenn es nur helfen würde. Dann fiel er in die Kissen zurück und schloß wieder die Augen. Der Ire sah ihn an, und sein Herz krampfte sich zusammen. Sein Herr hatte nicht mehr viel Zeit, schon legte sich eine gefährliche fahle Blässe auf sein Gesicht, und sein Atem war flach.

Cai Tuam warf sich den Mantel über den Arm und wandte sich zum Gehen.

»Seid ehrlich, Cai«, flüsterte Berthold hinter ihm, »habt Ihr sie begehrt?«

Der Ire öffnete die Tür. »Nein, Herr, nie. Sie war Eure Frau.«

»Wenn Ihr Euer Versprechen gebrochen habt, dann seid Ihr jetzt frei zu tun, was getan werden müßte. Die Mörderin muß der Justiz übergeben werden«, flüsterte Berthold mit kaum hörbarer Stimme. »Es ist nur gerecht, wenn sie dafür büßen muß …«

Der Ire hatte nicht alles verstanden, aber es war nicht schwer, sich den Rest zusammenzureimen. »Verlangt Ihr das von mir?«

Berthold schwieg, aber das Schweigen war Antwort genug. Der Ire schlüpfte aus der Kammer und blieb draußen auf dem Gang stehen. War es nicht genug, wenn er sich von Rosalie lossagte, die er liebte wie keinen zweiten Menschen auf dieser Welt? Mußte er sie auch noch den Bütteln ausliefern? Ein für allemal Schluß machen mit der eigenen dunklen Vergangenheit, mit Zauber und Magie, Runenmeisterinnen und Hexen? Eine neue Zeit war angebrochen, die Zeit Christi, und die verlangte den Bruch mit den alten Ritualen. Die hatte ihre eigene Gerechtigkeit und verlangte Rache und Sühne für den Tod eines Menschen.

Cai starrte aus einem gegenüberliegenden schmalen Fenster auf die Heide. Mußte er seinem Herren nicht diesen letzten Wunsch erfüllen? Er war verwirrt und voller Sorge um den Herren, der sterben würde, verwirrt und voller Angst vor der Entscheidung, die er zu fällen hatte.

Er fand Maria in der Halle, wo sie am Tisch saß und auf ihn wartete. Tränen fielen ihr auf die gefalteten Hände. Tränen über den Vater und Tränen über ihr mißlungenes Leben. Sie wurde abgeschoben wie eine alte Mähre, die zu nichts mehr etwas taugt, und dabei war sie erst zweiundzwanzig. Er setzte sich neben sie und vermied es, sie anzusehen, als habe er ein schlechtes Gewissen.

»Konntet Ihr nicht Eure Zunge hüten, Maria?« fragte er endlich. Seine Stimme war leise und klang niedergeschlagen. »Hattet Ihr nicht schon genug Unheil angerichtet?«

»Bringt mich weg von hier«, gab sie müde zurück. »Vielleicht ist das Kloster ja der rechte Ort für mich.«

Sie standen auf und verließen die Halle. Marias Zelter war schon gesattelt, und Gepäck hatte sie kaum. Dort, wo sie hinging, brauchte man keine weltlichen Güter.

Tage in endloser Gleichmäßigkeit – von der Complet zur Prim und von der Prim zur Complet. Tage, der Reue über die Vergangenheit gewidmet, und Nächte voller unbekannter Träume. Maria lebte jetzt als Braut Christi, der nichts von ihr forderte als Güte und Barmherzigkeit, Unschuld und fromme Gedanken. Gefühle der Rache duldete er nicht, und die Liebe wurde in seinem Angesicht wieder rein und gefällig. Aber wem gefällig?

Maria lernte, ihre eigenen Bedürfnisse nicht mehr zu beachten. Müdigkeit, Hunger, Verzweiflung, die Lust, sich mitzuteilen, die Lust am Leben – alles war wie eingedickt in einem zähen, schweren Brei des Schweigens, in dem man versank und von wo aus man nur noch gesenkte Blicke in die Welt entsandte. Dennoch – das Kloster war der einzige Ort, wo sie sein konnte. Zu Hause erinnerte sie alles an ihren Vater und an diesen irischen Teufel. Gundeline hatte ihr vorwurfsvolle Blicke zugeworfen, die sie nicht ertragen konnte. Gundeline war jung. Wenn ihr Vater starb, würde sie sich wieder verheiraten, aber Maria war eine Ehebrecherin, die nie wieder einen Mann bekommen würde, auch wenn Berthold eines Tages nicht mehr da wäre.

Im Kloster bekämpfte man die schlechten Säfte des Leibes und reinigte den Geist von üblen Gedanken. Es bot Essen, einen Platz zum Schlafen und die Aussicht auf das ewige Leben. Manche, die hierherkamen, fanden endlich Ruhe und Geborgenheit, aber Maria wußte, sie gehörte nicht zu denen. Ein Rest Trotz war geblieben, den sie nicht an der Klosterpforte abgegeben hatte. Den sie Tag und Nacht mit sich führte wie ein unsichtbares Schwert in der Hand. Sie schwieg und betete, meditierte und erfüllte mit ihrer engelsüßen Stimme die kleine Holzkirche. Ob Gott spürte, daß ihre Ergebenheit erzwungen und kalt blieb?

Draußen vor den Mauern tobten Leben und Krieg, doch sie betete für ihre sündige Seele, die sich nicht zähmen ließ, und das unsichtbare Schwert wollte ihr auch beim Beten nicht aus der Hand fallen.

Um die Stadt Lübeck hatte sich ein eiserner Ring geschlossen. In der Travemündung lagen schwere dänische Kriegsschiffe, und auf der Landseite stand das kaiserliche Heer. Der Kaiser verhandelte mit dem pommerschen Fürsten Borislaw und dem Obduritenfürsten von Werle. Dann sandten die Lübecker einen Kurier ins kaiserliche Lager, der meldete, der Lübecker Bischof bitte um eine Unterredung mit Barbarossa.

Die Nachricht verbreitete sich wie ein Lauffeuer im Lager, und jeder wußte, was die Lübecker veranlaßt hatte, ein solches Angebot zu machen. Die Stadt hatte nicht genügend Vorräte, um eine längere Belagerung durchzustehen, und suchte nach einer Möglichkeit, nicht zwischen Herzog und Kaiser zerrieben zu werden wie zwischen zwei Mühlsteinen. Unter Raupachs Leuten herrschte Trauer, denn der Herr war noch immer bewußtlos.

Am Morgen nach der bösen Nachricht über den Sturz vom Pferd war der Kaiser in Raupachs Zelt erschienen und hatte alle anderen hinausgescheucht. Nachdenklich vor Raupachs Lager stehend murmelte er nur kopfschüttelnd: »Vom Pferd gefallen.« Ein guter Mann, ein vortrefflicher Soldat, der ihm immer treu gewesen war, der von seinem Pferd fällt wie ein ungeschickter Bauer. Der Kaiser drehte sich um und rief nach Van Nell, der vor dem Zelt gewartet hatte.

»Was ist das für eine sonderbare Geschichte?« fragte der Kaiser ziemlich barsch. »Raupach vom Pferd gefallen, Maesfeld fast verblutet, und das Weib ins Kloster gebracht. Welcher Fluch liegt auf dieser Sippe?«

Van Nell nickte nachdenklich. »Das habe ich mich auch schon gefragt, Euer Gnaden. Falls Raupach sterben sollte, ist nur die Herrin Gundeline übrig, und die ist fast noch ein Kind.«

»Falls es zum Schlimmsten kommt, muß sie heiraten, und zwar bald. Ich brauche zuverlässige Vasallen in Sachsen, jetzt nötiger denn je. Die Stadt hält sich nicht mehr lange. Heute nachmittag werde ich den Bischof empfangen ...« Ein schelmisches Lächeln überflog sein Gesicht. »Die Dänen machen ihnen zu schaffen, sie haben selbst die Angler an der Trave verscheucht.«

Er ging mit schweren Schritten durch das Zelt, schlug den Eingang zur Seite und drehte sich noch einmal zu Van Nell um. »Vielleicht kommt alles anders ...«

Am Nachmittag erschien der Lübecker Bischof vor dem Kaiser. Er hielt eine lange Rede, in der er Friedrich davon zu überzeugen suchte, daß die Lübecker keine Schuld an der ganzen üblen Lage hätten, daß sie dem Herzog immer die Treue gehalten hätten, weil er sie immer gut behandelt habe, und daß sie nun für ihre Treue bestraft werden sollten. So ging das eine ganze Weile fort, bis er damit endete, daß die Stadt Lübeck – man solle doch in dubio pro reo – auf jeden Fall keine weitere Belagerung durchhalten könne.

Die Lübecker wollten einen Kurier zum Herzog schicken, um ihn zu fragen, ob er die Stadt weiterhin als die seine ansehe, und wenn ein Ja seine Antwort sei, so müßten sie sich wohl oder übel fügen und sich dem Kaiser weiterhin widersetzen.

Der Kaiser hörte sich die artig vorgetragene Rede schweigend an. »Durch die Ächtung des Herzogs gehört Uns die Stadt ohnehin«, sagte er ein wenig herablassend, aber weil er den Mut dieser loyalen Menschen respektierte, wollte er eine Gesandtschaft zu seinem Vetter billigen. Sollten jedoch nach der Rückkehr der Gesandtschaft die Lübecker noch immer ihre Tore nicht öffnen, würde er, Barbarossa, Kaiser von Gottes Gnaden, die Stadt ihrer sämtlichen Rechte berauben und Schlimmeres.

Der Bischof verstand die drohenden Worte des Kaisers. Er bestieg sein Pferd und ritt in die Stadt zurück. Im Lager wartete man nun untätig auf die Rückkehr der Gesandten. Als sie endlich zurückkamen, berichteten sie, der Herzog habe befohlen, die Stadt dem Kaiser zu übergeben. Es begannen endlose Verhandlungen, denn die Räte der Stadt wollten sich von ihren Rechten nichts nehmen lassen und versuchten, trotz ihrer bedrängten Lage, das Schlimmste zu verhindern. Sie weigerten sich noch immer, die Stadttore zu öffnen, und drängten darauf, sämtliche bis zu diesem Zeitpunkt erworbenen Rechte behalten zu dürfen. Der Kaiser zeigte sich milde und verlieh der Stadt die Reichsunmittelbarkeit.

Im August öffnete man ihm dann endlich die Tore. Das Volk säumte die Straßen, denn ihm war es gleich, wer es regierte, und wäre es der Teufel selbst. Für sie zählte nur ein voller Bauch, ein langes Leben und ein prall mit Münzen gefüllter Beutel; und so ritt der Kaiser unter Jubel zum Rathaus, wo man ihn mit allen Ehren empfing.

Im Lager feierte man den Sieg mit Dänen und Pommern und Wenden. Der Schein des Feuers war selbst von den Schiffen auf dem Meer aus noch zu sehen. Ochsenwagen brachten geschlachtete Schweine und Hammel heran. Riesige Fässer türmten sich auf den Karren und unablässig ergoß sich Wein und Bier in die Becher der Soldaten. Musiker spielten auf Fiedeln, Lauten und Schellen, und selbst des Kaisers Hofmusikant war dabei, der schlug den Takt auf seiner Trommel.

Die dänischen Seeleute waren bald so betrunken, daß sie mit den Pommern in Streit gerieten. Mit Äxten und Beilen gingen sie aufeinander los, und die Kaiserlichen hatten alle Mühe, sie auseinanderzuhalten. Dazu spielten die Musikanten, und die Frauen lachten, denn jetzt kam das Fest erst richtig in Fahrt. Die Musik wurde immer lauter, immer schneller. Die Trommel hallte durch das Lager wie Donnerschläge, die Fiedel ächzte und stöhnte, die Laute spielte ein Lied aus dem fernen Arabien. Dänen und Pommern setzten sich endlich versöhnt gemeinsam ans Feuer und schlugen den Takt mit ihren Langschwertern gegen die eisernen Schilde.

Plötzlich löste sich aus der Gruppe der sitzenden Frauen eine, stand auf, schlang sich ein Tuch um die vollen Hüften und trat in die Mitte. Langes schwarzes Haar fiel ihr bis zur Taille, ein grüner Zigeunerrock begann zu fliegen, als sie sich im Rhythmus der Trommel im Kreise drehte. Sie warf den Kopf mit schnellen Bewegungen hin und her, daß ihr das Haar wie Wellen um die Schultern peitschte. Die Männer feuerten sie an, klatschten, sangen, manche standen auf. Sie lachte nur und zog mit der Hüfte Kreise, Schlangenkreise, große Kreise, kleine Kreise, Kreise nach vorn und welche nach hinten. Sie bewegte ihre Arme wie die anmutigen Schwingen von Raubvögeln und malte damit Bilder in die Luft. Dann lief sie mit den Hüften zuckend an den Männern vorbei und lachte ihnen aus dunklen Augen ins Gesicht.

Die Trommel wurde noch schneller, die Laute klagte, die Geige ergoß ganze Kaskaden von schrägen Tönen über die Menge. Die Tänzerin stand jetzt neben der Trommel und schüttelte ihre Hüften, zitterte bald von Kopf bis Fuß wie in einem heftigen Fieber und ging so zitternd und schüttelnd im Kreis herum. Dann erklang der letzte Akkord, dem

Fiedler waren zwei Saiten gerissen. Die Tänzerin sank schweißnaß zur Erde, und jemand kam mit einer Decke, die er ihr überlegte. Eine zweite Frau erschien mit einem glitzernden Tuch und ging damit von einem zum anderen. Die Männer warfen ihr Münzen hinein, oder wenn sie nichts anderes hatten, drückten sie ihr einen Kuß auf die Wange.

»Wer ist die Tänzerin?« fragte Van Nell einen fränkischen Soldaten, der neben ihm saß. Der grinste.

»Eine Konkubine des Kaisers. Aber nehmt Euch in acht, sie hat ein scharfes Messer, und ich kenne einen, der bereut noch heute, ihre Bekanntschaft gemacht zu haben.«

Die Tänzerin war aufgestanden und öffnete das Tuch mit den Münzen. Die Männer hatten sich wieder auf den Boden gesetzt, selbst die wilden Dänen, von denen manche statt eines Kreuzes Thors Hammer um den Hals trugen. Die Frau ging von Feuer zu Feuer, bedankte sich und ging schließlich in die Richtung des Wagenkreises der Frauen.

Die Musiker machten eine Pause und nahmen eine Erfrischung zu sich, bis der mit der Laute wieder leise zu spielen begann.

ALGIZ

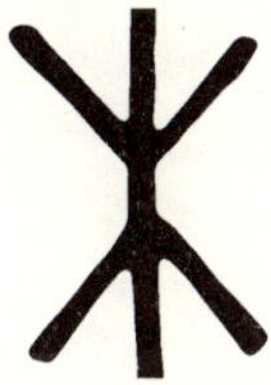

»Ein sechzehntes kann ich,
wenn von besonnener Maid ich Liebe und Lust begehr:
dem schweißarmigen Weib wend ich den Sinn
und wandle den Willen ihr.«

Der Ire war aus Raupach ins Lager zurückgekehrt. Er hatte zuviel getrunken. Für ihn gab es nichts zu feiern, denn sein Herr lag im Sterben, und er selbst hatte sich in den teuflischen Fängen der alten Runenmeisterin fangen lassen. Wie ein grüner Junge. Und jetzt war auch Rosalie fort. Er wollte endlich vergessen, und er wollte, daß die Welt ihn vergaß. Er betete zu Gott und suchte die alten Götter aus seinem Hirn zu verbannen. Am Morgen hatte er mit Van Nell gesprochen und ihm vage angedeutet, daß er etwas über Monreals Mörder wisse, und Van Nell hatte ihn für den nächsten Tag zu sich bestellt, um diese Angelegenheit zu klären.

Cai Tuam hatte sich gequält und das Hirn zermartert, wie er die Sache zu einem Abschluß bringen könne, aber da war nichts, was ihm die Entscheidung erleichterte. Ein Sterbender hat ein Recht auf seinen letzten Wunsch, aber die Liebe, mag sie noch so trüb sein von Sorge und Argwohn, hat auch ihr Recht und zieht und zerrt an der Seele und will nicht nachgeben. Ein Dilemma, wie es tragischer nicht sein konnte. Er hatte nie eine Frau wirklich geliebt, außer seiner Mutter, und Rosalie war die erste, um die er sich hatte sorgen wollen, die er hatte schützen wollen, die er hatte lieben wollen.

Van Nells Anblick am Morgen hatte die Entscheidung endlich gebracht. Wäre er Rosalie über den Weg gelaufen, hätte er sich vielleicht anders entschieden, aber die, so hieß es, habe das Lager verlassen. Er stolperte über den Platz, auf dem die Menschen noch immer feierten, und sah, wie die ersten aufbrachen, denn der Kaiser würde nach dem Fall der Stadt die verbliebenen Gebiete nördlich der Elbe aufsuchen, die noch unter Heinrichs Befehl standen.

Der Ire tauchte ein in die Dunkelheit, wo keine Feuer mehr brannten und keine Menschenseele mehr war. Hier stand irgendwo sein Zelt, aber die Frauen hatten die Feuer ausgehen lassen. Er fluchte leise. Irgendwo hörte er Stimmen, konnte sie aber in der Dunkelheit nicht ausmachen. Er stieß gegen ein Faß mit Wasser und sah weiter hinten eine Fackel brennen. Jemand hatte sie einfach in die Erde gesteckt und war weggegangen. Der Ire zog sie aus der Erde und ging zum Wasserfaß zurück. Dort steckte er seinen Kopf hinein und versuchte, den Nebel in seinem Hirn zu vertreiben. In seinem Schädel purzelten die Bilder übereinander, die Knie wurden ihm weich, und der Wein stieg ihm langsam die Kehle hinauf. Vom Heerlager hörte er die Musiker, die wieder zu spielen begonnen hatten. Wie die Schaumblasen vom Seifenkraut schwebten die Töne durch die Luft.

Er stand eine Weile über das Faß gebeugt und versuchte die Übelkeit loszuwerden. Als er sich umdrehte, stand da im Schein der Fackel plötzlich eine Frau. Es war die Tänzerin in einem wollenen, unscheinbaren Mantel, die Haare hochgesteckt. Sie lachte ihn an und deutete auf die Fackel. »Ich will zum Wagenkreis der Frauen«, sagte sie, »aber ich habe kein Feuer.«

Er fuhr sich mit den Händen durch das nasse Haar. Wäre er nicht so betrunken gewesen, er wäre vielleicht mißtrauisch geworden; wäre er nicht so müde gewesen, er wäre vielleicht auf der Hut gewesen. Aber er sah nur eine Frau, die im Dunkeln nicht zu ihrem Wagen finden konnte. So zog er die Fackel aus der Erde und ging mit ihr zu den Wagen hinüber, wo die Marketenderinnen lebten. Vor dem Wagenkreis brannte ein mächtiger Reisighaufen. Bei den Wagen mit ihren Zelttuchdächern war keine Menschenseele zu sehen.

»Möchtest du, daß ich für dich tanze?« fragte die Frau. »Möchtest du mit hineinkommen?«

Er starrte sie an. In seinem Zustand konnte er nur noch schlafen, und er sehnte sich nach Schlaf. Doch sie lächelte ihn begehrlich an und bot ihm an, was nur wenigen in diesem Lager vergönnt war, denn sie war eine Mätresse des Kaisers, die sich selbst aussuchte, was oder wer ihr gefiel. Er nickte nur stumm.

»Ich komme gleich wieder«, sagte sie leise und verschwand hinter einem der Wagen. Er setzte sich auf die Stufen eines anderen Wagens und wartete. Wieder wurde ihm übel, er konnte die Augen kaum noch offenhalten und versuchte sich zu konzentrieren. Er hatte sie tanzen sehen in diesem giftgrünen Rock und der anderen Frau eine Münze in das Tuch geworfen. Er merkte, daß er einschlafen würde, und dann würde sie ihn auslachen, also stand er auf und ging auf und ab. Doch sie kam nicht wieder. Da hob er kurzerhand die Zeltplane hoch und sah in den Wagen hinein. Eine alte Frau glotzte ihn an. Hinter ihr hing ein schwarzes Tuch, darauf war eine dicke behaarte Spinne in ihrem Netz eingewebt. »Was ist? Kann ich dir helfen, Soldat?«

Er spürte, wie ihm ein kitzelnder Schauder über den Rücken lief. Die Flamme einer dicken Kerze im Innern des Wagens flackerte, obwohl sich kein Windhauch regte. »Ich suche die Tänzerin.«

»Weißt du, was wir mit Männern machen, die ungebeten hierherkommen?« schnurrte die Alte.

»Wo ist die Tänzerin?« knurrte der Ire gereizt. Er hatte genug von bösen, alten Weibern, und seine Hand zuckte zum Gürtel.

»Laß sie stecken, deine Waffen«, sagte die Alte grinsend, »Mara wohnt zwei Wagen weiter. Aber gib acht, Soldat, hier ist das Reich von EHWAZ, hier herrschen andere Gesetze. Sie wird auf dich warten. Hinter dem Wagenkreis ist der Sumpf, der ist befestigt mit einem hölzernen Pfad, geh nur.«

Dem Iren sträubten sich die Nackenhaare. Die Spinne in ihrem doppelt gewebten Netz schien sich zu bewegen und die fetten fleischigen Beine auszustrecken. Cai Tuam drehte sich um und zog den Dolch aus dem Gürtel. Etwas hatte ihn gepackt. Es war die Angst, doch das wollte er sich nicht eingestehen. Er hielt den Griff des Dolches fest umklammert.

Der zweite Wagen war leer. Im Schein des Reisigfeuers sah er schemenhaft ein Lager aus weichen Kissen, einen niedrigen Tisch, bunte Tücher an den Wänden mit seltsamen Ornamenten darauf. Nichts regte sich. Nur ein halber Mond am Himmel hing. Der Ire hielt den Atem an. Hexenland, im runden Wagenkreis gefangen. Hier war es nicht geheuer.

›Vergiß sie‹, raunte es in seinem Kopf, ›eine mehr oder weniger, was macht das schon?‹ Aber er hatte sie tanzen sehen. Das Bild ihres zuckenden, kreisenden Leibes ging ihm nicht mehr aus dem Sinn.

Er suchte den Pfad durch den Sumpf. Seine Fackel beleuchtete schlammigen Morast zu beiden Seiten eines Plankenpfades, der sich mitten durch das Moor zog. Die Erde neben ihm quoll und sickerte und gurgelte. Hier standen nur noch Weiden und Erlen, die ihre bizarren Wurzeln durch den Schlamm zogen. Leicht schwankend bewegte sich Cai Tuam über die Planken. Der halbe Mond warf sein Licht auf raschelndes Schilf, und im seichten Wasser spritzte und gluckerte es. Hier war niemand außer den Fröschen und den Geistern, die den Sumpf besiedelten, außer den Kröten und den Nachtvögeln.

Der Ire blieb stehen. Das Gefühl grausiger Furcht ließ ihn nicht mehr los. Die morastige Erde neben ihm gab ein gurgelndes Geräusch von sich, sie schmatzte und saugte sich fest an einem Stück Ast, das hineingefallen war.

Cai Taum wollte umdrehen und diesen unheilvollen Ort verlassen, als er einen Schlag auf den Kopf spürte. Ein dumpfes Geräusch hallte in seinen Ohren, die Beine gaben unter ihm nach, und dann war nichts mehr.

Als sein Bewußtsein wiederkehrte, war immer noch Nacht. Das erste, was er sah, war seine Fackel, die zwischen zwei Holzplanken steckte. Er wollte sich an den Kopf fassen, doch etwas stimmte nicht mit seinen Händen. Er sah hinab. Ein dicker Strick war um seine Handgelenke geschlungen, und ein zweiter um seine Füße. Und dann sah er jemanden neben sich stehen. Es war die Tänzerin. »Na?« fragte sie belustigt, »ausgeschlafen?«

Er stützte den Kopf in die gebundenen Hände und suchte nach seinen Waffen.

»Ein Mann ohne Waffen ist wie ein Vers ohne Worte«, sagte die Frau kalt. Sie trat zu ihm. »Steh auf.«

Sie zog ein kleines Messer aus ihrem Stiefelschaft, während er versuchte aufzustehen, und als er vor ihr stand, drehte sie ihn um, und er spürte die Spitze des Messers in seinem Rücken. »Hier kannst du nicht bleiben.«

Mühsam bewegte er sich den Pfad entlang, immer diesen leichten tödlichen Druck im Rücken, durch den Sumpf hindurch, bis sie wieder auf trockenes Heideland kamen. Dann standen sie vor einer leichten Anhöhe, in die, von einer schweren Eichenluke verschlossen, ein Gang hineinführte. Das weiße Gold – ein Salzbergwerk, schoß es Cai durch den Kopf.

»Du bist Soldat?« fragte sie ihn. Er nickte nur. Dann zog sie die Luke hoch, bugsierte ihn in den Stollen und schloß die Tür wieder. Sie zündete zwei Kerzen an und gab ihm zu verstehen, sich auf das Lager, einen Strohsack, zu setzen. »Hast du sie schon verraten?«

Er war zu benommen von dem Schlag, um denken zu können, und verstand ihre Frage nicht.

»Rosalie, die Runenmeisterin«, erklärte sie, »ich will wissen, ob du sie schon verraten hast.«

Er schüttelte den Kopf.

»Hältst du mich deshalb hier fest?« fragte er verwirrt.

»Du wirst sie nicht verraten«, sagte sie ruhig, »ein Versprechen, wie du es gegeben hast, kann man nicht mehr auflösen. Es gilt für immer, das weißt du. Wer es trotzdem bricht, muß sterben.«

Sie drehte sich um, öffnete die Luke und kletterte hinaus. Er hörte noch, wie sie draußen einen Riegel vorschob. Dann fielen ihm die Augen zu, im Kopf saß der Schmerz fest. Er sank einfach auf den Strohsack und schlief ein.

Er träumte von seinem Vater und seiner Mutter und seinem Großvater. »Weißt du, wie man die Nebel rufen kann? Kennst du den Zauber des Wirkens? Dreimal gewirkt an diesem Ort, dreimal gereinigt in deinem Feuer, dreimal gesegnet in deinem Tanze …«

Er träumte von dieser Tänzerin mit ihrem hin und her zuckenden Kopf, träumte, daß er sich den Schmuck mit den Schlangen vom Handgelenk zog und in einen tiefen Sumpf schleuderte, doch er tauchte immer wieder auf. Er ließ sich nicht versenken. Er träumte davon, die Wurzeln von den Bäumen im Sumpf abzuschneiden, grub mit einem Messer so lange in der Erde herum, bis es abbrach. »Dummer Junge«, rief ihn seine Mutter, »du solltest auf Rosalie aufpassen und auf deinen Herrn, und was machst du?«

Er lief zum Sumpf zurück und wühlte mit den Händen im feuchten, widerlichen Moor, das sich an seinen Fingern festsaugte. Er träumte von dem bösen alten Weib in der Wagenburg und sah die gewebte Spinne in ihrem Netz, wie sie das Männchen verspeiste …

Am Nachmittag erwachte Raupach aus seiner Bewußtlosigkeit. Man benachrichtigte den Kaiser, der sich schon Gedanken darüber gemacht hatte, Gundeline von Raupach neu zu verheiraten, und heimlich nach einem geeigneten Kandidaten gesucht hatte.

In zwei Tagen würde er die Stadt verlassen und die nördlichen Gebiete an der Elbe unterwerfen, wenn sie sich ihm widersetzen sollten. Und dann? Was würde er machen mit Heinrich? Ihn gefangennehmen? Ihm den Prozeß machen? Ihn zu einer förmlichen Kapitulation zwingen? Der Kaiser schob die Frage vor sich her. Er ließ die Dinge auf sich zukommen und wollte keine wirkliche Rache. Einst hatte man Heinrich um die Kaiserkrone gebracht, niemand wußte das besser als er, Barbarossa, selbst. Aber das war lange her. So lange, daß er es fast vergessen hatte. Jetzt machte er sich auf, in Raupachs Zelt. Der Verletzte lag blaß und mit geschlossenen Augen da, ein Arzt saß neben ihm.

»Nun?« fragte der Kaiser.

Der Medicus sah auf. »Er wird überleben. Aber es ist nicht gut, wenn einer so lange ohne Bewußtsein ist. Er wird schwach bleiben.«

Der Kaiser schwieg. Ein schwacher Mann half ihm gar nichts in der Heide. Und dennoch lag es nicht an ihm, diese Lage zu ändern. Jetzt nicht mehr. Es war Gottes Urteil, daß Raupach leben sollte. Und der Kaiser beugte sich nur einem. Gott.

»So soll es sein«, murmelte er und verließ das Zelt.

Er erwachte. Die schwächer werdenden Lichtstrahlen, die durch die Ritzen der Luke fielen, sagten ihm, daß es Abend wurde. Er hatte Hunger und Durst und den eisernen Willen, sein Gefängnis zu verlassen. Mehr als einmal war er in seinem Leben in Gefangenschaft geraten, aber weil er ein Söldner war, hatte man ihn immer wieder freigelassen. Er kannte die endlosen Tage in dunklen Kerkern, aber in einem solchen Kerker wie diesem hier war er noch nie gewesen. In einem alten Salzstollen gefangengenommen von einem verrückten Weib, das seine Waffen versteckt hielt.

Plötzlich ging die Luke auf. Die Tänzerin erschien. Sie trug wieder diesen giftgrünen Rock, und die Haare fielen ihr über die Schultern. Sie reichte ihm eine Schale mit Wasser. Er trank gierig, und jeder Nerv seines Leibs war gespannt. »Binde mich los«, sagte er dann ruhig, »sie werden nach mir suchen.«

»Laß sie suchen, sie werden dich hier nicht finden. Ich tanze heute für einen hohen Herren, der hat den Priester weggeschickt, denn der hat gesagt, der Herr würde in der Hölle brennen, wenn er mich kommen läßt.« Sie lachte.

»Tanz für mich«, sagte er.

Sie setzte sich auf den Boden, weit genug entfernt von ihm, der eine Ewigkeit brauchte, bis er aufstehen konnte.

»Weißt du, es gibt viele Arten von Magie«, sagte sie leise, »die Magie der Worte, die Magie der Steine und Bäume, der Stäbe und die Magie der Musik. Und es gibt die Magie des Tanzes. Der Tanz ist ein magisches Ritual, wenn man sich darauf versteht. Er schafft Kräfte in dir, gibt sie ab und nimmt sie wieder auf. Ich tanze für die Männer, weil sie mich dafür bezahlen, aber was wissen die schon von der Magie des Tanzes? Und warum soll ich für dich tanzen? Ich weiß ja nicht einmal, ob ich dich am Leben lasse.«

Sie sah den Zorn in seinen Augen aufblitzen. »Ist das der Wunsch der Runenmeisterin?« fragte er finster.

»Ich sagte dir schon einmal, ein solches Versprechen, wie

du es gegeben hast, kann nicht gebrochen werden. Du aber hast es gebrochen. Ich hätte dich gleich in den Sumpf werfen sollen.«

Sie lachte wieder, stand auf, ging zur Luke und schlüpfte hinaus. Er hörte, wie sie wieder den Riegel vorschob. Er löste den Strick an seinen Fußgelenken. Er hätte jetzt wohl die Tür eintreten können, aber da draußen lauerten vielleicht hundert wilde, irrsinnige Weiber. Also stand er langsam und mühselig auf, die Hände immer noch verbunden. Er suchte und fand einen tönernen Krug, den er zu Boden fallen ließ. Dann setzte er sich wieder hin, klemmte eine Scherbe zwischen seine Beine und rieb die Handfessel so lange daran, bis sie endlich riß.

Er atmete auf. Ließ sich viel Zeit, um über sein weiteres Handeln nachzudenken. Dann plötzlich wurde er seltsam müde, eine unwiderstehliche, wohlige Müdigkeit lullte ihn ein, obwohl er sich dagegen wehrte. Er sah die Schale am Boden stehen, aus der er das Wasser getrunken hatte. Die Schale! Er fluchte und merkte gleichzeitig, wie Arme und Beine ihm nicht mehr gehorchen wollten. Das letzte, was er sah, war diese irdene Schale, die er bis auf den letzten Tropfen geleert hatte. Dann fielen ihm wieder die Augen zu.

Der Kaiser war in sein Zelt zurückgekehrt. Er ließ sich Wein bringen und legte das Kettenhemd ab. Er kleidete sich in ein leichtes Wams und zog die Stiefel aus. Auf dem gedeckten Tisch brannten die Kerzen, und im silbernen Pokal schimmerte der Wein. Der Kaiser setzte sich in einen Stuhl und streckte die Beine aus. Dann ließ er Van Nell rufen. Als der Offizier erschien, hatte er die Schatten, die auf seiner Seele ruhten, vertrieben.

»Setzt Euch«, sagte er aufgeräumt und schob Van Nell einen zweiten Pokal über den Tisch. »Morgen brechen Wir auf. Ich stelle Euch frei, ob Ihr mitkommen wollt oder nach Raupach zurückkehren. Ich hörte, die Gebiete, die unter Heinrichs Befehl standen, haben sich ergeben. Es wird also ein leichtes sein, sie einzunehmen.«

Van Nell nickte, war mit seinen Gedanken aber ganz offensichtlich woanders.

»Was ist?« fragte der Kaiser geradeheraus.

Der Offizier nahm einen Schluck aus seinem Pokal.

»Einer meiner Leute ist verschwunden«, antwortete er, »das merkwürdige daran ist, daß er mir vor zwei Tagen zu verstehen gab, er wisse etwas über diesen Mord an Monreal. Ihr habt davon gehört?«

Der Kaiser schüttelte den Kopf.

»Monreal war ein sächsischer Offizier, wir vermuten, ein Spion des Herzogs. Er wurde hinterrücks mit einer Armbrust erschossen. Heinrich schickte zwei Leute zur Aufklärung des Falles. Der erste, Cornelius Custodis, wurde das Opfer seiner widernatürlichen Gelüste, der zweite, ein gewisser Hektor Martin, mußte nach Braunschweig zurück wegen der politischen Lage, Ihr versteht?«

Der Kaiser schmunzelte. »Ja, natürlich. Und so blieb der Fall ungelöst?«

»Martin kam eigentlich wegen eines Templers, den er schon lange suchte und der einen sächsischen Kurier umgebracht hatte. Aber ob der wirklich auch der Mörder von Monreal war, habe ich immer bezweifelt.«

»Und was hat das mit dem Soldaten zu tun, der verschwunden ist?«

Van Nell zögerte. Es wußte eben nicht, ob es etwas mit Cai Tuams Verschwinden zu tun hatte. »Der Soldat wollte mit mir sprechen. Er sagte, er wisse etwas über die Angelegenheit. Ich hatte keine Zeit und bestellte ihn für den nächsten Tag zu mir. Aber er kam nicht. Ich sah ihn noch am Abend vorher am Feuer sitzen. Gegen Mitternacht wollte er schlafen gehen. Er war ziemlich betrunken.«

»Ein zuverlässiger Mann?«

»Unbedingt. Absolut vertrauenswürdig. Er gehört zu Maesfelds Leuten. Euer Gnaden, wenn Ihr erlaubt, würde ich den Mann gerne suchen lassen, bevor wir aufbrechen. Maesfeld hält große Stücke auf ihn.«

Der Kaiser nickte. »Gut. Sucht den Mann.«

Van Nell erhob sich, und das Gefühl drohenden Unheils,

das ihn schon seit Raupachs Verletzung wie ein zweiter Schatten verfolgt hatte, wurde immer stärker und drohender.

Am nächsten Tag suchte er vier Soldaten aus, mit denen er systematisch das Lager absuchte. Sie sahen sich in den Zelten um und fragten die Leute. Sie verbrachten den ganzen Vormittag damit, bis ein Sturzregen ihrer Suche ein Ende machte. Am Mittag ritten sie ins Lager der Frauen herüber und fragten dort nach dem vermißten Soldaten. Sie ließen ihre Pferde stehen und liefen sogar über die Holzplanken durch den Sumpf. Dann kehrten sie ins Lager zurück und schickten zwei Leute in die Stadt, die erst Stunden später wiederkamen. Doch der Soldat blieb verschwunden. Van Nell begann sich ernsthaft Sorgen zu machen.

Wenn der Ire tatsächlich etwas über den Mord wußte, warum hatte er nicht früher davon gesprochen? War es nun zu spät? Hing er mit gebrochenem Genick an einem Baum in irgendeinem Wald? Oder lag er verscharrt mit durchgeschnittener Kehle irgendwo in der Erde? Versenkt im Moor, aus dem nie wieder jemand lebend herauskam?

EHWAZ

ᛖ

»Ein siebzehntes kann ich, das mich selten flieht,
die mädchenhafte Maid,
dieser Lieder wirst du Loddfafnir lange bar bleiben,
ist dir's heilsam auch, hörst du sie, nützlich,
vernimmst du sie, frommend, befolgst du sie.«

Die Stunden rinnen dahin. Das Wachs der Kerze tropft auf den Tisch, und durch das Fenster zieht der Wind. Draußen regnet es, löscht alle Feuer. Vom Lager drüben kommt kein Laut. Die Dänen und Wenden und Pommern sind abgezogen, und morgen wird auch der Kaiser weiterziehen. Das Ende des Krieges ist absehbar. Heinrich wird bitten und betteln müssen, um das Land, das ihm einst gehört hat, noch einmal durchqueren zu dürfen.

Rosalie wartet auf Mara und die Alte. Seitdem sie bei ihnen Zuflucht im Wagenkreis der Frauen gefunden hat, fühlt sie sich sicherer. Die Soldaten sind am Nachmittag hiergewesen, aber sie haben den Wagen nicht durchsucht. Die Alte hat Sigrun gut gekannt, und Mara, die Tänzerin, hat das Gesicht und sagt die Zukunft voraus. Sie haben den Iren in den Sumpf gelockt und in einen Salzstollen gesperrt. Dort liegt er sicher in Freyas Armen und wird bis morgen schlafen. Mara hat von Van Nell gehört, daß der Ire seine Drohung wahr gemacht hat und etwas über Monreals Tod erzählen wollte. Aber Van Nell weiß nichts Genaues, er sucht die Wahrheit, und er sucht den Iren.

Die Alte ist ein blutrünstiges Weib, sie hatte Cai Tuam am liebsten gleich im Moor versenkt wie einen alten Schuh. Aber Mara ist unschlüssig. Sie versenkt ihn lieber in einen schweren Traum, den Rosalie ihr zusammengemischt hat. Und Rosalie? Sie bangt um ihr Leben und ist froh, Frauen gefunden zu haben, die sie fürs erste schützen werden. So wie er sie einmal geschützt hat.

Hat Sigrun gewußt, welches Unheil sie anrichten würde, indem sie ihre Tochter an diesem Morgen in den Wald schickte? »Geh, Kind«, hatte sie gesagt, »nimm die Armbrust, und tu, was getan werden muß.«

Und Rosalie war gegangen.

Niemand kann sich von dem Wort, das er einer Runenmeisterin gegeben hat, lossagen. Ebensowenig kann man sich von Sonne oder Mond lossagen.

Unablässig denkt Rosalie darüber nach, ob sie irgendwann und irgendwo einen falschen Weg eingeschlagen hat. Wenn sie Zeitpunkt und Grund kennen würde, könnte sie sich aus ihrer mißlichen Lage vielleicht befreien, aber je mehr sie grübelt, desto verschwommener wird alles um sie her.

An irgendeinem Punkt ihres Lebens hat sie den roten Faden, den die Nornen spinnen, verloren, und sie findet ihn nicht mehr wieder. Ihr ist, als würde er ihr vor Augen baumeln, aber jedesmal, wenn sie ihn ergreifen will, zieht er sich zurück und wird unerreichbar.

Mara betrat den Wagen. Rosalie saß im Dunkeln, denn die Kerze war heruntergebrannt. Aber wozu Licht machen, wenn man doch nichts sieht?

»Kommst du mit?« fragte Mara. »Ich tanze heute für einen Herren in der Stadt. Und morgen wird das Lager abgebrochen, sagen die Soldaten. Du wirst dich entscheiden müssen, wohin du gehst.«

Nach Raupach konnte Rosalie nicht zurück. Aber wollte sie bei den Frauen bleiben? »Was ist mit ihm?« fragte sie.

Mara lachte. »Oh, er schläft. Wir werden morgen entscheiden, was aus ihm wird. Du kannst nicht mehr zurück, Rosalie.«

Rosalie ritt mit Mara in die Stadt. Und das war gut so. Sie ritten durch das Lager, in dem schon Aufbruchstimmung herrschte. Die meisten Zelte waren abgebrochen, und auch des Kaisers Zelt war fort. Zwischen dem Lager und der Stadtmauer lag ein Stück freies Feld. Schwarz ragten die Mauern auf. Ein Tor sei noch geöffnet, sagte ein Soldat, der den Frauen aus der Stadt entgegenkam. Von der Kirche tönte letztes Glockenspiel herüber, verlor sich hallend vor den Mauern der Stadt, die sie erreicht hatten. Aber das Tor war längst geschlossen. Mara wandte ihr Pferd, um zum Westtor zu reiten. Aber Rosalie zögerte. Da sah sie ihn. An der Ringmauer hing eine brennende Fackel und schien auf ihn herab.

»Was ist?« rief Mara.

Rosalie deutete auf den Galgen, den man direkt vor der Mauer aufgestellt hatte.

»Ein Mörder«, sagte Mara ungeduldig, »der wurde heute morgen hingerichtet. Komm, Rosalie, ich bin spät dran.«

Doch Rosalie rührte sich nicht von der Stelle. ›Der Balg‹, fuhr es ihr durch den Kopf. ›Wenn du Rat suchst, such ihn bei den Toten, den gehenkten Bösewichten.‹

Mara war fort. Und Rosalie stand allein vor diesem Galgen, an dem ein Mörder baumelte. Er hing vollkommen reglos da wie ein Senkblei. Der Fackelschein huschte über seinen Körper, sein Kopf war auf die Brust gesunken. Der Verwesungsgeruch begann sich schon auszubreiten.

> »Oft kommt heilsamer Rat aus hartem Balg, der bei Häuten hängt und bei Fellen flattert und baumelt bei Bösewichten.«

Sie kannte den Gehenkten. Lange, verfilzte, blonde Strähnen, ein verblichenes farbloses Wams, ein freches Grinsen. Und eine Fiedel. Es war der Fiedler aus dem Gasthaus »Zum wilden Eber«. Baumelte da vor ihren Augen wie der verlorene Faden, den sie gesucht hatte.

Früher war sich Rat bei den zu Toten suchen nichts ungewöhnliches gewesen. Aber daß die Toten sich schon vor ihrem Ableben als Ratgeber anboten, war eine zynische, verflucht unheilige Fügung. Wer war dieser liederliche Musiker gewesen? Wen hatte er umgebracht? Ihr lief es eiskalt den Rücken herunter, zitternde Schauder des Schreckens und des Grauens waren das.

Wind kam auf. Der Tote schaukelte leicht an seinem Seil. Rosalie stieg von ihrem Pferd und setzte sich auf die staubige Erde. Sie saß lange so da, während das Pferd neben ihr graste und der Tote im Schein der Fackel an seinem Seil schaukelte. Es war ihr, als würde Sigrun zu ihr sprechen, und doch vernahm sie kein Wort. Sie dachte an den Traum, den sie gehabt hatte, und an die Rune Not, und dann fügte sich plötzlich eins zum anderen.

Gewiß, ein Christ hätte es nicht verstanden, denn die Zeichen seines Gottes waren andere. Aber für sie war es klar: Da war die Unke im Traum gewesen, die in einen leeren Brunnen gesprungen war, das Zeichen größten Unglücks. Ein voller Brunnen war die Reichhaltigkeit des

Lebens und die Unke ein böser Schatten. Ein leerer Brunnen aber war an sich schon ausgedörrtes, verkehrtes Leben, und die Unke paßte so gut hinein wie der eine Schuh zum andern. Und auch die Rune Not hatte nur Unglück vorhergesagt.

> »Wenn sich innerhalb eines Jahres dreimal immer das gleiche Zeichen in Wort oder Ding wiederholt, dann sieh zu, daß du das, was nötig ist, ungeschehen machst.«

Der Spruch in ihrem Traum war ein Rat der Rune Not gewesen. Jetzt erinnerte sie sich daran. Der Galgen war das Zeichen, der Galgen und der Gehenkte. Der Gehenkte in Lüneburg, der Spruch des Fiedlers im Gasthaus, und nun, zum letzten Mal, hier vor ihren Augen der dritte Galgen und der dritte Gehenkte. Aber Rosalie zögerte. Ungeschehen machen konnte sie nichts. Sie konnte nur hier sitzen und warten. Nichts tun, so wie es die Rune Not von ihr gefordert hatte.

Mehr Wind kam auf. Schaukelte den Toten hin und her, als wäre er ein Kind in einer Wiege. Verkehrte Welt. Irgendwo in der dunklen Ferne knarrte ein Wagen. Und dann hörte sie Hufe auf der trocknen harten Erde. Ein Reiter kam in den Lichtschein des Feuers und blieb stehen. Es war einer von Van Nells Soldaten. Er warf einen kurzen Blick auf den Fiedler und nickte Rosalie, die er erkannt hatte, zu.

»Was ist?« rief sie. »Kommst du aus Raupach?«

Er nickte wieder. »Der Herr ... es geht mit ihm zu Ende.« Er wendete sein Pferd und galoppierte zurück ins Lager.

Berthold! Jemand war in ihrem Garten gewesen, und Berthold würde sterben. Rosalie stand langsam auf. War es das, was sie ungeschehen machen sollte? Die Frauen würden den Iren nicht am Leben lassen, soviel war klar.

Sie rief ihr Pferd und stieg auf. Und dann hetzte sie über das Feld zum Lager zurück. Weiter, durch den Sumpf hindurch, bis in die Heide zum alten Bergwerk. Sie sprang vom

Pferd und löste den Riegel, betrat den Stollen, in dem der Ire immer noch lag und schlief. Atemlos sammelte sie die Seilfetzen auf und warf sie fort. Dann schüttete sie dem Schlafenden Wasser über den Kopf. Er murmelte schläfrig, drehte sich auf die andere Seite und schlief weiter. Sie schüttelte ihn an der Schulter. »Wach auf, Cai, wach auf!«

Sie bettelte und flehte, schrie und flüsterte. Das Grauen ließ sie nicht mehr los. Der Ire kam langsam zu sich. Er schlug die Augen auf. Verschleierter Blick, verständnislos, bleiern, schlafmohngetränkt.

»Du mußt aufstehen«, flehte Rosalie und versuchte, ihn an den Armen nach oben zu ziehen. Er taumelte gegen die Stollenwand, blieb stehen und drohte, wieder einzuschlafen. Sie holte wieder Wasser und setzte ihm den Krug an die Lippen. Er trank langsam und sah sie an aus diesen verschleierten Augen, deren Lider sich schon wieder senkten.

»O Gott«, rief sie verzweifelt, »Cai, du mußt ins Lager zurück.«

Er nickte. Allmählich begann er zu begreifen, was sie von ihm wollte. Und er begriff wohl auch, daß er wieder wach war. Er machte einige Schritte, hielt sich an der Luke fest und kletterte hinaus. Sie half ihm und gab ihm eine Fackel. »Du mußt zu den Soldaten zurück, hast du verstanden? Schaffst du es allein?«

Er stierte sie an. Wieder Nicken. Er nahm die Fackel und ging leicht schwankend über die dunkle Heide, zurück durch den Sumpf. Rosalie blieb stehen und sah dem Licht nach. Irgendwo da hinten war sein Zelt, waren die Soldaten und Van Nell.

»Glaubst du, du kannst die Zeit zurückdrehen?« Hinter ihr stand plötzlich die Alte. Sie sah ihr schönes Opfer dahinschwinden, das sie so gerne im Sumpf versenkt hätte.

»Ja«, erwiderte Rosalie, »und ich werde sie noch weiter zurückdrehen, so weit, wie es nötig ist. Geh in deinen Wagen, alte, böse Frau.«

Sie machte sich davon. Die Welt stand auf dem Kopf, und sie würde sie so lange schütteln, bis sie wieder aufrecht stand.

»Wieviel muß ein Mann trinken, bis er zwei Tage und zwei Nächte braucht, um seinen verdammten Rausch auszuschlafen?« Van Nell stand fassungslos vor dem Zelt. In der letzten Nacht hatten sie den Iren mitten auf dem Lagerplatz gefunden. Schlafend. Sie hatten ihn auf eines der Lager geworfen wie einen toten Hund. Ein Arzt war dagewesen und hatte ihn untersucht. Hatte seine Lider hochgezogen und seinen Puls gefühlt. Das ist kein normaler Suff, hatte er gedacht, das muß eine Droge gewesen sein. Aber er hatte achselzuckend das Zelt wieder verlassen.

Am Morgen endlich war der Ire aufgewacht. Vor dem Zelt zupfte ein Harfner verträumt auf seinem Instrument, während er zusah, wie sie die Planen zusammenrollten, die Stangen auf Pferderücken packten und einer nach dem anderen davonritten. Der Krieg war vorüber – zumindest für die Stadt Lübeck. »Ist er wach?«

Der Harfner nickte, ohne aufzusehen, und zupfte weiter. Van Nell fand Cai Tuam, wie er sich, den Oberkörper entblößt, an einem herbeigebrachten Faß wusch. »Wo sind Eure Waffen geblieben?«

»Weg.«

»Wo wart Ihr, Ire?«

Ja, wo war er gewesen? Er wollte den klammen Geruch dieses Salzstollens loswerden, das Bild dieses alten Weibes. Sie hatten seine Waffen ins Moor geworfen, sein Wertvollstes, den Beweis seiner Männlichkeit.

»Die Tänzerin«, sagte er. Van Nell grinste.

»Und es gibt da ein altes Weib«, sprach Cai weiter. »Es lebt in einem Wagen. Die beiden haben mich zwei Tage festgehalten.«

»Eine Tänzerin und ein altes Weib haben Euch festgehalten? Ihr macht Scherze.«

»Sie haben meine Waffen in den Sumpf geworfen und mir mit Mohn versetztes Wasser zu trinken gegeben.«

Es war offensichtlich, daß Van Nell ihm nicht recht glaubte. Er musterte ihn, als habe er den Verstand verloren. Cai Tuam wollte alles erklären, aber er brachte Rosalies Namen nicht über die Lippen.

Es hatte immer wieder Augenblicke in seinem Leben gegeben, wo er gezögert hatte, einem Menschen den tödlichen Stoß zu versetzen, und oft hatte er auf diese Eingebung gehört.

Jetzt ging es ihm ähnlich. Sag den Namen, Ire, nur drei Silben, sag den Namen. Du hast es Berthold versprochen. Aber er konnte nicht.

»Ihr wolltet mir etwas über Monreals Tod erzählen«, sagte Van Nell.

»Ich traf einen Soldaten«, log Cai Tuam, »der behauptete, er hätte einen Brief an Bischof Gero, den er mir geben wollte. Aber es kam nicht dazu, weil die Weiber mich festgehalten haben, und den Namen des Soldaten weiß ich nicht. Die Tänzerin schützt die Gunst des Kaisers. Aber wir sollten nach der alten Frau suchen.«

Van Nell schüttelte den Kopf. »Die Frauen sind längst weg. Gestern sind sie abgereist.«

»Mit Ochsenkarren«, knurrte der Ire verächtlich. »Wenn Ihr sie nicht sucht, dann tue ich es.«

»Was hat das Weib mit Euch zu schaffen, außer daß Ihr Euch an ihm rächen wollt?«

Nur drei Silben, Ire. Haben sie schließlich doch erreicht, was sie wollten. Dich zum Schweigen bringen. Aber er besaß kein Schwert mehr. Er war machtlos.

»Das ist eine ziemlich unglaubliche Geschichte, die Ihr da erzählt«, sagte Van Nell leise. Der Ire lachte kurz. Ja, es war eine Geschichte, die man ganz und gar nicht glauben konnte.

»Wir rücken ab«, sagte Van Nell und warf einen Blick auf Cai Tuams leeren Waffengürtel. »Ich werde Euch ein Schwert und einen Dolch besorgen lassen. Dann reiten wir zurück nach Raupach. Der Herr hat einen Kurier geschickt. Es geht ihm mehr als schlecht. Ihr werdet Eure ganze Kunst brauchen.«

»Es wird zuwenig sein.«

»Ja«, sagte Van Nell, »es wird zuwenig sein.«

Cai Tuam warf sich das Hemd über. »Gebt mir Zeit bis morgen früh. Ich werde das Weib finden.«

»Gut. Wenn es etwas mit Monreals Tod zu tun hat, dann sucht sie. Aber dreht ihr nicht den Hals um, bevor ich mit ihr geredet habe.« Er grinste und ging aus dem Zelt.

Einige hatten behauptet, die Frauen seien mit dem Kaiser gezogen. Aber einer sagte, zwei der Wagen seien Richtung Lüneburg gefahren. Der Ire entschied sich für letztere, schon deshalb, weil es auf dem Weg nach Raupach lag. Er durfte Maesfeld nicht lange warten lassen, aber er würde die Alte finden oder die Tänzerin oder beide. Oder Rosalie. Und wenn er ehrlich war, wollte er nur sie finden. Er hatte sie nicht verraten können. In all diesem Schmerz, der in seinem Kopf herrschte, war ihm nur zweierlei wirklich klar: die Sorge um seinen Herren und die Liebe zu Rosalie, an die er sich klammerte, weil er sie nicht verlieren wollte.

Er rastete gegen Mittag an der Straßenseite, sprach mit seinem Pferd und ritt weiter. Wenig später erkannte er die Spuren von zwei Karren, die von der Straße abgewichen waren und sich in die Büsche geschlagen hatten. Es war ein Kinderspiel.

Sie hatten es nicht eilig gehabt, und Ochsenkarren zogen ohnehin daher wie eine Schildkröte. Sie fühlten sich sicher. Er ließ sein Pferd langsam gehen, hielt sein Gesicht in die Sonne und schloß die Augen. Gegen Mittag kam er in ein kleines Dorf, in dem die Menschen ihn anstarrten wie einen Heiligen. Magere, in Lumpen gehüllte Kinder spielten mit Holzschwertern, und vor den Hütten suhlten sich magere Schweine im Morast.

»Sind hier zwei Ochsenkarren durchgefahren?« fragte Cai eines der Kinder. Es nickte scheu. Der Ire warf dem Jungen eine Münze zu und ritt weiter. Hinter dem Dorf hatte man für die Äcker ein Stück Wald gerodet. Aber hier wuchs nichts außer Disteln und Bärenklau. Ganz hinten am Rand des Waldes standen zwei Wagen. An einer Leine, die zwischen zwei Bäumen aufgespannt war, hingen Häute und flatterten im Wind. Der Ire blieb stehen. Er konnte keinen Menschen entdecken. Die Bienen summten zwischen den

Disteln, irgendwo in der Nähe murmelte ein Bach.

Wenn er der falschen Fährte gefolgt war, würde es an der Zeit sein umzukehren. Aber da trat jemand aus einem der Wagen. Aus der Entfernung hätte es auch ein Kind sein können.

Cai Tuam ritt zurück. Er schlug einen weiten Bogen um den Acker und näherte sich den Wagen von ihrer Rückseite. Ein Loch in der Zeltplane war verhangen mit einem schwarzen Tuch. Es war das schwarze Tuch mit der eingewebten Spinne. Der Ire hatte gefunden, was er gesucht hatte.

Die alte Frau saß auf den Stufen ihres Wagens und hörte das Wasser von den Häuten auf die Erde tropfen. Sonst hörte sie nichts. Die Sonne wärmte ihre gichtigen Glieder, und sie hatte sich die Schuhe ausgezogen, die Beine weit von sich gestreckt. Hier ließ es sich aushalten, fern von den Städten, den Heereslagern, die sie immer gehaßt hatte. Aber auch eine Frau wie sie mußte leben, und umsonst war nur der Tod.

Sie hatte vom Verkauf von allerlei Tand an die Soldaten gelebt, aber sie war alt und müde. Zu alt und zu müde für ein solches Leben. Ihre Tochter würde für sie sorgen. Solange Mara tanzte, hatten sie genug zum Leben. Sie hörte das Schnauben eines Pferdes und sah auf. Hier gab es keine Pferde, nur ihre zwei Ochsen, die die Wagen zogen. Sie stützte die Arme auf die Knie und wollte aufstehen.

Da schob sich ein Schatten neben sie. Zwei starke Hände packten sie bei den Armen und hoben sie hoch, als wäre sie leicht wie eine Feder. Schleuderten sie zur Erde und legten sich um ihren Hals. Sie riß die Augen auf. Mit einem spöttischen Lächeln drückte er zu. Sie wollte schreien, um sich schlagen, aber das Gewicht seines Körpers hielt sie auf der Erde fest, und allmählich verschwammen ihr die Bilder des Lebens vor den Augen. Die Luft blieb ihr weg, und das letzte, was sie sah, war dieses schwache Leuchten in den grünen Augen …

Er hatte es nicht zu Ende gebracht. Er hockte auf der Erde und sah zu, wie die Alte langsam wieder zu sich kam. Eine Sekunde länger zugedrückt, und sie wäre nie mehr aufgewacht. Ihm war es gleich, und doch hatte er gezögert. Sie fuhr sich mit den Händen an den Hals, ihr Atem ging röchelnd.

Er sah sie an aus zusammengekniffenen Augen, wie sie den schmerzenden Hals rieb und sich die Röcke zurechtrückte. Eine häßliche Kröte, die der Tod nicht ansehnlicher gemacht hätte. Und sie sah seinen lauernden Blick wie den einer Katze unter einem Vogelnest.

»Wo ist Rosalie?« fragte er.

»Ich weiß es nicht.«

Es war ein heiseres Krächzen, das aus ihrem Mund kam. Sie kroch auf allen vieren zum Wagen hinüber. Er stand auf. »Wo ist sie?« herrschte er sie an.

Sie zog sich an einer Radscheibe des Wagens hoch. »Bei der Göttin, ich weiß es nicht. Nachdem sie Euch freigelassen hat, ist sie davongegangen. Sie hat niemandem gesagt, wohin.«

»Wohin könnte sie gegangen sein?«

»Ich weiß es nicht.« Sie lehnte sich an den Wagen und legte die Hände um den Hals.

»Danke deiner Göttin, daß du noch am Leben bist«, sagte der Ire und ging zu seinem Pferd.

»Du hattest auch einmal eine, Ire, erinnerst du dich nicht mehr?« rief sie ihm hinterher.

Als er in Raupach ankam, war der Priester bereits in Bertholds Kammer. Das Zimmer war abgedunkelt, nur zwei Kerzen brannten auf einer Truhe. Die Luft war verbraucht und stank nach den eitrigen Verbänden, die auf dem Boden lagen und die niemand weggeräumt hatte.

»Ich fürchte, Ihr könnt nichts mehr für ihn tun«, flüsterte Gundeline.

»Hat er sich also endlich entschlossen zu sterben«, sagte der Ire leise.

Gundeline starrte ihn an. »Es ist der Wille Gottes.«

Er trat an Bertholds Bett. Pater Clemens öffnete die gefalteten Hände. »Ihr kommt zu spät, Soldat. Vor einer Stunde wollte er beichten, aber dann ist er wieder eingeschlafen.«

»Ich werde Euch rufen, wenn er wieder zu sich kommt«, sagte Cai Tuam. Pater Clemens nickte. Gesenkten Hauptes verließ er die Sterbekammer.

»Soll ich Maria benachrichtigen lassen?« Gundeline stand an der Tür.

Cai nickte mit dem Kopf. »Laßt sie herkommen.«

Nachdem Gundeline gegangen war, saß er wieder neben Bertholds Bett, wie schon so oft. Es kam ihm vor, als habe er sein halbes Leben neben diesem Menschen gesessen und ihn bewacht, ihn, der nicht leben und nicht sterben wollte. Wenig später wurde Berthold wach.

»Cai«, murmelte er, »der Pater war hier, aber ich wollte nicht ...« Er brach ab.

»Wollt Ihr jetzt beichten?«

Berthold sagte nichts mehr. Der Ire stand auf und ließ frische Luft in die Kammer. »Redet, wenn es Euch erleichtert.«

Lange Zeit sprachen sie nicht. Hörten den Nachtvögeln zu und dem Regen, der vor dem Fenster rauschte.

»Sollte ich Maria verzeihen? Und meinem Bruder? Ich habe ihn gehaßt wie das Schweißfieber. Mein Bruder ...«

Cai Tuam setzte sich auf der breiten Fensterbank und starrte in die Finsternis.

»Mein Bruder wollte, daß ich Maria heirate. Er hat gute Beziehungen zum Kaiser. Hat alles in die Wege geleitet, als ob er wüßte, daß es ein verdammter Kuhhandel war. Aber woher konnte er das wissen? Ich wollte Maria haben, ich wollte sie wirklich haben. Aber warum ist alles so schiefgelaufen, Cai? Damals in Alessandria, wißt Ihr noch?«

Cai ließ seinen Herren reden. Manchmal schlief er kurz ein, weil er todmüde war, wachte wieder auf und hörte den Redestrom, der nicht mehr abreißen wollte. Was war in Alessandria? Er hatte es vergessen.

»Damals haben wir uns kennengelernt, habt Ihr das wirklich vergessen? Und wißt Ihr was, Cai? So wie Ihr wollte ich immer sein, ein richtiger Mann, kaltblütig und gewissenlos …«

»Bei Gott, Herr, hört auf damit«, sagte der Ire plötzlich. Aber er wußte, er durfte Berthold nicht am Sprechen hindern, denn es war wohl das erste Mal in seinem Leben, daß er sich seinen Kummer von der Seele redete. Er setzte sich wieder an sein Bett.

»Ich habe schon vor Monaten meine Güter und auch das Stadthaus Maria vermacht«, sagte Berthold mit leiser Stimme, »ein Rechtsgelehrter in Köln hat den Vertrag aufgesetzt … es muß alles geregelt sein, nicht wahr?«

Der Ire senkte die Augen. Ja, es mußte alles geregelt sein, bevor er diese Welt verließ. Und Cai Tuam war so elend zumute, als würde er seinen liebsten Bruder verlieren.

»Seid nicht traurig«, hörte er Bertholds Stimme, »einmal muß es ja zu Ende gehen.«

Berthold fielen die Augen zu. Der Ire bewachte seinen leichten Schlaf, bis die Tür aufging und Pater Clemens hereinkam. Da stand er auf und ging hinaus.

Zwei Tage später kamen die Soldaten nach Raupach zurück und brachten Maria mit. Es war ein stummes Wiedersehen mit dem kranken, aber versöhnlich gestimmten Herren, der eine Stunde nach ihrer Ankunft das Bewußtsein verlor. Sie hatten sich angesehen, sprachen nicht, und Maria hatte sich schweigend neben ihn gelegt. Worüber sollte man noch sprechen, wenn Gott schon alles entschieden hatte? Ihnen blieb nur, zu vergeben und Gottes einsame Wege zu begreifen.

Berthold starb noch in derselben Nacht, ohne das Bewußtsein wiederzuerlangen. Maria ließ den Iren holen, und jetzt saßen sie zu zweit an seinem Bett, und Marias Tränen fielen still.

»Ihr seid jetzt die Besitzerin all seiner Güter«, sagte Cai Tuam leise. »Euch gehört sein Haus in Köln, denn Ihr seid die rechtmäßige Erbin.«

Maria sah verwirrt auf. »Ich kann tun und lassen, was ich will?«

»Hört zu, Maria. Wenn der Kaiser von Bertholds Tod erfährt, wird er vielleicht auf die Idee kommen, Euch wieder einen Mann zu suchen, wie er das schon einmal getan hat. Geht nach Köln, findet einen zuverlässigen Pächter für die übrigen Güter, Van Nell vielleicht, dann wird der Kaiser Euch in Ruhe lassen, denn in Köln nützt Ihr ihm nichts. Oder ...«

»Ja?«

»Oder Ihr geht wieder ins Kloster.«

›So sprechen die Lebenden vor den Toten‹, dachte Maria bitter, und erneut rannen ihr die Tränen übers Gesicht. Aber Cai Tuam hatte recht. Sie mußte sich absichern gegen die Willkür des Kaisers, und noch wußte niemand von Bertholds Tod. Sie konnte in aller Ruhe nach Braunschweig fahren und einen Advokaten wegen des Pachtvertrages aufsuchen. Sie sah auf. »Und was werdet Ihr jetzt tun?«

»Ich kehre nach Hause zurück.«

»Allein?«

Er wußte, was sie meinte. Sie sprachen nicht darüber. Maria würde schweigen, und er würde Rosalie nie wiedersehen. Es wurde dunkel, und irgendwann ging die Tür auf. Gundeline stand in der Kammer.

»Lebt wohl, Herr«, sagte der Ire leise und sah ein letztes Mal in dieses verquälte, müde Gesicht, das im letzten Schlaf endlich ruhig geworden war.

Sie kamen in der Nacht. Warfen Seile mit Widerhaken die Mauer hinauf und zogen sich an ihnen nach oben. Es gab nur einen einzigen Wachposten in der Burg, der träumend neben seiner Lanze lag und erst erwachte, als sie schon fast die Brüstung erreicht hatten. Der Soldat schreckte auf, weil eines der Seile seinen Arm gestreift hatte. Er blickte sich um und sah das Seil neben sich liegen. Er stürzte zum Turm und läutete die Glocke.

Raupach fuhr in seinem Bett hoch. Jemand hatte die Tür zu seiner Kammer aufgerissen. Es war Van Nell, der sich hastig seinen Waffengürtel umschnallte. »Herr, wir werden angegriffen!«

»Angegriffen? Von wem?«

»Ich weiß es nicht. Ihr solltet aufstehen.«

Raupach wühlte sich aus der Decke, während Van Nell schon wieder verschwunden war. Über ihm, dort, wo der Gang der Ringmauer war, hörte er Schritte und das Geklirr von Waffen. Ihm wurde schwindelig, als er sich Hosen und Kettenhemd anzog, die Stiefel und den Gürtel. Er würde nicht kämpfen können, denn er war noch schwach, und das schwere gewohnte Kettenhemd fühlte sich auf seinem Leib an wie ein Fremdkörper. Der Lärm über ihm wurde immer stärker, das Getrampel der Füße immer drohender. Wer kam jetzt, wo der Konflikt vorbei war, noch, ihn anzugreifen? Er setzte sich wieder aufs Bett.

Oben pfiff der Wind und riß die Wolken auseinander. Sie hatten Fackeln angezündet und die Seile entfernt. Durch den Alarm gewarnt, hatten sich die Feinde zurückgezogen und ihre Taktik geändert. Van Nell sah nach unten. Es mußten mindestens 50 Mann sein, aber in der Dunkelheit konnte er nicht viel erkennen.

»Das sind Sachsen, Versprengte aus Heinrichs ehemaligem Heer«, sagte einer der Soldaten neben ihm. »Die ziehen jetzt überall herum und suchen nach Stützpunkten, wo sie sich verkriechen können. Eine lausige Schar, sage ich Euch, die haben nichts mehr zu verlieren außer ihrem Kopf.« In der Halle drängte sich alles zusammen, Knechte, Mägde, ein Teil der Soldaten, die auf Befehle warteten, Gundeline, die am Tisch saß und mit bangen Augen auf die eisenbeschlagene Tür nach draußen starrte, und Raupach, der mit Van Nell die Lage erörterte. Cai Tuam hockte auf einer Treppenstufe, und Pater Clemens lief nervös auf und ab.

»Geht hinauf, und fragt, was sie wollen«, sagte Raupach, »und dann schicken wir jemanden nach Lüneburg, dort liegt eine Garnison des Kaisers. Ohne Hilfe halten wir uns keinen Tag.«

Van Nell stieg wieder nach oben. Mit dem Schild, den er an den Körper preßte, beugte er sich ein Stück über die Brüstung. »He«, schrie er hinunter, »was wollt ihr?«

Ein Pfeil prallte gegen seinen Schild, und dann hörte er nur noch Lachen, und jemand schrie zurück: »Ist das Antwort genug, Van Nell?«

Sie kannten seinen Namen. »Wer seid ihr?« schrie er wieder hinunter.

Aber sie lachten nur. »Öffnet das Tor, dann könnt ihr ungehindert abziehen.«

Er begab sich wieder in die Halle. Jemand hatte inzwischen das Feuer im Kamin entfacht, und Pater Clemens ging immer noch auf und ab.

»Was ist?« fragte er hastig, als er Van Nell kommen sah. »Was wollen sie?« Van Nell grinste. »Sie wollen herein, Pater. Was meint Ihr, sollen wir ihnen die Tür öffnen?«

Der Priester erbleichte. »Beim Kreuze Christi, das wäre doch unser sicherer Tod, oder?«

Van Nell nickte. »Ja, Pater, das wäre es.«

Er setzte sich zu Raupach an den Tisch. »Jemand muß nach Lüneburg. Und zwar so schnell wie möglich. Laßt den Iren sich herausschleichen, Herr, der ist so lautlos wie ein Geist, aber laßt ihn nicht selbst bis in die Stadt reiten, wir brauchen jeden Mann.«

Raupach nickte. »Ja, er soll zu dem Jungen gehen, der hat ein gutes Pferd, der mag nach Lüneburg reiten.«

Aber dann zögerte er. Wie sollten sie den Iren aus der Festung schmuggeln, ohne daß die Sachsen ihn sofort angriffen? Die hatten das gesamte Areal um die Mauern umstellt, da war kein Entkommen! Einen Mann jetzt hinauszuschicken bedeutete seinen sicheren Tod. »Einer muß es machen«, sagte Van Nell eindringlich.

»Er wird nicht durchkommen«, entgegnete Raupach.

»Dann sind wir alle des Todes. Er muß es versuchen.«

»Nein.« Raupach stand auf. Er registrierte ganz plötzlich verblüfft, daß er seit einer Stunde auf den Beinen stand. Wie war das möglich? War es die Angst, die ihn aufrecht hielt? Oder dieser bittere Trank, den der Arzt ihm verabreicht hatte? Nein, er wollte den Iren nicht dem sicheren Tod preisgeben. Er ging zum Feuer hinüber und hockte sich davor.

»Es gibt da einen unterirdischen Stollen.« Der Ire beugte sich über ihn. »Er führt nach draußen in den Wald. Vielleicht sollten wir versuchen, ihn zu finden …«

Raupach sah auf. »Ja. Das wäre ein Weg, auf dem jemand den Jungen benachrichtigen könnte …«

Er winkte Van Nell und stieg mit ihnen die Treppe zu den Kellern herunter. Mit Fackeln leuchteten sie die Wände ab, bis sie eine Eisenplatte fanden, die in die Mauer eingelassen worden war. Mit einem Beil brachen sie die Platte heraus, und dahinter kam ein schwarzes Loch zum Vorschein.

»Der Gang«, sagte Raupach leise, »er führt in den Wald, nehme ich an. Versucht es, Cai, und dann lauft zu dem Jungen. Der soll nach Lüneburg reiten,versteht Ihr?«

Der Ire nahm die Fackel und bückte sich. Da klang ein dumpfes, schweres Dröhnen durch die Keller. Von oben hörten sie Schreie. Die Soldaten griffen nach ihren Waffen und rannten die Treppe hinauf. Da war es wieder, schlug wie ein Donner krachend gegen die Mauern.

»Schnell«, sagte Raupach, »sie versuchen mit Rammböcken das Tor zu öffnen.«

Der Ire sah besorgt in den dunklen Gang. Er nahm die Fackel, bückte sich und schob sich hinein. Hinter ihm rief Raupach nach Gundeline und den Frauen. Cai Tuam tastete sich vorwärts. Der Gang war gemauert, aber die Decke sehr niedrig. Die Flamme der Fackel zuckte, blakte gegen die Steine. Das Dröhnen des Bockes von oben wurde immer gedämpfter, je weiter er sich vorschob, bis es endlich ganz aufhörte.

Hier unten war nur noch Stille, bis auf das Knistern der Fackel. Der Gang zog sich nach Norden, so wie Berthold vermutet hatte, dorthin, wo der Wald lag. Schnurgerade führte der Weg unter den Mauern der Festung hindurch. Cai Tuam begann zu schwitzen. Er merkte, wie das Licht der Fackel immer dünner wurde, weil es nicht genügend Luft gab. Sie stand fast still, wie die Flamme einer Kerze. Er schob sich immer weiter in die Finsternis, atmete langsam und konzentrierte sich immer nur auf den nächsten Schritt. Noch einer und noch einer, und das Licht in seiner Hand war nur noch eine schmale Säule. Hier ging es nirgends hin, außer in den Tod, dachte er. Er blieb stehen.

Die Flamme begann, sich ganz leicht zu bewegen und wieder etwas heller zu brennen. Da mußte von irgendwoher Luft kommen. Cai Tuam ging weiter. Noch ein Schritt und noch einer, und dann war jede Menge Geröll vor seinen Füßen, und dahinter die Umrisse einer schmalen Treppe. Er stieg über die zerbrochenen Steine, die schon vor langer Zeit aus der Decke gefallen sein mußten, und tastete sich vorsichtig die morschen Stufen hoch. Als sie endeten, schien ein diffuses Licht durch einen Haufen von Zweigen und Ästen, die sorgsam über ein Loch gelegt waren, aus dem er nun, die Äste zur Seite werfend, nach oben gelangte.

Es dämmerte bereits. Vögel sangen, ein riesiger Stein türmte sich vor ihm auf. Er sah sich um und erkannte, daß ihn der Gang zum alten Kultplatz geführt hatte. Die Zeit drängte. Er steckte die Fackel in die Erde und rannte zur Hütte des Jungen. Dort trat er die verriegelte Tür ein, riß den Jungen von seinem Lager hoch und trug ihm auf, nach Lüneburg zu reiten, um Hilfe zu holen. Der Junge starrte ihn an.

»Ich brauche mindestens zwei Stunden, bis ich da bin«, flüsterte er und ging sein Pferd satteln, »und dann dauert es noch einmal zwei Stunden, bis Hilfe kommt. Macht zusammen vier Stunden, Herr. Werdet Ihr Euch so lange halten?«

Cai Tuam wußte es nicht. Sie waren zuwenig Soldaten, die andern waren fast doppelt soviele wie sie. Und eine Festung zu halten, die von brennendem Stroh, von Rammböcken und von Feuerbällen attackiert wurde, brauchte mehr als nur eine Handvoll Männer.

»Du reitest ohne Pause«, sagte er zu dem Jungen, »hast du verstanden? Hier, ich geb dir Geld, wenn das Pferd lahm wird, sieh zu, daß du in einem Gasthaus ein neues bekommst.«

Er schüttete dem Jungen ein paar Münzen in die Hand und nickte. Der Junge gab dem Pferd die Sporen und verschwand.

Der Ire ging zum Platz des alten Steines zurück. Hier konnten sie auch nicht bleiben, die Frauen, Maria und Gundeline, mitten im Wald unter freiem Himmel, da würden umherstreifende Sachsen sie sofort finden.

Ihm fiel die Hütte der alten Runenmeisterin ein. Sie war nicht weit von hier, lag ein wenig versteckter in undurchdringlichem Unterholz, aber er mußte sich beeilen. Er lief quer durch das Gehölz, bis die Hütte auftauchte. Der Eisenhut blühte noch im Garten, und das dunkle Blau seiner Blüten stach leuchtend ab gegen das Zwielicht der Morgenröte. Cai Tuam öffnete die Tür. Der Geruch kalter Asche schlug ihm entgegen und der Duft der getrockneten Pfefferminze. Sein Blick fiel auf ein Lager aus Fellen und einer roten Pferdedecke. Seine Pferdedecke. Rosalie ging es ihm durch den Kopf. Rosalie mußte hiergewesen sein, denn wie sonst kam diese Decke hierher? Er schlug die Tür wieder zu und rannte zurück. Aber immer wieder sah er sich um. Rosalie war hier. Natürlich, es war vielleicht der einzige Platz auf Erden, wohin sie hatte gehen können.

Als sie aus dem Wald trat, hatte er sich schon wieder abgewandt. Sie ging ihm nach, sah ihn in dem Stollen verschwinden, und als seine Schritte verklungen waren, nahm sie die Äste und die Zweige und bedeckte das Loch wieder damit. Dann stand sie auf und sah sich ratlos um. Würde sie hier bleiben können, ohne von den Sachsen entdeckt zu werden? Oder würde sie herunter müssen, herunter in dieses schwarze Loch, eine Mörderin, die keine andere Möglichkeit hatte, als sich entweder ihren Richtern zu stellen oder von den Sachsen gefunden zu werden. Aber welches war das schlimmere Übel? Sie drehte sich um und ging zur Hütte zurück.

Die Sachsen hatten wieder begonnen, gegen das Tor anzustürmen. Ihre Schilde als Deckung über dem Kopf, warfen sie Strohbüschel gegen das Tor und beschossen sie mit brennenden Pfeilen. Als der Ire zurückkam, stand das Tor in hellen Flammen. Die Sachsen brachen durch die Mauer und drangen in die Ställe ein, holten die panischen Pferde und trieben sie durch das Feuer aufs offene Feld hinaus. Die Franken hatten jetzt nur noch den Palas mit dem Turm, auf den sie sich zurückziehen konnten, und die Zeit rann dahin. Der Junge konnte noch nicht einmal in Lüneburg angekommen sein.

Im Keller saßen Gundeline, Maria, die alten Frauen und die Kinder. Und Pater Clemens, der den Kopf zwischen die Knie gesteckt hatte und leise betete. »Selig der Mann, der nicht im Gottlosen wandelt, sich nicht auf den Pfad der Sünder stellt, noch im Kreise der Lästerer sitzt, vielmehr am Gesetz des Herren seine Freude hat und sein Gesetz beachtet bei Tag und bei Nacht.«

Er hatte immer das Gesetz beachtet, aber er war ein schwacher Mensch, und er hatte Angst. Schreckliche Angst. Von draußen war das Gebrüll der Sachsen zu hören, die jetzt auch das Vieh aus den Ställen trieben, und das Krachen der brennenden Balken, wenn sie herunterbrachen.

»Betet für uns, Pater«, sagte Gundeline.

»Denn der Herr weiß um den Weg der Gerechten, doch der Gottlosen Weg führt ins Verderben«, murmelte er.

Der Ire kam die Treppe herunter.

»Es ist Zeit«, sagte er nur. Gundeline nickte. Er nahm seine Fackel wieder auf und ging vor. Dann kamen die Kinder, die Herrin Gundeline, Maria und zum Schluß die Alten.

Pater Clemens blieb. Die Soldaten brauchten seelischen und Gottes Beistand. Er sah sie in dem Stollen verschwinden. »Herr, wie zahlreich sind meine Bedränger …«, betete er leise, und dann stand er auf. In dem Stollen war niemand mehr zu sehen. Und oben hörte er wieder das Krachen des Rammbocks gegen das Tor. Aber dieses Mal war es nicht das Tor der Ringmauer, sondern das Tor zum Palas. Wenn es nicht standhielt, waren sie verloren. Pater Clemens zitterte am ganzen Körper. Die Soldaten brauchten ihn nicht. Aber Gott brauchte ihn.

Sein Blick fiel auf einen abgetragenen Soldatenmantel, der

an einem Haken an der Wand hing. Er schnappte danach und zerrte sich das Habit vom Leib. Dann schob er sich langsam in den Gang. Duster war es, aber von ferne sah er Licht und hörte jetzt auch die hallenden Schritte der anderen, die schon weit vor ihm waren. Er brauchte ihnen nur zu folgen, um sein armseliges Leben zu retten. Während er weiterlief, betete er alle Psalmen herunter, die er auswendig kannte. »Wenn ich rufe, erhöre mich, o Gott ...«

Es war so wenig Luft zum Atmen da. »Herr, strafe mich nicht in deinem Zorn ...«

Gott würde es nicht gefallen, daß er einfach weglief und die anderen dem Tod überließ. Aber die Welt war schlecht und, wenn er ehrlich war, durch die Ankunft Gottes nicht besser geworden. »Sei mir gnädig, o Herr, denn ich bin schwach, heile mich, Herr, denn meine Glieder sind erschüttert.«

Seine Zähne klapperten vor Kälte und vor Furcht. Vorne hatte das Hallen der Schritte aufgehört. Auch das Hämmern des Bockes war verstummt. Er tastete sich vorwärts und hörte plötzlich Schritte. Sie kamen zurück! Als erstes sah er den Iren mit der Fackel.

»Zurück«, herrschte er den Priester an. »Der ganze Wald ist voller Sachsen.«

Pater Clemens wandte sich wieder um und hastete zurück. Wieder im Keller angekommen, merkte er, daß sich noch jemand zu ihnen gesellt hatte: die Hexe mit den roten Haaren. Wo kam die so plötzlich her?

»Sie hat uns gewarnt«, erklärte ihm der Ire ungeduldig auf seine Frage, »soll sie im Wald bleiben und auf die Sachsen warten?«

Pater Clemens sagte nichts mehr. Er sah, wie der Ire eine Armbrust, die an einer Wand lehnte, in die Hand nahm und zu Rosalie herübertrug.

»Du bist die einzige von den Frauen, die damit umgehen kann«, sagte er, und Rosalie nickte. Sie kauerten sich auf den Boden und warteten. Von oben kam wieder das Dröhnen des Bockes gegen die Tür des Palas. Pater Clemens sah auf. Die Herrin Maria und die Hexe mit den roten Haaren saßen einander gegenüber und starrten sich an.

»Kommt mit«, sagte der Ire, und Pater Clemens schreckte hoch. »Die Sterbenden werden Euch brauchen.«

Der Priester fügte sich. Tränen liefen ihm stumm über die Wangen, als er die Treppe hinaufstieg.

Die Sachsen hatten jetzt mit Beilen und Äxten ein Loch in das Holz des Tores gehackt. Das Holz splitterte, während die Franken von innen Schränke und Tische vor das Tor schoben. Doch das Loch wurde immer größer, bis bald das Tageslicht hereinschien. Raupach stand in der Halle und stierte wie in Trance auf die Holzsplitter, die zu Boden fielen. Die Zeit lief ihnen davon – der Junge würde gerade erst in Lüneburg angekommen sein. Und dann sah er, wie das Loch in der Tür immer größer wurde. Er sah die Umrisse der Sachsen mit ihren langen blonden Haaren. Und ihre Waffen, auf denen die Sonne glänzte.

Der erste Sachse trat mit seinen Stiefeln das Holz ein und schob sich durch das Loch in die Halle. Als er sich aufrichtete, traf ihn das Schwert des Iren in den Leib, und er brach röchelnd zusammen. Doch die anderen stiegen einfach über ihn hinweg, und dann war nur noch das Gebrüll der Sachsen zu hören, die, ihre Schwerter und Beile schwingend, das Tor aus den Angeln brachen.

»Hört ihr?« Gundeline drehte sich um. »Sie sind da.«

Die Kinder spielten unschuldig mit einem Holzschwert in einer dunklen Ecke. Die Alten hatten die Hände gefaltet und beteten stumm. Nur Maria und Rosalie saßen noch immer da und starrten sich an. Endlich wandte Maria den Blick ab.

»Warum hat er mich nicht im Kloster gelassen?« murmelte sie bleich. »Er hat mich zurückgeholt, damit ich hier sterben soll.«

»Nein«, sagte Rosalie kalt und stand auf. »Ihr werdet nicht sterben. Wir gehen wieder in den Stollen, nur bis zur Mitte, und warten da. Dort sind wir vielleicht sicherer.«

Sie nahm die Armbrust und ließ die anderen vorgehen. Dann nahm sie die Eisenplatte und zog sie provisorisch wieder vor den Eingang zum Stollen. Ging mit einer brennenden Kerze zu den anderen zurück und hockte sich auf die feuchte kalte Erde.

»Vielleicht sollten wir versuchen hinauszukommen«, sagte Gundeline mit zitternder Stimme, »die Sachsen werden jetzt alle in der Burg sein.«

Aber Rosalie schüttelte den Kopf. »Nein, wir bleiben hier. Ich habe sie gesehen, wie sie den Wald durchstreifen. Mit etwas Glück werden sie den Zugang nicht finden, und das ist unsere einzige Rettung.«

»Und die Männer oben?« fragte Maria bitter. »Wer rettet die?«

Sie schwiegen. Hier unten war nichts zu hören, außer dem Zischen der Fackel und dem leisen Wimmern eines kleinen Mädchens, das auf dem Schoß seiner Mutter saß. Doch plötzlich hörten sie ein dumpfes, hallendes Geräusch und fuhren hoch. Da war jemand im Stollen!

»Ruhig«, sagte Rosalie leise und griff nach der Armbrust, die neben ihr lag. Sie hörten jetzt Schritte von fern, die gedämpft näherkamen. Rosalie griff nach einem Pfeil. Der Ausgang im Wald war mit Ästen und Zweigen bedeckt gewesen. Wenn einer der Sachsen ganz zufällig durch das Loch gefallen war, dann saßen sie jetzt in einer tödlichen Falle.

Die Schritte kamen näher. Und dann tauchte er auf, ein dunkler Schatten mit langen, hellen Haaren, und blieb kurz stehen, weil er sie entdeckt hatte. Rosalie sah, daß er nur ein Messer in der Hand trug – wahrscheinlich war er wirklich unbeabsichtigt in das Loch gefallen.

»Herr im Himmel, steh uns bei«, hörte sie Gundeline flüstern.

Der Mann vorne machte wieder einen Schritt. Er hatte wohl gesehen, daß er nur Frauen und Kinder vor sich hatte.

»Bleib stehen!« rief Rosalie ihm zu.

Er stutzte kurz, ging aber weiter. Immer deutlicher wurde ihm wohl selbst im trüben Licht der Fackel, daß es keine Männer waren, die da vor ihm hockten. Er lachte kurz. »Ja«, rief er herüber, »aber erst komme ich und hole dich.« Er lachte wieder.

Rosalie spannte den Pfeil ein. Wenn er noch näher kam, würde sie ihn treffen können. Aber die Fackel flackerte und wurde immer blasser – sie konnte ihn kaum noch erkennen. Der Pfeil flog los, es zischte, und dann ging das Feuer aus. Die Kinder weinten, weil es so dunkel geworden war, und in ihr Weinen mischte sich der brüllende Schrei des Sachsen. Gundeline rannte in den Keller zurück und holte eine neue Fackel. Als sie zurückkam, sah sie den Sachsen am Boden liegen mit dem Pfeil, der sich ihm in den Bauch gebohrt hatte.

»Ist er tot?« fragte Gundeline mit bangen Augen.

Er lag ganz still da. Rührte und regte sich nicht mehr. Wenn er nicht tot war, dann hatte er zumindest das Bewußtsein verloren.

»Mein Leben gegen das von Monreal«, sagte Maria mit zitternder Stimme.

»Ja«, erwiderte Rosalie bitter, »wir sind quitt, Herrin Maria.«

Sie warteten mit dem vielleicht toten Sachsen vor ihren Augen, warteten und lauschten, aber da gab es nichts zu hören. Sie hockten wie in einem längst zugeschaufelten Grab, in das nichts mehr hineindringt. Auch keine Luft.

Irgendwann erlangte der Sachse das Bewußtsein wieder und röchelte. Und dann klangen leise hallend wieder Schritte vom anderen Ende des Ganges herüber.

»Aus des Südens Kammer kommt der Sturm, aus des Nordens Winter kalter Frost ...«, war das letzte, was Pater Clemens hatte beten können, dann ging er über in die Gefilde des Herren. Niemand hatte ihm ein Leid angetan, aber sein Herz war zu schwach. Keiner würde einen Priester hinmetzeln, selbst die Sachsen nicht. Sie hatten drei der fränkischen Soldaten erschlagen und den Rest zum Tor hinausgejagt, weil ihre Sache schon verloren war, bevor sie überhaupt begonnen hatte.

Dem Herzog würde nicht gefallen, was sie getan hatten, denn er war auf die Gnade des Kaisers angewiesen; und der wiederum würde über diese Belagerung nicht erfreut sein. Trotzdem, so eine fette Burg wie Raupach links liegenzulassen hatten sie nicht übers Herz gebracht. Raupach zu belagern hatte selbst den Herzog immer gelockt, aber der war dieser Verführung nie erlegen, wohl ahnend, daß der Kaiser nur auf eine solche Gelegenheit gewartet hatte.

Nachdem sie seine Bewohner vor die Tür gesetzt hatten, hatten die Sachsen das Tor mit Brettern verrammelt und sich in der Küche umgetan, die Vorratskammer geplündert und den guten Wein auf den Tisch gekarrt. Dann hatten sie getrunken, bis nichts mehr übrig war, und waren auf ihren Stühlen eingeschlafen. Als gegen Nachmittag endlich die Streitmacht des Kaisers eintraf, hatten Raupachs Leute im Wald gesessen und in der frühherbstlichen Kälte mit den Zähnen geklappert, während die Sachsen noch immer schliefen und nur drei Leute als Wache aufgestellt hatten. Die kaiserlichen Soldaten hatten keine Mühe gehabt, sie zu überwältigen, zu binden und in die Kellergewölbe zu werfen, wo sie auf ihre Verhandlung warten konnten. Sie hatten die Frauen und Kinder aus ihrem bangen Warten erlöst und die erschöpften vertriebenen Franken aus dem Wald zurückgeholt.

Cai Tuam schickte Raupach ins Bett, der einer Ohnmacht nahe war. Dann wanderten seine Gedanken zu Rosalie. Er ging in die Halle zurück, suchte nach ihr, fand sie aber nicht.

»Sie ist in ihre Hütte zurückgekehrt«, sagte Maria leise.

»Dann wißt Ihr ja, wo Ihr sie finden werdet«, erwiderte er bitter.

Sie senkte den Kopf. Hätte sie geschwiegen, wäre Berthold vielleicht noch am Leben. Sie hatte alles falsch gemacht. Wenn es jetzt noch eine Hoffnung gab, neu anzufangen, dann nicht mit dieser kranken Rache im Herzen.

»Lassen wir es gut sein«, murmelte sie und wandte sich ab.

OTHALA

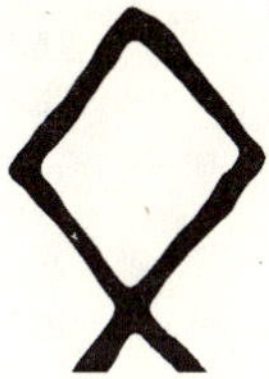

»Ein achtzehntes kann ich, das ich allen hehle,
sei's Mutter oder Maid – das beste ist immer,
was nur einer weiß;
das sei mein letztes Lied –, außer der einen,
die im Arm mich hält oder deren Bruder ich bin.«

Es war wie beim ersten Mal. Rosalie hatte sich im Wald versteckt, als er kam. Wieder rief er ihren Namen, und als sie nicht reagierte, betrat er die Hütte. Drinnen brannte ein Feuer, denn über Nacht war es Herbst geworden. Er mußte wissen, daß sie da war, also verließ sie ihr Versteck hinter den Steinen und ging zur Hütte herüber. Der Ire stand vor dem Lager mit den Fellen und starrte auf die Pferdedecke.

»Du hättest nicht kommen sollen.«

Er drehte sich um. Ein kleines Lächeln stahl sich in seine müden Augen. Er sah erschöpft aus, erschöpft vom Krieg vielleicht oder vom Leben überhaupt. »Es wird wieder Winter, aber nach Raupach kann ich dich diesmal nicht mitnehmen ...«, sagte er nur.

Rosalie schüttelte den Kopf. »Warum bist du gekommen?«

»Ich sah die Decke auf deinem Lager, da wußte ich, daß du da bist.«

»Ich gehöre hierher. Wohin sonst hätte ich gehen können?«

»Niemand wird zu dir kommen. Die Leute haben Angst. Hast du das vergessen?«

Nein, sie hatte es nicht vergessen. Sie waren freundlich zu ihr gewesen, die Leute, die sie nach ihrer Ankunft besucht hatte, aber daß sie sie aufsuchen würden, glaubte sie nicht. Es war im Grunde aber auch einerlei.

Sie war ein Feenbalg und gehörte nicht in diese Zeit. Und sie hatte nicht die Kraft wie Sigrun, den Lauf der Dinge zu verändern. Die Rune, die sie zog, war immer nur Isa, Isa, Isa, sie klebte an ihren Händen wie Pech und hieß Stillstand, Eis – alles wie festgefroren. Rosalie wartete wie der zugefrorene Teich auf den Frühling, daß das erstarrte Leben wieder zu fließen begänne.

»Rosalie«, sagte Cai Tuam in die Stille hinein, »komm mit mir. Maesfeld ist tot. Und ich will endlich nach Hause. Komm mit mir nach Irland.«

Der Wind draußen ließ die Tür knarren und fuhr in den Kamin, daß es zischte und qualmte. Das Feuer erlosch. ›Ein leises Ende‹, dachte Rosalie, ›nach so vielen Tränen und Blut und Schmerzen. Machen wir uns davon aus dieser Welt mit ihren Priestern und Kaisern und Herzögen und verkriechen uns in einem anderen Winkel. Es ist einerlei. In Irland soll es stille, einsame Winkel geben. Mir bleiben nur noch Inseln, weitab vom Leben.‹

»Du hast mir an allem die Schuld gegeben«, sagte sie bitter. »Obwohl doch alles Sigruns Werk gewesen ist.«

Er setzte sich auf das Lager und strich über die Pferdedecke. »Ich muß im Reich der Pferde gewesen sein, wo und was immer es auch ist. Die Frauen regieren dort, so wie in uralten Zeiten, und Spinnen in gewebten Netzen. Ich hatte Angst, das war alles. Ich war wie krank vor Angst um meinen Herren, dem ich ein Versprechen gegeben hatte wie deiner Mutter, und suchte einen Schuldigen. Und ich hatte Angst vor den Göttern, auch sie waren schuldig in meinen Augen.«

»Es gibt das Reich der Pferde nicht mehr«, murmelte Rosalie. »Die Pferde sind weiß und wurden früher als Orakel benutzt. Auch ich war dort, und auch ich hatte Angst.«

»Komm mit mir, Rosalie.«

Er stand auf und kam auf sie zu, nahm ihre Hand. Und so wie vor zwei Wintern packte sie ihre wenigen Habseligkeiten und verließ die Hütte. Diesmal für immer. Sie stieg hinter dem Iren aufs Pferd, und er lenkte es nach Norden.

Der Herbstwind pflückte die ersten verwelkten Blätter von den Bäumen und trieb sie über die kalte Heide. Sie kamen an Raupach vorbei, an der Ringmauer mit dem verbrannten Tor, auf der die Tauben saßen.

Rosalies Garten war verwildert. Bärenklau und Brennesseln wuchsen auf den Beeten, und der Seidenfaden war zerrissen.